Karin B. Jankowski
Das letzte Geheimnis

Karin B. Jankowski

Das letzte Geheimnis
Liebe und Mord in der Provence

Roman

Mit einem Nachwort von Renate Magnier
Psychologin und Psychoanalytikerin

Bibliografische Information der Deutschen Nationalbibliothek: Die Deutsche Nationalbibliothek verzeichnet diese Publikation in der Deutschen Nationalbibliografie; detaillierte bibliografische Daten sind im Internet über dnb.dnb.de abrufbar.

© 2021 Karin B. Jankowski

Herstellung und Verlag: BoD – Books on Demand, Norderstedt

ISBN 978-3-7543-1205-6

Widmen möchte ich dieses Buch all den Frauen und Männern, die sich „ermutigt fühlen, der Geschichte ihrer eigenen Kindheit zu begegnen, sie ernst zu nehmen, und von ihr zu berichten. Damit werden sie wiederum weitere Kreise der Menschheit darüber informieren, was ein Mensch am Ursprung seines Lebens in den meisten Fällen ertragen musste, ohne dass er es später selber weiß, auch ohne dass irgend jemand anderer es weiß – einfach, weil es bisher nicht möglich war, es zu merken, und es auch kaum Berichte von Betroffenen zu lesen gab, die nicht idealisierend waren. Doch jetzt gibt es sie, und sie werden weiter erscheinen, in steigender Zahl."

Aus „Alice Miller, Du sollst nicht merken", 1983

Inhalt

Buch 3 Liebe 195

Vorwort

Der Missbrauch, vor allem von Kindern, ist endlich kein Tabuthema mehr. Die sexuellen, physischen und psychischen Übergriffe Erwachsener an ihren Schutzbefohlenen skandalisieren uns mit Recht: den Campingplatz Lügde, die Odenwaldschule, die Regensburger Domspatzen, Fußballvereine in England, Sportclubs in Australien – es gibt so viele Beispiele, und wir wissen alle, dass jeden Tag noch mehr zum Vorschein kommen kann.

Dieses Buch geht weiter. Es handelt davon, dass Missbrauch in seinen vielen hässlichen Gesichtern auch in der sogenannten heilen Familienwelt vorkommt, täglich und immer wieder. Das bringt vielleicht nicht die großen Schlagzeilen, ist aber nicht minder verwerflich.

Mittlerweile haben auch Therapeuten und Juristen den Missbrauch als mögliche Ursache von Krankheiten und Fehlverhalten erkannt, z. B. wenn sie in der Familiengeschichte der Betroffenen eine Verwirrung der Rollen und eine Verwischung der Grenzen zwischen den Generationen feststellen; oder sich wiederholende Depressionen, für die man bisher keine Ursachen hatte feststellen können.

Denn der Missbrauch an einem Kind wirkt auch im Erwachsenen fort und kann sich wiederholen, besonders in dessen Liebesbeziehungen. Deshalb ist es für den Therapeuten wichtig, gewisse Grenzen nicht zu überschreiten. Diese Gefahr hat Prof. Irvin Yalom, der vielleicht bedeutendste lebende Vertreter der existenziellen Psychotherapie, in seinem Roman „Die rote Couch" angesprochen: „Sollten fürsorgliche Therapeuten ihre Patienten je berühren oder in den Arm nehmen? Welche sexuellen, sozialen, geschäftlichen, finanziellen Grenzen einer therapeutischen Beziehung sind angemessen? Diese heutigen Sorgen sind nicht nur komplex und von entscheidender Bedeutung: Sie sind auch hochbrisant."

Meine Romanfigur, der Psychotherapeut Dr. Felix Janus, ist auch nur ein Mensch. Einer mit mehreren Gesichtern. Er schafft es nicht, Grenzen zu respektieren und die Beziehung mit seinen Patienten nicht mit Erotik zu besetzen.

Aber es gibt Therapeuten wie Dr. Noël in meinem Roman, und Alice Miller und Renate Magnier in der Realität, die Opfer und Täter nicht mehr durcheinanderbringen. Und uns helfen, die Geister der Vergangenheit herauszufordern und schließlich zu besiegen.

Karin Bohr- Jankowski

Burgund, im September 2020

Reden ist Gold –
Schweigen war gestern!

Goran Mijuk, 2013

Buch 1

Glaube

Prolog

Als er an dem Nachmittag des elften Juli 1991 Henry aus dem Schlafzimmer seiner Schwester hatte kommen sehen, muss er gewusst haben, was los war.

Cathy weinte. Und Henry grinste.

Cathy hat es mir wieder und immer wieder erzählt.

Wie Steven ihn gepackt und gegen die Wand gedrückt hatte. Keiner von beiden sagte ein Wort. Sie waren gleich groß. Der eine sechzehn, der andere Ende achtzig. Henry hatte keine Chance. Sein Kopf schlug auf wie eine reife Melone. Aber er schüttelte sich nur und lachte. Immer lauter.

Als Cathy die zwei trennen wollte, sagte er: „Das traust du dich nie, Stevie!"

Und dann schlug Steven zu. Mit dem ersten, was ihm in die Hand kam: dem kleinen Silberpokal. Seinem ersten. Immer und immer wieder.

Wir haben Henry dann zusammen weggeschafft. Schade, dass es keine Schweine mehr gab.

Wir mussten ihn vergraben.

Kapitel 1.1

Mutprobe

„Warum aufstehen?"

Es gab Tage, an denen Alice das nicht konnte. Geschweige denn, bis zum Fenster gehen, die Läden aufmachen und das gleißende Sonnenlicht der Provence zu sich hereinlassen. An solchen Tagen gingen ihr immer dieselben Fragen durch den Kopf, und wenn ihr keine Antwort einfiel, konnte die Lawine sie ganz schnell überrollen: „Warum sich bewegen? Warum atmen?"

Heute aber war alles gut; sie hatte ihren Grund aufzustehen. Nicht so wie die meisten Menschen um sie rum, die jeden Morgen aus den Federn kriechen, um ihr täglich Brot zu verdienen und vielleicht sogar noch mehr.

„Nicht jedem geht es so gut wie dir, und er kann von den Reserven leben", bekam sie oft zu hören.

Wenn damit Geld gemeint war, musste sie den Leuten recht geben. Dank der großzügigen Unterstützung ihres Freundes Claude Fuentes hätte sie die Möglichkeit, ein gutes Leben zu führen. Aber sonst – nein, sonst hatte sie keine Reserven. Nicht mehr!

„Soll ich zuerst aufstehen und den Laden aufmachen – die erste Mutprobe des Tages – oder mir überlegen, was ich anziehen soll? Anziehen, auch so eine Herausforderung; obwohl – im Sommer ist alles einfacher. Dann aber das Duschen, Zähneputzen, Frühstücken – nein, besser umgekehrt: Zuerst frühstücken, dann die Zähne putzen, oder? Verdammt – es ist wirklich nicht einfach, einen Tag anzufangen."

Alice hielt gerne Selbstgespräche, und Dr. Noël meinte, das sei okay. Sogar, dass sie im Spiegel manchmal das kleine Kind sehen würde oder den Teenager. Und auch, dass die mit ihr sprächen ... Angeblich kein Problem! Aber warum fiel ihr der Beginn des Tages immer noch so schwer? Warum ließ sie sich von leidigen Kleinigkeiten einschüchtern? Das alles würde sie ihn heute fragen.

Sie strich sich gedankenverloren mit der Hand durch die kastanienbraunen Locken. Gut, dass sie wieder die Haare so kurz trug. Sonst wäre auch das Bürsten der verknoteten Nachthaare noch zu bewältigen. Genauso hatte sie ihre Haare auch als Kind getragen. Aber daran wollte sie jetzt auf keinen Fall denken. Viel wichtiger war doch die Entscheidung, was sie heute anziehen sollte.

Wenn sie zu Hause bleiben würde, könnte sie wie gestern rumlaufen – mit quasi nichts an. Bei über 30°C im Schatten lief sie am liebsten in den alten Leinennachthemden rum, die sie im Trödel kaufte. Aber heute musste sie nach Aix. Heute war Gruppentherapie bei Dr. Noël. Und da konnte sie nicht auftauchen, wie sie wollte, sondern so, wie man es von ihr erwartete.

Schon überschlugen sich wieder die Gefühle ... aber dann fiel ihr ein, was sie anziehen könnte: das rote Kleid. Das kam am nächsten an „nichts anhaben" ran und sah trotzdem nicht zu ausgezogen aus für die Gruppensitzung. Oder doch?

„Weißt du eigentlich, dass man deine Brustspitzen sieht – in dem roten Wickelkleid?", hatte eine Freundin sie vor vielen Jahren gefragt. Sie hatte es nicht gewusst und war fürchterlich erschrocken: Wieder was falsch gemacht! Und dann kam die Scham. Das war damals. Da hatte sie noch mehr Angst als heute. Warum musste sie ausgerechnet jetzt an diese Geschichte denken? Vielleicht wegen des BHs? Sie durfte heute auf keinen Fall vergessen, einen anzuziehen ... Was für ein Aufwand!

Und dann die Strecke – 45 Minuten Autobahn. *Obwohl* ..., die Landschaft war doch wirklich schön: der Fluss, die Berge, die Weinfelder. Aber dann das anstrengende Hin- und Hergerede mit den anderen. *Obwohl* ..., die brachten einen auch schon mal zum Lachen. Und ohne die Therapie käme sie ja gar nicht mehr aus dem Haus; hätte auch nie so viele Leute kennengelernt. Auch wenn die alle ziemlich schräg waren.

„*Obwohl* ..., was denken die erst über mich?"

Beim Anziehen kamen ihr Erinnerungen an die ersten Therapie-stunden. Damals waren es noch Einzelgespräche. Nur sie und Dr. Noël. Trotzdem hatte sie immer Angst davor gehabt. Angst, irgend-was falsch zu machen, etwas von dem zu vergessen, was der Doktor ihr Relevantes gesagt oder was sie im Gespräch Wichtiges entdeckt hatte. Nach ihren 45 Minuten in der *Rue du Temple* wollte sie immer schnellstmöglich wegkommen; einfach nur um die nächste Straßen-ecke, sich dort hinhocken und alles notieren, bevor es wieder weg war: in denselben Nebel zurück wie die anderen Erinnerungen.

Irgendwann entdeckte sie ein paar Meter weiter das Bistro *Chez Bruno*, und nach einem Jahr hatte sie sogar den Mut, sich an den äu-ßersten Tisch der Terrasse zu setzen, einen Espresso zu bestellen und dann erst alles aufzuschreiben. Das war bequemer als auf einer Gartenmauer, und bei *Bruno* wurde sie auch nicht so blöd ange-schaut.

An guten Tagen wusste sie, dass man ihr die Unsicherheit nicht ansah. Sie war groß und schien auf den ersten Blick viel sportlicher, als sie eigentlich war. Auf einige wirkte sie arrogant, auf andere un-nahbar. Das war okay für sie. Hauptsache, die Leute ließen sie in Ruhe.

* * *

Der Termin in Aix war einfach zu behalten: Jeden ersten Mittwoch im Monat, von 14 bis 16 Uhr.

Im Rausgehen warf sie wie immer noch einen Blick in den riesi-gen Spiegel in der Diele und hätte fast selbst die Frau aus dem Bett nicht wiedererkannt.

Das tiefausgeschnittene Kleid umspielte ihre Figur wie eine zwei-te Haut und betonte die nahtlose Sonnenbräune ohne Scham. Das sinnliche Rot ihres Lippenstifts passte zu allem, sogar dem Nagellack an Fingerspitzen und Füßen. Und die weißen Sandaletten zum wei-ßen Strohhut, den sie noch in der Hand hielt. Sogar die Ohrringe, zwei weiß-rote Spiralen – alles passte. Sie versank in ihrem Spiegel-bild und dachte an das kleine Mädchen mit den kurzen Haaren. Fast hätte sie sie vergessen. Dabei wollte sie doch heute den anderen in der Gruppe etwas aus ihrer Kindheit erzählen. Wenn sie Mut genug hätte.

Vielleicht – warum sie sich dann doch die Haare hatte wachsen lassen. Damals!

Das schrille Klingeln des Haustelefons riss Alice aus ihren Gedanken. Ein hastiger Blick auf die alte Standuhr verriet ihr, dass sie gut in der Zeit lag. Sonst hätte sie den Anrufbeantworter die Arbeit machen lassen. Aber als sie sah, wessen Nummer da aufleuchtete, freute sie sich sogar. Nicht ganz so wie früher, aber genug, um dranzugehen.

„Claude, du hast Glück, ich bin eigentlich schon weg. Heute hab ich doch Sitzung. Hast du das vergessen?"

„Pardon, Liebling. Klar, wie konnte ich den Termin vergessen? So ein Monat ist aber auch in null Komma nichts vorbei. Prima. Wenn du eh auf dem Weg nach Aix bist, können wir uns später bei mir treffen. Komm zum Kaffee in die Kanzlei. Dann kann ich dir die Sache besser erklären als jetzt am Telefon. Du bist doch bestimmt in Gedanken schon unterwegs. Küsschen."

Noch ehe sie antworten konnte, hatte Claude schon aufgelegt. Alice stand wie benommen in ihrer schönen Diele und fühlte sich – abgehängt. Nein, viel schlimmer – bevormundet.

Er hatte ihr noch nicht mal die Chance gegeben, ihre Meinung zu sagen, vielleicht sogar zu widersprechen. Er wusste doch genau, dass sie normalerweise nach ihrer Sitzung zurück nach Hause wollte. So schnell wie möglich. Seit ein paar Monaten kehrte sie noch nicht mal mehr bei *Chez Bruno* ein, um sich Notizen zu machen.

Dr. Noël hatte sie nämlich davon überzeugen können, dass Therapie nicht so funktionierte.

„Lassen Sie einfach Ihr Inneres arbeiten. Wenn die Zeit reif ist, werden Sie sich an alles erinnern. Es wird kommen. Haben Sie Vertrauen zu sich selbst. Hören Sie auf, alles aufzuschreiben. Das setzt Sie zusätzlich unter Druck. Glauben Sie mir."

Und Alice hatte ihm geglaubt, und die Erinnerung war gekommen. Seitdem ließ sie ihr Unterbewusstsein arbeiten und ruhte sich öfter mal aus. Das funktionierte nicht immer, aber immer häufiger.

„Merde, warum hat Claude nicht gesagt, warum er angerufen hat? Warum soll ich im Büro vorbei? Was lässt sich besser in der Kanzlei erklären? Sonst ruft er nie um diese Uhrzeit an. Er weiß genau, dass ich diese Geheimnistuerei nicht ausstehen kann."

Und plötzlich war sie da; sie kam wie immer aus dem Spiegel geklettert: das kleine Mädchen mit den kurzen Haaren, in ihren schmutzigen weißen Shorts und der zerknitterten roten Bluse.

Sie nahm Alice ganz selbstverständlich bei der Hand und zog sie langsam Richtung Auto.

* * *

Als er das Klingeln hörte, zuckte er schuldbewusst zusammen. Er hatte schon wieder an den Nägeln gekaut. So langsam sollte er sich zusammenreißen und sich an den Klingelton und so vieles andere gewöhnen. Vielleicht könnte er aber auch eine andere Melodie finden. Und ein Sekretariat wäre auch nicht schlecht. „Praxis Dr. Noël, Dr. Janus am Apparat, was kann ich für Sie tun?"

„Ich möchte mit Dr. Noël verbunden werden. Ich rufe aus der Jugendvollzugsanstalt an. Sagen Sie bitte Dr. Noël, es gehe um Patrice Dufee."

Dr. Janus holte tief Luft; irgendwann musste das erste Mal sein. Warum also nicht jetzt? Er räusperte sich und sprach in die Muschel des alten Telefons: „Hören Sie? Mein Name ist Dr. Janus; ich bin die Vertretung von Dr. Noël, voraussichtlich für die nächsten sechs Monate. Dr. Noël hatte einen Schlaganfall."

Für kurze Zeit war die Leitung tot, und Dr. Janus, der mit solchen Reaktionen durchaus gerechnet hatte, wollte schon wieder auflegen.

„Hallo, sind Sie noch dran?", fragte die Stimme.

„Schon, aber Sie wohl nicht."

Geduld gehörte nicht zu den Stärken von Dr. Janus. Und überhaupt, diese Vertretungskiste ging ihm jetzt schon auf die Nerven.

Er war schließlich eine international anerkannte Kapazität. Nur, weil er ein *Sabbatical* in seiner Heimat angetreten hatte, mussten die ihn doch nicht gleich dienstverpflichten. Aber „Nein" sagen war ihm immer schon schwer gefallen. Er wusste bis heute nicht, wer ihn vorgeschlagen hatte. Alles musste wohl mal wieder schnell-schnell gehen. Und das französische Gesundheitssystem hatte sich in den letzten zehn Jahren, in denen er in England praktiziert hatte, nicht unbedingt verbessert.

„Entschuldigen Sie. Vielleicht können wir das Gespräch einfach neu anfangen. Sie müssen verstehen ... das mit dem Schlaganfall von Dr. Noël... das ist ja schrecklich. Wie geht es ihm? Wird er es überstehen?"

„Meinem Kollegen geht es den Umständen entsprechend gut. Er hatte Glück, dass er sofort ins Krankenhaus kam. Die Ärzte hoffen sogar, dass die Lähmungen teilweise zurückgehen. Aber vielleicht könnten Sie mir jetzt sagen, wer Sie sind und was Sie wollen?"

„Pardon, ja klar. Mercier, ich bin der Leiter der Jugendvollzugsanstalt Aix, in der Dr. Noël einmal die Woche praktiziert. Sowohl Einzel- als auch Gruppentherapien. Einige wenige unserer ..." Mercier suchte offensichtlich nach der korrektesten Bezeichnung.

„Klienten, wir sprechen von Klienten."

„Ja, danke. Einige wenige Ihrer Klienten ..."

Dr. Janus konnte ein Lachen nicht mehr zurückhalten: „Ich will Ihnen ja nicht zu nahe treten, Monsieur Mercier, aber noch sprechen wir von Ihren Klienten, oder?"

Janus liebte es, Menschen aus der Reserve zu locken. Und er wollte Mercier gleich zu verstehen geben, dass er, Dr. Felix Janus, ein anderes Kaliber war als der alte Noël.

Aber der Typ aus der JVA redete unbeeindruckt weiter: „Nach ihrer Entlassung haben einige wenige die Therapie noch weitergeführt. Bei Dr. Noël. Der hat einen besonderen Zugang zu den jungen Leuten; der ist echt gut, der versteht sein Handwerk."

Janus entschied sich, nicht darauf einzugehen und abzuwarten, wie Mercier sich verhalten würde. Aber der schien nichts zu merken.

„Da ist nun der Fall von Patrice Dufee. Der soll heute um 14.00 Uhr zum ersten Mal zu ... einer Ihrer Gruppensitzungen kommen."

Janus ließ Mercier gerne noch weiter zappeln. Jetzt hatte er ihn, wo er ihn haben wollte, denn der fragte nun vorsichtig: „Hallo? Sind Sie noch dran? Ich glaube, wir sind unterbrochen worden ..."

Was für ein Dilettant! Es wurde Zeit, dem Gespräch ein Ende zu setzen. Also donnerte Janus los: „Auf gar keinen Fall. Wie stellen Sie sich das vor? Ich weiß überhaupt nicht, ob er in die Gruppe reinpasst. Wenn überhaupt, kann er in vier Wochen dazukommen. Wissen Sie was, wir kürzen das jetzt alles an dieser Stelle mal etwas ab, und Sie sagen Monsieur Dufee, er soll sich bei mir melden – telefonisch – und einen Termin zum Kennenlernen ausmachen. Danach werde ich entscheiden, wie wir weiter vorgehen. Und wenn ich das richtig sehe, ist Monsieur Dufee ja auch aus Ihrer Kompetenz raus – sobald er heute entlassen wird."

* * *

Mercier hätte am liebsten den Hörer aufgelegt. Sein Anfangsverdacht verstärkte sich zunehmend: Die Vertretung von Dr. Noël hatte doch wohl selbst ein dickes Problem – oder auch zwei; auf jeden Fall, eins davon mit ihm. Er versuchte, sich zu beruhigen und einen letzten Versuch zu starten, diesen Janus zu überzeugen, dass Dufee heute fest mit einem Termin rechnete, und wie wichtig der für ihn wäre. Vielleicht, dass er bis in einem Monat, zur nächsten Sitzung, sogar abspringen würde und ein Einzelgespräch mit dem neuen Doc erst gar nicht führen wollte.

Aber Dr. Janus gab ihm keine Gelegenheit für weitere Erklärungen. Das letzte, was Mercier von ihm hörte, war ein ziemlich kaltschnäuziges: „Entschuldigen Sie, ich habe ein Gespräch auf der anderen Leitung. Geben Sie einfach Monsieur Dufee meine Nummer; ich erwarte seinen Anruf. Au revoir."

Mercier war sich sicher, dass das „auf Wiedersehen" nicht wörtlich gemeint war. Und da niemand außer ihm in seinem Büro war, beendete er das Gespräch in aller Form mit dem leeren Besucherstuhl vor seinem Schreibtisch: „Ich hätte Ihnen gerne noch etwas mehr über Ihren zukünftigen Klienten gesagt. Aber ich verstehe, dass ein guter Therapeut sich lieber selbst ein Bild macht. Ich wünsche Ihnen ebenfalls alles Gute. Und bitte, bleiben Sie nicht in Verbindung."

* * *

So kam es, dass Dr. Janus weder von der Tatsache erfuhr, dass Patrice Dufee wegen schwerer Körperverletzung und versuchter Vergewaltigung eingesessen hatte, noch davon, dass er unter multipler Persönlichkeitsstörung litt und daher nicht alleine zur Therapie kommen würde!

* * *

Dr. Janus wusste ganz genau, dass das Gespräch mit diesem JVA-Typen schlecht gelaufen war. Er hatte sich nicht im Griff gehabt. Mal wieder nicht diese für ihn so schwierige Balance geschafft zwischen genügend Distanz und ein wenig Empathie. Manchmal fragte er sich, ob er den richtigen Beruf gewählt hatte. Für sich auf jeden Fall, aber nicht unbedingt für seine Klienten. Zu denen fehlte ihm doch so manches Mal der Bezug. Einige stießen ihn schon rein körperlich ab. Allein der Gedanke an den einen oder anderen ... er bekam schon Gänsehaut. Er sah sie genau vor sich: Den 140 Kilo Typ in London; die alte Frau, die aussah und roch, als käme sie von der Müllkippe.

Wie geschickt hatte er es immer angestellt, sie während der Therapiestunden nicht direkt anzuschauen; das ließ sich leicht arrangieren. Da war er gut drin. Und nicht nur darin. Er wusste sogar, wo SEINE Phobie herkam.

„Du sollst nicht so viel in dich reinstopfen, Felix. Zwei *éclairs* sind nun wirklich genug – oder willst du etwa so dick werden wie *papa*?"

Er liebte die Stimme von *maman* – egal, was sie sagte.

Die größten Beschimpfungen aus ihrem Munde waren leckerer als die dicksten Küsse von *papa*. Und wie gut sie roch. Von oben bis unten nach … Das änderte sich in der Phantasie von Dr. Janus je nach Stimmung. Manchmal sah und roch er sie umrankt von tausend kleinen weißen Jasminblüten. Oder weißen Lilien. Oder dem schweren Parfum überreifer Orchideen. Er suchte ihren Geruch sehr oft, und manchmal fand er ihn. Nicht immer an den feinsten Orten.

Warum hatte sie ihn auch alleine gelassen? Dann müsste er nicht in solche Etablissements gehen. Aber das Leben ist voller Ungerechtigkeiten; und das hatte der kleine Felix schon früh gelernt. Was wäre seine Mutter stolz auf ihn: Er hatte ein tolles Studium geschafft. Anerkannter Psychologe, Dissertation und zahlreiche Veröffentlichungen. Und er achtete immer noch brav auf seine Figur. Nur nicht so werden wie *papa*!

Sobald er etwas zu viel um die Mitte ansetzte, ekelte er sich vor sich selbst und unterwarf sich drakonischsten Diäten. Mit dem Resultat, dass er sich mit seinen fünfundvierzig Jahren sehr gut sehen lassen konnte. Dazu die halblangen, fast schwarzen Haare, in denen erste graue Fäden aufblitzten; aber Mutter hätte sicherlich nicht die Strähne gefallen, die er sich gerne mal über die Augen fallen ließ: Egal – er hatte, was er bei anderen *de la classe* nannte und pflegte sie akribisch.

Schon wieder klingelte das Telefon; aber dieses Mal erschrak er nicht. Den Klingelton kannte er nur zu gut. Das war sein privater: Frank Sinatras *Strangers in the Night*.

Felix liebte die USA – überhaupt alles Anglophone. Er hatte einige Semester in Oxford studiert und danach ein Praktikum in den Staaten absolviert. Seitdem träumte er davon, in New York zu praktizieren. Von den paar Euros, die er in Aix für die Vertretung von Dr. Noël bekam, konnte er kaum seine Klamotten bezahlen, geschweige denn, seine Lieblingsrestaurants so regelmäßig besuchen, wie er es gerne getan hätte. Aber von ein paar hundert Dollar, die EINE Therapiestunde in New York kostete – irgendwann schon!

Sichtlich besserer Laune, nahm er das Telefonat entgegen und fragte mit allem Charme, den er von *maman* geerbt hatte:

„Hello, Janus hier – wer spricht?"

24

„Hey, Felix, altes Haus. Wie ich gerade von einem mürrischen Kollegen von dir gehört hab, bist du gar nicht mehr in Oxford. Was treibst du Buntes?"

Dr. Janus brauchte nicht lange, um DIE Stimme zu erkennen. Ein guter Freund aus England. Am Anfang war die Beziehung nicht ganz unproblematisch, weil Steven sein Patient war. Aber mit der alten Schule, von wegen kein Verhältnis, egal welcher Art, mit einem Klienten anfangen, hatte Dr. Janus nie was am Hut gehabt. Warum hätte er Regeln respektieren sollen, an die sich noch nicht mal Freud und Jung halten konnten. Auf jeden Fall nicht immer.

„Mensch, Steven, schön, von dir zu hören. Das muss ein Jahr her sein, wenn nicht länger. Du hörst dich verdammt nah an. Von wo rufst du an?"

„Du wirst es nicht glauben. Ich bin gerade in Marseille gelandet und stolpere, wie gesagt, über diesen Typen, mit dem du mal die Praxis geteilt hast. Ich kann mich nicht mehr an den Namen erinnern. Du weißt schon, der mit dem kahlrasierten Schädel und dem Schnurrbart."

„Oh Gott, Steven, du meinst doch nicht etwa Sir James. Ist er gerade angekommen, oder war er Richtung England unterwegs?"

„Keine Sorge, Sweetheart. Er war auf dem Rückweg nach *good old England*. Und hatte wohl nach zwei Wochen Frankreichurlaub die Schnauze gestrichen voll von den *froggies*. Er ist doch immer noch derselbe alte Chauvi. Klar; jetzt kann ich mich an den Spitznamen erinnern. Sir James. Egal, vergiss ihn. Wichtig war nur, dass er mir von deinem Sabbatjahr erzählte, und dass du mal wieder in der Provence seist. Eine Tatsache, die ihm so was von abzugehen scheint. Wie hat er so schön gesagt?

Dazu muss man wohl in Frankreich geboren sein, um über den ganzen Dreck hinwegsehen zu können. Ich sag nur: die Toiletten! Die Bürgersteige!"

Steven konnte die Stimme so gut imitieren, dass Janus sich vor Lachen verschluckte.

„Steven, hör auf, ich kann nicht mehr. Und das im doppelten Sinn. Ich hab um 14 Uhr meine erste Therapiesitzung für die Woche und hab noch keinen Fatz vorbereitet. Wie lange bleibst du in der Gegend? Wir müssen uns unbedingt sehen."

„Ich muss übermorgen wieder weg. Morgen hab ich einen Notartermin in Aix. Wie wärs mit heute Abend?"

„Mensch, das tut mir leid. Aber um sieben hab ich Tango und du weißt, dass ich den nie ausfallen lasse. Wie wärs mit einem frühen Apéro gegen fünf? Bei mir um die Ecke gibts ein kleines Bistro, *Chez Bruno*, das ist ganz okay."

„Dann musst du mir nur noch erklären, wo *bei dir um die Ecke* ist."

„Meine Praxis ist in einer kleinen Nebenstraße hinter dem Bahnhof. Nicht gerade die erste Adresse von Aix, aber ich mach hier ja nur Vertretung. Die Bar liegt an der Ecke *Rue de la Masse* direkt am *Cours Mirabeau*; ganz einfach zu finden. Wenn es Probleme gibt, ruf an."

„Okidoki! Bleib sauber, Felix, und denk dran: Finger weg von den Klienten!"

* * *

Alice parkte, wie immer, wenn sie zu Dr. Noël fuhr, am liebsten an der Uni. Das gab ihr Sicherheit. Nicht wie am Bahnhof, da wurde sie schon ein paar Mal angequatscht. Und das brachte sie zur Raserei. Der Stellplatz an der Uni lag ideal für sie. Direkt hinter dem Haupteingang, fast neben der Pförtnerloge, die sogar am Mittwochnachmittag besetzt war.

Den Platz hatte ihr Marie besorgt; eine Frau, die mit ihr in derselben Gruppentherapie und Lehrbeauftragte an der *Faculté de droit* war. Meist wartete Marie schon am Parkplatz auf sie, und dann gingen sie gemeinsam in die *Rue du Temple*. So auch heute.

„Salut, Alice. Geht es dir heute so gut wie du aussiehst, oder ist das eine ganz besonders ausgefeilte Art der Tarnung?", rief Marie ihr mit ihrer schrillen Stimme zu, an die sich Alice nach all den Jahren noch nicht gewöhnt hatte. Sie schätzte die direkte offene Art von Marie sehr.

„Irgendwann werde ich es schaffen, genauso cool und taff zu sein wie Marie und nicht so angepasst und brav wie ... MAN es von mir erwartet."

Das sagte sie sich oft. Und wenn Alice mal wieder von irgendjemandem oder irgendwas getriggert wurde, konnte ihre Stimme sich genauso überschlagen wie die von Marie. Sonst gab es eigentlich wenig Ähnlichkeiten.

„Und du, Marie? Ein echter Hingucker. Grün ist die Schminke der Roten, was? Das Kleid passt echt toll zu deinem Haar. Aber meinst du nicht auch, dass wir es mit den Décolletés heute etwas zu gut meinen für den armen Dr. Noël? In seinem Alter – nicht, dass er uns einen Herzkasper kriegt. Man könnte meinen, wir wollten ihn verführen. Hoffentlich hat sich wenigstens Isa heute etwas dezenter angezogen."

„Isa und dezent? Der Sommer ist doch die einzige Jahreszeit, in der sie endlich alle ihre Tattoos zeigen kann."

Alice verdrehte die Augen, und Marie schnitt ihr eine Grimasse: „Okay – fast alle!"

Die beiden liefen lachend Richtung Bahnhof. Ein lustiges unbeschwertes Duo für jeden Außenstehenden. Zwei Frauen, denen man die pure Lebensfreude ansah – eine perfekte Fassade.

Sie trafen Isa an der Eingangstür zur Praxis. Marie hatte recht behalten. Der kurze Short ließ nach unten die Beine etwas länger erscheinen, und nach oben war Platz genug zwischen Top und Oberkante, das kleine glitzernde Kunstwerk um den Nabel voll zur Geltung zu bringen. Sie hatte eine jungenhafte Figur und fast keinen Busen. Das alles sah man heute ganz genau. Und noch viel mehr!

„Salut, ihr zwei. Was für ein Tag! Viel zu schade, um zwei Stunden eingesperrt zu verbringen. Vielleicht könnten wir Noël überreden, mit uns in den Park zu gehen. Irgendein ruhiges Eckchen wird sich doch bestimmt finden lassen, was meint ihr?"

Alice zögerte. Sie traute sich ja schon kaum, in einem geschlossenen Zimmer zu reden. Draußen in freier Natur, wusste sie, würde sie kein Wort rauskriegen. Aber sie wollte Isa nicht die Laune verderben.

„Ist Michel auch schon da? Dann wären wir komplett und könnten abstimmen. Noël hat bestimmt nichts dagegen."

Isa war begeistert von ihrer Idee und stürzte als Erste in das Sitzungszimmer.

Aber dort erwartete sie nicht wie üblich Dr. Noël in seinem Sessel, sondern ein äußerst unzufrieden dreinblickender Michel – und ein Neuer.

In seinen weißen Lacoste Bermudas mit passendem Hemd sah der auf den ersten Blick ganz attraktiv aus: ziemlich groß und eher schlank. Die glatten dunklen Haare, die er mittellang und schick geschnitten trug, strich er sich alle paar Minuten nervös aus den Augen. An ihm war irgendwas Weibliches. Sie versuchte herauszufinden was. Bestimmt nicht die zusammengewachsenen Augenbrauen; die passten so gar nicht zu dem sonst so gepflegten Äußeren. Es war vielmehr seine Art, sich zu bewegen. Geschmeidig. Flüssig. Als würde er tanzen und dabei versuchen, so wenig wie möglich den Boden zu berühren.

Mal ganz was anderes, dachte sich Isa. Irgendeine Macke haben wir schließlich alle hier, sonst bräuchten wir ja keine Therapie.

Kapitel 1.2

Alles war anders ...

... und trotzdem wie zuvor. Das konnte eigentlich nicht sein. Dieselben hohen, nicht mehr ganz sauberen Wände, die nach ungefähr vier Metern in eine etwas bröckelige Stuckdecke übergingen. In der Mitte die Rosette mit den kleinen Engelchen, wie in einer Barockkirche. Auch die Farbe stimmte: das warme provençalische Gelb. Dazu die schweren Vorhänge mit den verblassten Sonnenblumen. Ab dann aber war alles verkehrt: Das Zimmer bot keinen Schutz mehr. Die grellen Strahlen der Sonne überfluteten es mit Licht und Hitze. Sogar der alte Parkettboden knarrte anders – nicht mehr an denselben Stellen.

Wieso standen die Stühle an der Wand und nicht im Kreis? Zwei üppige Palmen versperrten den sonst freien Weg zum Fenster. Und links davon, die kleine Kaffee-Ecke, war doch auch neu, oder? Die ganze Atmosphäre war anders. Alice wurde immer unruhiger und teilte die Neugierde von Isa und Marie an dem neuen Mann in ihrer Runde überhaupt nicht.

Wenn nicht gerade in diesem Moment Michel losgepoltert hätte, wäre sie sofort aus dem Zimmer gerannt. Das war nicht mehr ihr Zimmer. Irgendetwas ganz Schlimmes musste geschehen sein; da war sie sich nun sicher.

„Was haben Sie sich denn dabei gedacht? Uns alle kommen zu lassen, als sei nichts passiert. Wir sind hier ja nicht irgendwo ...“

Michel suchte nach Worten, kniff die Augen zusammen und drückte sich plötzlich den Zeigefinger an seine linke Schläfe.

„Jetzt krieg ich auch noch 'ne Migräne. Kann denn nicht endlich mal jemand die Vorhänge zuziehen? Das ist doch nicht zum Aushalten!“ Michel sah sich verzweifelt im Raum nach Hilfe um, aber alle schienen wie festgefroren – trotz der drückenden Hitze.

Den Neuen schien die Situation nichts anzugehen; auf jeden Fall fühlte er sich von dem Typ mit dem lustigen Akzent nicht angesprochen. Im Gegenteil; mit gesenktem Blick und beiden Händen fest in den Hosentaschen, schlenderte er zu den weißen Rattanstühlen. Blieb kurz davor stehen, als wolle er sie zählen oder sich überlegen, ob er sich setzen sollte oder nicht. Dann drehte er sich langsam um und ließ sich auf den mittleren Stuhl fallen. Erst dann schaute er in die Runde und lächelte einen nach dem anderen an.

Niemand sagte ein Wort – noch nicht einmal Michel. Marie war die Erste, die sich aus ihrer Starrheit befreite, langsam zu den Fenstern schritt und einen Vorhang nach dem anderen zuzog. Isa bewegte sich als Nächste, indem sie Anstalten machte, auf Michel zuzugehen, der immer noch in der Mitte des Zimmers stand. Sie entschied sich dann aber anders: Mit höchster Konzentration ließ sie sich auf den Boden gleiten, faltete ihren kleinen Körper in einen perfekten Lotussitz und – verschwand in sich selbst.

Für Alice, die bis dahin die Inszenierung beobachtet hatte, wie eine Ballettstudie, die ihr aber überhaupt nicht gefallen wollte, wurde es Zeit, sich zu entscheiden. Sie holte tief Luft, drehte sich auf ihrem Absatz Richtung Tür – und just in dem Moment stand der Neue wieder auf und eine weiche, fast feminine Stimme erklärte: „Mein Name ist Felix. Dr. Felix Janus. Bitte bleiben Sie doch hier." Mit diesen Worten ging er auf Alice zu und berührte sie leicht am Arm. „Ich soll Ihnen Grüße ausrichten, von Dr. Noël, allen von ihnen."

Zuerst zuckte Alice zusammen. Wie konnte er es wagen, sie anzufassen? „Nimm deine dreckigen Pfoten weg oder ich ..."

Aber Alice ließ das Mädchen nicht ausreden. Niemand außer ihr konnte die Stimme hören. Und das war gut so. Sie spürte, wie die anderen sie beobachteten, die Luft anhielten und sich sicherlich fragten, wie sie heute reagieren würde. Keine Angst. Heute war immer noch ein guter Tag.

Also ließ sie die Berührung nicht nur geschehen, sondern folgte Dr. Janus wie ein braves kleines Kind, das seinen Mut verloren zu haben schien, zurück ins Zimmer. Der einzige, der nichts von der

Gefahr merkte, in der er sekundenlang geschwebt hatte, war Dr. Janus selbst.

„Wollen Sie sich nicht alle setzen? Ich erkläre Ihnen gerne die neue Situation. Setzen Sie sich, wohin Sie wollen. Wie Sie wissen, sind die Stühle frei beweglich. Wenn Sie eine Erfrischung wünschen, bitte bedienen Sie sich."

Er wartete, bis jeder seinen Platz gefunden hatte: Marie überlegte kurz, ... ging auf Dr. Janus zu, ohne ihn aus den Augen zu lassen, suchte sich genau den Stuhl neben ihm aus – und zog ihn unter eine der Palmen. Michel platzierte den seinen lautstark mit dem Rücken zur Fensterfront; Isa blieb da, wo sie war, und Alice zog ihren Stuhl zurück – in die Nähe der Tür.

Jetzt hatte Dr. Janus die Aufmerksamkeit der Vier. Alles funktionierte wie geplant. Die Neugierde ist ein hungriges Tier in jedem Menschen; das wusste er nur zu gut. Aber er wusste auch, dass es darauf ankommen würde, ihr Vertrauen zu gewinnen; wenn er es jetzt nicht schaffte, dann nie mehr – nicht mit dieser Gruppe.

„Ich danke Ihnen für Ihre Geduld. Das ist keine einfache Situation – für keinen von uns. Ich bekam selbst erst gestern die Nachricht, dass ich die Vertretung von Dr. Noël übernehmen sollte. Mein Kollege hat am Wochenende einen Schlaganfall erlitten."

Von der Tür aus hörte er einen kurzen unterdrückten Aufschrei und eine Art Quieken von der Frau am Fenster. Der Mann mit Migräne fing an, mit seinem Kopf zu nicken – unaufhörlich, wie diese chinesischen Glücksbringer.

Niemand aus der Gruppe hielt Blickkontakt oder sagte etwas. Jeder analysierte die Information für sich. Schweigen ist Teil jeder Therapiestunde, das wussten sie alle, und Dr. Janus ließ ihnen Zeit.

Die Frau am Boden brach als Erste das Schweigen. Das hätte er nicht gedacht, so in sich versunken, wie sie schien. Auf den ersten Blick wirkte sie selbstsicher und gar nicht so labil, wie es in ihrer Akte stand. Und sehr sexy. Obwohl sie sich redlich Mühe gab, ihren Körper zu verunstalten: Tattoos in allen Farben und Größen verteilten sich über mehr als die Hälfte ihrer freizügig zur Schau gestellten Nacktheit. Die zahlreichen Piercings an Nase, Ohren, Kinn und

Bauchnabel ließen vermuten, dass es auch noch welche an den wenigen bedeckten Stellen ihrer zierlichen Gestalt gab. Und die Krönung der Abschreckung sollte wohl die Cherokeefrisur sein. Schade für das schöne Haar, dachte sich Felix, aber Haare wachsen ja nach – die Haut nicht. Die Frau schreckte ihn ab und faszinierte ihn zugleich. Er hörte nur ihre Stimme. Die Worte passten gar nicht dazu. Wie konnte das sein? Das melancholische Timbre seiner Mutter in so einem entstellten Körper. Surreal!

„... Sie hätten uns informieren müssen. Unsere Nummern haben Sie in den Akten. Wir sind alle freiwillig hier und können jederzeit gehen – hast du gehört, Alice? Er kann dich nicht zwingen, hier zu bleiben."

Um ihre Lässigkeit zu unterstreichen, blies sie ihren Kaugummi zu einem Ballon auf und ließ ihn lautstark platzen. Marie klatschte in die Hände, und Alice konnte sich ein Schmunzeln nicht verkneifen.

„Also können wir jetzt gehen?", fragte der immer noch nickende Michel; und trotzdem blieb er sitzen.

„Selbstverständlich ist jeder frei, über die Fortführung seiner Therapie unter meiner Leitung zu entscheiden. Aber sehen Sie: Genau deswegen habe ich Sie nicht angerufen. Sie hätten sich alle ihre Meinung gebildet, ohne mich persönlich und die Art von Zusammenarbeit kennenzulernen, die ich Ihnen gerne anbiete. Es geht um die nächsten sechs Monate. Mindestens. Wenn nicht mehr. Auf jeden Fall wäre es eine zu lange Zeit, wenn Sie unterbrechen würden. Ich weiß nicht, welchen Vergleich Dr. Noël benutzt hat; ich vergleiche eine Therapie gerne mit einem Gärtchen, das in der therapiefreien Zeit mit Unkraut zuwächst. Je mehr freie Zeit – umso mehr ist zu jäten.

Entscheiden Sie selbst, aber entscheiden Sie in Ruhe, und am besten NACH der heutigen Sitzung."

Er machte eine kleine Pause, als erwarte er jetzt schon eine Antwort. Doch niemand schaute auch nur in seine Richtung.

„Wissen Sie, was mich wundert? Wenn Sie doch alle so an Dr. Noël und seiner Methode hängen, warum hat mich noch niemand nach seinem Befinden gefragt?"

„Was sind Sie nur für ein Scheiß-Therapeut, dass Sie uns jetzt ein schlechtes Gewissen machen wollen? Bullshit. Sie haben uns hierher gelockt und versuchen, uns nach Strich und Faden zu manipulieren", ließ sich der Punk wieder hören; und dieses Mal gar nicht so entspannt und ganz ohne Kaugummi. Also hatte er sich doch nicht getäuscht. Alles nur aufgesetzt. Alles nur Fassade.

„Ich weiß ja nicht, wie es den anderen geht, aber ich fühle mich so langsam ganz schön verarscht; und wissen Sie, warum ich noch bleibe? Mein Stiefvater hat immer gesagt, man soll gehen, wenn es am Schönsten ist – und ich hab den Verdacht, dass das für heute noch nicht der Fall ist."

„Lass doch gut sein, Isa, er hat schließlich nicht ganz Unrecht. Sagen Sie uns doch endlich, was passiert ist und wie es Dr. Noël geht. Wird er wieder gesund?"

„Mensch, Alice lass dich doch nicht gleich einwickeln; merkst du nicht, auf was der raus will?"

Auch Michel wusste jetzt, was er von dem Ganzen zu halten hatte und meinte lakonisch:

„Früher war alles besser!"

Und wieder war Dr. Janus der Einzige, der nicht verstehen konnte, dass für Michel in diesen vier Worten die ganze Welt lag. Und heute passten sie ganz besonders.

„Wenn Sie mir etwas mehr Redezeit geben würden, meine Damen, könnte ich Ihnen so viel mehr erklären. Wir sollten uns einfach besser kennenlernen. Ich erzähle Ihnen, wer ich bin und Sie vielleicht, wer Sie sind und was Sie hierher geführt hat. Sie werden schnell merken, dass ich anders arbeite als mein Vorgänger, aber dafür nicht schlechter."

Wieder hörte er diesen komischen Quiekser aus der Fensternische, und die Frau schrie ihn an:

„Also doch Nachfolger. Dr. Noël wird tatsächlich nicht mehr kommen. Lebt er überhaupt noch?"

Dr. Janus merkte, dass seine Geduld sich ihrer Toleranzschwelle gefährlich näherte. Er musste sich unbedingt bewegen, und sei es nur bis in die Mitte des Zimmers. Dort fing er an, sich langsam um die eigene Achse zu drehen, ein tibetanisches Allheilmittel. Und praktisch dazu: Er kehrte niemandem aus der Gruppe länger als nötig den Rücken zu. Und er konnte jeden einzeln und intensiv ansprechen.

„Dr. Noël geht es den Umständen entsprechend gut; die Ärzte gehen davon aus, dass er in sechs Monaten wieder auf den Beinen sein wird. Zu mehr Auskünften bin ich nicht berechtigt, wie Sie sicherlich verstehen. Okay?"

Er versuchte, Blickkontakt mit den Vieren zu halten, und diesmal gelang es ihm.

„Wie wäre es, wenn ich Ihnen zuerst mal was von mir erzähle?"

Bisher war er nicht unzufrieden mit seinem Ansatz für die heutige Sitzung. Er hatte fest damit gerechnet, dass der eine oder andere aufgeben und sich davonmachen würde. Wenn er es schaffte, eine Mindestgröße zusammenzuhalten, könnten die Vier eine gute Gruppe für sein Projekt abgeben. Er forschte seit über zehn Jahren an einem neuen Ansatz zur wahren Identität: Was hat uns zu dem gemacht, was wir sind, und noch wichtiger, was wir tun. Kann man in einer Gruppe diese Erkenntnis fördern – eventuell durch Teilnehmer, die als Katalysator oder Trigger für die anderen dienen? Laut Aktenlage von Dr. Noël schienen hier ein paar interessante Fälle versammelt. Ein guter Grund, auch von seiner Seite nicht so schnell die Geduld zu verlieren.

„Meinen Namen kennen Sie bereits. Ich bin am 15.03.1970 hier in Aix geboren. Vater, Franzose; Mutter, Engländerin. Daher meine Ausbildung und Berufserfahrung in beiden Ländern. Dazu habe ich ein paar Jahre in den USA verbracht und mir auch dort die neuesten Therapieansätze angeschaut. Was kann ich noch sagen? Ach, ja – ich bin ledig. Koche gerne und gut. Gehe ab und zu Golf spielen und Tango tanzen. Und meine Lieblingsfarbe ist weiß. Voilà!"

„Leben ihre Eltern noch?", wollte Marie wissen.

„Warum gerade weiß?", fragte Isa.

Michel meinte, dass sich seine Vorstellung eher nach einem Bewerbungs- als nach einem Therapiegespräch anhörte.

Nur Alice meinte nichts, sondern fragte sich insgeheim, ob sie nicht doch einfach gehen sollte; die offene Tür neben ihr war sehr verführerisch.

Genau in diesem Moment sprach Dr. Janus sie an: „Wollen Sie vielleicht die Nächste sein und sich kurz vorstellen, Frau Weiß? Oder darf ich Alice sagen?"

Alice zuckte zusammen und wollte nur eines: Zurück in ihr Bett und sich die Decke über den Kopf ziehen. Also machte sie, was einer Flucht am nächsten kam – einfach die Augen zu; und sich taub stellen.

Es war Marie, die ihr zu Hilfe kam: „Alice hat hier einen Sonderstatus. Steht das nicht in den Unterlagen, oder haben Sie die noch nicht gelesen? Alice kann noch nicht über alles reden, aber dafür schreibt sie. Das liest sie uns dann vor, und wir sprechen darüber. Für uns ist das immer okay gewesen, und für Dr. Noël auch."

Mit diesen Worten blitzten Dr. Janus ein Paar schilfgrüne Augen an, dass ihm ein leichter Schauer über den Rücken lief. Die Frau mit den rotbraunen Haaren hatte ihn nicht umsonst an eine Wildkatze erinnert, nur dass die nicht quieken; und statt Krallen hatte sie ja offensichtlich Haare auf den Zähnen.

Egal, er durfte sich auf keinen Fall mehr von Äußerlichkeiten ablenken lassen. Die Leute in der Gruppe schienen sich gut zu kennen und hatten interessante Verbindungen untereinander. Wie in einer richtigen kleinen Familie. Was ja kein Wunder war, sie arbeiteten schließlich schon einige Zeit zusammen. Das alles konnte nur gut für ihn sein. Und ja, diese Marie hatte ihn voll erwischt mit ihrer Bemerkung – mehr als der tätowierte Punk vorhin. Er hatte tatsächlich noch nicht alle Akten detailliert durchgearbeitet: nur überflogen.

Also richtete er sein Augenmerk auf sie: „Ja, wie schön, dann erzählen Sie doch mal von sich: Marie Ricks, wenn mich nicht alles täuscht. Und wenn uns am Ende noch Zeit bleibt, kann Alice uns ja vielleicht was vorlesen."

Die erwartete Zustimmung blieb aus, und schon war seine Unsicherheit wieder da. Wie gern hätte er kurz an seinen Fingernägeln geknabbert, ... aber das konnte er sich hier und jetzt nicht leisten. Er steckte seine Hände in die Hosentaschen und konzentrierte sich auf die Frau mit dem Quiekser.

Und die schien sich ihrer Ausstrahlungskraft voll bewusst zu sein. Sie war betont langsam aufgestanden und in die Mitte des Zimmers gekommen, so wie er selbst kurz zuvor. Und da stand sie nun. Kein Blatt hätte noch zwischen sie und ihn gepasst. Er roch ihr Parfum, ihre Haare, ihren ganzen Körper. Und plötzlich, wie auf ein geheimes Zeichen, fing sie sich an zu drehen, zuerst beherrscht, dann immer wilder: um ihn rum, ganz nah. Nach ein paar Minuten blieb sie abrupt stehen und er wusste, dass er es nicht länger ausgehalten hätte.

„Jahrgang 1977; Größe 171; Gewicht zwischen 60 und 65 kg; Verhältnis Oberweite zu Unterbrustweite 1,07; Lieblingsfarbe grau und grün, ja, warum nicht auch grüngrau, graugrün? Hahaha; übrigens die Haarfarbe ist echt: rotbraun – nicht gefärbt. Hobby: Putzen – ich liebe es, wenn alles um mich rum sauber ist! Innen und außen. Was noch? Oh ja, ganz wichtig: Meine Eltern sind tot – Gott sei Dank."

Marie bekam Applaus – von allen aus der Gruppe.

„Danke für die Vorstellung. Da steckt schon so einiges drin, aber ..." Die anderen ließen ihn nicht ausreden, lachten sich in einen wahren Rausch.

„Das ist zu gut, können Sie das nochmal sagen? ... *da steckt so einiges drin*. Was für eine Melodie. Und so ganz was Neues. Wissen Sie, Dr. Janus, vor Marie müssen Sie sich in Acht nehmen. Marie hat nicht nur Augen wie eine Katze, sie spielt auch gern wie eine Katze. Vor allem mit Mäuserichen."

„Isa, du Spielverderberin! So was macht man nicht unter Freunden. Und schon gar nicht in der Familie. Ich hasse dich!"

Dr. Janus war sich nicht sicher, ob die Gruppe ihm was vormachen wollte oder ob die Reaktionen von Marie und Isa echt waren. Er ging einfach drauf ein.

„Hass ist eine natürliche und wichtige Reaktion. Und lachen hilft zu entspannen. Es freut mich, dass es uns allen mittlerweile besser geht als am Anfang unserer Sitzung. Erzählen Sie mir trotzdem noch ein wenig mehr über sich selbst. Zum Beispiel, was Sie von ihrem Leben erwarten? Sie tun ja alle interessante Dinge außerhalb der Gruppe, wie ich durchaus gelesen habe. Trauen Sie sich an die Wahrheit – so nah wie möglich. Wollen Sie es mal versuchen, Monsieur Voss, oder darf ich Michel sagen?"

„Das ist mir egal, wie Sie mich nennen. Und was ich Ihnen jetzt zu sagen habe, sag ich nur einmal und nicht, wie in der Therapie üblich, wieder und wieder und wieder: Ich bin vor genau drei Jahren in diese Gruppe gekommen; da waren noch andere, die sind schon wieder weg; ich bin heute quasi der Dienstälteste. Ich litt unter schweren Depressionen nach dem Tod meiner Frau und unter schweren Migräneanfällen: zwei, drei in der Woche. Dr. Noël hat es geschafft, meine Migränen auf zwei bis drei im Monat zu reduzieren. Und Sie? Sie haben es geschafft, bei mir nach fünf Minuten einen Anfall auszulösen, wie ich ihn schon ewig nicht mehr hatte."

Dieses Mal lachte keiner, und es gab auch keinen Applaus. Man sah Michel die Krise an, er war so weiß wie die Bermudas von Dr. Janus. Aber auch der schien betroffen, zog seine Hände aus den Hosentaschen und ging auf Michel zu.

„Was nehmen Sie denn, wenn es ganz schlimm wird? Ich nehme Triptane. Die gibt es ja auch als Injektion. Haben Sie die schon mal probiert? Ich kann Ihnen eine verabreichen, wenn Sie wollen."

Michel, der mit so einer Reaktion des Neuen nicht gerechnet hatte, lenkte ein: „Geht schon. Ich hab gerade was genommen und muss erst mal warten, ob es wirkt. Wenn nicht – gerne die Spritze. Danke für das Angebot."

Das war nun wirklich nicht professionell. So viel wollte er doch gar nicht von sich rauslassen. Er wusste, dass die meisten seiner Kollegen diesen offenen persönlichen Ansatz mit den Klienten immer noch nicht schätzten. Es war ja auch nicht unproblematisch, manchmal sogar gefährlich. Aber er hatte diese Vertretung ja schließlich auch aus einem ganz bestimmten Grund angenommen: den, zu experimentieren. Also musste er folgerichtig auch bereit sein, sich selbst mit in dieses Experiment einzubringen; sich in die Gruppe integrieren und nicht draußen bleiben. Ganz einfach.

Mit sich und der Welt etwas zufriedener, schaute er auf die Uhr und meinte: „Wie ich sehe, haben wir trotz allem Hin und Her noch zwanzig Minuten. Wollen Sie uns vielleicht etwas vorlesen, Alice? Sie hatten doch bestimmt was für die Sitzung mit Dr. Noël vorbereitet."

Mit einem Seitenblick auf Marie präzisierte er: „Wie ich durchaus schon im Protokoll der letzten Sitzung gelesen habe, ging es um LIEBE. Was ist Ihnen denn dazu eingefallen, Alice?"

Kaum hatte Dr. Janus sie angesprochen, verwandelte sich die Frau im roten Kleid und den immer noch festgeschlossenen Augen in das kleine Mädchen, das von Lehrer Herrmann vor die Klasse zitiert und lächerlich gemacht wurde: „Wieder alles vergessen? Sag uns doch wenigstens die erste Strophe ... Dann halt die erste Zeile ... Ach Alice, du bist so dumm wie Bohnenstroh."

Alice wartete auf das Lachen.

Aber es kam nicht. Alle wollten sie eine neue Geschichte hören. Also lief sie auch nicht weg; öffnete behutsam die Augen und griff in die Seitentasche nach ihrem Manuskript.

* * *

Ich hab dich so geliebt. Und ich liebe dich immer noch. Nur anders. Aber schon damals wusste ich nicht so genau, wie ich dir meine übergroße Liebe zeigen sollte. Und du wusstest auch nicht so recht damit umzugehen. Wie so oft, wenn man für große Gefühle einfach noch zu klein ist, macht man Fehler. Ich wollte doch nur deine Aufmerksamkeit erhaschen, und da du dich nicht nach mir umschautest, hab ich den Kieselstein aufgehoben und in deine Richtung geworfen. Der erste Kiesel war zu klein. Er blieb genauso unbemerkt wie meine Blicke. Also hab ich größere Kiesel genommen und versucht, besser zu zielen.

Das ist alles nun schon so viele Jahre her, aber es ist nie zu spät, sich zu entschuldigen. Ja, es tut mir wahnsinnig leid, dass ich dich am Kopf getroffen habe, und du geblutet hast wie Schwein. Hab ich dir eigentlich geholfen? Dich verbunden? Dich getröstet? Ich hab es vergessen.

Aber dass du meiner Lieblingspuppe zuerst die Zehe und danach die Locke abgeschnitten hattest, das war auch nicht gerade gute Kinderstube. Danach kam dann schon ziemlich bald mein Attentat auf deinen Contrabass, den du nach der Stunde im Musikverein in dem riesigen Kasten mit nach Hause schlepptest. War es eine Saite oder zwei? Oder noch mehr? Aber ich war halt eifersüchtig auf das Ding. Es sah schon fast wie ein Mensch aus, wenn der Kasten da so in der Ecke stand: kleiner Kopf, langer Hals, dicker Bauch ... man hätte dem Kasten ein Kleid überstülpen und das Ding für ein Mädchen halten können. Und ich tat das auch. Du verbrachtest damals immerhin mehr Zeit mit dem Kontrabass als mit mir.

Aber was hab ich geweint, als wir dachten, du seist tödlich verunglückt. Du hattest dieses kleine putzige Pelzmäntelchen an, und daher wurde der Aufprall von der Mauer abgefedert. Ich höre noch deinen Kumpel Stefan rufen: „Der Erich ist tot; der Erich ist tot." Und es klang gar nicht traurig. Eher freudig erregt. Wie jemand, der als Erster eine wichtige Neuigkeit verbreiten kann. Es war so schön, als du zwar schwer röchelnd und leichenblass, aber tapfer deine schönen Augen aufmachtest. Nein, damals bist du noch nicht gestorben. Und auch nicht mit dreißig, an der Lungenentzündung. Damals, an der Uni, wussten wir nicht, was für eine wunderbare Zeit wir durchlebten. Für ein paar Monate in einer Studentenbude zusammen. Gemeinsam lernen, lachen, kochen, ausgehen, Freunde treffen. Was haben wir diskutiert, und was hab ich dich abgehört für deine Prüfungen in französischer Literaturgeschichte, Spezialgebiet Existentialismus. Wir lebten „absurd" und standen dazu. Bei unserem letzten Treffen hatte ich unseren Camus dabei; und heute wohne ich 10 km entfernt von dem Friedhof, auf dem Camus' sterbliche Überreste nach seinem absurden Tod beigesetzt wurden.

In einem kleinen Dörfchen im Südluberon. Ich hatte immer gehofft, du kommst mich einmal besuchen: Wir gehen zusammen zum Grab, wie man zu einer Gedenkstätte pilgert. Und davor und danach trinken wir Wein und Pastis. Heute warte ich nicht mehr auf dich. Heute weiß ich, dass du in diesem Leben nicht mehr kommen wirst.

Es war schön, dass wir ganz am Schluss auf eine ganz andere Art, als sonst bei großen Liebesgeschichten üblich, unseren Frieden machen konnten. Es war nicht unter der Sonne Südfrankreichs, sondern im klaren Sonnenlicht unserer Alma Mater von damals. Wir haben uns angefasst: Ich hab dein Gesicht ge-

streichelt und deine Hände. Und ich musste an die Geschichte denken, die du immer gerne erzählt hattest: „Weißt du noch, Alice, als Mutti damals ein paar Jahre nach deiner Geburt am Blinddarm operiert werden musste und ich an der Tür des Krankenzimmers stehen blieb und Angst hatte einzutreten? Weißt du noch, was ich sie gefragt hatte?"

„Ja, Erich, ich weiß es noch.

Du hast gefragt: ‚Ist es auch wirklich nicht noch ein Schwesterchen?'

Und erst dann hattest du dich getraut, zu ihr zu gehen!

Trotzdem war unsere Geschichte auf eine wundersame Art und Weise eine ganz große Liebe!"

Kapitel 1.3

Nachbesprechung mit Überraschungen

Vieles war heute anders als sonst. Sogar das Ende der Sitzung. Niemand wollte sich nach der Geschichte von Alice noch länger in den Praxisräumen von Dr. Noël aufhalten. Und darüber reden, wie gewöhnlich, wollte auch niemand. Ohne Alice, die sofort nach dem letzten Satz ihre Tasche ergriffen hatte und aus dem Zimmer gelaufen war, hätte es auch keinen Sinn gemacht.

Die größte Veränderung war jedoch die in den Personen selbst. Alice, die sich grußlos davon machte und alle anderen mit der Frage zurückließ, ob sie je wieder zurückkommen würde.

Isa, die sonst eher schüchtern und zurückhaltend auftrat, musste sich heute gegen den Neuen wohl zur Wehr setzen und tat es gleich noch für die anderen mit. Sonst war eigentlich eher Marie die hilfsbereite, offene Seele der Familie. Aber nicht der verführerische Vamp, der seine Krallen ausstreckte und Blut gerochen hatte, wie heute. Und dann erst die Sprache: Wenn jemand ein loses Mundwerk hatte, war sie es, und nicht Isa.

Und last but not least der Ausbruch von Michel; der hatte die Gruppe wohl mehr erstaunt als den Neuen. Er kannte ihn ja überhaupt nicht und wusste auch nicht, wie selten, eigentlich nie, Michel heftig wurde. Nicht umsonst neckten sie ihn manchmal mit dem Spitznamen Ted – für Teddybär. Lieb, kuschelig – harmlos. Er hatte zwar nie gesagt, ob ihm das recht sei, aber auch nicht das Gegenteil. So war Michel. Halt ein Ted. In den letzten -zig Monaten Gruppentherapie hatte er so manches Mal rausgelassen, wie sehr er seit seiner Jugend darunter gelitten hatte, nicht mehr zu sein als Durchschnitt: mittelgroß, mittelschwer, mittelschön – selbst seine Haare waren mittelblond und mittellang. Vor sechs Monaten tauchte er plötzlich mit einer anderen Frisur auf. Isa hatte sie ihm geschnitten. Und seitdem veränderte er sein Image. Oder vielleicht sogar sich selbst?

„Hey, du Armer, gehts besser? Kannst du überhaupt mit zu Bruno?"

Marie legte fürsorglich ihre Hand auf seinen Arm.

„Du musst einfach mitkommen. Nimm doch noch 'ne Tablette. Wir müssen reden. Ich hab das blöde Gefühl, Michel, du brütest was aus, gell? Du hast vor, aufzuhören, oder?" Isa ließ nicht locker.

Marie war eigentlich immer schneller dabei, ihre Meinung zu sagen als Isa und hielt nie lange mit ihren Gefühlen zurück. Heute war alles anders.

* * *

Wenigstens im Bistro *Chez Bruno* war alles wie immer. Ihr Tisch war reserviert, und der Chef höchstpersönlich erwartete sie. Vor allem aber erwartete er Isa, die gefiel ihm besonders gut. Er hatte was übrig für schwierige Charaktere, und Isa roch förmlich danach. Die provozierende Art, sich zu kleiden, die Tattoos und Piercings, in den Augen von Bruno nichts anderes als Ablenkungsmanöver vom wahren Kern einer wunderbaren Frau. Er war sich sicher, endlich jemanden mit Tiefgang gefunden zu haben; nicht so einen oberflächlichen Schmetterlingstyp, wie alle seine Ex-Freundinnen.

„Salut ihr drei, auf was habt ihr denn heute Lust? Was Erfrischendes, was Starkes oder was Beruhigendes?"

Das war eigentlich immer sein Willkommensgruß. Irgendwann hatte Michel ihm wohl mal verraten, woher sie regelmäßig, einmal im Monat, um diese Uhrzeit kamen. Zuerst war er erstaunt. Jemand wie Monsieur Voss in Therapie?

Bei Isa hatte es ihn weniger gewundert. In ihr vermutete er von Anfang an ein tiefes Geheimnis. Die andere Frau, Marie Ricks, kannte er kaum. Isa, deren Frisörsalon, in dem sie arbeitete, direkt um die Ecke lag, oder Voss, der auch nicht weit von hier hatte, kamen oft mal zwischendurch auf einen Espresso oder 'nen Absacker am Abend. Marie Ricks seltener; sie war wohl kein Bistrotyp.

„Heute brauchen wir was Starkes und Beruhigendes und Erfrischendes zugleich. Was empfiehlt uns denn da der Chef? Ich geb eine Runde aus."

„Ist das denn vernünftig, Ted? Zusammen mit deinen Medikamenten? Nicht, dass du uns noch vom Stuhl kippst und wir den Krankenwagen rufen müssen", bemutterte ihn Marie halb im Scherz, halb sorgenvoll.

„Ich hab heute einiges zu feiern; Migräne hin oder her. Habt ihr jetzt endlich gemerkt, dass ich immer schon recht hatte?"

Er schaute sie herausfordernd an und genoss die Spannung; sogar Bruno, der eigentlich was sagen wollte, wartete geduldig.

„FRÜHER WAR ALLES BESSER!"

Keiner lachte, außer Bruno, der nicht wissen konnte, was diese Worte für Michel bedeuteten. Mehr als ein Credo: Sinn des Lebens. Aber auch Inbegriff seiner Krankheit. Seit dem Tod seiner Frau war die Zeit für ihn stehengeblieben. Alles gemeinsam Erlebte hatte er sorgfältigst in einen gläsernen Schrein gepackt. Und dorthin verschwand er jeden Abend und jedes Wochenende. Und dazwischen funktionierte er so gut wie möglich.

„Ich schlage euch einen *Bardoueng* vor; Pastis aus Forca – eigentlich gar kein Pastis, sondern reines Kräuterelixier. Kann Tote lebendig machen ..."

„... und Lebendige tot?", fragte ihn Isa und schaute ihm kurz, aber tief in die Augen.

Kaum waren die drei Worte ausgesprochen, hätte sie sich am liebsten die Zunge abgebissen – inclusive ihres letzten Piercings. Aber Michel war offensichtlich mit seinen Medikamenten so zugedröhnt, dass er das Gespräch überhaupt nicht auf seine Frau bezogen hatte. Uff, uff!

Erst jetzt bemerkte sie, dass Bruno sie anstarrte, als würde er sie zum ersten Mal sehen.

„Dieser Kräuterschnaps von *Bardoueng* macht mutig, Isa, du wirst schon sehen." Und dabei dachte er: „Diese Augen, ... wie die heute funkeln, ... als würde sie mich, ... als könnte sie mich ..."

Und als ob Isa ihn gehört hätte, fragte sie sich, ob er jetzt den Mut finden würde, sie einzuladen. Vielleicht ins Kino? Oder zum Italiener?

Aber schon war er weg!

Sein Bistro war immer gut besucht, vor allem am Mittwochnachmittag; und die Stammkunden wollten natürlich vom Chef persönlich bedient werden. Alle schienen ihn zu mögen. So viel hatte Isa schon rausbekommen. Und auch, dass er in seiner Jugend in Korsika wohl eine bekannte Figur im Mittelgewicht gewesen war. Ein paar alte Plakate hingen über dem Tresen. Daher wohl auch die Nase. So einen Freund zu haben, musste toll sein. Einen, der mal richtig zuschlagen konnte. Jemanden, der respektiert wird und für seine Freunde da war: Tag und Nacht.

* * *

„Also, Mädchens, was war denn das heute für ein Theater? Ihr wart alle so komisch drauf? Wenn ich es nicht besser wüsste, würde ich sagen, wir waren im Theater statt in der Gruppensitzung, haben ein Rollenspiel absolviert, ohne vorher geübt zu haben."

„Du musst noch gerade was sagen", schimpfte ihn Marie. „Wer hat sich denn total anders verhalten als sonst? Die Einzige, die so war wie immer, ist unsere gute Alice. Mal die große Dame und dann das verängstigte Vögelchen."

„Ihr müsstet euch selbst mal zuhören: große Dame und verängstigtes Vögelchen; gut und böse. Schwarz und weiß. Ich bin der Dienstälteste in der Therapierunde ..."

Aber da wurde er schon von Marie unterbrochen.

„Woher willst du das wissen? In der Gruppentherapie bei Noël, okay. Aber ich weiß, dass Alice schon 'ne Menge Einzelgespräche auf dem Buckel hat, und ich auch schon. Aber ich verrat euch nicht, wie viel. Und du Isa, seit wann gehst du zum Seelenklempner?"

„Das geht dich überhaupt nichts an. Lass doch einfach mal Michel ausreden, er will uns seit einer halben Stunde was sagen, und du funkst ihm immer dazwischen. Hast du was genommen, oder warum bist du so aufgedreht?"

„Das ist ein gutes Beispiel, danke, Isa. Euer kleines Scharmützel ist der Beweis: In jedem von uns steckt ein kleiner Teufel, der, wenn wir uns nur trauen, rauskommt, wie manchmal auch das Engelchen, oder alle Schattierungen dazwischen. Wir tendieren doch alle dazu, viel zu gerne Etiketten zu verteilen: Der ist lieb, der ist hilfsbereit, jener selbstsicher und immer funktionsfähig, der andere manisch-depressiv. Für jeden eine Schublade – aber so einfach ist es nicht. Keiner von uns ist einfach so. Gott sei Dank, was wäre das Leben sonst langweilig."

Michel hielt kurz inne und schlürfte den ersten Schluck Pastis; er wusste genau, dass er ihm überhaupt nicht gut bekommen würde. Seinem Magen vielleicht, aber nicht seinem Kopf. Egal – für ihn war heute ein großer Tag, und das musste gefeiert werden:

„Wie ihr hören und sehen könnt, bin ich schon sehr weit gekommen mit meiner Therapie. Und heute hab ich gespürt, dass es für mich weit genug ist. An dem Gefühl ist der Neue sicherlich nicht ganz unschuldig. Aber ich gebe zu, der und ich sind absolut nicht auf derselben Wellenlänge."

„Willst du damit sagen, du machst Schluss? Du hörst auf? Für immer?"

Isa schaute ihn ungläubig an.

„Das ist ja mal 'ne Neuigkeit. Wahnsinn! Aber ich kann dich gut verstehen, Michel, und ich sag dir was: Ich beneide dich. Echt wahr! Und du, Isa? Davon träumen wir doch alle. Aber meinst du nicht, dass du dem Neuen gegenüber ein wenig zu hart bist? Mit dir ist er doch sogar noch richtig nett gewesen und hilfsbereit. Der hätte dir liebend gerne noch 'ne Spritze verpasst ..."

„Versteht ihr das denn nicht? Ich war in Therapie bei Dr. Noël. Der kennt mich. Zu dem hab ich Vertrauen. Aber ... ich hab keine Lust, mich mit 'nem wildfremden Menschen über meine Migräne und die neusten Medikamente auf dem Markt zu unterhalten. Und wir sind auch keine Kumpels! Ist euch das nicht aufgefallen? Der hat doch überhaupt keinen Abstand gehalten; dieser respektlose ..." Michel suchte nach Worten: „... dieser respektlose Pfurz!"

Die zwei schauten ihn erschrocken an. Zuviel Sumatriptane oder zuviel Pastis? So eine Wortwahl waren sie nicht von Ted gewohnt.

„Okay, das klingt jetzt undankbar, aber – bah ..."

Er verjagte den Gedanken wie eine lästige Fliege, leerte sein Glas mit einem Zug und meinte: „Über diese Gefühlsduseleien bin ich weg; verdammt weit weg ... und ihr ... ihr werdet euch alle noch wundern, ... wartet nur ab!"

* * *

Eigentlich war er es gewohnt, aufzufallen und es machte ihm auch immer weniger aus, wenn die Leute mit dem Finger auf ihn zeigten. Aber hier in Aix wunderte es ihn schon. Früher lag es vor allem daran, dass man in ihm den ehemaligen Fußballstar erkannte. Heute wohl eher an seiner Größe und der Tatsache, dass er hinkte. Seit seiner schweren Verletzung zog er das rechte Bein nach. Es gab Tage, da sah man es kaum. An anderen fühlte er sich wie ein Krüppel und hielt die Schmerzen kaum aus. Heute fühlte er sich aber rundum wohl.

Steven Bingham war immer noch eine Klasse für sich: Eine bekannte englische Sportzeitung hatte ihn einmal mit „so groß wie Ibrahimovic, weniger arrogant als Ronaldo und so schön wie Beckham" beschrieben. Er hatte kein Problem damit. Auch heute fiel er auf der Terrasse dieses Bistros, in das Felix Janus ihn bestellt hatte, auf. Die einzigen Europäer waren ein paar Frauen mit ihren Kindern und die Dreiergruppe am Ecktisch. Alle anderen und auch die 15-köpfige Gruppe vor dem Bistro waren Asiaten: Chinesen oder Japaner. Da war er sich nie so sicher. Auf jeden Fall überragte er sie um mehr als einen halben Meter.

Er war im siebten Himmel. Das Wetter spielte mit; vom Nieselregen in London mit lumpigen 18°C tauchte er hier in den Hochsommer ein, genoss die Hitze und die Menschen um ihn rum. Er hatte immer schon ein Faible für Frankreich, vor allem für den Süden. Nach zwei Saisons Paris Saint Germain nahm er damals sogar einen Vertrag bei Olympique de Marseille an, und nicht nur wegen der sechsstelligen Bezahlung. Er liebte das Klima, die Mentalität, das Essen und den Wein – einfach alles.

Er war etwas früher zum Termin gekommen als verabredet, und bestellte sich schon mal einen Pastis. Vor drei Monaten, als er zuletzt in Aix war, für den Vorvertrag zu dem Anwesen, das er morgen kaufen würde, war er in dem international bekannten Bistro *Les Deux Amis* eingekehrt. Und hatte lange auf ein nicht ganz so kühles Bier und eine etwas unfreundliche Bedienung warten müssen.

Damals hatte der Notar ihm vom Glanz der vergangenen Zeiten dieses Etablissements erzählt und ihm ein anderes Bistro empfohlen. Wenn ihn nicht alles täuschte, war es sogar dieses – auf jeden Fall war es ein kurzer Vorname gewesen. Egal wie. Die Bedienung war top. Und der Pastis nicht, wie so oft, schon im Glas gemischt, so dass man nicht sehen konnte, wie viel Wasser und wie viel Alkohol drin waren. Dazu Oliven und Pistazien. Wunderbar, die Adresse würde er sich merken.

Als er seine Hand nach dem Glas ausstreckte, merkte er, dass er beobachtet wurde: Drei kleine Kinder vom Nebentisch starrten ihm in die Augen und riefen ihrer Mutter etwas auf Französisch zu, was er nicht verstand. An den Akzent im Süden musste er sich erst noch gewöhnen. Dann kamen auch noch zwei der Asiaten und fragten: „Bitte Foto, misieu, Foto, Foto?"

Es dauerte dieses Mal etwas länger, bis er begriff, dass sowohl die Kinder als auch die Japaner gar nicht den Ex-Fußballer in ihm erkannt hatten, sondern seine ausgefallenen Augen bewunderten. Steven Bingham hatte helle eisblaue Augen, mit denen er manchen Leuten schon einen Schrecken eingejagt hatte; nicht nur Kindern. Steven lächelte routiniert in die Kamera und kurz zu den Müttern und Kindern, bevor er sich hinter eine Tageszeitung rettete, die jemand auf dem Tisch vergessen hatte.

Plötzlich wurde es sehr laut auf der Terrasse; die Stimmen kamen von dem Dreiertisch in der Ecke. Eine der Frauen hatte eine so schrille Tonlage, dass Steven Bingham, ob er es wollte oder nicht, nun jedes Wort verstehen konnte.

„Klar hat das mich getriggert. Ich wurde einfach nicht das Gefühl los, dass er mit uns spielt. Katz und Maus. Von Anfang an. Die Sache mit den Stühlen war doch glasklar!"

Leider konnte sich Steven nicht weiter dem mysteriösen Gespräch zuwenden, da gerade in diesem Moment Felix auf die Terrasse zusteuerte und sich suchend nach seinem Freund umschaute. Als Steven in seiner vollen Größe aufsprang und ihn herbeiwinkte, musste er ihn doch gesehen haben?

Trotzdem drehte Felix blitzartig ab und ging stattdessen nach innen. Zeitgleich verstummten die Stimmen am Ecktisch und eine der Frauen, die attraktive Rothaarige, stieß sogar einen Quiekser aus; so schrill und laut wie früher die Schweine auf dem Hof von Opa Henry, bevor er sie abgestochen hatte. Was für ein Kontrast zu ihrem tollen Aussehen.

Steven fühlte sich plötzlich wie im Kino. Er spürte die Spannung, aber verstand die Handlung nicht. Auch nicht, als der Mann, der die ganze Zeit mit dem Rücken zu ihm gesessen hatte, nun abrupt aufstand, einen 50 Euro-Schein auf den Tisch warf und die zwei Frauen nach einem schnellen Kuss – verdutzt zurückließ.

* * *

Es dauerte eine ganze Weile, bis Steven auf die Idee kam, dass es seinem Freund vielleicht nicht so gut gehe und er vielleicht einmal nachschauen sollte. Aber gerade, als er Richtung Herrentoilette gehen wollte, hörte er die Stimme von Felix im Gespräch mit Bruno am Tresen.

„Ach, hier bist du hängengeblieben. Ich hab mir schon Sorgen gemacht ..."

Aber Felix, der sich offenbar bester Laune und bester Gesundheit erfreute, ließ seinen Freund erst gar nicht ausreden und stellte ihm stattdessen Bruno vor.

„Wir kennen uns noch aus Sandkastenzeiten, nicht wahr, Chef? Und das hier ist Steven Bingham, wie er leibt und lebt; Du kennst ihn bestimmt vom Fußball: der, den sie immer den Fairplayer genannt haben. Mit den wenigsten roten Karten in einer ganzen Karriere. Hast du nicht sogar mal eine internationale Auszeichnung dafür bekommen, Stevie?"

Steven hasste es, Stevie genannt zu werden, und Felix wusste sogar, warum. Was war nur los mit dem? Aber da er die gute Laune nicht verderben wollte, stimmte er in das Lachen der zwei mit ein und hielt seinen Mund. Und Felix, den es gar nicht störte, dass Steven den Ball nicht zurückwarf, plapperte munter weiter.

„Ich weiß nicht, Stevie, ob dir der Name Bruno Batista noch was sagt? Boxen? Mittelgewicht – du hast doch damals auch internationale Kämpfe ausgetragen, oder?"

„Na, übertreib mal nicht, Felix. Ich war zwar ganz gut, aber mein Ruf ging nicht über die Landesgrenze hinaus. Sagt, was kann ich euch ausgeben? Das muss gefeiert werden. Der Fairplayer höchstpersönlich bei mir im Bistro, wow."

„Wenn du mich so fragst, Bruno – ich brauch was Starkes. Ich hatte einen grässlichen Nachmittag. Gib mir einen Whisky."

Als Felix Steven von seinem Nachmittag erzählte und Bruno Bruchstücke davon mitbekam, immer wenn er mal wieder mit dem Tablett von der Terrasse an den Tresen musste, brauchte es nicht lange, bis er eins und eins zusammengezählt hatte:

So, so – kaum aus London wieder zurück, leitete Felix, sein windiger Jugendfreund, Hansdampf in so mancher Gasse, doch tatsächlich die Therapierunde von seinem Dreiertisch. Interessant, interessant!

Heute lohnte es sich vielleicht, mal die Bedienung auf der Terrasse an einen seiner Kellner abzugeben und sich mehr am Tresen aufzuhalten. Man kann ja immer noch was dazulernen.

Und Bruno wurde nicht enttäuscht.

* * *

„Weißt du noch, als du das erste Mal zu mir in die Praxis kamst? Damals nach deinem Unfall. Als du dachtest, das Ende der Fußballkarriere sei gleichzeitig das Ende deines Lebens."

Steven schüttelte den Kopf, als könne er nicht glauben, was er hörte. Bis vorhin ging es ihm nur gut. Er hatte seinen Pastis, die Leute und das Wetter genossen, war mit Gott und der Welt zufrieden. Bis er offensichtlich den Fehler machte und Felix suchen ging.

Er war viel zu gut drauf, als sich ausgerechnet heute an die verdammte Vergangenheit erinnern zu wollen. Er hatte sich vorgenommen, Felix von seinen Zukunftsplänen zu erzählen. Seinem neuen Leben. Als Winzer in Südfrankreich, warum nicht? Aber diese Psychologen liebten ja die Vergangenheit. Wühlten drin rum und fanden immer was. Aber statt ihm von sich zu erzählen, ging er auf Felix ein.

„Klar kann ich mich erinnern. Aber ich bin ja nicht direkt gekommen. Es dauerte schon ein paar Jahre, bis ich merkte, dass ich das alleine nicht schaffen würde."

„Ja, ich weiß. Aber ich meinte auch nicht die Zeit nach dem Selbstmordversuch. Ich meinte einfach nur rein physisch, wie du das erste Mal vor mir standst. Ich hab dich sofort ..."

Felix suchte das richtige Wort und war selbst erstaunt, dass er sich so schwer damit tat. Aber vielleicht lag es ja auch daran, dass Bruno sich die ganze Zeit in ihrer Nähe aufhielt. Und das ging den ja nun wirklich nichts an. Während Felix sich mal wieder nur für seine Gefühle interessierte, merkte er überhaupt nicht, wie Steven langsam aus der Gegenwart verschwand.

* * *

„Als ob ich das je vergessen könnte", sagte Steven zu sich selbst und sah sich tatsächlich im Sprechzimmer von Dr. Janus in London auf der Couch liegen. Das war nicht am Anfang der Sitzungen. Das hatte alles Zeit gebraucht. Er war kein Mensch, der gerne über sich redete. Und über Probleme schon mal gar nicht. Er wusste, dass die meisten Psychologen einen auf Distanz hielten; das war ihm recht. Er wollte keine Nähe. Keine Küsschen und keine Umarmung, geschweige denn Tee und Scones. Aber dieser Therapeut schien anders als andere, und er hatte Vertrauen zu ihm gefasst und ihm nach und nach sein ganzes Leben erzählt.

„Als ich mich 2009 aus dem aktiven Fußballgeschäft zurückziehen musste – das war nicht ganz freiwillig. Ihnen sagen die Schlagzeilen sicherlich nichts von dem Spiel am 15. Oktober 2008, in dem ich so schwer verletzt wurde. Wir waren damals voll in der Quali für die WM in Südafrika, wir waren so gut wie schon lange nicht mehr. Von den zehn Begegnungen in unserer Gruppe kamen wir auf neun Siege, und damit wurden wir Gruppenerster. Der Typ, der mich grätschte, bekam zwar rot, aber für mich ging in der einundzwanzigsten Minute die Welt unter; als ich aus der Ohnmacht erwachte, war alles vorbei. Nicht nur das Spiel! Ich spürte es sofort. Es dauerte dann noch Monate, bis auch diverse Sportärzte mir bestätigten, was ich bereits wusste.

Nach der offiziellen Nachricht, nie wieder spielen zu können, ... hab ich den Boden unter den Füßen verloren. Es gab keinen Grund mehr, weiterzuleben. Ich bin tage-, nein wochenlang im Bett liegen geblieben.

Warum sollte ich aufstehen? Trainieren?

Und dann kam die Zeit mit den Tabletten. Aber die hatten keinen Taug. Vielleicht hätte ich sie dafür erst mal regelmäßig einnehmen müssen. Aber so einer bin ich nicht. War ich nie.

Ja, was solls? Dann kam irgendwann die Idee, Schluss zu machen. Ich kann mich noch genau erinnern. Es war fast ein schönes Gefühl. Ich war so müde. Müde vom Leben. Und dieses Gefühl einfach zu akzeptieren und nicht mehr dagegen anzukämpfen – das war okay.

Nein, ich möchte nicht darüber sprechen, wie ich es versucht habe. Ich ... wie soll ich sagen? Ich glaube, ich schäme mich, wie dilettantisch ich mich angestellt habe. Obwohl ich heute auch manchmal froh darüber bin, dass es nicht geklappt hat. Trotzdem, das kann niemand verstehen, der es nicht schon einmal wollte – wie frustrierend es ist, wenn es mal wieder nicht ...“

Das war der Moment, als er zum ersten Mal weinte. Nicht diskret ein paar Tränen wegdrückte, nein. Die Schleusen gingen auf, und Jahrzehnte hohe Staumauern wurden eingerissen.

Und es war auch das erste Mal, dass Dr. Janus ihn in die Arme nahm; an sich drückte. Und er es geschehen ließ.

Danach – war alles anders.

Deswegen hatte er ihm nie sein ganzes Leben erzählen können. Vor allem nicht das Wichtigste. Dafür war kein Vertrauen mehr da; nicht, nachdem er gespürt hatte, was Dr. Janus für ihn empfand.

Sicherlich hatte er auch aus diesem Grund die Therapie zu früh abgebrochen. Aber er wusste noch ganz genau, was er Felix bei ihrem letzten Treffen in London gesagt hatte: „Eigentlich schade, dass wir jetzt befreundet sind – ich hab das dumme Gefühl, dich als Therapeut verloren zu haben. Es gibt so wenig gute."

Und auch, was Dr. Janus ihm laut lachend geantwortet hatte: „So wenig gute Freunde oder so wenig gute Therapeuten?"

Kapitel 1.4

Charme und Macht

Die Kanzlei von Rechtsanwalt Claude Fuentes lag ebenfalls fußläufig von der Universität, aber in genau entgegengesetzter Richtung von Dr. Noëls Praxis. Wer hier wohnte oder arbeitete, hatte eine der besten Adressen von Aix; und das war wichtig für Claude, aber vor allem für seine Klienten. Zwischen den großen Bürgerhäusern lagen Parkflächen mit gepflegtem Rasen, Oleanderbüschen und sogar einem kleinen See mit Enten. Eine Oase der Ruhe mitten im Trubel der eleganten Geschäfte, exquisiten Restaurants und mondänen Büroetagen.

Die Nr. 8 fiel von weitem schon auf. Die signalblaue Flagge mit weißem Stern, die von einem der Balkone hing, gehörte zum Konsulat eines eher unbekannten kleinen Inselstaates im Indischen Ozean. Sie half seinen Klienten, immer schnell die richtige Adresse zu finden – und, was noch wichtiger war, sie sich zu behalten. Genauso wie die zwei vollbusigen Karyatiden, die das Portal verzierten. Nicht jeder Besucher wusste, dass ihm der ganze Gebäudekomplex gehörte. Und die wenigsten schauten bis zur letzten der sechs Etagen hoch, bevor sie eintraten. Schade eigentlich. Denn sonst hätten sie die phantastisch begrünte Dachterrasse mit cremefarbenen Marquisen entdeckt, die von Nr. 8 bis Nr. 10 reichte. Hier wohnte Monsieur Fuentes, aber auch das wussten nur wenige. Seine Geschäfte wickelte er nämlich in der dritten Etage ab. So auch heute.

Aber es fiel ihm schwer, sich zu konzentrieren. Selbst der doppelte Espresso half ihm an diesem Nachmittag nicht. Immer wieder versuchte er, zwischen seinen Telefonaten und Kontrollblicken auf die drei veralteten Monitore das Rattern des antiken Fahrstuhls herauszuhören. Aber nein. Nichts rührte sich.

Er konnte nicht länger sitzen bleiben. Sein Büro war riesig genug, ein paar Meter zu laufen. Er ging vom Schreibtisch zu dem hintersten Fenster, dem mit Blick auf den Park. Aber auch da war nichts zu sehen. Auf dem Rückweg blieb er kurz in Gedanken versunken vor dem Rokokospiegel stehen, der zwischen den zwei Bücherregalen fast vom Boden bis zur Decke reichte. Was er sah, gefiel ihm: Die sechzig Jahre, die er letzten Monat groß gefeiert hatte, sah man ihm nicht an. Sein Spiegelbild flüsterte ihm heute eher Anfang bis Mitte Fünfzig vor.

Wie gut, dass er regelmäßig Tennis spielte und einen Teil seiner Geschäfte auf dem Golfplatz erledigte. Eigentlich machte er sich nichts aus Sport. Im Gegenteil. Aber für einen der besten Wirtschaftsanwälte der Stadt gehörte das zum Image. Und der Nebeneffekt war halt eine gewisse körperliche Fitness. Dazu leistete er sich mindestens einmal, und wenn die Zeit es ihm erlaubte, sogar zwei- bis dreimal im Monat, einen Besuch in den Thermen: Ganzkörpermassage, Gesichtspflege, Sauna, Hammam, Maniküre, Pediküre.

Die einzige Pflege, die ihn wenig kostete, war der Frisörbesuch in einem kleinen Laden am *Cours Mirabeau*. Da war seine Mutter schon immer hingegangen, und er war sich sicher, wenn er nur lange genug suchte, würde er dort Spuren von ihr finden. Und sei es nur der Geruch.

Der Gedanke an seine Mutter zog ihn tiefer und tiefer in seine Tagträume. Das war eigentlich ein Luxus, den er sich sonst nicht gönnte – nicht um diese Tageszeit. Obwohl er nichts übrig hatte für den ganzen Psychokram, wusste er genau, warum er ausgerechnet jetzt an seine Mutter denken musste, wo er sich mal wieder über die Unpünktlichkeit von Alice ärgerte. Die zwei ähnelten sich nicht nur äußerlich.

„Ach, *maman*! Zeit war auch nie dein Ding, oder?"

Er hörte sie lachen. Ein selbstsicheres volles gurgelndes Lachen. Und er sah ihre roten Lippen und die vor Lebensfreude blitzenden Augen.

„Zeit, mein lieber Claude, ist wie ein gutes Parfum. Es verfliegt. Aber wenn man aufpasst, hinterlässt es Spuren. Da, wo man will."

Genau das war sein Punkt.

„Immer hattest du Zeit für andere Leute. Vor allem anderer Leute Kinder. Nur nicht für mich."

Seine Mutter war Kinderärztin. Eine von vielen in Aix. Sie waren weder reich noch arm – damals. Die Praxis im ersten Stock war gemietet.

Nicht umsonst die Etage, die er als erstes hatte renovieren lassen und seitdem nicht mehr betrat. Die Familie hatte da gewohnt, wo heute das Konsulat residierte. Was würde *maman* über seine Geschäfte in Nauru denken? Er war sich nicht sicher, ob sie stolz auf ihn wäre. Egal.

Claude war zeitlebens eifersüchtig auf die Zeit, die seine Mutter mit den anderen Kindern verbrachte. Sie stritten sich Abende lang um Begriffe wie „Fürsorge" und „Liebe", die für ihn dasselbe bedeuteten.

Und da nutzten die besten Erklärungen nichts.

„Liebe, mein Schatz, ist ein Zustand, der immer mehr wird, umso öfter man ihn teilt. Nicht so wie der Apfelkuchen, den du so gerne isst. Je mehr du gibst, umso mehr bekommst du zurück; wenn du erst mal groß bist, wirst du es verstehen, Claude."

Danach breitete sie immer ihre schönen feingliedrigen Arme aus, lächelte ihn liebevoll an und versuchte, ihn an ihren wohlriechenden Busen zu drücken. Aber für Claude kam dieser Moment meistens zu spät – der richtige Zeitpunkt war längst verflogen. Warum ließ er es trotzdem immer geschehen?

Was sich da zwischen ihm und seiner Mutter abspielte, verstand Claude weder mit zehn Jahren noch mit zwanzig.

Eigentlich hätte doch alles so einfach sein können. Er wollte *maman* nur für sich, er hatte doch sonst niemanden.

Papa war schon lange tot.

* * *

Fuentes schaute zum wiederholten Mal auf seine *Patek Philippe* und schüttelte missbilligend den Kopf. Wo blieb sie nur? Diese nutzlose Therapiestunde war schon ewig vorbei, und zu den Nachbesprechungen ins Bistro ging sie doch nie mit. Er bewegte sich langsam Richtung Schreibtisch, als müsse er jeden Schritt genau überlegen.

Dann drückte er auf den Knopf der Gegensprechanlage: „Christelle, verschieben Sie mir bitte den 17-Uhr-Termin auf 18 Uhr, und wenn das nicht geht bei den Herren, dann halt auf einen anderen Tag."

Er wusste nur zu gut, dass Alice sich in den letzten Jahren verändert hatte. Nicht nur zu ihrem Vorteil. Er war einer der wenigen, die wussten, warum. Und auch, dass Alice nichts in der Therapie darüber rauslassen würde. Nicht das!

Was war das für eine Frau, als er sie damals kennengelernt hatte: erfolgreich, gebildet, eloquent. Immer gut drauf. Eine Kerze, die von beiden Enden brannte. Er hatte sich sofort in sie verliebt; sie nicht in ihn. Aber daran wollte er heute nicht denken. Letztendlich war doch alles gut gegangen.

Seit drei Jahren lebte sie nun in der Provence. Er hatte ihr damals nach dem Desaster geholfen. Das Haus zu einem Freundschaftspreis überlassen.

Okay, vielleicht nicht ganz uneigennützig. Und was sie in den paar Jahren aus der Domäne gemacht hatte, ließ sich sehen. Frauen haben halt doch ein anderes Händchen mit Fauna und Flora. Für ihn war das Anwesen immer nur eine gute Investition mit schlechten Erinnerungen gewesen – mehr nicht.

Nachdenklich schaute er auf das Photo von Alice in dem pompösen Goldrahmen auf seinem Schreibtisch. Mitten aus einem Meer von gelben und weißen Rosen, die die Hausfront eines älteren Landsitzes bis zum Dach überwucherten, winkte sie ihm zu. Die Aufnahme musste zwei Jahre alt sein. Und wie so oft, wenn er sie gedankenverloren anschaute, ertappte er sich bei der Frage, ob sie ihn gerade begrüßte oder verabschiedete.

Hirngespinste dieser Art kehrte Claude normalerweise schnell unter seinen dicken emotionalen Teppich. Das, was wirklich zählte, war, dass er damals beim Verkauf des kleinen Herrensitzes an Alice sich ein Wohnrecht hatte eintragen lassen; so konnte er jederzeit, wann ihm der Sinn danach stand, raus nach Forca fahren und Zeit mit ihr verbringen. Aber er liebte das Landleben nicht, und sie nicht mehr die Stadt. Ein Wochenende reichte ihm meistens. Und dass Alice sich ihm nicht so leidenschaftlich hingab, wie er es erträumt hatte, machte ihm immer weniger aus.

„Das wird genauso kommen, wie andere Dinge gekommen sind. Wer hätte damals gedacht ...“

Aber weiter kam er nicht mit seinen Erinnerungen. Das Rattern des Aufzugs kündigte einen Besucher an; und er war sich sicher, dass es niemand anderes sein würde als Alice.

* * *

Alice hatte sich tatsächlich Zeit gelassen. Die Therapiestunden waren immer anstrengend; aber heute ganz besonders. Sie war sich überhaupt nicht sicher, was sie von diesem Dr. Janus halten sollte. Die Stimmung heute war schwer. Auch die anderen hatten sich nicht so gezeigt wie sonst. Aber was sollte das schon heißen? Jeder Mensch hat doch so viele verschiedene Facetten, und heute kamen ein paar neue raus: Michel ist nicht nur Teddy! Nein, er hatte sich gewehrt, und das war toll. Und Isa gefiel ihr auch. So cool, als ginge sie der Wechsel von einem Therapeuten zum anderen nichts an. Und Marie erst: Die war ja drauf und dran gewesen, den Neuen zu verführen; was für ein ... seelischer Striptease. Genau, das wars!

„Aber vielleicht bild' ich mir das ja alles nur ein, und die anderen waren ganz normal. Warum fühl' ich mich dann aber so blöd wie Bohnenstroh? Vielleicht hätte ich wenigstens heute mal mit zur Nachbesprechung gehen sollen – statt brav das zu tun, was Claude von mir erwartet. Warum mache ich immer alles falsch?“

Alice ließ sich erschöpft auf eine Parkbank fallen und versuchte, wenigstens ein paar ihrer sieben Sinne für das Gespräch mit Claude zu mobilisieren.

Die Ruhe tat ihr gut, und die leichte Brise, die über den kleinen See strich, war fast wie zu Hause am alten Bassin. Sie schloss die Augen und atmete tief durch.

Von hier aus konnte man schon die Kanzlei sehen. Sie war sich sicher, dass er bereits ungeduldig auf sie warten würde. Sie kannte ihn so gut und trotzdem nicht gut genug, um ihm vorbehaltlos zu vertrauen. Eigentlich konnte sie niemandem mehr vertrauen; also war Claude doch in bester Gesellschaft.

Und plötzlich fiel es ihr ein. Genau; das war's! Dr. Janus war ihr eindeutig zu nahe gekommen. Nicht nur emotional; er hatte sie sogar angefasst. Und dabei war es passiert.

„Ja, klar. Er hat gerochen. Nicht schlecht; nicht nach Schweiß oder Essen. Einfach nur nach Mann. Und mir wurde übel. Das war immer schon so. Aber leider hält es mich nie ab ...“

Und Alice fing an zu lachen. Sie bemerkte gar nicht das kleine Kind, das, statt mit ihrer Mutter die Enten zu füttern, sich losgerissen hatte und Alice fasziniert beobachtete.

„Guck mal, Mutti, wie lustig, die Frau redet mit sich selbst und erzählt sich schöne Geschichten, über die sie lachen kann.“

Alice nickte der Kleinen zu, stand langsam auf und fühlte sich bereit für Claude. Bereiter denn je. Es war ... so einfach. So klar.

Nach so vielen Jahren. Sie hatte es endlich verstanden. Nein, nicht mit dem Kopf – sondern viel tiefer unten – mit dem Bauch: Es war der Geruch!

Ein Geruch, den sie bei Dr. Noël in drei Jahren nie gerochen hatte. Daher ihr Vertrauen zu dem Mann in Noël und nie im Leben zu dem in Dr. Janus.

* * *

„Da bist du ja, Liebes! Ich dachte schon, du seist vielleicht zurückgefahren. Du siehst müde aus; habt ihr länger gemacht? War es wieder schlimm?“

Er ging freudig auf sie zu und gab ihr einen herzlichen Kuss auf ihre einladenden roten Lippen. Sie roch phantastisch und sah mal wieder umwerfend aus. Als er sie zum ersten Mal in seinem Leben gesehen hatte, war sie auch in Rot. Das würde er nie vergessen. Es war ein paar Tage nach der Beerdigung seiner Mutter, und das Rot hatte ihn in seiner Trauer schockiert. Das hatte er ihr nie erzählt. Eigentlich konnte er die Farbe nicht ausstehen. In Schwarz gefiel sie ihm am besten oder mit gar nichts an.

Alice war die einzige Frau, die je seiner Mutter das Wasser hätte reichen können. Schade, dass die beiden sich nicht mehr kennengelernt hatten. Vielleicht war es aber auch besser so. Die Alice von heute würde seiner Mutter sicherlich besser gefallen als die von damals.

„Claude, ich bin todmüde und möchte so schnell wie möglich nach Hause. Was hattest du denn so Wichtiges, was nicht am Telefon zu erklären war?"

Alice ließ sich auf das Sofa fallen und griff zur Wasserkaraffe, die vor ihr stand.

Aber Claude war immer noch nicht bereit, die Katze aus dem Sack zu lassen. Er wollte Alice noch ein wenig zappeln lassen. *Strafe* fürs Zuspätkommen; das hätte seine Mutter genauso gemacht.

„Nun spann mich nicht weiter auf die Folter. Ich kann mich auch hier hinlegen, und dann kannst du sehen, wie du mich rechtzeitig vor deinem nächsten Termin wieder wach kriegst."

Das Szenario amüsierte sie; und noch mehr das bestürzte Gesicht von Claude. Sie kannte ihn so gut. Was die anderen Leute oder seine Klienten dachten, war ihm das Allerwichtigste; dann kam lange nichts, und dann erst kam sie.

„Aber nein, Schatz, ich will dich doch nicht auf die Folter spannen. Ich hatte nur gerade eine Erscheinung: Vor ziemlich genau fünfzehn Jahren verliebte ich mich Hals über Kopf in eine Frau, in einem enganliegenden, sexy *Yves Saint Laurent* Kostümchen, in knallrot; dazu die schwarzen Seidenstrümpfe mit so Goldflecken drin, die genau zu den Kappen der schwarzen High Heels passten. Aber du hast recht – zurück zum Hier und Jetzt – und wie ich sehe, trägst du wieder rot."

Er setzte sich nicht zu ihr aufs Sofa, wie üblich bei solchen Stelldicheins im Büro; sondern hinter seinen Schreibtisch, fing an, in seinen Papieren zu blättern und legte sie wieder beiseite.

„Ich überlege seit heute früh, wie ich es dir schonend beibringen kann. Also gut, dann eben so: Du hattest mir vor ein paar Wochen den Auftrag gegeben, den Steinbruch der Orléans, der an unser Anwesen ..."

Claude spürte seinen *Fauxpas,* bevor er die Augenbrauen von Alice in die Höhe schnellen sah,

„... entschuldige, natürlich – den Steinbruch, der an DEIN Anwesen grenzt, zu ersteigern. Kurz und gut, der Deal ist geplatzt. Es lag nicht am Geld. Wir hätten bestimmt die anderen überbieten können. Aber so weit ist es gar nicht erst gekommen."

Claude machte eine Pause, blätterte wieder in den Papieren und schaute dann zu Alice rüber, als rechne er damit, dass sie ihn unterbrechen würde.

Aber eines der vielen Dinge, die Alice in der Therapie gelernt hatte, war, geduldiger zu werden, und genau das konnte sie jetzt sein. Und was fast noch schöner war – Claude durch ihr Verhalten zu erstaunen. Er hatte bestimmt damit gerechnet, dass sie bei der Nachricht explodieren würde. Aber das war früher. Und hoffentlich ein für alle Mal vorbei.

Claude zuckte unmerklich mit den Schultern und fuhr fort:

„Die neue Situation ist, dass das Anwesen nicht mehr aufgeteilt und in separaten Losen versteigert werden muss. Die Familie hat sich doch tatsächlich geeinigt, was mehr als erstaunlich ist; und sie haben sogar schon einen Käufer. Einen ehemaligen Fußballprofi aus London, der wohl einige Millionen zuviel hat und sich unsterblich in die Provence verliebt haben soll. Ein Mister Bingbang oder so ähnlich."

Jetzt war es Claude, der das entsetzte Gesicht von Alice ausblendete und keine Zwischenfrage zulassen wollte. Er war sich sicher, was jetzt kommen würde: hysterisches Schreien, Weinkrämpfe und dann der totale Zusammenbruch; ein Szenario, wie er es schon so oft erlebt hatte. Nicht nur bei Alice, eigentlich viel häufiger bei seiner Mutter. Und da er damit nicht umgehen konnte, redete er schnell weiter.

„Das muss man sich mal vorstellen. Jahrhundertealter Familien-
besitz eines der größten Adelshäuser unserer Nation fällt in die
Hände des Erbfeindes – unvorstellbar."

„Deiner Nation, lieber Claude, deiner Nation. Vergiss nicht. Ich
bin auf deutscher Seite im Elsass geboren: Kehl, nicht Straßburg."

Claude hob erstaunt den Kopf. Mit dieser Reaktion hatte er nicht
gerechnet. Er wusste doch genau, wie sehr Alice an ihrem Projekt
hing: Auf dem Anwesen seiner Mutter – ups, schon wieder; natürlich, seit dem Verkauf vor zwei Jahren gehörte alles Alice. Egal, auf
jeden Fall war sie es, die wegen der Quelle auf die Idee gekommen
war, ein Wasserreservoir anzulegen. Ganz in der Nähe vom Steinbruch, der auf der Orléans-Seite lag.

Genau genommen lag die Quelle auf der Grenze; aber außer
Claude und seiner Mutter wusste das niemand.

Die Katasterauszüge waren mal wieder etwas vage, wie so oft.
Ein Wasserreservoir würde Alice einen Haufen Ausgaben ersparen;
sie hatte mittlerweile Schafe auf den Wiesen ums Haus und -zig Terrassengärten angelegt. Ein solches Anwesen in der Provence mit teu-
rem Leitungswasser zu versorgen, war schier unbezahlbar. Und Alice
hatte eigentlich kein Geld mehr – außer dem, das er ihr gab.

Aber das war sie ihm wert!

„Du kannst dir nicht vorstellen, Liebes, wie erleichtert ich bin,
dass du es so aufnimmst. Vielleicht ist das viele Geld für die Therapie ja doch nicht zum Fenster rausgeworfen. Hauptsache, es geht dir
gut."

Claude verpasste selten eine Gelegenheit, Kosten-Nutzen-
Analysen in den Raum zu stellen. Egal über was. Und in seinen Augen waren die Sitzungen von Alice höchst dubiose Geschäfte, nichts
anderes.

„Wie kommst du darauf, dass es mir gut geht; nach dem, was du
mir gerade gesagt hast? Das ist doch blöd gelaufen. Und du konntest
nichts machen?"

Sie schaute ihn ungläubig an. Und ihre bernsteinfarbenen Augen
verrieten ihm, wie es tatsächlich in ihr aussah. So dunkel wurden sie
nur bei Trauer und Enttäuschung.

Und er freute sich, ihn endlich entdeckt zu haben: den Beweis, wie gut er seine Alice doch kannte. Therapie hin oder her. Alles Fassade!

Aber Alice überraschte ihn noch einmal an diesem Nachmittag. Und sich selbst noch mehr.

„Vielleicht will ja der neue Eigentümer das kleine Stück Land verkaufen? Wer braucht heutzutage noch einen eigenen Steinbruch. Du könntest Kontakt zu ihm aufnehmen und unser Angebot unterbreiten. Was hältst du davon?"

Gut, dass in diesem Moment sein Interphon piepste und den nächsten Termin für in einer halben Stunde bestätigte. Das gab ihm Zeit, sich zu sammeln.

Wie konnte das sein? Nach so langer Zeit.

Sie war wieder da. Die Alice von vor fünfzehn Jahren.

Die von vor der Katastrophe.

Claude hatte es schneller gemerkt als Alice selbst. Sie hatte sich so in Fahrt geredet und merkte erst jetzt, wie gut es ihr getan hatte. Sie alleine spürte, dass es zwar nur ein Teil der Selbstsicherheit war, die sie früher hatte. Aber der Funke war gesprungen, und sie wollte versuchen, ihn am Brennen zu halten.

* * *

Während der Rückfahrt nach Forca konnte Alice nur an Eines denken. Und das war nicht der geplatzte Deal mit dem Steinbruch. Sie dachte an ihre Therapie und die Momente, die es auch gab, als sie alles in Frage gestellt hatte; verzweifelt war, wenn es einfach nicht besser werden wollte; so viel Zeit; so viel Geld. Aber heute hatte sie das Schlüsselerlebnis gehabt, von dem Noël so oft gesprochen hatte.

„Alice, geben Sie nicht auf. Geben Sie sich Zeit. Hören Sie auf Ihren Körper. Er ist Ihr treuester Begleiter. Er hat Ihnen immer die Wahrheit gesagt; selbst dann, als Sie ihn noch nicht verstanden hatten. Sie werden an mich denken, egal wo Sie sind, wenn es so weit ist. Und dann wird es Ihr Bauch sein, der Ihnen den Weg zeigt. Nicht Ihr Kopf. Folgen Sie ihrem Bauchgefühl, dann wird alles gut.

Tiefe Emotionen sind machtvolle Instrumente. Das haben Sie doch schon alles erlebt, Alice."

Zuerst kamen nur ein paar Tränen. Und dann immer mehr. Am nächsten Rastplatz würde sie rausfahren. Sich ausweinen. So lange, bis sie sich bereit fühlen würde – ihren kleinen Funken Mut sicher nach zu Hause bringen.

Alice sah seit vielen Jahren zum ersten Mal Licht am Ende des Tunnels.

Kapitel 1.5

Träume sind (keine) Schäume

Das Notariat Voss & Partner lag an der Kopfseite des berühmten *Cours Mirabeau*. Vor drei Monaten war Steven zum ersten Mal vor dem diskreten Messingschild gestanden, auf dem zu lesen war: *Lex est quod notamus*. Ein anspruchsvolles Motto. Aber er hatte von Freunden schon so viele Geschichten über unklare Grenzziehungen, paradoxe Katastereintragungen, widersprüchliche Wegerechte und überhaupt in Frankreich gehört, dass er dem Slogan *Was wir schreiben ist Gesetz* bestenfalls mit Hoffnung gegenübertrat.

Alles erst ein paar Monate her? Unglaublich, wie die Zeit verging. Aber noch unglaublicher war für ihn, was er in dieser kurzen Zeit schon alles über seine neue Wahlheimat gelernt hatte.

„Du dachtest wohl, du musst einfach nur auf einer anderen Straßenseite fahren als in England und französisch parlieren. Aber dass du es hier mit einem großen Volk kleiner Anarchisten zu tun hast, die sich einen täglichen Sport daraus machen, ihre Freiheit zu verteidigen, das hättest du nie gedacht, was?"

Felix liebte es, über seine Landsleute zu lästern: diesseits, aber auch jenseits des Kanals. Und Bruno, der im Vorbeigehen mal wieder lange Ohren gemacht hatte, gab daraufhin sogar noch eine Runde aus. Der Stolz war ihm anzusehen: *Liberté, Egalité, Fraternité*. Aber kaum war Bruno um die Ecke, ließ Felix weiter seine nicht-so-französische Seele raushängen.

„Beobachte sie mal an einem Fußgängerüberweg. Ob ein Meter oder drei Meter daneben, Hauptsache, den Fuß nicht da hinsetzen, wo es vorgeschrieben ist. Das lernen die Kinder von ihren Eltern, und ob sie sieben oder siebzig sind, es ist der tägliche Sieg über die Autorität. Psychologisch hochinteressant."

Steven hatte keine gute Nacht hinter sich. Das Treffen mit Felix hatte ihn mehr aufgewühlt als er dachte. Warum musste er ihn auch an die schlechteste Zeit in seinem Leben erinnern? Er war ja schließlich nicht mehr bei ihm in Therapie. Damals wusste er, wie wichtig es ist, immer wieder über Probleme zu sprechen; auch oder gerade, wenn sie wehtun. Aber als er sich gestern mit ihm verabredet hatte, wollte er nur einen Drink mit Felix, dem Freund, genießen. Und es war mal wieder Felix, der die Grenzen total verwischte. Ihn sogar noch zu seinem blöden Tango mitschleppen wollte. Verrückt. Steven hatte nur kopfschüttelnd abgewinkt. „Nein, danke. Du weißt ja, beim Tanzen hab ich zwei linke Füße. Abgesehen davon bin ich todmüde und hau mich früh in die Falle."

Er war auch sofort eingeschlafen; aber dann kamen die Träume:

Zuerst verpasste er den Flieger, dann suchte er sein Gepäck, vor allem seinen Pass. Den fand er nach langem Suchen in einem leeren Bahnabteil, hinter der Sitzbank auf dem Boden, voller Staub. Dann versuchte er, einen Golfball abzuschlagen, aber es war nicht möglich. Entweder war ER zu klein oder der Ball zu groß. Er blickte sich hilfesuchend um. Wo blieben die anderen? Wieso war er schon wieder allein? Mutterseelenallein!

Seit Jahren hatte er dieselben Träume; immer, wenn er sich gestresst fühlte, egal durch was. War es die Angst vor dem Notartermin oder dem, was Felix gesagt hatte? Laut seiner Rechtsanwälte war er nach dem Vorvertrag eigentlich schon Eigentümer und die Geldübergabe eine Zeremonie, die er genießen sollte. Das sei alles Routine und laufe in seinem Falle wie am goldenen Schnürchen.

Aber warum fühlte er sich jetzt, wo er vor dem Notariat stand, doch nicht mehr so sicher, die ganze Angelegenheit allein durchziehen zu können? Als Felix ihm gestern angeboten hatte, beim Notartermin dabei zu sein, hatte er dankend abgelehnt. Allein die Vorstellung, seinen Freund noch mehr in seine Angelegenheiten blicken zu lassen, nervte ihn, aber er wusste noch nicht, warum.

* * *

„Nicht nach dem, wie er sich gestern im Bistro verquatscht hat. Warum hat er sich nicht gleich an die *Rotonde* gestellt, dann hätten es noch mehr Leute hören können: Steven Bingham, der Fußballstar der Neunziger – bei mir in Behandlung wegen Suizidgefahr. Scheiße nochmal. Das geht niemanden was an. Und auch nicht der Kauf von Schloss Orléans. Das ist mein Ding – mein Lebenstraum, und den lass ich mir von niemandem madig machen", flüsterte Steven laut genug auf Englisch, dass die Leute, die rechts und links an ihm vorbeigingen, erstaunt den Kopf hoben.

Eine mittelgroße, äußerst attraktive Rothaarige, die ihm irgendwie bekannt vorkam, fragte sogar, ob er okay sei, bevor sie sich an ihm vorbeidrückte und die pompöse Eingangshalle der *Rue de l'Opéra* Nr. 3 betrat.

Erschrocken über seine kurze geistige Abwesenheit, hatte er sich jedoch schnell wieder im Griff.

„Das wird nichts anderes sein als Lampenfieber – wie früher, vor jedem großen Spiel. Schließlich geht es um ein paar Millionen Euro, die ich in den Sand setze oder nicht. Kein Pappenstiel."

Laut der letzten SMS aus der Kanzlei hatte Voss sogar eine staatlich anerkannte Dolmetscherin eingeladen, was nur gut sein konnte. Aber warum eigentlich erst heute und nicht schon beim Vorvertrag? Hoffentlich hatte er damals alles richtig verstanden. Klar doch: Das Preis-Leistungsverhältnis für das Orléans-Anwesen war top. Oder nicht?

Steven fühlte sich nach wie vor allein und gar nicht mehr so wohl damit. Ein Blick auf die Uhr zeigte ihm, dass es Zeit wurde: Wenn er seine Träume tatsächlich verwirklichen wollte, musste er jetzt rein.

Im Notariat herrschte dasselbe ehrfurchtgebietende Ambiente wie vor drei Monaten. Und genau wie damals gab sich die flippige Sekretärin alle Mühe, die Aura der Louis XV Möbel und Bilder im Empfangszimmer etwas aufzupoppen. Aber trotz der Klänge von Vivaldis Vier Jahreszeiten, dem Latte macchiato und dem wirklich sexy Outfit der Dame blieb er weiterhin nervös.

Sein Französisch war eigentlich ganz passabel, aber die Fachausdrücke fehlten ihm, und Notare und Rechtsanwälte sprachen alle so schnell und hier in der Provence mit einem zünftigen Akzent. Von der Dolmetscherin bisher keine Spur. Und von den anderen leider auch nicht. Die Stiluhr zeigte Punkt 15 Uhr: die verabredete Zeit. Kein Maître Voss, kein Orléans. 15.15, 15.20, 15.25 Uhr.

Gerade als er sich einreden wollte, es sei vielleicht der falsche Tag, schlug der Messingklopfer donnernd an die Eingangstür, und er hörte eine durchdringende Frauenstimme, die sich als Dolmetscherin vorstellte.

Mittlerweile satte dreißig Minuten später als der offizielle Termin. Und, siehe da, vor ihm stand die attraktive Rothaarige, die vor ihm ins Haus gegangen war, und erklärte ihm nonchalant, dass bei Voss & Partner nie ein Termin pünktlich anfangen würde.

„Wir sind hier schließlich in der Provence, und überhaupt, einen Termin mitten im Sommer zu bekommen, hängt wohl mit Ihrer Wichtigkeit zusammen?"

Steven war sprachlos. Nicht nur, dass sie gut aussah, vielleicht etwas üppig um die Hüften, aber er war eh kein Twiggi-Fan. Er erkannte sie an den Haaren, die im Gegenlicht nun mehr bernsteinfarben als rot schimmerten; und die für den Süden so auffallend weiße Haut. Die Augen, die ihn anblitzten, konnten es nicht gewesen sein; die hatte er gestern nicht sehen können. Ja klar, der letzte Beweis war die Stimme.

„Wir haben uns schon mal gesehen. Sie waren doch gestern auch im Bistro *Chez Bruno*."

Erst, als die Worte raus waren, wurde ihm klar, wie indiskret seine Bemerkung war. Aber er war halt durcheinander. Und er wusste jetzt auch, warum: Die Frau war doch vor ihm ins Haus gegangen. Und kam eine halbe Stunde nach ihm an. Wie passte das alles zusammen?

Noch bevor sie ihm antworten konnte, ging die Tür zum großen Konferenzraum auf, und in einem lustigen Englisch mit französisch-australischem Akzent hörte er Voss rufen: „Entschuldigen Sie tausendmal, Mr. Bingham, dass ich Sie habe warten lassen. Was für ein Tag. Aber ehrlich, finden Sie nicht auch, dass früher alles besser war? Heute mussten wir sogar die Polizei rufen, korsische Familiensache, nicht wahr, Mademoiselle Ricks?"

Steven rutschte das Herz in die Hose; irgendwas stimmte doch hier nicht. Und als Notar Voss ihn freundlich in das Unterzeichnungszimmer schob, wurde er sich dessen noch sicherer. Der große prunkvolle Raum, der leicht dreißig Personen Raum geboten hätte, war gähnend leer.

„Wo ist denn die Familie Orléans? Sollten die nicht heute dabei sein?"

Das freundlich offene Mondgesicht von Voss schaute für eine Zehntelsekunde irritiert. Dann fing er heftigst an zu nicken.

„Joséphine, wo ist das Schreiben von Maître Fuentes? Hatten Sie nicht eine Fassung an die Kanzlei nach London gemailt? Suchen Sie den Schriftverkehr raus, und wir gleichen derweil schon mal die Personalien und die Expertisen ab. Entschuldigen Sie nochmals, Mr. Bingham, aber ich hatte Ihren Rechtsanwälten damals schon gesagt, wenn Sie unbedingt in der Ferienzeit unterzeichnen wollen, könnte es sein, dass wir nicht alle Beteiligten zusammenbekommen. Die Familie Orléans wird von der bekannten Kanzlei Fuentes vertreten. Wenn mich nicht alles täuscht, schicken die Maître Gavot, wie immer in solchen Fällen; einen äußerst kompetenten und sympathischen Kollegen; wir kennen uns schon seit Jahren. Er wird dafür speziell seinen Urlaub unterbrechen. Wir erwarten ihn jede Minute.

Mademoiselle Ricks wird die wichtigsten Passagen des Grundtextes simultan übersetzen, und in zwei bis drei Stunden sind Sie der glückliche Besitzer eines der schönsten Weingüter im Luberon. Nur etwas Geduld. Wir haben gleich alles zusammen."

So schnell konnte aus einem Traum ein Alptraum werden. Alle hatten ihn davor gewarnt, ein Geschäft in dieser Größenordnung im August durchzuziehen. Nicht in Frankreich! Aber er wollte unbedingt bei der ersten Weinernte in drei Wochen schon Besitzer des Anwesens sein. Als Fußballprofi war er es gewohnt, sich auf schnelle Umstellungen im Spielverlauf einstellen zu müssen. Aber momentan fühlte er sich wie nach einem Unentschieden am Ende der letzten Verlängerung mit Gefahr auf Elfmeterschießen.

Dabei hatte sein Anwalt in London ihm alles haarklein erklärt: immer wieder – das Wichtigste in Frankreich sei der Vorvertrag. Trotzdem fühlte sich Steven elend. Er verstand kein Wort mehr, auch nicht, als die tolle Mademoiselle Ricks ihm den neuen Sachverhalt auf Englisch erklärte.

Aber dann ging es erst richtig los: Expertisen über die eventuelle Anwesenheit von Termiten auf seinem neuen Grundstück. Reste von Blei in den Farben der Fensterläden aus dem 17. Jahrhundert. Asbest unter den Dachziegeln der in den Fünfzigern renovierten Stallungen. Und zur Krönung, Probleme über Wegerechte von diversen Nachbargrundstücken.

Nach ungefähr einer Stunde mühseliger Kleinarbeit stieß dann endlich ein sonnengebräunter und gutgelaunter Monsieur Gavot zu der kleinen Runde, und die Personalien wurden für ihn wiederholt:

Käufer: M. Steven James Henry Bingham, Sportjournalist und ehemaliger Profifußballer, wohnhaft in 1-6 Hatfields, London SE1 9 PG; geboren in Edinburgh, Schottland am 16.1.1975; britischer Staatsangehöriger; ledig.

Und das Anwesen in allen Details aufgelistet:

Weingut 45 ha Gesamtfläche, davon 27 ha Weinreben (Mourvèdre, Cinsault, Muscat), 9 ha Parkanlagen (auf beiden Seiten des Flüsschens Marderic), 6 ha Wald (Pinien, Eichen), 3 ha Garrigue.

Schlossanlage aus dem 16. Jahrhundert (26 Zimmer auf insgesamt 980 m² Wohnfläche); Nebengebäude (6); Kapelle mit Privatfriedhof 17. Jahrhundert; 2 antike Staubecken und Stallungen (ohne Pferde).

Nach zwei Stunden mussten „nur noch" die Diagnoseberichte über Elektrizität, Energie und Abwasser gegengezeichnet werden und die Liste über das Mobiliar, das im Schloss bleiben sollte; der Akt war damit fertig, der Scheck übergeben, aber wo waren die Schlüssel?

„Früher wäre so was nicht vorgekommen! Ich weiß genau, dass Monsieur Orléans uns letzte Woche die Schlüssel gebracht hat und wir sie umgehend in den Tresor gelegt haben. Schauen Sie halt nochmal alles durch, Joséphine ... und in Gottes Namen, wenn Sie nichts finden, versuchen Sie, ihn zu erreichen. EIN Schlüsselbund. Insgesamt müssten es sechs sein – so was verliert man doch nicht!"

Es ging noch einige Zeit hin und her in der noblen Kanzlei Voss & Partner. Die Fenster wurden geöffnet, und der angenehme

Durchzug ließ sogar die kaputte Klimaanlage vergessen. Voss, dem die Probleme und Problemchen immer peinlicher wurden, hatte sich kurzerhand zu einer improvisierten Weinprobe entschlossen und opferte dafür die besten Jahrgänge seiner päpstlichen Châteauneufs.

* * *

„Wissen Sie eigentlich, Monsieur Steven, ich darf Sie doch so nennen? Wissen Sie eigentlich schon, dass Sie eine ganz besondere Nachbarin haben, direkt angrenzend an das Waldgrundstück im Südosten ihres Geländes? Madame Weiß – Alice Weiß.

Michel, Du kennst sie doch noch besser als ich. Ihre Gärten sind weltberühmt – zumindest in unserer Gegend. Wenn Sie irgendwelche Fragen haben, können Sie ja mal versuchen, was aus ihr rauszubekommen. Vielleicht gibt sie Ihnen ja ein paar Tipps für Ihren Gemüsegarten. Hahaha. Nein – ohne Witz. Man erzählt sich so allerlei Geschichten über sie: nicht ganz unkompliziert im Zwischenmenschlichen, wenn Sie wissen, was ich meine, hahaha. Manche Leute sagen, sie umgibt sich lieber mit Tieren und Pflanzen als mit Menschen."

„Jetzt lass aber mal gut sein. Du machst Mr. Steven ja richtig Angst. Überall Probleme. Das stimmt doch gar nicht. Leben Sie sich erst mal ein. Nehmen Sie sich Zeit, Land und Leute kennen zu lernen. Und bleiben Sie so lange wie möglich hier – nicht nur in der Ferienzeit, so wie all die anderen, die hier ihre Zweit- und Dritt– oder Vierthäuser haben. Nur wenn Sie hier bleiben, können Sie die Leute wirklich verstehen lernen. Interesse an Ihrer Person und Ihrem neuen Anwesen ist auf jeden Fall da. Alles, was Rang und Namen hat, wird bei Ihnen anklopfen – wir Provençalen sind ein neugieriges, aufgeschlossenes Völkchen. Nicht wahr, Herr Kollege?"

Gavot, der eindeutig einige Gläschen zu viel intus hatte, schloss seine Augen und begann leise, eine Musette zu summen. „Was für eine Frau – ich kenne sie ja nur aus der Presse. Und es ist schon viele Jahre her. Damals, ja, damals ..."

Die weißen Gardinen schwebten im Durchzug leicht und weich im späten Sonnenlicht, und wie eine Musik, die jeder nur für sich hörte, malte sich auch jeder sein ganz eigenes Bild von Alice Weiß. Sogar Mademoiselle Ricks.

Und Michel Voss hörte lange nicht auf, mit dem Kopf zu nicken; immer weiter, wie in Trance. Früher, als seine Frau noch in der Kanzlei mitgearbeitet hatte, war doch wirklich alles besser!

* * *

Die Nacht vom 14. auf den 15. August war mit Sicherheit die heißeste des Jahres. Obwohl die Sonne schon längst untergegangen war und der Himmel hinter dem Pinienwäldchen erst grellgelb, dann dunkelorange und schließlich blaurot wurde, zirpten die Zikaden noch ohrenbetäubend. Also musste die Temperatur noch über 30°C betragen – sonst wären sie längst ruhig. So ruhig wie die Schafe, die sich auf der ausgedörrten Wiese im Tal zu einem Stillleben mit Brunnen zusammengerottet hatten. Der Hirtenstern leuchtete als erster in dem nun immer dunkelblauer werdenden Nachthimmel. Und dann spürte man ihn, noch bevor die silbernen Äste der uralten Olivenbäume sich regten. Endlich war er wieder da! Der *Mistralou*, wie er liebevoll und gleichzeitig ehrfürchtig von den Alten genannt wird, streichelte Menschen und Tiere zunächst sanft und dann immer kräftiger mit seiner Umarmung. Die erste Abkühlung seit Wochen.

Alice wartete, bis das Sternbild des kleinen Bären gut zu erkennen und der Mond hell genug war, ihr den Weg zum Bassin zu leuchten. Sie liebte Nächte wie diese über alles. Fast perfekt – fast Vollmond. Um diese Zeit des Jahres fielen die Sterne vom Himmel, und Wünsche wurden wahr – selbst wenn man keine mehr zu haben glaubte. Sie ging langsam auf die äußere Ecke des alten Wasserbeckens zu, da, wo die Statue der Diana sich mit Pfeil und Bogen vom Nachthimmel abhob. Sachte legte sie ihre Kleider ab und blickte um sich. Das weiße Mondlicht schien sie zu verzaubern:

Sie glich der Statue neben ihr wie eine Zwillingsschwester – die vollen Brüste über der immer noch schlanken Taille, darunter ein kleines Bäuchlein, das sie gedankenverloren streichelte, volle frauliche Hüften und ihre unverkennbar langen Beine. Nur in einer Nacht wie der heutigen konnte man die längst verheilten Narben am Rücken sehen: Alte Brandverletzungen lagen wie ein Netz auf ihren Schultern.

Sie blieb lange stehen, ohne die kleinste Bewegung. Erst als der Wind böig auffrischte, legte sie ihre Starrheit ab, wie ein letztes unsichtbares Kleid, und ging langsam in die Knie.

Ein aufmerksamer Beobachter hätte leicht eine Minute gezählt, bis sie wie eine Feder emporschoss und in einem hohen Bogen kopfüber in die Dunkelheit des Wassers stürzte. Sie tauchte lange nicht auf, schwamm die ganzen fünfundzwanzig Meter zur gegenüberliegenden Seite unter Wasser. Dann zog sie eine Länge nach der anderen – zehnmal, zwanzigmal. Schnappte beim Auftauchen gierig nach Luft, sobald sie am Rand ankam und wieder umdrehte. Irgendwann war sie ausgepowert – sie zählte nie – sie musste es fühlen. Erst dann drehte sie sich auf den Rücken, wartete auf die Sternschnuppen und ließ sich schwerelos durch die Nacht gleiten, bis Himmel und Wasser eins wurden – und alles andere darin versank.

Aber heute nicht. Statt herunterfallende Sterne und Ruhe waren Musikfetzen vom Nachbargrundstück zu hören, die lauter und lauter wurden; und dann ging es richtig los: Raketen in den kitschigsten Farben erhellten ihren schönen Nachthimmel. Knaller donnerten durchs Tal, das durch weiße, rosa und grüne Leuchtkugeln für immer seine Unschuld verlor. Alptraumhaft – surreal – das Ende ihrer kleinen heilen Welt!

Alice dachte nur an eines: die Tiere!

Alle Schafe waren heute im Freien; es gab keinen Grund, ihnen die frische Brise vorzuenthalten; kein Gewitter in Sicht, und der 14. Juli mit dem offiziellen Feuerwerk längst vorbei. Sie wusste genau, welche Todesangst ihre Muttertiere und vor allem die Lämmer vor Knallern, Böllern und Blitzen jeglicher Art hatten. Und ausgerechnet heute war der erfahrenste ihrer Hirtenhunde nicht auf der Koppel.

Ihr Schreckensbild war der Abhang zum kleinen Steinbruch am Ende ihres Grundstücks Richtung Orléans. Nur eine Sternschnuppe und viel Glück konnten sie jetzt noch retten – aber es war eigentlich unmöglich. Immer mehr Raketen sprühten und knallten in den Himmel, begleitet von ohrenbetäubender Feuerwerksmusik.

Alice kam zu spät in dieser Nacht. Sie fand den kleinen Moritz laut bellend am Abgrund hin- und herlaufend; er hatte nur einen kleinen Teil der Herde retten können – der andere lag siechend im Steinbruch.

* * *

Als der Wagen vom Katastrophenschutz endlich abfuhr, wurde es gerade hell. Alice hätte nicht gedacht, überhaupt zur Ruhe zu kommen. Aber sie schlief schon auf dem Sofa ein.

Der erste Anruf aus Schloss Orléans kam gegen neun. Alice ließ ihn auf Band laufen und die drei folgenden ebenso. Danach schlief sie nicht mehr ganz so fest ein und träumte auch nicht von den Schafen.

Wieder saß sie im Traum an einer alten Schreibmaschine; mit Farbband und ohne Korrekturtaste. Sie schrieb wie immer ganz schnell und mit ganz vielen Fehlern. Die Männer, wie so oft ein Präsident und andere in schwarzem Anzug und Krawatte, machten sich lustig über sie. Durchgefallen.

Die nächste Übung hieß wie immer: Betten machen. Aber sollte sie auch das untere Spanntuch frisch machen? Sie schaffte es – unter großen Schwierigkeiten. Das Tuch wollte nicht passen. Dann, als sie es endlich aufgezogen hatte, war es besudelt. Sie suchte ein neues und versteckte das alte. In dem Versteck waren schon ganz viele – alle mit denselben Flecken. Jetzt erkannte sie sie. Ihr wurde schlecht, wie so oft in diesem Traum.

Überall waren wieder die Nadeln. Sie stach sich in die Finger, und Blut tropfte auf braune Flecken. Dann war alles rot. Und Alice wurde immer kleiner. Aber sie wusste genau, wenn sie ihre Ärmchen nur schnell genug bewegte, würde sie es schaffen – wegzufliegen.

Aber sie wurde vorher wach.

Kapitel 1.6

Katz und Maus

Es war wie damals, als Steven Bingham zum ersten Mal in seine Praxis kam. Nein, es war besser. Als Patrice Dufee am Montag früh bei Dr. Janus anklopfte – ging für den die Sonne auf.

Und das ziemlich unerwartet.

Zugegeben: Schon die Stimme am Telefon hatte etwas in ihm berührt; mehr das Timbre als der Inhalt. Denn das, was aus diesem Mund oder vielmehr diesem Kopf rausgekommen war ... ja, war – was?

Psychologisch gesehen: komplex; sehr komplex!

Dr. Janus würde dieses Telefonat so schnell nicht vergessen: „Sie sind also die Vertretung von Dr. Noël?"

Es war eine weiche warme Frauenstimme, die etwas enttäuscht klang. Aber sofort weitersprach, ohne ihm Zeit für eine Antwort zu geben. Und dann klang die Stimme viel weniger freundlich; fast aggressiv.

„Und Sie wollen mich also nicht mitspielen lassen!"

„Mit wem spreche ich, bitte?"

Dr. Janus spürte, wie eine Mischung aus Ungeduld und schlechter Vorahnung in ihm aufstieg.

„Hallo, sind Sie noch dran?"

Die Leitung war nicht tot; aber er wollte doch mal nachfragen, obwohl er das schwere Atmen am anderen Ende ganz genau hörte.

Im Nachhinein war Dr. Janus sich gar nicht mehr so sicher, ob es dieselbe Person war, die das Gespräch weiterführte oder an jemand anderen übergeben hatte. Was er jetzt hörte, war nämlich eine ziemlich schwarze Bassstimme: „Was soll der Scheiß? So einfach wirst du mich nicht los."

Kurz darauf hörte er wieder die angenehme weiche Frauenstimme. „Das ist gar nicht so leicht zu beantworten, wer gerade spricht. Sagen wir der Einfachheit halber: Dufee, Patrice Dufee."

Zuerst dachte Dr. Janus an einen Scherz und überlegte kurz, ob er darauf eingehen sollte oder nicht. Das einfachste wäre sicherlich, das Gespräch zu beenden und den Hörer aufzulegen. Selbst wenn es Dufee wäre, hätte er jetzt einen guten Grund, den Fall ad acta zu legen. Doch die Frauenstimme war schneller und fragte.

„Sie sind doch DER Dr. Janus? Der mit dem Buch über, warten Sie mal, wo hab ich es denn? Das ist mal wieder so ein Titel, den man sich überhaupt nicht merken kann. Ach, da ist es ja: *Der Umgang Erwachsener mit persönlichen Erfahrungen sexueller und interfamiliärer Gewalt beziehungsweise mit Missbrauch im Kindesalter.*"

Dr. Janus war sprachlos. Dufee kannte seine jüngste Veröffentlichung; dabei gab es die noch gar nicht auf Französisch.

„Ja, der bin ich. Ich gebe zu, ich bin beeindruckt. Das Buch ist nicht einfach zu lesen. Freut mich, dass Sie es versucht haben. Wir könnten uns bei einem Treffen auch DARÜBER unterhalten. Sie rufen doch an, um einen Termin zu machen, oder?"

* * *

Als Patrice Dufee nun die Schwelle zum Sprechzimmer von Dr. Janus überquerte, fiel ihm zuerst der Geruch auf. Dr. Janus roch anders als Dr. Noël. Er roch nach Mann. Und er sah verdammt gut aus. Etwas feminin vielleicht, aber warum nicht.

„Bitte nehmen Sie Platz, Monsieur Dufee, oder kann ich Patrice sagen?"

Dr. Janus kam ihm freundlich lächelnd entgegen und streckte seine Hand aus. Das machte nicht jeder Therapeut, soviel wusste Patrice schon. Er hatte sich fest vorgenommen, seine multiplen Personen so gut wie möglich unter Kontrolle zu halten. Es war ihm wichtig, in die Gruppe aufgenommen zu werden. Er hatte über Janus in der Bibliothek der Jugendvollzugsanstalt gelesen. An seinem letzten Tag. Ein nicht ganz unumstrittener, aber neuer Ansatz, den der Engländer da vertrat; und von so jemandem behandelt zu werden, war für ihn die Chance seines Lebens; auch wenn ein paar seiner Multiplen das nicht so sahen.

Dr. Janus schaute ihn aufmunternd an: „Erzählen Sie mir was von sich. Was für ein Mensch sind Sie?"

„Sie kennen sicherlich meine ...", aber da veränderte sich schon wieder die Stimme und der Bass schlug zu.

„... sexuellen Vorlieben ..."

Weiter kam er nicht; Patrice wusste, wer da gesprochen hatte und versuchte, ihn zurück in den Keller zu schicken. Dazu hatte er von Dr. Noël schon einige Tricks gelernt. Das Wichtigste war, diesen Diabolus in Schach zu halten.

Eine angenehme Männerstimme, die Felix bis dahin noch nicht gehört hatte, versuchte, die Oberhand zu erlangen.

„Glauben Sie dem nicht alles. Diabolus ist ein narzisstischer Angeber. Den und die anderen hat Dr. Noël , als er mich hypnotisiert hat ..." Als er den veränderten Gesichtsausdruck von Dr. Janus sah, hielt er inne.

„Was ist los?"

„Dr. Noël hat Sie hypnotisiert? Sie waren also auch in Einzeltherapie bei ihm und nicht nur in der Gruppe?"

„Ja, warum nicht?"

„Was passierte, nachdem er Sie hypnotisiert hatte?"

„Daran kann ich mich nicht mehr erinnern ...", log die Stimme den neuen Therapeuten an. Dufee wusste es genau, aber er wollte nicht darüber reden. Und da er Dr. Janus eigentlich ganz sympathisch fand, entschloss er sich zu einer Zwischenwahrheit.

„Ach wissen Sie, das Beste war wohl, dass wir sie gefunden haben; vielleicht nicht alle, aber die wichtigsten. Ich erinnere mich an die Höhle – nein, zuerst den Tunnel, dann ging es immer tiefer und tiefer in mein Inneres, und da lagen sie zu schlafen. Alle, sogar Frau Holle. Die hat mich schon sehr erstaunt, aber Noël hat gemeint, das sei okay und passe absolut zu meiner Geschichte."

„Das ist ein außergewöhnlicher Name. Wie kamen Sie darauf? Oder war es Dr. Noël?"

„Meine Eltern hatten eine Buchhandlung. Zuerst in Krakau und dann, als sie in den Achtzigern nach Frankreich kamen, einen kleinen Laden in Marseille; da bin ich auch geboren. Mein Vater liebte Märchen und Sagen; ganz besonders die von Rübezahl und seinen vielen Gesichtern, wie Diabolus, aber auch die von Frau Holle."

„Und Sie? Lieben Sie auch Märchen und lesen gerne Bücher?"

Patrice schaute viel lieber auf die Hände von Dr. Janus. Alles gefiel ihm an diesem Mann: sein Lächeln, vor allem um die Augen, die samtigen Haare, aber ganz besonders seine eleganten langen Finger. Trotzdem nickte er zustimmend mit dem Kopf und lächelte.

„Aber ich hab den Job in der Buchhandlung nicht wieder bekommen, wo wir ... äh pardon, wo ich gearbeitet habe, bevor Diabolus, na, sie wissen schon – die Sache mit dem Mädchen. Es war kurz nach Ladenschluss. Sie war nicht richtig gekleidet für jemand wie Diabolus. Man sah zu viel von dem, was ihn an Frauen halt so interessiert. Aber daraus eine versuchte Vergewaltigung zu machen, war schon krass. Ich gebe zu, Diabolus ist eindeutig zu weit gegangen, das wissen wir alle. Aber DAS hätte er nie getan – nie im Leben. Dr. Noël weiß das auch."

„Wen meinen Sie denn genau, wenn Sie von WIR sprechen, Patrice?"

Aber Patrice war leider nicht mehr gesprächsbereit. Eine Altmännerstimme in besonnenem Tonfall meinte ganz souverän: „Natürlich Patrice und ich. Wir haben Diabolus und die anderen gut im Griff; wir sind jetzt so weit, in Ihrer Gruppe mitzuarbeiten."

Rübezahl, alias Patrice Dufee, hatte genug gesehen und gehört für heute. Der neue Psychologe schien okay. Er hatte sogar ein paar falsche Fingernägel, und das fanden alle toll: ein Psy, der an den Nägeln knabbert. Warum nicht?

* * *

Felix wusste genau, wie riskant es war, einen Klienten wie Dufee in die Mittwoch-Gruppe zu bringen. Aber noch war er sich nicht sicher, ob hier tatsächlich eine multiple Persönlichkeit vor ihm gesessen hatte, oder jemand, der vorgab, eine zu sein. Dr. Noël hatte nichts von Blackouts in der Rübezahl-Akte stehen; nichts von Dingen, die Dufee tat, ohne sich anschließend daran erinnern zu können. Er beschloss, Dufee und seine Multiplen in die Gruppe aufzunehmen.

Und zugegeben, da war etwas, was ihn faszinierte. Anders als damals bei Steven, der ihn immer an einen griechischen Wettkämpfer aus der Antike erinnert hatte: kräftig und trotzdem schlank, hoch aufgeschossen, jeder Muskel durchtrainiert, sogar sein Gesicht war ebenmäßig und fein. Genauso fein wie seine Manieren. Damals hatte er noch den kleinen Bart. Genau! Vielleicht war es der Bart; so einen trug auch Patrice Dufee. Bei dem jedoch passte einfach nichts zusammen. Er schien zusammengesetzt aus einem Baukasten, der für mehrere Personen ausgereicht hätte. Oder ließ er sich da von der Krankenakte beeinflussen?

Die eng zusammengewachsenen Augenbrauen waren fein gezupft, wie bei einer Frau. Die kurzgeschorenen Haare hatte er im Genick wachsen lassen und in einen Pferdeschwanz gebunden. Die ganze Erscheinung war ... gepflegt. Sehr gepflegt. Er roch sogar gut. Wären da nicht ein paar obszöne Tattoos gewesen und ein Zug um die schmalen Lippen, die Dufee einen Anflug von Brutalität verpassten, hätte man ihn fast für attraktiv halten können.

Egal wie, ob brutal, smart, weiblich oder männlich, dieser Patrice gefiel ihm. Auf Rübezahl und die anderen hätte er verzichten können. Aber vielleicht schaffte er es ja, wenigstens einen von ihnen loszuwerden. Den Versuch war es allemal wert. Und was für eine Bereicherung für sein Forschungsprojekt!

Er könnte ihn als Trigger einsetzen. Einfach ideal. Der Mann passte in die Opfergruppe wie ... der böse Wolf zum Rotkäppchen. Ha! Was für ein Experiment. Damit würde er sich einen Namen machen ... vielleicht sogar berühmt werden. Was scherten ihn ethische und moralische Grundsätze?

Ihm ging es schon lange nicht mehr darum, alle Phasen eines therapeutischen Prozesses in der korrekten Reihenfolge anzuwenden.

Warum auch? Dafür war er viel zu kreativ. Er war nie ein Anhänger der orthodoxen Lehre gewesen, und überhaupt, früher oder später muss man über seine Lehrer hinauswachsen. Und genau an diesem Punkt sah sich Dr. Felix Janus heute angekommen.

* * *

Steven Bingham war wütend und enttäuscht zugleich. Wie konnte so etwas nur passieren? Eine harmlose gutgemeinte Feier endete in einer Katastrophe, deren Ausmaß er heute noch nicht einschätzen, geschweige denn verstehen konnte. Er wollte, wie schon so oft in seinem Leben, doch einfach nur alles richtig machen; und vor allem gut. Seine Gästeliste zur Einweihungsfeier war länger als ursprünglich gedacht. Aber mehr als die Hälfte waren Franzosen aus der Gegend. Hätte ihm nicht einer von denen sagen können, dass im Sommer bei Mistral kein Feuerwerk gezündet werden darf? Ein amerikanischer Rechtsanwalt, der auch auf der Party war, hatte ihm vorgeschlagen, den Bürgermeister zu verklagen. Zusammen mit drei Viertel seines Stadtrates hatten die Würdenträger aus Sport, Wirtschaft und Kultur doch ganz offensichtlich seinen Champagner, die Canapés, die Musik und sogar das eigens aus England importierte Feuerwerk genossen.

Könnte es sein, dass es einen Grund dafür gab, dass niemand ihn gewarnt hatte? Das berühmte offene Messer, in das man ihn hatte reinlaufen lassen? Schließlich war er ein Fremder. Und nicht nur irgendeiner, sondern ein *Tommy,* ein verdammt reicher *Tommy.* Und viele der *Froggies* konnten nachtragend sein.

Vielleicht hätte er die Gästeliste besser mit jemand anderem abgesprochen als mit Monsieur Voss. Mit dem hatte er sich seit dem Kauf von Schloss Orléans ab und zu getroffen und sich von ihm beraten lassen. Aber der schien doch okay mit seinem Teddybärgesicht und den Geschichten von früher. Von ihm hatte er schon viel gelernt über Traditionen und Bräuche. Von der Jagd bis zum Kochen. Seine verstorbene Frau war wohl eine exzellente Köchin gewesen. Und er ein guter Jäger.

Steven hielt mal wieder Selbstgespräche. Er stand vor dem großen Spiegel in der Eingangshalle von Schloss Orléans und versuchte zum x-ten Mal seine Fliege zu binden. Trotz der Affenhitze wollte er zur ersten Anhörung vor Gericht allen zeigen, dass ein englischer Gentleman sich sogar im Sommer korrekt kleidet. Noch bevor er sich die Frage, ob er denn tatsächlich ein Gentleman sein wollte, beantworten konnte, kam ihm eine Erinnerung.

„Der Abend mit der Dolmetscherin. Da war doch was oberfaul, oder? Ich hatte Grund zum Feiern und das haben wir ja auch ... bis ... ja, bis ganz offensichtlich was aus dem Ruder lief."

Er schnitt eine seiner legendären Grimassen und entschied sich gegen die Fliege.

„Das wäre alles nicht passiert, wenn diese Alice Weiß meine Einladung damals angenommen hätte. Die Erfahrung sagt: Man muss nur weiträumig genug die Nachbarn einladen – wie in Studentenzeiten – dann kriegt man auch keine Probleme mit der Polizei. Und beim ersten Knaller hätte DIE bestimmt was gesagt ... so wie DIE ja offensichtlich an ihren Tieren und ihrer Ruhe hängt. Also ist sie auch irgendwie mit dran schuld, quasi!"

Er schüttelte unzufrieden den Kopf. Aber erst, als er einen letzten Blick in den Spiegel warf, erkannte er den kleinen Jungen.

„Das ist doch kindisch, Steven! Gut, dass dich niemand hört. Werd endlich erwachsen und stell dich deinen Fehlern. Nur so kannst du was lernen."

Und das tat er wirklich.

Steven lernte jeden Tag ein wenig mehr über Mentalitäten und Gewohnheiten in seinem neuen Biotop. Die Sache mit den Schafen war kein Kavaliersdelikt, nicht in diesem Teil der Provence. Und dann der Verstoß gegen die Wahnsinns-Auflagen des Naturparks. Er wurde den Verdacht nicht los, dass es bei der ganzen Sache nicht nur um Geld ging; das wäre für ihn kein Problem gewesen. Sondern um andere Werte – und das war das Schlimme: Er hatte keine Ahnung, um welche.

„War es das, was Felix an dem Abend gemeint hatte? Von wegen: andere Länder – andere Sitten. Er weiß doch, dass er mich mit so was triggern kann. Ich hab mehr Zeit im Ausland verbracht als er. Und dann die blöde Bemerkung, dass Frau Weiß vielleicht ja auch per se was gegen mich haben könnte. Wie kommt er nur auf so was? Sie kennt mich doch gar nicht. WAS gegen mich? Per se? Als Mann? Als Engländer? Vielleicht sogar beides? Aber an beidem will und kann ich nichts ändern."

Mit neuem Mut streckte er seinem Spiegelbild kurzerhand die Zunge raus, strich noch einmal über die kurzgeschnittenen blonden Haare und machte sich auf zur Anhörung vor Gericht.

* * *

Marie wusste, dass der Abend mit Steven Bingham nicht zu ihren besten zählte. Warum war sie auch darauf eingegangen? So kurz nach der letzten Therapie. Und die hatte ja nun wirklich nichts gebracht. Trotzdem war sie enttäuscht, sich nicht besser im Griff gehabt zu haben.

„Obwohl. Der *Tommy* war doch selber schuld. Warum musste er mich auch so angaffen; statt auf seinen Kaufvertrag zu gucken. Er hat mich mit den Augen ausgezogen – glasklar."

Daran arbeitete die Gruppe auch: Was tun, wenn die Lawine losgeht, der Trigger ausgelöst wird? Egal durch was. Bei Alice waren es oft Gerüche oder Geräusche, die sie ausrasten ließen, manchmal auch Mimik oder Gestik. Von Männern. Bei Marie konnte es so was Banales wie der Geschmack und die Farbe von Erdbeereis sein; Isa war noch nicht so weit, es zu erkennen.

„Das Dumme ist ... ich merke es nicht sofort, manchmal erst nach Tagen; wie soll ich da erzählen können, womit ich das Gefühl in Verbindung bringe? Bis dahin hab ich den Trigger doch schon längst wieder vergessen."

Marie wusste nur zu genau, was Alice damit meinte. Bei ihr hatte es auch lange gedauert, Zusammenhänge zu verstehen. Den Faden zu finden, ohne den das Muster in einem bunten Teppich nicht zustande käme. Sie spürte seit kurzem ziemlich genau, ob die Lawine kommen würde und manchmal sogar, wann. Und dazu hatte sie sich etwas ausgedacht. Ihr ganz persönliches Rezept, das sie Dr. Noël nicht verraten würde. Der würde doch wieder nur sagen: „Zu früh, Marie. Haben Sie Geduld mit sich; geben Sie sich Zeit."

Aber sie wollte nicht länger warten und war bereit, es auszuprobieren.

Und dabei hatte sie die Kontrolle verloren. Die Katze war raus, und die Maus wurde gejagt. Warum auch nicht? Ein bisschen Spaß muss doch drin sein. Wie an dem Nachmittag und Abend mit dem Engländer. Zuerst spürte sie die Erregung, dann die Wut, und meist zeitgleich die Erniedrigung, und danach lange nichts.

Die Angst kam immer erst, wenn alles vorbei war – in der Nacht – und blieb bei ihr wie ein treuer Freund, manchmal tage- oder wochenlang.

„Dr. Janus wird mich verstehen", da war sie sich sicher!

Also schrieb sie es für ihn auf:

Die Maus war stark wie ein Bär und hatte kein Problem damit, die Katze zwei Treppenabsätze hochzutragen. Und die ließ ihn gewähren. Sie legte sogar ihren rotbraunen Wuschelkopf an seine Schulter und hielt sich an seinem Nacken fest, als wolle sie ihn nie wieder loslassen. Sie ließ sich gefügig auf die orangerote Bettdecke legen und sogar küssen: immer wieder die Hände; dann die Arme und ihren wunderschönen riesigen Mund. Aber dann war Schluss. Sie legte ihm entschlossen und kraftvoll Mittel- und Zeigefinger auf den Mund und schaute ihm tief in die Augen.

„Sorry, aber weiter geht es nicht. Nicht mit mir. Es hat auch nichts mit dir zu tun, du süße große Maus. Du siehst gut aus, bist sexy und gar nicht dumm. Dazu hast du auch noch einen Haufen Geld. Aber ich passe nicht in dein Beuteschema. Warum? Ganz einfach, weil ich die Katze bin und du die Maus. Eine attraktive – Supermaus. Aber Maus bleibt Maus!"

Der Katze war es ernst, aber die Maus konnte es einfach nicht glauben. Sie war doch eine Supermaus und stark wie ein Bär!

„Schau mich nicht so an. Der Abend war doch gar nicht übel. Wir hatten beide unseren Spaß, aber jetzt ist das Spiel zu Ende. Jeder geht seiner Wege: ich zu den Katzen und du zu den Mäusen oder – oder, dazu würde ich dir nicht raten – es kommt zur Gewalt. Aber selbst, wenn du und deine Kronjuwelen das

Gemetzel einigermaßen heil überstehen würden, kannst du sicher sein, dass die Katze ihren schönen Mund nicht halten wird. Die Zeiten sind vorbei – ein für alle Mal. Also, was tun wir jetzt?"

Die Supermaus, die ihre Hose schon halb ausgezogen hatte, starrte die Katze entgeistert an. Hatte sie vielleicht zu viel getrunken oder einen ihrer Alpträume? Das konnte doch nicht wahr sein. Die Katze hatte sich nach allen Regeln der Kunst verführen und die Treppe bis zu ihrem Bett hochtragen lassen; die wusste doch genau, was Sache war – und jetzt Schluss?

Der Supermaus hatte es die Sprache verschlagen und wohl auch den Appetit; sie packte ihre wunderschönen Spielsachen zusammen, zog die Hose hoch und ging zum Fenster. Wie lange die Maus da stand, weiß auch die Katze nicht mehr: die Lust war weg – die Jagd vorbei.

Eigentlich schade! Sie hatte ihre Krallen schon ausgefahren ...

Kapitel 1.7

Glück im Unglück

Warum war er nur nicht früher von zu Hause losgefahren?

Felix hatte gemeint, eine Stunde reiche locker und das Gerichtsgebäude wäre super leicht zu finden, zwischen Museum und Kathedrale. Alle hatten sie ihm von den pittoresken engen Gassen der Altstadt von Digne vorgeschwärmt. Vielleicht zu Fuß. Aber überall, wo er nun hinschaute, sah er rot. Durchfahrt verboten, wie so oft in seinem Leben. Und nur eine zugelassene Richtung, die tiefer und tiefer in die immer verschlungeneren Sträßchen führte – einfach keine andere Wahl. Rechts die Treppe zur Kathedrale, links eine Sackgasse und geradeaus – ein uralter Citröen Lieferwagen. Er blickte in den Rückspiegel: ein paar Leute, aber Gott sei Dank noch kein anderes Auto. Trotzdem – hier würde er seinen Land-Rover nie gewendet bekommen. Es blieben ihm noch knapp zwanzig Minuten zum Prozessbeginn. Steven fluchte vor sich hin und wollte gerade losbrüllen, als es an sein Seitenfenster klopfte.

„Monsieur, hier geht es nicht weiter. Vielleicht in einer Stunde. Die alte Madame Dumas zieht doch um, und wir helfen alle."

Sie mussten ihm seine Verzweiflung angesehen haben. Und als er sie dann auch noch fragte, wie weit es bis zum Gerichtsgebäude sei, wünschten sie ihm doch tatsächlich guten Mut und viel Glück.

„*Ohlàlà Mösieu le tribunal – kurage et bonne schangze!* Bei Gericht können wir Ihnen leider nicht helfen, aber was das Auto betrifft, schon. Sie könnten ihn solange in die Scheune von Madame Dumas stellen. Direkt hier. Und bis Sie drüben durch sind, haben wir den Umzug fertig."

Steven war noch nicht mal auf die Idee gekommen, sie könnten seinen Wagen oder die Reifen oder egal was stehlen. Er hatte Vertrauen. Warum auch immer. Und als er dann noch hörte, dass das

Tribunal keine fünf Minuten entfernt sei, hätte er sie alle umarmen können.

* * *

Als er endlich das Gerichtsgebäude betrat, war er sich sicher, dass nun alles andere auch ein gutes Ende nehmen würde. Nicht jede Einbahnstraße musste schlecht sein. Das war für ihn das Motto des Tages.

Leider stand die nächste Ernüchterung schon vor der Tür: Alles war so viel kleiner, als er es sich vorgestellt hatte. Aber nicht nur das. Es war so ... fremd. Nicht, dass er jetzt der große Kenner in Sachen Gerichtsverhandlungen in England gewesen wäre. Aber das eine oder andere kennt man ja schließlich aus Filmen oder Büchern. Langsam wurde ihm klar, was Maître Voss wohl gemeint hatte.

„Wenn Ihre Verhandlung bei uns in Aix stattfinden würde, wäre das natürlich ganz was anderes. Aber Ihr Anwesen liegt nun mal nicht in unserem Département, sondern in dem von Digne. Und da geht's halt ein bisschen ...“

Voss hatte nach einem Ausdruck gesucht, mit dem er Steven am wenigsten abschrecken würde, und hatte sich für ... *hinterwäldlerisch* entschieden.

„Um Gottes Willen, was soll das denn heißen? Und warum war der Kaufvertrag dann in Aix?“

„Nein, pardon! Ich hab mich schlecht ausgedrückt. Kein Grund zur Besorgnis. Sie müssen wissen: Ein Kauf ist in Frankreich immer da möglich, wo der Verkäufer will. Im Falle der Orléans hätte es genauso gut Paris oder Marseille sein können. Aber das Recht ist in Frankreich natürlich überall dasselbe. Nur die Inszenierung ist in Digne vielleicht weniger ... stilvoll; langsamer, einfacher, halt. Ach – das ist schwer zu erklären, Sie werden schon sehen.“

Und jetzt sah Steven, was Voss gemeint hatte. An der Sicherheitssperre wollte man ihn schon mal gar nicht reinlassen. Erst, als er mehrmals beteuerte, sein Fall würde heute hier vorverhandelt, kam endlich ein Zuständiger, der genug Phantasie hatte, Französisch mit englischem Akzent zu verstehen.

„Mein Anwalt heißt Hermès, Monsieur Hermès. Der muss hier irgendwo auf mich warten. Wo kann ich ihn finden?"

Ein großer gutaussehender Herr mittleren Alters in Anwaltsrobe mit gepflegtem Schnurrbärtchen, das Steven an Hercule Poirot erinnerte, blieb stehen und schaute ihn neugierig an.

„Sie sind das also! Kommen Sie rein, Mr. Bingham. Ich bringe Sie zu Ihrem Anwalt. Mein Name ist Fuentes. Claude Fuentes."

Dass er der Anwalt von Madame Weiß war, merkte Steven erst, als, mit einer knappen Stunde Verspätung, sein Fall endlich aufgerufen wurde. Fuentes war brillant. Redegewandt und charmant. Hingegen der ach so tolle Monsieur Hermès aus Paris, den seine Londoner Berater ihm empfohlen hatten, etwas zu arrogant für Digne und wohl zu ausschweifend für die Vorsitzende Richterin, die alle paar Minuten auf ihre Uhr schaute. Steven hatte überhaupt kein gutes Gefühl mehr.

Als dann aber die Richterin ihn direkt ansprach und wissen wollte: „Wie gut sprechen Sie unsere Sprache, Mr. Bingham?", schöpfte er neuen Mut und hoffte auf Verständnis für den ahnungslosen Ausländer, der er ja schließlich auch war.

„Ich kann mich verständlich machen, Frau Vorsitzende, aber verstehe ganz bestimmt nicht alle Feinheiten Ihrer wunderbaren Sprache. Ganz abgesehen von dem starken Akzent hier im Süden." Dazu setzte er sein unschuldigstes Jungengesicht auf, lächelte tapfer Richtung Gerichtsschranke und *Madame la Juge*.

„Trotzdem haben Sie, sofort nach der Tat, Frau Weiß eine Entschädigung in Form von einigen tausend Euros angeboten. Ich nehme an, in der Absicht, Ihr Vergehen zu vertuschen."

Mit einem beherzten „Einspruch, Frau Vorsitzende", versuchte Hermès noch die Notbremse zu ziehen. Aber zu spät. Die Weichen waren gestellt, und mit dem Glück von Steven ging es bergab. Viel hatte er sich eh nicht ausgerechnet. Aber wenigstens, sein Gesicht zu wahren.

Das Angebot am Ende der Anhörung war: Entweder sich bereit zu erklären, 400 Stunden gemeinnütziger Arbeit je hälftig im Naturpark und bei Madame Weiß zu absolvieren, oder es käme zur Anklage.

Von Letzterem riet Hermès ihm sofort ab. Ein Zuckerschlecken für die Grünen, den Naturpark, die Tierschützer und das Sommerloch der Journaille. Absolut zu vermeiden! Aber wieso war seine Strategie, Steven mit Geld rauszuhauen, nicht aufgegangen? Ungewöhnlich. Was war hier los? Aber Digne ist halt nicht Paris.

Mit dieser tiefen Einsicht in die Realitäten des Lebens gab Hermès sich zufrieden und signalisierte Steven mit einem defätistischen Schulterzucken, es ihm gleich zu tun. Nur Claude Fuentes rieb sich zufrieden die Hände: Alles war genauso gelaufen, wie er es mit dem *Parquet* vorbesprochen hatte. Auf seine Seilschaft war doch immer wieder Verlass! Nun brauchte er nur noch zuzuschauen, wie sich die beiden langsam, aber sicher ineinander verbeißen würden und Alice wieder angekrochen käme.

Steven war sprachlos. Er fühlte sich überrumpelt. Im Stich gelassen. Von allen; sogar seinem eigenen Anwalt. Und wieder einmal sehr alleine. Aber ein kräftiger Schlag auf die Schulter riss ihn aus seinen düsteren Gedanken.

„Wir sollten uns unbedingt mal zum Essen zusammensetzen. Wann sind Sie wieder in Aix? Ich hab da einen hervorragenden Italiener direkt bei mir um die Ecke. Rufen Sie mich einfach an, Mr. Bingham. Sie werden es nicht bereuen", rief ihm ein bestens gelaunter Claude Fuentes im Weggehen zu.

* * *

Die Augen von Alice waren immer noch dick verquollen. Sie hatte sich am Abend zuvor in den Schlaf geweint. Aber heute war ein neuer Tag. Und sie hatte sogar den Mut und die Kraft gefunden, aufzustehen, die Läden aufzustoßen und die warmen Sonnenstrahlen zuerst in ihr Zimmer und dann auch in ihr Leben zu lassen. Sie spürte, dass es ein besonderer Tag werden würde. Irgendetwas war anders.

Das Gefühl von Ohnmacht und Verzweiflung direkt nach dem Ergebnis der Gerichtsanhörung hatte sich über Nacht in Wut verwandelt. Und seit langer Zeit zum ersten Mal nicht gegen sich selbst, sondern gegen jemand anderen. Vor allem gegen Claude Fuentes, aber auch gegen ihren Nachbarn, den Engländer. Ohne ihn wäre es ja schließlich gar nicht so weit gekommen.

Sie konnte sich leider nicht mehr so genau erinnern, was sie Claude gestern alles an den Kopf geworfen hatte, nachdem er sie höchst zufrieden über den Termin bei Gericht informiert hatte. Gut, dass das Gespräch, wenn man die Schreierei noch so nennen konnte, am Telefon stattgefunden hatte, sonst hätte sie tatsächlich was nach ihm geworfen. Es wäre nicht das erste Mal gewesen, daran zu denken – aber gestern hätte sie den Mut gehabt, es auch zu tun.

„Er weiß doch genau, dass ich niemanden um mich rum ertrage. Wie konnte er nur so einen Deal vorschlagen? Und sich damit brüsten? Ihn zu akzeptieren, wäre gerade schlimm genug gewesen. Aber ihn vorzuschlagen, war Verrat."

Alice stand vor ihrem Ankleidespiegel; aber aus dem Spiegel schaute ihr gar nicht die sonnengebräunte hoch aufgeschossene Frau Anfang Fünfzig, sondern ein blässlicher pummeliger Teenager mit Pickeln im Gesicht entgegen.

„Das dürfen wir uns nicht gefallen lassen", sagte Alice liebevoll zu dem jungen Mädchen.

„Aber ich bin ja selbst schuld. Ich hab ihm carte blanche gegeben. Hab ihm vertraut. Dachte, er kennt mich schon so lange, weiß, was mir wichtig ist und überhaupt. Es ist doch nicht das erste Mal, dass er meine Interessen vertritt. Was hättest du denn getan?"

„Ich, ach weißt du, ... vertrauen? Jemanden ... gut kennen? Ich glaube, ich hätte einfach das Geld von dem Engländer genommen und mich dann wie immer ganz schnell versteckt."

„Das Geld an sich hat mich ja auch nicht gestört. Aber die Art, wie der Typ es angeboten hat. Kaltschnäuzig. Ohne jedes Gefühl. Als könne man Leben durch Geld ersetzen."

Wie sollte jemand, der ganz offensichtlich kein Mitleid für Tiere hatte, ihr nun beim Aufbau einer neuen Herde helfen? Das konnte niemand. Und Claude, mit seinen zwei linken Händen, wenn es um Lebendiges wie Pflanzen oder Tiere ging, wäre der letzte, so was zu verstehen. Er war damals vor allem froh, dass er in Alice endlich jemand gefunden hatte, der sich so um das ehemalige Anwesen seiner Mutter kümmerte, wie die es zu ihren Lebzeiten getan hätte.

Alice war sich sicher, dass es da eine Geschichte geben musste, aber die wollte Claude nicht mit ihr teilen. Nur soviel, dass er seiner Mutter das Haus geschenkt hatte, in der Hoffnung, sie glücklich zu machen. Aber sie dann kurz darauf gestorben sei. Und so war Alice, ob sie es wollte oder nicht, die Hüterin des Vermächtnisses einer Frau geworden, die sie nie kennengelernt hatte, aber mit der sie eines verband: das Gefühl, dass es nie einfach ist, einen anderen Menschen zu lieben.

Alice fühlte sich beobachtet und hörte eine kritische Stimme aus dem Spiegel: „Du warst schlecht drauf in den letzten Monaten; hast die Zügel mal wieder schleifen lassen ... hast dich ... versteckt. Ich versteh das ja gut, aber ...“

Die Kleine kannte sie so gut. Es wurde Zeit, dass sie endlich anfing, ihre Sachen wieder selbst in die Hand zu nehmen. Sie war in den letzten drei Jahren zu abhängig geworden von Claude; vor allem finanziell. Aber darüber wollte sie heute nicht sprechen, noch nicht mal mit ihrem eigenen Spiegelbild.

* * *

Es war ein heißer Spätsommertag, und ihre Terrassengärten quollen über von Farben und Gerüchen. Die Rosen blühten üppiger als im Mai, Astern und Dahlien waren früh dran. Dazwischen hunderte bunter Kosmea und Salbei in gelb, blau und scharlachrot. Zusammen mit dem schweren Duft von Oleander und Jasmin war dieser Anblick für Alice wie ein Stück Himmel auf Erden. Sie zog sich ihren Korbstuhl so nah wie möglich an die Blütenpracht, schloss die Augen und atmete tief durch. Sie musste den Gedanken von vorhin weiter spinnen. Sie wusste, dass das wichtig war und sie nicht weiter kneifen konnte. Nicht vor sich selbst, und erst recht nicht vor Claude. Vielleicht ging es hier draußen besser. Sie liebte ihre Gärten über alles. Hier war sie in Sicherheit. Dem pummeligen Mädchen gefiel es hier draußen auch gut. Sie setzte sich vor Alice auf den Boden und schaute sie erwartungsvoll an.

„Du weißt, wie schlimm es damals für mich war, alles zu verlieren. Wenn ich sage alles, meine ich mehr als Geld, Einfluss und Ansehen. Es ging um Glauben, oder besser gesagt, Vertrauen, Hoffnung und Liebe. Du bist die Einzige, die weiß, was ich meine und warum das so ist. Du darfst es nie jemandem sagen. Nie, versprich es mir."

Das Mädchen lächelte sie an ... und sagte nichts.

„Ich hab mich vor ein paar Wochen noch so gefreut, dass es langsam besser wird. Ich die depressiven Phasen in den Griff bekomme. Und jetzt? Leide ich an Verfolgungswahn oder was? Ich frag mich die ganze Zeit, wie gut Claude den Engländer wirklich kennt. Wieso schleppt er mir einen wildfremden Mann an? So nah. Fast ins Haus! Zum Arbeiten? Dass ich nicht lache! Oder doch als ... Aufpasser? Als Spion? Warum sagt er mir, er sei homosexuell? Was geht mich das an?"

Alice spürte zuerst, wie sich ihr Unterleib verkrampfte; dann hielt sie sich mit schmerzverzogenem Gesicht die Ohren zu, als würde Claude neben ihr stehen und sie seine Stimme immer noch hören: „Du weißt doch, Liebes, du kannst alles von mir haben und noch mehr. Wie viel, mon trésor, wie viel?"

* * *

Isa war eine von vier Frisösinnen in einem gemischten Salon für Damen und Herren. Aber sie war die einzige Frau, die auch Männer bediente: Haare, Bart, Kopfmassage; wenn gewünscht, Augenbrauen stutzen und lästige Härchen aus den Nasenlöchern schneiden. Sie hatte ihre Stammkunden. Und die wussten genau, dass Isa nur in der Saison arbeitete. Von Mai bis September. Den Rest der Zeit war sie unterwegs, aber wohin und mit wem, sagte sie niemandem. Ihrer

Chefin war es egal; sie wusste, dass man sich auf sie verlassen konnte und sie pünktlich am 2. Mai wieder zurück sein würde.

Isa sei ihr bestes Pferd im Stall, surrte Madame gerne mal mit einem Augenzwinkern ihren Kunden vor, und Isa ertrug das zweifelhafte Kompliment mit Fassung.

Heute war ihre letzte Woche. Nächsten Mittwoch noch einmal die Therapie und dann auf nach Sydney; das Flugticket hatte sie schon in der Tasche. Wie immer one way. Michel würde ihr sicher noch einige Tipps geben, er hatte seine Jugend in Australien verbracht und den lustigen Akzent behalten. Wo blieb er nur heute? Normalerweise kam er nie zu spät. Dann musste sie wohl oder übel den Nächsten dran holen. Einen von denen, die ohne Termin ihr Glück versuchten.

„Das bin ich. Ich möchte einmal Rasieren und Spitzen schneiden."

Doch gerade, als der Herr mit der weichen Frauenstimme ihr seine Wünsche vortrug, stieß Michel Voss außer Atem die Schwingtür auf.

„Bonjour. Bin ich zu spät? Die Unterzeichnung hat länger gebraucht ... und ich hab nur eine halbe Stunde. Soll ich morgen wiederkommen?"

Isa schaute fragend nach dem Mann mit Pferdeschwanz und überließ ihm die Wahl.

„Ach wissen Sie, wir haben ja Zeit, junge Frau ... was heißt hier Zeit, wenn der Arsch zu spät kommt, soll die Schlampe sich gefälligst ... ich finde ja, wir sollten uns alle mal beruhigen und ... ich setz mich jetzt hin und ihr könnt machen, was ihr wollt."

Nach diesem Potpourri in mehreren Tonarten setzte sich der junge Mann mit Pferdeschwanz brav zurück in die Wartereihe, schlug damenhaft die Beine übereinander und lächelte alle Anwesenden an, als wären sie alte Bekannte.

Isa bot ihm geistesgegenwärtig einen Espresso an und Michel nickte ihm zu, als sei das, was er gerade gehört hatte, das Normalste auf der Welt.

Patrice Dufee und seine Multiplen kamen an diesem Vormittag auf ihre Kosten. Sie erfuhren, dass der Mann namens Michel in

Australien gelebt hatte, bis sein Vater, der dort Botschafter war, nach Washington berufen wurde.

Die Frisöse mit den tollen Tattoos hatte wohl vor, sich ein Sabbatjahr zu leisten und zuerst nach Sydney und dann ins Landesinnere zu fliegen.

Dann aber wurde es so richtig spannend.

Die beiden teilten wohl dieselbe Gruppentherapie. Aber der Typ, der sie leitete, schien ihnen überhaupt nicht zu gefallen. Michel, der in einer Kanzlei ganz in der Nähe arbeitete, meinte, seine Probleme seien eh gelöst. Er wüsste jetzt, dass es keinen Taug hätte, nur in der Vergangenheit zu leben. Es schien ihm jedoch sehr wichtig, daran festzuhalten, dass früher alles besser gewesen sei. Und jetzt, wo er endlich so weit war, den Tod seiner Frau zu akzeptieren, brauche er auch keine Therapie mehr. Vor allem nicht von so einem.

Die Frisöse schien skeptisch und meinte, das klinge alles so kopfgesteuert. Das habe sie auch schon probiert. Ohne Erfolg. Sie würde vor ihrem Abflug noch ein letztes Mal zu der Sitzung gehen und dann sei ja eh Pause angesagt. Danach tauschten sie nur noch Erfahrungen aus. Über Clomipramin, Doxepin, Opipramol und Trevilor.

Er kannte sie alle. Und zählte eins und eins zusammen: Der Mann mit dem ulkigen Akzent kämpfte mit schweren Depressionen, und sie mit Alpträumen nachts und Panikattacken tagsüber …

Schade – da waren die zwanzig Minuten schon vorbei.

Patrice konnte nicht anders, als mitleidig lächeln: Was die Leute doch so alles beim Frisör erzählen. Warum eigentlich? Hörte ihnen denn sonst niemand zu?

* * *

Wieso erinnerte sie sich ausgerechnet heute, nach so vielen Jahren, an ihren Ex? In den vielen Therapiestunden mit Dr. Noël alleine oder später in der Gruppe hatte sie gelernt, in sich reinzuhören. Ihre Aussetzer, Überreaktionen oder Träume in Verbindung zu bringen mit … ja, mit was?

„Freie Assoziation, Alice. Versuchen wir es noch einmal – entspannen Sie sich. Sie haben mir letztes Mal die Geschichte vorgelesen, über Kurt. Die war sehr interessant. Wir hören sie uns einfach wieder an. Und dann sagen Sie mir, was Sie fühlen."

Sie sah Dr. Noël genau vor sich, wie er sein Aufnahmegerät anschaltete; sie lag nicht auf der Couch, sondern hockte, wie so oft, mit angezogenen Knien in der hintersten Ecke des Zimmers. Die Ecke, die am weitesten vom Fenster entfernt war. Und sie konnte sich erinnern, zusammengezuckt zu sein beim Klang ihrer eigenen Stimme:

Wo fang ich am besten an? Auf den Spiecherer Höhen oder Nassau, Bahamas? Bei den Festspielen in Bayreuth oder dem Palio in Siena? Im Olivenhain über den Dächern von Nizza oder dem Hörsaal der philosophischen Fakultät Frankfurt?

Überall hab ich dich geliebt. Eigentlich hab ich dich schon geliebt, bevor wir uns trafen. Heute weiß ich, dass so etwas möglich ist. Heute weiß ich auch, dass DU so etwas nie verstehen wirst. Ich glaube heute sogar, dass du mich nie verstanden hast. Aber lass mich zurück zum Anfang gehen – wir haben ja Zeit. Heute läuft niemand von uns beiden mehr weg. Schon gar nicht mehr voneinander. Das haben wir lange hinter uns. Ja, der Anfang unserer Geschichte liegt in meiner Kindheit: Weil ich dich damals schon gesucht habe. Ich erträumte mir einen Freund; keinen Prinzen wie andere Mädchen, keinen Helden oder Retter. Weil ich damals ja gar nicht wusste, in welcher Not ich war. Ich wollte einen Freund, wie andere meiner Freundinnen vorgaben, schon einen zu haben. Aber wenn die sich bei mir brüsteten, was sie dem so alles zeigten – oder gezeigt bekamen, ließ mich das kalt. Weil, das kannte ich doch alles schon. Ich wollte einen Freund zum Reden; meine kleinen und großen Geheimnisse zu teilen.

Ich suchte jemanden, dem ich v e r t r a u e n konnte. Aber wieso dachte ich damals in Frankfurt, dass du nun endlich der Richtige seist? Ich weiß, ich weiß – nicht du bist mir hinterhergelaufen, sondern ich dir. Je mehr du mich zurückgewiesen hast, desto mehr bin ich gelaufen. Warum sollte ich nicht zum Kreis deiner Auserwählten gehören? Du warst doch mit jeder ... Ich aber hoffte, dass ich die Richtige für dich wäre und deine Suche ein Ende finden würde.

Weißt du noch? Ich hab dir sogar Geschenke gemacht – und du mir? Deine Art von Geschenken haben mir immer weh getan. Hattest du mich dafür gehei-

ratet? Geliebt hast du mich nie, das weiß ich heute. Heute weiß ich sogar, warum ich dir nachgelaufen bin, mich schlagen und beißen lassen habe. Und ich weiß jetzt natürlich auch, dass du, Kurt, in Wirklichkeit nicht der Richtige für mich warst. Jemand wie du kann nicht lieben. Du hast weder Respekt vor dir noch vor anderen gehabt.

Und wenn ich an dich denke, dann bleibt in meiner Erinnerung: eine immer blasser werdende Hülle voller Schleim, Missgunst, Gewalt, Demütigung, Verachtung, Gier und ... mir wird schlecht.

Ich wünschte, du wärest tot!

Noël hatte ihr damals Zeit gelassen, zu sich zu kommen. Daran konnte sie sich erinnern. Aber sie wollte nichts mehr hinzufügen. Nichts kommentieren. Sie wollte sich eigentlich nur verstecken. Nicht vor Kurt und den anderen Schatten der Vergangenheit, aber vor sich selbst.

„Alice, was kommt Ihnen in den Sinn? Außer mir hört niemand zu. Lassen Sie sich gehen. Woran denken Sie?"

Das war vor ungefähr zwei Jahren. Und sie wusste noch genau, wie sie sich damals fühlte: Zuerst war es ihr peinlich, dann hatte es weh getan; aber danach hatte es ihr geholfen.

Und heute wollte sie es ganz alleine versuchen. Ohne Dr. Noël. Sie wusste ja, wie es ging. Heute brauchte sie auch nicht in die hinterste Ecke; sie legte sich auf ihr schönes Sofa. In die weichen Kissen. Nur das Mädchen war dabei, so wie früher, so wie immer; und das beruhigte sie.

Alice ließ die Gedanken frei; ließ alles kommen. Und es funktionierte. Sie griff zu ihrem Smartphone und stellte auf „record":

„Claude und Kurt. Was fällt mir dazu ein?

Claude – zu nah – ein...dring...lich – Er zwingt mich, Dinge zu tun, die ich nicht tun will ... und dann sagt er ... du hast es doch genauso gewollt wie ich ... woher will er das wissen? Nur weil er immer alles weiß? – Es drückt mir die Luft ab – Er drückt mir die Luft ab – Ich will alleine sein – Nein, geh nicht weg! Ich hab Angst. Angst vor Kurt – Kurt tut mir weh. Aber er spielt doch nur mit dir – Was für Spiele? Machtspiele! Wer ist der Stärkste im ganzen Land? Claude oder Kurt? – Papa war stärker, aber der hat mich geliebt. Die anderen? – Und ich? Ich bin nur klein, mein Herz ist rein, oder? – Hört auf, mich zu kontrollieren – ihr seid zu nah, viel zu nah – mir wird schlecht – Mama? – Ich bin so alleine – wo sind all die anderen? Sie lachen mich aus – es ist doch alles nur ein Spiel – alle lachen – Mama, Kurt, Papa, Claude, – bald sind alle tot."

Alice blieb liegen. Aber die Übelkeit ging nicht vorbei. Sie schaffte es nicht mehr bis zum Bad. Erst als danach das heiße Wasser auf ihren Körper niederprasselte, wurde es langsam besser.

Noch am selben Nachmittag rief sie an: „Dr. Janus? Alice Weiß hier. Ich hatte ein schlimmes Erlebnis. Ich brauche einen Nottermin für ein Einzelgespräch. Wann kann ich kommen?"

* * *

Nachdem der erste Schock über seine Strafe verflogen war, versuchte Steven das Beste daraus zu machen. Andre Länder – andre Sitten. Vielleicht sollte er mal wieder mit Felix essen gehen und sich mit seiner Philosophie besser vertraut machen. Sie schien auf jeden Fall zu wirken. Die zuständigen Leute vom Nationalpark waren absolut begeistert, ihm Einblicke in ihre tägliche Arbeit zu gewähren, und ein paar kräftige Hände seien immer gern gesehen. Im Gegenzug lockte Steven sie mit ein paar Freikarten zum Ligaendspiel. Und wegen der Tiere hatte er sogar schon einen alten Schäfer ausfindig gemacht, mit dem er sich nächste Woche auf einen Pastis in Forca verabredet hatte. Nur mit seiner exzentrischen Nachbarin hatte er noch keine Fühlung aufgenommen.

Heute wollte er sich zuerst einmal in Aix mit diversen Dingen ausstatten, um seiner neuen Aufgabe auch wirklich gerecht zu werden: ein paar Fachbücher über Schafzucht und ein paar Arbeitsklamotten, die dazu passten. Vielleicht karierte Hemden? Und einen Hut! Ihm schwebte so einer vor, wie die Gauchos in der Camargue sie tragen. Schwarz mit einem Lederband. Und hier würde er sicherlich alles finden. Steven schaute auf die Uhr. Er war früh an. Warum nicht ein kleiner Treff mit Felix?

„Hi, Felix, bin in Aix. Espresso oder Apéro *Chez Bruno?* Steven."

Er kannte die Ampel vor dem Parkhaus *Cézanne* mittlerweile ganz gut. Die Rotphase war lang genug für einen kleinen Texto ... gleichzeitig hörte er Reifen quietschen, und schon knallte es: Blech auf Blech.

Ein fürchterlicher Rumms katapultierte seinen Wagen nach vorne. Gut, dass er der erste in der Schlange war. Warum hatte er mit seiner Nachricht an Felix nicht gewartet, bis er den Wagen abgestellt hatte? Auf die fünf Minuten wäre es jetzt auch nicht mehr angekommen.

„Wieso ich? Ich hab gar nichts gemacht! Das muss von hinten gekommen sein. Ich habs bloß nicht gesehen."

Ein Blick in den Rückspiegel bestätigte sein Bauchgefühl. Das war mal wieder typisch Steven. Zuerst die Schuld bei sich zu suchen. Wütend auf sich selbst und seinen Hintermann stieg er aus dem Auto und knallte die Tür zu.

„Sind Sie von allen guten Geistern verlassen ..."

In seiner Aufregung hatte er englisch geredet, aber die Person in dem kleinen roten Autochen konnte ihn eh nicht hören. Die Frau saß einfach nur da, hielt sich beide Ohren zu und schrie hysterisch *nein, nein, nein* auf Deutsch.

„Madame, machen Sie doch mal die Tür auf! Sind Sie verletzt? Soll ich die Polizei rufen?"

Zuerst versuchte er es auf französisch – keine Reaktion. Dann kramte er sein Fußballerdeutsch aus seiner Zeit bei Bayern München raus – keine Reaktion. Also beschloss er, zuerst mal den Verkehr zu regeln. Solche Auffahrunfälle waren in Aix keine Seltenheit. Die Einheimischen behalfen sich geschickt und fuhren rechts und links vorbei. Einer kurbelte noch sein Fenster runter und rief ihm zu: „Haben Sie die Papiere für die Unfallmeldung? Wegen so einer Bagatelle kommt keine Polizei. Das machen Sie am besten unter sich aus."

Ein anderer half ihm Gott sei Dank, die Kreuzung frei zu machen und beide Autos ins Parkhaus zu fahren. Die arme Frau war total neben sich.

„Madame, beruhigen Sie sich doch endlich. Es ist ja kaum was passiert. Der Aufprall hat sich viel schlimmer angehört ...", aber weiter kam er nicht. Die Frau, die offensichtlich eine Touristin war, sprach wild gestikulierend auf ihn ein – aber immer noch auf Deutsch.

„Es tut mir so leid. Meine Schuld. Ich hab alles durcheinandergebracht. Und jetzt auch das noch. Ich bin so was von blöd ..."

„Sie sind verletzt, Madame. Ich will Ihnen nur helfen. Sie haben überall Blut. Vielleicht sollte ich doch besser einen Krankenwagen rufen?"

Bisher hatte Steven sich gefragt, ob die Frau ihn überhaupt verstand. Aber jetzt schaute sie ihn zum ersten Mal mit weit aufgerissenen Augen an und hörte auf zu schluchzen. Sie hatte wunderschöne bernsteinfarbene Augen, die ihn voller Verzweiflung anstarrten. Beim Blick in ihr herzförmiges Gesicht merkte er, dass das Blut in einem Rinnsal aus der Nase lief und keine andere Verletzung zu sehen war. Und da die Frau sich nicht bewegte, nahm er sein Taschentuch aus der Hosentasche und fing an, ihr vorsichtig das Blut, das sie sich in ihrer Aufregung über Gesicht, Hals und Hände geschmiert hatte, abzutupfen.

„So, jetzt wird es Ihnen bald besser gehen. Sehen Sie nur: Wir sind im Parkhaus, ganz ungestört. Niemand da, außer uns beiden. Wollen Sie sich ein wenig ausruhen?"

Die Frau nickte ihm ganz langsam zu – als würde die kleinste Bewegung ihr enorme Kraft abfordern.

„Ich besorge uns mal etwas Wasser. Bin gleich zurück."

Steven holte eine Flasche Wasser aus seinem Kofferraum und inspizierte trotz allem Verständnis für die Fremde auch mal das Hinterteil seines Autos: kaum was zu sehen, außer ein bisschen roter Farbe auf seiner dicken Stoßstange.

„Hier – trinken Sie. Das wird Ihnen gut tun. Ich schau mir mal kurz Ihren Wagen an. An meinem ist nichts dran. Also, wie ich gesagt habe: kein Problem. Und wenn, ... das ist doch alles nur Blech. Hauptsache, Ihnen und mir ist nichts passiert."

Mit einem aufmunternden Lächeln ließ er sie in Ruhe das Wasser trinken. Er hatte das Gefühl, dass die Frau krampfhaft versuchte, sich zu orientieren – zu verstehen, was überhaupt passiert war. Vielleicht stand sie ja unter Tabletten oder Alkohol?

„Danke, danke für alles", flüsterte sie und fing sofort wieder an zu weinen.

Steven schaute sich den Mini Rover von allen Seiten an. Das Kennzeichen war kein ausländisches. Trotzdem könnte sie eine Touristin sein; eine Deutsche, die sich von Freunden das Auto geliehen hatte. Egal wie, sie hatte Glück im Unglück gehabt und war nur ihm draufgefahren. Kein Schaden von hinten und nur ganz wenig von vorne: Die Scheinwerfer waren im Eimer und die Stoßstange sicher nicht mehr zu retten. Aber die Karosserie schien heil.

„Kein Problem. Sie können sogar weiterfahren. Das wird keine aufwendige Reparatur. Gehört der Wagen Ihnen?"

Die Frau nickte müde, aber brachte zum ersten Mal ein kleines Lächeln zustande.

„So gefallen Sie mir schon viel besser."

Und so war es tatsächlich. Die Frau musste so in den Vierzigern sein und jetzt, wo sie lächelte, war sie richtig schön. Sie hatte kleine Grübchen in den Wangen, und in den Augen schimmerten winzige Goldflecken. Aber da war auch was Tragisches. Und sobald das Lächeln aufhörte, ging die Sonne in ihrem Gesicht unter.

Steven, der sich mit Gemütsschwankungen gut auskannte, wollte sie aufmuntern: „Sie haben ein schönes Auto. Das muss eine Sonderanfertigung sein. Ich bin gebürtiger Engländer und hab noch nie einen scharlachroten *Mini Countryman* gesehen. Gibt es die nur in Deutschland oder Frankreich?"

„Ich ... mein Freund, der hat Beziehungen ... ja, das ist meine Lieblingsfarbe. Die ist selten. Das stimmt."

Ihre Stimme war so sanft wie Seide. Und bei dem Timbre lief ihm ein Schaudern den Rücken rauf und runter. Es war nicht Tragik, was er raushörte, es war Melancholie.

„Wie kann ich Ihnen helfen? Wir könnten einen Kaffee zusammen trinken und Sie erzählen mir, was passiert ist, bevor sie mir ...“

Die Frau schüttelte heftig den Kopf.

„Ich muss zurück. Ich hab alles falsch gemacht. Ich hatte einen Termin bei ... bei einem Arzt. Aber ich hab mich in der Uhrzeit geirrt. Ich hab eine Stunde Anfahrt, von wo ich wohne. Und heute ... Ich kam zu spät, und nur, weil ich nicht ... in meinen Kalender geschaut habe. Sonst ist der Termin immer zu einer anderen Uhrzeit. Das klingt alles so dumm, ich weiß. Ich bin zu nichts zu gebrauchen. Sie sehen ja, in meiner Aufregung fahr ich Ihnen auch noch hinten drauf.“

„Aber so was kann immer mal passieren. Mir auf jeden Fall schon oft. Ich meine nicht, jemandem draufzufahren, aber Termine durcheinanderzubringen. Da bin ich gut drin. Sie haben bestimmt an viele Sachen auf einmal gedacht. Und dann vergisst man manchmal das Wichtigste. Was hat denn Ihr Arzt gesagt? Haben Sie einen neuen Termin? Vielleicht schon bald?“

„Das ist ja das Schlimme. Er war schon weg. Die Praxis war geschlossen. Und ich trau mich nicht, ihn anzurufen. Ich will nur nach Hause. Hier ist meine Nummer, falls Sie doch noch einen Schaden an Ihrem Wagen entdecken. Ich komme natürlich für alles auf. Sie können mir vertrauen. Aber ich muss jetzt weg.“

„Ich mache Ihnen einen Vorschlag. Wir rufen jetzt gemeinsam Ihren Arzt an. Und Sie lassen sich einen neuen Termin geben. Sie sagen ihm einfach die Wahrheit: Sie hatten einen Autounfall. Ob das nun vor oder nach dem verknallten Termin war, ist doch total egal. Das ist höhere Gewalt. Probieren Sie's. Und was halten Sie davon, wenn wir uns dann für diesen Tag zu einem Kaffee oder einem kleinen Lunch verabreden?“

Ihre Antwort kam zuerst aus den Augen. Die strahlten ihn an. Aber die Stimme klang verzagt.

„Das kann ich nicht versprechen. Wenn es mir gut geht, komme ich gerne. Und Sie meinen wirklich, ich könnte ...?“

Doch bevor sie ihren Satz zu Ende hatte, griff sie schon nach ihrem Smartphone und wählte auswendig eine Nummer.

„Dr. Janus? Ja, ich bin's. Entschuldigen Sie die enorme Verspätung, aber ich hatte einen Autounfall. Können Sie mir bitte einen neuen Termin geben? ... Heute in einer Woche?"

Sie schaute Steven fragend an, und der nickte voller Begeisterung, ohne auch nur einen Blick in den Kalender zu werfen.

„Ja, das sollte gehen. Dann bis nächsten Montag und nochmals Danke für Ihr Verständnis."

Steven stand vor ihr und nickte immer noch mit dem Kopf:

„Die Welt ist ein Dorf – sogar in Aix-en-Provence."

Aber sonst sagte er nichts.

Buch 2
Hoffnung

Kapitel 2.1

Spielereien?

Auf das Einzelgespräch mit Alice Weiß wollte Felix sich dieses Mal besonders gut vorbereiten. Er war überrascht, als sie vor einer Woche völlig aufgelöst bei ihm angerufen hatte und einen „Nottermin" haben wollte. So was kam immer mal vor. Und es war ihm wichtig, seinen Patienten die Möglichkeit zu geben, in Krisensituationen auch zwischen den regelmäßigen Sitzungen über das zu sprechen, was offensichtlich raus musste.

Aber bei Alice Weiß war er sich nach der ersten Gruppensitzung und ihrem überstürzten Aufbruch danach nicht sicher, sie überhaupt je wiederzusehen. Vielleicht hatte er es ja doch geschafft, wenigstens etwas Vertrauen aufzubauen. Er machte sich immer noch Vorwürfe, nicht alle Patientenakten damals gelesen zu haben. Da hatte diese Marie Ricks schon recht gehabt.

Dass ausgerechnet ihm das passieren musste. Er, der immer bereit war, für jeden seiner Patienten eine neue Therapie zu erfinden. Aber vielleicht war es ja noch nicht zu spät, und Alice Weiß gab ihm eine zweite Chance.

„Wenn ich nur eine ihrer Geschichten vorher gelesen hätte, wäre ich doch nie auf die Idee gekommen, so nah an sie ranzugehen. Geschweige denn, sie anzufassen."

Daher war er mehr als enttäuscht, als sie zu dem Einzelgespräch einfach nicht erschienen war. Kein Anruf. Keine Erklärung. Wie er mittlerweile aus der Akte von Alice gelesen hatte, war sie des öfteren krank; oder gab vielleicht auch nur vor, krank zu sein. So gut kannte er sie nicht.

Aber Dr. Noël hatte nichts von Simulation notiert. Als sie nach zwei Stunden noch nicht aufgetaucht war, schloss er die Praxis und ging zu seinem Tangokurs; das tat ihm immer gut und beflügelte seine Kreativität wie sonst nichts auf der Welt. Wie gut, dass er nach der Tanzstunde, statt sich mit Steven zu treffen, nochmals zurück in die Praxis ging.

Die Aufzeichnungen von Alice ließen ihm keine Ruhe, und er wollte sie sich alle durchlesen. Egal, ob Alice je wiederkommen würde, der Fall begann ihn zu interessieren. Und gerade als er die Tür aufsperrte, klingelte das Telefon: Sie hatte einen Autounfall gehabt. Und sie machten einen neuen Termin aus, für heute.

* * *

Kurz bevor sich die Tür zum Sprechzimmer öffnete, wäre Alice am liebsten wieder weggelaufen. Sie hatte keinen guten Tag. Ein Wunder, dass sie überhaupt aufstehen und nach Aix fahren konnte. Und dieses Mal sogar ganz ohne Unfall. Allein an die Karambolage von letzter Woche zu denken, trieb ihr schon die Tränen in die Augen. Alles hätte so schön sein können.

Der nette Mann, der sich so hilfsbereit um sie gekümmert hatte. Ihr nicht zu nah und trotzdem nah genug kam; nah genug, ihn zu riechen. Und was sie roch, war gut; eine ganz eigene Note, nach frischer Luft, Sonne und Sauberkeit. Erst dann sein feines Eau de Toilette.

Bei Claude war das anders. Wenn sie sich ihm hingab, weil er es von ihr erwartete – schließlich gehörte es von Anfang an zu den Konditionen des Hauskaufs – kam er meist direkt aus den Thermen, nicht aus dem Büro. Also war er mehr als sauber und roch nach allen möglichen Düften des Orients. Trotzdem wurde er ihn nie los: den Geruch nach was ganz anderem; etwas ganz tief unter der Haut; den nach dem Tier im Mann. Sie war sich nie sicher gewesen, all die Jahre nicht; erst seit ihrer kleinen hausgemachten freien Assoziation: der Geruch von Kurt, der von Willi ... und ja, auch Claude roch danach.

„Frau Weiß, kommen Sie doch bitte rein. Hier können Sie auch weinen und sitzen viel besser, ungestörter."

Dr. Janus ließ sie weinen. Und das tat ihr gut. Es fiel ihr auf, dass er heute mehr Geduld hatte als letztes Mal bei der Gruppentherapie. Das ganze Zimmer war erfüllt von Ruhe.

„Können Sie mir sagen, was passiert ist? Warum weinen Sie?"

„Ich weine ... weil ich ... da ist so viel, warum ich weinen muss. Da ist nicht nur eins ..."

„Was kommt Ihnen denn als erstes?"

„Mein Garten. Meine Pflanzen, meine Blumen. Es ist was passiert. Als ob ... jemand in meinen Garten kommt ... und alles kaputt macht ..."

„Wer ist in Ihren Garten ... eingedrungen?"

Alice hatte ihre Augen fest zugekniffen und die Stirn in Falten. Sie suchte die Eindringlinge und fand sie.

„Männer, Männer, mit dicken Schuhen, Stiefeln; die über frisch angelegte Beete stampfen. Dickhäutige Elefanten. Mit Stoßzähnen, die mich an riesige ... Und alle meine Pflänzchen, die gerade anfangen, ganz vorsichtig aus der Erde zu kommen ... sie werden zertrampelt. Meine Pflanzen sind Mädchen, wissen Sie? Keine Jungs! Ich spreche mit ihnen. Ich kenne sie alle. Und sie vertrauen mir. Ich pass doch auf sie auf. Aber die Männer kamen trotzdem ... Ich hab versagt. Ich konnte ihnen nicht helfen."

Die Tränen hatten aufgehört, aber sie konnte die Augen noch nicht aufmachen. Geschweige denn Dr. Janus sagen, an was sie noch dachte, als sie an die Herde Elefanten dachte.

Sie erzählte ihm von ihrem Versuch der freien Assoziation und was dabei rausgekommen war. Sie schaltete ihre Tonaufzeichnung an, und Dr. Janus hörte aufmerksam zu. Ihre eigene Stimme zu hören, war schrecklich. Und dann erst die Worte. Als würde sie jemanden verraten. War das tatsächlich sie, die da sprach? Ekelhaft. Wie konnte sie nur ... und wieder kamen die Tränen.

„Versuchen Sie, mir zu sagen, warum Sie jetzt weinen. Was kommt Ihnen als erstes in den Sinn?"

Statt zu antworten, erhob sich Alice langsam vom Stuhl und ging auf ihre Ecke zu. Erst, als sie sich mit hochgezogenen Knien hingehockt hatte und in Sicherheit fühlte, konnte sie antworten.

„Ich weine, weil ich ein Nichts bin. Ich fühle mich klein, winzig und dumm, einfach *nulle*. Und ich muss mich verstecken."

„Ich glaube nicht, dass Sie *nulle* sind, Alice. Sie können so viel. Fällt Ihnen vielleicht selbst etwas ein, was Sie können?"

„Nein, nichts. ... ich muss mich verstecken; doch, das kann ich gut. Mich verstecken."

„Vor wem wollen Sie sich verstecken, Alice? Vor mir? Nein, Sie wissen, dass Sie sich nicht vor mir verstecken müssen. Hier sind Sie sicher. Hier kann Ihnen niemand was tun. Vor wem also?"

„Ich kann auch noch Autofahren, wenn ich nicht gerade so blöde bin, jemandem hinten draufzufahren. Und der Mann war nett. Ganz anders als die anderen ..."

„Als die anderen, vor denen Sie sich verstecken müssen, Alice?"

„Sonst kann ich nichts. Ich kann gar nichts mehr. Ich hab alles verlernt ... Ich kann niemandem vertrauen ... Ich hab mich so gefreut ... der Mann, den ich letzte Woche getroffen habe ... na ja, getroffen ist nicht ganz richtig. Der Autounfall. Das war der Mann. Aber ich war schuld. Ich bin immer schuld. Und als er anrief vor ein paar Tagen, war es gar nicht der nette Mann. Es war der, der meine Tiere umgebracht hat. Alle tun mir nur weh."

„Was tut Ihnen weh, Alice?"

Aber das konnte sie ihm doch nicht sagen. Sie kannte ihn nicht. Und er nichts von ihr. Dr. Noël hatte gewusst, wo es ihr weh tat. Manchmal am Rücken. Nicht die Brandverletzungen. Viel weiter unten. Und eigentlich kamen die Rückenschmerzen von vorne. Ganz tief aus ihrem Unterleib. Immer wieder derselbe Schmerz.

„Alice, ich hab in Ihrer Akte gelesen, dass Sie einen interessanten Beruf hatten. Sie sprechen mehrere Sprachen, und so was verlernt man nie. Ich finde schon, dass Sie viel können – immer noch. Und Sie haben ein Gefühl für Menschen, Tiere und Pflanzen. Es gibt Menschen, die das nicht haben."

Alice nickte ihm stumm zu. Es dauerte noch eine ganze Weile, bis sie aus ihrer Ecke rauskam. Aber dann war sie sogar bereit, Dr. Janus von *Willi* vorzulesen.

Als Willi, der Vater von Alice, geboren wurde, war die Assel zugefroren. Man konnte zu Fuß oder mit Schlittschuhen von einer Seite auf die andere, ohne über die Brücke zu müssen. Tante Friedchen, die Patentante von Alice, war damals sechs Jahre alt und hatte ihr später die Geschichte tausendmal erzählt. Immer ein bisschen mehr, und immer ein bisschen näher an der Wahrheit, die zur damaligen Zeit niemand wissen wollte.

Friedchen stand am Fenster und hauchte die Eisblumen an. Sie sollten weg. Einfach nur weg und die Sicht frei machen auf die Hebamme, auf die alle warteten. Als könnte die freie Sicht sie herbeizaubern. Aber sie kam nicht, und das Schreien und Stöhnen von Friedchens Mutter hörte nicht auf. Es war der Tag nach Silvester, und, obwohl sich alle so auf das Neujahr 1924 gefreut hatten, kam gar keine Feiertagsstimmung auf. Im Gegenteil. Vielleicht hatten sie alle Angst, dass es so enden würde wie vor zwei Jahren. Da war genau so viel Eis und Schnee, und obwohl Friedchen damals erst vier Jahre alt war, konnte sie sich noch genau daran erinnern, dass alle auf das neue Brüderchen warteten und es nicht kam.

Rainer kam eigentlich erst ein Jahr später. Das hatte Friedchen lange nicht verstehen können. Heute wusste sie, dass das nicht derselbe Rainer war; der von 1922 und der von 1923. Was Friedchen erst viel später erfuhr, war auch, wie lange ein Baby brauchte, um zu wachsen und wie das überhaupt mit den Babys so lief.

Friedchen war dieses Mal ganz besonders neugierig, als ihre Mutter wieder schwanger war. Die war eigentlich jedes Jahr einmal schwanger. So wie einmal der Osterhase kam und einmal Weihnachten war. Nur machte es ihrer Mutter wohl nicht so viel Freude.

Und wenn Friedchen Tante Anna oder Tante Hermine fragte, warum deren Schwester einmal im Jahr einen dicken Bauch bekam und Anna und Hermine nicht, bekam sie nie eine Antwort – wie so oft.

Aber es wurde viel gebetet. Vor allem um Vergebung und Erlösung.

Aber auch das verstand Friedchen damals noch nicht. Ganz bestimmt fing in diesem Moment, noch ehe Willi das Licht der Welt erblickte, dieses Durcheinander an Gefühlen an, das Friedchen ein Leben lang begleiten sollte. Oder entwickeln sich solche Gefühle noch viel früher, so wie sie noch viel länger am Leben bleiben, als die Menschen selbst, die sie auslösen? Auch das hatte Friedchen damals sich weder gefragt noch verstanden.

Da waren ganz andere Fragen, die sie beschäftigten: Warum hatten die Tanten das Baby im Bauch ihrer Mutter vor ein paar Tagen noch den „Unnötigen" genannt? Warum schienen alle Angst vor ihrem Vater zu haben, oder bildete sie sich das nur ein? Und warum kam aus dem dicken Bauch ihrer Mutter immer nur ein Brüderchen und manchmal einfach nur nichts? Und warum wurde dann noch mehr gebetet und noch mehr nach Verzeihung gerufen als sonst schon. Nur, geweint wurde eigentlich nie viel. Also war es wohl auch nicht so schlimm. Oder doch?

„Friedchen, komm und hilf mir den Tisch decken. Hol die schönen Teller mit dem Goldrand aus der Vitrine im Wohnzimmer und pass auf, dass dir keiner hinfällt", rief Tante Anna aus der Küche. „Und sei leise, damit du Hermine nicht beim Rosenkranz störst."

Das wusste doch Friedchen schon alles. Sie musste immer vorsichtig sein. Nicht nur beim Vitrinenschrank und dem Goldrand. Papa konnte fürchterlich böse werden, wenn mal was hinfiel – auch wenn es dann gar nicht kaputt war. Und leise, ja leise musste sie auch sein und schon gar nicht beim Beten stören. Das war schon toll, wie jeder in ihrem Elternhaus seinen Platz und seine Arbeit hatte und genau wusste, was wann zu tun war.

Ihr Vater stand ganz oben über allen, wie Herr Merkel, wenn er den Kirchenchor dirigierte; nur das kleine Podestchen musste man sich noch dazu denken.

Weil heute Neujahr war, durfte sie sogar das schöne weinrote Kleid mit dem weißen Spitzenkragen, den ihre Mutter selbst gehäkelt hatte, anziehen; und darüber die weiße Schürze mit dem Schamtuch, wie die Tanten es nannten, weil es bei ihnen den großen Busen bedeckte und bei Friedchen nur das schöne rote Kleid.

Um allen am Neujahrstag 1924 eine Freude zu machen, hatte Friedchen sich eine Überraschung ausgedacht: Heute sollten ganz besonders schöne Servietten den Tisch schmücken. Friedchen hatte diesen Moment seit einer Woche vorbereitet. Nur zu schade, dass Mama nicht dabei sein konnte und so viel Schmerzen hatte und die Hebamme einfach nicht kam und überhaupt.

Aber die Servietten, die sie sich bei Tante Anna und Tante Hermine aus der untersten Nachttischschublade besorgt hatte, würden ganz bestimmt auch den anderen besser gefallen als die üblichen aus dem Küchenschrank. Sie waren viel kleiner und etwas dicker und mit rosa Baumwollbändchen umkändelt. Das hatte Friedchen besonders gut gefallen.

Warum die Tanten sie aber im Schlafzimmer aufhoben, war ihr nicht klar. Die sollten eigentlich viel öfter benutzt werden als nur einmal im Monat! Einmal im Monat hingen die schönen Servietten nämlich auf der Wäscheleine im Hof, ganz hinten, immer versteckt von den anderen großen Wäschestücken. Friedchen wusste damals noch nicht, dass eine elsässische „Serviette hygiénique" noch lange keine deutsche Serviette ist. Aber sie begriff sehr gut, dass Tante Hermine fast erstickt war an diesem Neujahrstag, als sie ihre Damenbinden auf dem Festtagstisch entdeckte – all das sollte Friedchen ihr langes Leben lang nicht mehr vergessen. Und auch nicht die Tracht Prügel von ihrem Vater; sie dachte damals, ein Luftballon sei ihr im Ohr geplatzt.

Nur gut, dass Dr. Bär an diesem Neujahrstag 1924 zu Hause erreichbar war und kommen konnte, um Tante Hermine zu verarzten und damit sogar das Leben von Mama und Willi rettete. Mutter Frieda bekam nämlich am 1. Januar 1924 einen Kaiser- und Tante Hermine einen Luftröhrenschnitt.

Alle im Haus waren zu erschöpft und betroffen, um sich über das Baby zu freuen; richtig glücklich war eigentlich nur Papa an diesem Tag: weil Willi wieder ein Junge war und Papa davon nie genug bekommen konnte. Er fasste sie doch zu gerne an, nicht nur als Babys. Lieber die Jungs als die Mädchen, aber Friedchen kam trotzdem manchmal dran.

So kam es auch, dass am Neujahrstag 1924 Friedchen lernte, den Rosenkranz zu beten: zuerst für Tante Hermine, Mutter Frieda, sogar für Willi, den Neuen und alle anderen – und zuletzt auch noch für sich selbst – vor allem um Erlösung. Sie tat es, ohne noch zu wissen, was es damit auf sich hatte. Genauso wie sie ihr halbes Leben lang nicht wusste, warum das mit der Spielerei vom Papa vielleicht doch nicht so harmlos war, wie es aussah.

Für Friedchen, Willi, Max und Rainer war alles, was der Papa mit ihnen spielte, Teil eines ganz normalen Lebens. Sie kannten es nicht anders. Mama und ihre Schwestern waren nie dabei, und Fremde erst recht nicht. Aber so ist das halt manchmal beim Spielen. Und „Kitzeles" war ein Spiel, das mit Papa ganz alleine gespielt wurde.

Überall durfte gekitzelt werden: an den Fußsohlen, unter den Achselhöhlen, am Bäuchlein – einfach überall. Die Kinder den Papa und der Papa die Kinder. Und wer am längsten durchhielt, hatte gewonnen – aber das war gar nicht so

einfach! Und da gab es Stellen, da wurde einem ganz anders, ganz warm und wohlig.
„Kitzeles" war einfach ein wunderbares Spiel.

* * *

Steven hatte sich schon ewig nicht mehr so wohl gefühlt wie seit dem Ausflug nach Aix vor einer Woche. Es war für ihn auch kein Problem, dass Felix ihm an dem Tag einen Korb gegeben hatte. Mal wieder Tangostunde, olé! Vielleicht war es besser so. Er war sich nämlich nicht sicher, ob er seinen Mund hätte halten können; darüber, dass er Bekanntschaft mit einer seiner Patientinnen gemacht habe; nicht ganz freiwillig und von hinten! Aber dafür umso schöner.

Er wusste genau, wie Felix diese kleinen schmuddeligen Anzüglichkeiten liebte. Er war es ja auch damals, der ihn nach seinen sexuellen Vorlieben ausgefragt hatte. Und ob er sich wirklich sicher wäre, nicht doch einmal mit einem Mann ... Man sollte sich so sicher wie möglich sein, zu welchem Ufer man gehöre. Sonst könnte das enorm belastend sein. Er wisse das aus eigener Erfahrung. Aber Steven hatte nichts rausgelassen von den Spielereien im Internat, nicht mal in den Therapiestunden.

Steven war nach Südfrankreich gekommen, um das und vieles mehr aus seiner englischen Vergangenheit hinter sich zu lassen. Ein für alle Mal. Während seiner aktiven Fußballerzeit stürzte sich die Boulevardpresse auf jede Frau, die er länger als drei Minuten anschaute, geschweige denn zum Essen oder mal mit in den Urlaub nahm. Dann kamen die Gerüchte: alles nur Tarnung – unser Fußballheld Bingham ein verkappter Homo? Alte Photos, auf denen eigentlich nichts zu erkennen war. Der Vereinswechsel nach Deutschland brachte zwar eine kurze Beruhigung, aber nachhaltig aus der Welt schaffen konnte er die Geschichten nie. All das war in einem anderen Leben. Und er machte sich schon lange nichts mehr daraus. Wie in dem Witz, den Michel Voss ihm die Tage erzählt hatte.

„Treffen sich zwei Freunde. Sagt der eine: Gehst du immer noch in Therapie? Sagt der andere: Nein, ich bin fertig. Toll, Glückwunsch. Und pisst du jetzt nicht mehr ins Bett? Doch, sagt der andere. Aber ich mache mir nichts mehr daraus!"

Der Witz war ja ganz lustig. Und er hatte auch mitgelacht. Aber wieso erzählte Michel ausgerechnet ihm so eine Geschichte? Ob er von irgendjemand gehört haben könnte, dass auch er, Steven, schon mal in Therapie war? Möglich war alles.

Hier in Aix konnte man ja paranoid werden. Hier schien ja jeder jeden zu kennen. Und Verschwiegenheit und Diskretion eher Fremdwörter. Aber auch das regte ihn viel weniger auf als früher. Zu seiner aktiven Fußballerzeit wäre es noch gefährlich gewesen, als Homo bezeichnet zu werden. Heute viel weniger. Gut, dass sich die Zeiten geändert hatten. Auch die Tatsache, in Therapie zu sein oder gewesen zu sein, war nie unproblematisch. Immer Anlass zum Gerede. Der Witz war schon gut. Es gab Tage, an denen es einem wirklich nichts ausmachte.

Seit dem Zusammentreffen mit der geheimnisvollen Unbekannten verging kein Tag, an dem er sich nicht leicht und unbeschwert fühlte. Es stimmte ja auch. Er war unabhängig: physisch, psychisch, finanziell, materiell, was gabs sonst noch? Er liebte den Klang der Worte und zählte sie wieder und wieder auf. Bis ihm ein besseres einfiel: FREI.

Ja, frei war noch besser. Frei wie ein Vogel! Und er brauchte keine Angst mehr zu haben. Nicht vor dem Ausbilder im Internat, der so gerne mal in die Duschen gekommen war, nicht vor dem Jugendtrainer, nicht vor der Presse, nicht vor Opa Henry. Und schon gar nicht vor seiner schrulligen Nachbarin. Heute würde er den Mut finden, sie anzurufen und zu fragen, wann er mit der Arbeit bei ihr beginnen solle.

Steven wusste genau, wem er diese neue Lebensfreude zu verdanken hatte. Er hatte sie zwar im Gepäck von England mit nach Frankreich gebracht. Aber bisher nicht den Mut gehabt, sie auszupacken. Damals, am Tag vor dem Kaufvertrag, hatte das Treffen mit Felix zu viele alte Wunden aufgerissen. Die Angst kam langsam wieder raus. Ohne, dass er es sofort gemerkt hatte. Nach und nach, immer mehr. Dann das Fiasko mit dem Feuerwerk; die Anhörung vor Gericht. Seitdem träumte er auch wieder von Opa Henry. Nicht alle Träume waren voll Blut, wie damals vor der Therapie. Heute gab Henry ihm Ratschläge wegen der Schafe. Wie früher. Als er noch ein kleiner Junge war und so manches von ihm gelernt hatte.

Aber er träumte auch von jemand anderem. Und nicht nur in der Nacht. Diese Stimme. Diese Augen. Diese Melancholie. Die Frau erinnerte ihn an alles Schöne.

Als er sich von ihr in Aix verabschiedet hatte, schaute er ihr so lange nach, bis nur noch ein roter Punkt zu sehen war. Und den nahm er ganz behutsam überall mit hin. Bei seinen Einkäufen war sie dabei. Als er den Hut anprobierte und die Verkäuferin ihm den Spiegel hinhielt, blickten ihn ein Paar bernsteinfarbene Augen an und nickten ihm zu. Also kaufte er ihn.

Als er im *Chez Bruno* einen Espresso trank und anfing, in den Büchern über Schafzucht und provençalische Gärten zu schmökern, roch er ihr frisches Parfum. Die Fremde hatte nach allen Blumen der Provence gerochen, allen, die er im Buch sah, und nach noch viel mehr.

Und als er das leicht beschwingte Lachen vom Nebentisch hörte, dachte er, dass sie es sein müsste. Aber als er sich freudig umdrehte, blickte er in die Augen einer nett aussehenden jüngeren Frau, die mit ihrem Kind am Eis essen war.

Er fühlte sich ertappt wie ein frisch verliebter Pennäler. Und sein Entschluss stand fest. Morgen würde er sie anrufen ... oder vielleicht schon heute Abend?

* * *

Als das Telefon klingelte, überlegte Alice, ob sie noch drangehen sollte. Es war schon einundzwanzig Uhr vorbei und der Tag anstrengend genug gewesen. Mit Claude wollte sie absolut nicht sprechen. Mit Marie, die auch schon mal um diese Zeit anrief, eigentlich auch nicht. Sonst kam ihr niemand in den Sinn. Aber es war eine fremde Nummer, also hob sie ab.

Statt ihren Namen zu nennen, sagte sie „0492718833" und wartete ab, wer der späte Anrufer sein könnte. Aber es meldete sich niemand. Also legte sie auf. Keine zwei Minuten später klingelte es wieder. Aber dieses Mal ließ sie den Anrufbeantworter laufen.

„Entschuldigen Sie die späte Störung. Ich bin ..."

Aber schon hatte sie die Stimme erkannt. Das war der nette Mann, dem sie in Aix draufgefahren war. Er rief bestimmt wegen der Verabredung an. Hoffentlich war ihm nichts dazwischen gekommen. Und schon hatte sie den Hörer in der Hand.

„Hallo ... Ich war gerade im Garten, und mein Anrufbeantworter war mal wieder schneller als ich. Schön, dass Sie anrufen. Haben Sie doch noch einen Schaden am Auto gefunden?"

Am anderen Ende der Leitung war sich Steven jetzt ganz sicher. Derselbe Akzent. Das war eindeutig die Stimme von der Frau aus Aix. Seiner geheimnisvollen Unbekannten. Seiner deutschsprachigen Touristin. Wie konnte es sein, dass ihre Stimme die Telefonnummer bestätigte, die er gerade gewählt hatte: nämlich die seiner Nachbarin? Und sie hatte sich auch nicht so gemeldet, als sei sie dort auf Besuch. Oder vielleicht doch?

„Nein, nein, auf keinen Fall. Keinen Schaden am Auto. Alles in Ordnung. Ich ..."

Aber Alice ließ ihm nicht die Zeit, seine Worte zu finden. Klar würde er absagen. Warum sollte so ein attraktiver netter Mann ausgerechnet mit ihr zum Essen gehen wollen. Er hatte bestimmt gemerkt, dass sie ein paar Jährchen älter sein musste als er. Und überhaupt. Wer geht schon gerne mit einem Häuflein Elend aus?

„Kein Problem, wenn das morgen mit unserer Verabredung nicht klappt. Versteh ich. Kann doch immer mal was dazwischen kommen."

„Nein, das ist ein Missverständnis. Ich will gar nicht absagen. Im Gegenteil. Ich freue mich schon seit einer Woche auf nichts anderes. Darf ich ..."

Alice fiel ein Stein vom Herzen. Und die Stimme am anderen Ende der Leitung machte wieder eine Pause. Dann fiel ihr ein, dass sie gar nicht wusste, wie er hieß. Gerade, als sie den Mut fand, ihn zu fragen, sprach er weiter.

„Das klingt jetzt vielleicht albern, aber ich weiß, dass Sie es sind. Und ich kann Ihnen nur immer wieder sagen, wie sehr ich mich darüber freue ... Aber ... eigentlich hab ich eine ganz andere Telefonnummer gewählt ...“

Klar, es war einfach zu schön, um wahr zu sein. Alice hatte es doch von Anfang an gewusst. Sie war schon lange nicht mehr die attraktive Frau von vor ... wie viel Jahren? Aber darüber wollte sie jetzt gar nicht nachdenken.

„Welche Nummer haben Sie denn gewählt, wenn nicht meine?“

„Doch, doch; ich hab Ihre gewählt. Aber auch die von meiner Nachbarin; von Frau Weiß. Wohnen Sie bei ihr?“

Alice wäre fast vor Schreck der Hörer aus der Hand gefallen. Das war doch nicht möglich? War das einer ihrer irren Träume? Aber nein. Es passte doch alles zusammen. Nur, sie war mal wieder zu blöd gewesen, es früher zu kapieren: englischer Akzent, sportlicher Typ,   dickes   Auto,   Schwarm   aller   ...   Männer?

Kapitel 2.2

Müll

Sollte er sich tatsächlich so in Mister Steven Bingham getäuscht haben? Fuentes konnte es nicht glauben. Aber es waren jetzt schon mehrere Wochen seit ihrer Begegnung in Digne bei Gericht vergangen, und er hatte sich noch immer nicht für ein Mittagessen bei ihm gemeldet. Claude war stolz auf seine Menschenkenntnis und hatte den Engländer für neugierig genug eingeschätzt, in den nächsten 48 Stunden anzurufen. Aber er wusste ja auch, was Mister Bingham so alles um die Ohren hatte: Immerhin war er dabei, die Auflagen des Gerichts zu erfüllen und den Freiwilligendienst auf seinem Anwesen – ups, aber Alice konnte ja nicht seine Gedanken lesen – nicht auf diese Entfernung. Also, jetzt noch mal ganz korrekt und zum Mitschreiben: ... *auf dem Anwesen, das jetzt auch Alice gehörte,* anzutreten.

Genüsslich dachte er an die Ratenzahlungen von Alice und deren schönen warmen Körper, den er am liebsten noch häufiger unter sich liegen hatte. Auch sie hatte er richtig eingeschätzt. Alles lief gut.

Claude saß auf seiner Dachterrasse und war mit sich, seinem Leben und seinen Geschäften mehr als zufrieden. Sein Blick blieb kurz an dem uralten Olivenbaum hängen. Auch einer seiner Kraftakte. Ihn damals mit einem Speziallift von der Straße aus sechs Stockwerke hochgeschafft zu haben, gefiel ihm noch besser als die Tatsache, dass er voller Oliven hing. Dabei sollten laut Auskunft des Gärtners die über dreihundert Jahre alten gar nicht mehr tragen. Claude freute sich über dieses Fruchtbarkeitszeichen und paffte weiter genüsslich seine Rauchkringel in den lauen Herbsthimmel.

„Dem geht es wie mir. Keiner rechnet mehr damit, aber möglich ist alles. Ich sollte mal mit Alice reden. Ob sie schon in den Wechseljahren ist?"

Aber aus Kindern hatte er sich eigentlich nie was gemacht. Und wenn es denn passieren würde, ... ja, dann ... müsste sie es sofort wegmachen lassen. Er fühlte sich plötzlich unwohl bei dem Gedanken. Alice war unberechenbar.

Woher kamen nur diese verqueren Eingebungen? Er wollte das nicht. Er hatte keinen Grund, beunruhigt zu sein. Nicht im Geringsten. Und dann fiel es ihm ein. Es war wegen der Frisösin; dieser Isa. Er war heute wieder zum Bartschneiden da gewesen und hatte ihr den Umschlag mit ihrem kleinen Nebenverdienst vorbeigebracht. Seit zwei Jahren führte das Mädchen den einen oder anderen Job für ihn aus. Es hatte sich ergeben ... wie man halt beim Frisör so ins Gespräch kommt.

„Ah, sind Sie wieder zurück von Ihrer Weltreise? Wir haben Sie alle vermisst, nicht wahr, Madame? Wo waren Sie denn dieses Mal?"

Harmloses Geplänkel. Er hatte sich gleich gedacht, dass dieser Smombie nie im Leben so weite Reisen mit dem mickrigen Lohn von Madame finanzieren könnte. Und Tattoos waren auch nicht billig. Nicht solche, wie sie trug. Und vielleicht hatte sie ja noch andere Hobbies oder Verpflichtungen, von denen er nichts wusste. Sie hatte sich ausfragen lassen. Zuerst zögerlich. Später immer mehr. Und so erfuhr er auch, dass sie meist alleine reiste. Einmal hatte er den großen Fehler gemacht, nach ihrer Familie zu fragen; danach hatte sie zwei Monate nicht mehr mit ihm gesprochen. Er konnte seitdem besser mit ihr umgehen. Und sie machte seine kleinen Jobs gut. Ohne Rumgezicke.

Der Auftrag von gestern war für einen seiner besten Klienten. Den mit ein paar Briefkästen in Nauru und politischen Ambitionen in Paris. Ein Dateneintrag in einem Jugendheim für Schwererziehbare musste gelöscht werden.

Und Isa war eine begnadete Informatikerin. Wer weiß, was aus ihr hätte werden können? Aber da war wohl was in ihrer Vergangenheit. Egal. Für ihn war wichtig, dass sie funktionierte; und das tat sie. In diesem Fall reichte es nicht, sich in das System einzuhacken; die alte Akte aus dem Archiv musste verschwinden. Und da war Isa eingestiegen. Wie eine Katze. Nach guter alter Art. Heute bekam sie ihr Geld für Australien, und er die Akte. Bevor er sie jedoch seinem Klienten überreichen würde, musste er noch eine Sache machen ...

na ja, andere Menschen vertrauten Banken oder Versicherungen. Er nur sich selbst und seinen Kopien.

Er paffte weiter an seiner *Monte Christo*, aber die gute Stimmung hatte sich im Rauch aufgelöst.

Wieso ging ihm heute die kleine Wildkatze nicht aus dem Sinn? Sie war anders als sonst gewesen. Konnte er ihr weiter vertrauen?

Und da klingelte das Telefon.

* * *

Heute Abend wollte Isa nicht alleine bleiben. Nicht nach dem, was sie gestern erfahren hatte. Abscheulich. Dreck. Müll. Da half auch keine Therapie mehr. Nie im Leben würde sie in der Gruppe darüber sprechen. Auf jeden Fall nicht mit diesem schmierigen Dr. Janus. Wenn überhaupt, dann mit Dr. Noël , wenn er denn je wieder gesund würde. Nur mit ihm.

Aber bis dahin? Sie konnte es nicht für sich behalten. Es erdrückte sie. Es schnitt ihr die Luft ab. Sie musste es mit jemandem teilen. Alice war zu weit weg, und die hatte eh genug mit sich zu tun. Sie hatte versucht, Marie anzurufen, aber niemand hatte abgehoben. Bestimmt wieder eine ihrer Auszeiten, in denen sie sich nach einer ihrer verrückten Mutproben vor lauter Angst verstecken musste.

Und Michel? Nach seinem letzten Termin im Salon hatte er sie zum Essen eingeladen, und das war komisch gelaufen. Er hatte wieder viel von seiner Frau erzählt. Und dann so einen blöden Therapeuten-Witz, und dass es ihm nun genauso gehen würde. Er habe sich entschlossen, aus der Vergangenheit rauszukommen, sich auf andere Frauen einzulassen.

Als er sie dann fragte, ob sie bereit wäre, mit ihm den Rest des Abends zu verbringen und vielleicht ein bisschen mehr, wäre sie am liebsten weggelaufen. Aber sie hatte sich zusammengerissen. Ihm erklärt, da gäbe es jemand in ihrem Leben. Und ... sie wolle nicht Freundschaft mit was anderem vermischen. Oh, mein Gott. Allein die Vorstellung! Sie und Michel. Schade, dass er sie gefragt hatte. Sie

117

würde nie wieder dasselbe Vertrauen zu ihm haben. Früher war alles besser!

Es gehörte nicht zu ihren Gewohnheiten, abends spät noch einmal bei Bruno einzukehren. Aber es ging ihr ja auch nicht um den Drink. Sondern um seine Kraft, seinen Schutz und vielleicht auch noch ein bisschen mehr; etwas von dem, was sie in seinen Blicken gespürt hatte.

Ihr Schritt wurde immer langsamer. Plötzlich blieb sie stehen.

„Wie verzweifelt musst du sein, um dich einem Mann an den Hals zu werfen? Ich bin doch total bescheuert, oder?"

Aber sie hatte keine Zeit, sich die Frage zu beantworten. Bruno hatte sie schon von weitem erkannt. Träumte sie, oder breitete er tatsächlich seine Arme aus? Das hatte er noch nie gemacht. Also ging sie weiter. Sie ließ sich hineinfallen. In die Umarmung und den Moment. Er stellte nicht lange Fragen. Hielt sie fest im Arm, bis einer seiner Kellner kam.

„Serge, ich mach für heute Schluss. Das schafft ihr auch alleine. Ich geh nach oben, und wenn was ist, brauchst du mich nicht zu stören."

Der Kellner merkte, wie ernst es Bruno war und nickte.

Es wurde eine andere als die von ihr erträumte Liebesnacht. Auch Bruno hatte sich ihr erstes Mal romantischer vorgestellt. Sie weinte sehr lange. Dann ging sie duschen. Sie wälzten sich im Bett und hielten einander fest. Erst gegen Morgen hörte man Isa schreien. Ein Schrei, der die Fensterscheiben eigentlich hätte bersten lassen müssen. Dann kam auch Bruno. Tief und groß, aber leiser als sie. Irgendwann schliefen sie ein.

War es die Straßenreinigung oder die Müllabfuhr, die Isa aus ihren Träumen weckte? Isa versuchte, sich zu orientieren. Wo war sie? War alles vielleicht doch nur ein Traum? Ein wunderschöner und grässlicher Traum zugleich? Dann sah sie Bruno neben sich liegen, der noch schlief, und sie lächelte ihn an. Wie schön. Also doch. Und dann kam der Rest der Erinnerung. Schlug ihr ins Gesicht und in den Magen. Sie stürzte ins Bad.

Sie war aufgewachsen in dem Glauben, ihre Eltern seien bei einem Autounfall umgekommen. Auf diesem Fels hatte sie ihr Leben aufgebaut. Das Ehepaar, das sie als Baby aufgenommen hatte, kam nie mit ihr zurecht. Beide arbeiteten. Die Mutter von zu Hause. Niemand hatte Zeit. Keiner wollte gestört werden.

„Isa, heute spielen wir wieder Verstecken, das spielst du doch gerne, gell. Ich zähle bis dreißig, und dann komm ich dich suchen."

Sie hatte die tollsten Verstecke. Sie wurde nie gefunden. Warum das so war, verstand sie lange nicht. Dabei war es ganz einfach. Niemand suchte sie. Niemand interessierte sich für sie. Der Sinn des Spiels war, Ruhe zu haben. Und wenn Isa mal schrie, schlug ihre Pflegemutter auf sie ein. Bei Bauchweh oder Zahnschmerzen, bei Unlust oder Zorn. Nie ins Gesicht. Und nie vor ihrem Mann. Der war dann irgendwann auf und davon. Vielleicht hatte auch er sich versteckt, aber wollte bestimmt nicht gefunden werden. Das Einzige, was sie von ihm hatte, war der blöde Spruch. „Man soll immer gehen, wenn es am schönsten ist." War er gegangen, als es am schönsten war? Nicht für sie!

Gut, dass in diesem Moment Bruno die Tür zum Badezimmer aufstieß. Weiß Gott, wozu ihre Erinnerungen sie wieder verführt hätten. Es wäre nicht das erste Mal gewesen, mit der Rasierklinge zu spielen. Nur bei genauem Hinsehen sah man die Narben an ihren Unterarmen noch; gut versteckt in den Tattoos.

Sie spürte, wie Bruno ganz sachte auf sie zukam, sich neben sie kniete und zuerst ihr Genick, dann die Haare und dann ihren Mund küsste. Isa ließ es geschehen; dann fing sie wieder an zu weinen. Langsam und leise.

* * *

Bruno hielt sie fest, streichelte ihr immer wieder über den Kopf, bis sie sich beruhigte. Isa hatte in der Nacht das Wichtigste aus ihrem Leben mit ihm geteilt. Etwas, was sie sonst noch niemandem erzählt hatte. Und damit hatte sie ihm mehr gegeben als ihren Körper, das spürte er. Und er verstand auch, was Isa umtrieb. Auch, warum sie immer noch glaubte, sich verstecken zu müssen.

„Weißt du, Bruno, was du so früh im Leben ... so intensiv gelernt hast, vergisst du nie ... das ist unter der Haut gespeichert, wie auf einem Microchip, den man selbst nicht löschen kann. Auf jeden Fall nicht alleine." Sie hatte ihm von ihren Reisen erzählt. Nicht, wohin und mit wem. Nein. Sondern, dass sie auf der Flucht sei. Auf der Flucht vor sich selbst. Sie nannte es nur anders: mal Fernweh; mal Abenteuerlust, mal Hilfsdienst. Hauptsache weg; weg von Menschen, die sie kannten, weg aus Aix. Und irgendwann auch weg von da, wo sie gerade hinfahren wollte.

Sie hatte ihm von dem Jugendheim erzählt. Nicht, dass sie dort eingebrochen war und auch nicht, in wessen Auftrag. Aber davon, was sie in den Akten unter ihrem eigenen Namen gefunden hatte. Was für ein schrecklicher Zufall, hatte er gesagt. Aber warum kann man die Vergangenheit nicht Vergangenheit sein lassen, hatte er gedacht.

* * *

Isa wusste, warum man das nicht kann. Und dass sie heute zu Alice fahren würde. Sie war die Einzige in der Gruppe, die nachempfinden konnte, um was es ging. Nur jemand wie sie konnte verstehen, was es heißt, auf der größten Reise zu sein, die ein Mensch je antritt: der Reise zu sich selbst. Und dass man nicht weiterleben kann, als sei nichts geschehen, wenn man gerade erfahren hat, dass die eigene Mutter einen statt in die Kinderklappe in eine Mülltonne geworfen hatte. Und von dem Müll musste sie weg – immer wieder – weit weg!

* * *

Steven hatte sich schon lange vorgenommen, bei Maître Claude Fuentes anzurufen, aber das Leben war dazwischen gekommen, mit all seinen bunten Facetten.

Seitdem er wusste, dass die Touristin aus Aix und seine schrullige Nachbarin ein und dieselbe Person waren, gab es so manche Wellen zu glätten. Ihn störte das Missverständnis viel weniger als Frau Weiß. Sie hatte an dem Abend, als er angerufen hatte, und schließlich klar wurde, mit wem sie sprach, das geplante Mittagessen kurzerhand abgesagt und das Gespräch beendet. Was schade war, aber er konnte es verstehen. Ihm ging es ja ähnlich.

Erst am Tag darauf, als er sie wieder anrief, um die Auflagen des Gerichts zu besprechen, erklärte sie sich zu einem kurzen Treffen bereit. Aber die Stimmung war weit weg von leicht und locker. Vielleicht hatte Felix ja doch recht gehabt, und es gab etwas Grundsätzliches, was sie an ihm auszusetzen hatte.

Auf jeden Fall empfing ihn eine ziemlich andere Frau als die, die er in Aix kennengelernt hatte. Keine Spur von Melancholie. Erst recht nicht von Verzweiflung. Eher von oben herab; eindeutig distanziert; fast arrogant und ohne Frage unnahbar.

„Ich weiß nicht, wie Sie oder das Gericht sich das vorstellen. Man kann nicht einfach eine Schafherde in zweihundert Stunden neu aufbauen. In vierhundert Stunden auch nicht. Aber wenn ich richtig verstehe, arbeiten Sie ja die andere Hälfte der Zeit im Naturpark. Warum denn nicht ganz? Meinen Segen haben Sie."

Und mit einem spöttischen Blick auf sein Knie: „Mit ihrem kaputten Bein wird das kein Zuckerschlecken. Trauen Sie sich das wirklich zu?"

„Auch Ihnen einen wunderschönen guten Morgen, Frau Weiß. Was für ein schönes Anwesen Sie haben. Und machen Sie sich mal keine Sorgen um meine Gesundheit."

Alleine sie nach zehn Tagen wiederzusehen, ließ sein Herz schneller schlagen. Sie konnte eigentlich sagen, was sie wollte. Irgendwie glaubte er ihr nicht. Sie sah anders aus als die Frau in Aix. Schöner. Die Aufregung stand ihr gut. Ihre Augen blitzten, und der Flush vertiefte die goldbraune Patina, vor allem im Gesicht. Und dann erst die Beine, oder lag das an der langen Leinenhose? Die schienen gar kein Ende zu nehmen. Sie sah umwerfend aus; viel größer als er gedacht hätte. Aber damals saß sie ja auch im Auto, und noch dazu in einem Mini. Alles, was sie anhatte, passte perfekt zusammen: die Farbe des grasgrünen Tops und der roten Birks zur bunten Bandana um die Stirn und den lustigen grünen Froschohrringen. Es fehlten nur noch der Gauchohut und ein hauchdünner Zigarillo im Mundwinkel – die Frau seiner Träume wäre komplett.

Er war sich nicht sicher, ob sie seine Bewunderung spüren konnte, aber ihre Frostigkeit taute etwas auf.

„Freut mich, wenn Ihnen meine Gärten gefallen. Ich hab zwar heute nicht viel Zeit, wie ich Ihnen ja schon gesagt habe, aber ich kann Sie gern ein wenig rumführen."

Er sah die abgeernteten Lavendelfelder. Die Mandel- und die Olivenbäume. Er hörte ihr aufmerksam zu, als sie ihm ihre Safranplantage zeigte und voller Stolz erzählte, dass sie im letzten Jahr hunderte von Knollen mit eigenen Händen gesetzt habe. Sie erklärte ihm, dass Safran anzubauen eine Geduldsarbeit sei und sie nun bis November auf die erste Ernte warten musste. Aber dafür würde sie Erntehelfer brauchen. Sie rechnete mit zweihunderttausend Blüten und einem Kilo Safran.

Wie dringend sie das Geld brauchte, sagte sie ihm nicht.

Und erst recht nicht, wozu.

Er hörte viel darüber, wie sehr ihr die Arbeit mit ihren Pflanzen Freude machte; wie sie gelernt hatte, im Winter mit Kälte und im Sommer mit Hitze umzugehen und zu jeder Jahreszeit mit Wind; dass die Abhängigkeit vom Klima für sie eine Herausforderung war.

Aber er erfuhr noch nicht, dass die Abhängigkeit von Menschen, vor allem von Männern, für sie ein rotes Tuch war.

* * *

Für einen ersten Besuch war Steven höchst zufrieden. Die Stimmung besserte sich zusehends. Seine Taktik schien aufzugehen.

„Nur an Aix denken und nicht an die Nacht mit dem Feuerwerk. Verständnis, aber keine Schuldgefühle hochkommen lassen."

Aber die brauchte er gar nicht mehr. Die Frau, die ihm voller Stolz ihre Gärten zeigte, zeigte ihm in Wirklichkeit viel mehr. Einen Teil von sich selbst. Und was ihm am besten gefiel, war dieses wunderbare klare Lachen; wie ... ja, wie ... wie hunderte kleiner Perlen, die eine hohe Marmortreppe, Stufe nach Stufe, hinunterhüpften.

„Sie haben sich also tatsächlich informiert? Und Bücher gelesen?"

Wieder das perlige Lachen.

„Ich weiß auch noch viel von früher. Ich bin auf einer Farm groß geworden. Und ich musste mit anpacken."

Steven krempelte seine Hemdsärmel hoch und zeigte seine kräftigen braunen Unterarme. Und Alice schaute nicht weg – im Gegenteil.

„Ich bin beeindruckt. Die waren mir in Aix gar nicht aufgefallen."

Sie wurde immer charmanter, aber wechselte schnell das Thema, sobald er ihr zu nahe kam.

„Sollen wir jetzt mal zur Herde gehen? Sind Sie bereit?"

„Klar. Dafür bin ich ja schließlich gekommen. Aber, bevor ich es vergesse. Ich kann auch beim Safranernten eingesetzt werden. Das hab ich zwar noch nie gemacht. Aber ich lerne schnell. Sie werden sehen ..."

„Passen Sie auf, was Sie sagen, Mr. Bingham. Ich nehm Sie noch beim Wort."

Und wieder hörte er sie lachen. Schade, dass er es nicht aufzeichnen konnte. Er hätte es doch so gerne mitgenommen. Warum eigentlich nicht?

„Darf ich Sie um einen kleinen Gefallen bitten, Madame Weiß?"

„Alice, Sie können mich Alice nennen. Was liegt Ihnen am Herzen?"

Ein schöner Ausdruck. Konnte sie etwa Gedanken lesen? Gerne hätte er dazu was gesagt, aber das traute er sich nun wirklich nicht.

„Ich heiße Steven; bitte nennen Sie mich einfach Steven. Sie werden mich für total verrückt halten, aber ich würde gerne Ihr Lachen aufzeichnen. Sind Sie jetzt schockiert?"

„Ich ... eh ... ich bin eher sprachlos ... und ja, ich finde es verrückt. Aber warum nicht. Ich hatte schon befürchtet, Sie wollten eine Beteiligung an der Safranernte."

Und wieder hüpften die Perlen über die Marmortreppe, und Steven fing sie eine nach der anderen mit seinem Smartphone auf.

* * *

„Wenn Sie mit Schafen aufgewachsen sind, dann wissen Sie ja vielleicht noch, dass von Herbst bis Dezember Brunstzeit ist. Auf jeden Fall bei meiner Rasse. Ich werde aber auch noch neue dazu kaufen. Merinos, die sind unkomplizierter. Was meinen Sie?"

Ein ausgetretener Wiesenpfad führte sie vorbei an Gemüsegärten auf der einen und Wiesen auf der anderen Seite. Von weitem hörte er lautes Hundebellen, und dann sah er die Herde: Das, was von ihr übrig geblieben war.

„Es tut mir so entsetzlich leid ..."

Sie ließ ihn nicht ausreden, sondern präsentierte wie eine stolze Mutter ihre Kinderschar.

„Der mit den schönen Hörnern ist Hugo, mein bester Zuchtbock. Und die schwarzweißen Punkte in der Herde sind Max und Moritz, exzellente Hüter."

Sie erwähnte den Unfall mit keiner Silbe. Für sie schien das Vergangenheit. Sie war wohl kein Typ, der lange rumjammerte. Sie zeigte ihm, was als erstes zu tun wäre. Und er war bereit dazu.

„Meine Zucht ist übrigens ausschließlich auf Milch und Wolle ausgerichtet. Ich arbeite mit ein paar Biobauern aus der Gegend zusammen, und die kümmern sich um alles. Wir machen einen hervorragenden Schafskäse. Keine Wurst oder Lammkeulen – nicht bei mir." Schade, dachte Steven, keine Frau ist perfekt.

* * *

Fuentes konnte seine Freude nicht verhehlen, als Steven Bingham endlich anrief. Und nicht nur das. Er hatte sich sogar entschuldigt, es nicht früher geschafft zu haben. Und dann erst die Erklärungen. Der Engländer war total angebissen von der Arbeit im Naturpark und bei Alice. Er hörte schon am Telefon nicht auf zu fachsimpeln. Wenn der wüsste, wie sehr Natur und Tiere ihm am ... vorbeigingen. Es sei denn, er könnte damit richtig Geld verdienen; oder virtuell, wie seine Briefkästen auf Nauru. Das war Business. Da konnte er sich für be-

124

geistern. Aber doch nicht für stinkende Schafwolle, Lavendelblüten und getrocknete Tomaten, eine weitere Spezialität aus Alices Wundertüte. Wetten, dass der Engländer noch nicht mal wusste, wo Nauru überhaupt liegt. Er würde ihn fragen. Vielleicht schon heute. Der interessierte sich bestimmt auch für Steueroasen. Jeder Reiche, den er kannte, war darauf erpicht, seinen Reichtum nicht nur zu behalten, sondern zu vermehren; aber auf keinen Fall zu teilen, vor allem nicht mit den zuständigen Finanzbehörden.

Als er an diesem Tag seinen Lieblingsitaliener betrat, wartete Steven Bingham schon geduldig an dem runden Tisch, der immer für Maître Fuentes reserviert war.

„Mein lieber Mister Bingham. Wie schön, dass es endlich geklappt hat. Zwei vielbeschäftigte Männer sind ja nie leicht zusammenzubringen. Giuseppe, warum hat mein Gast noch keinen Apéro?"

Im Restaurant *Mia Madre* wusste jeder, wer Monsieur Fuentes war. Und auch, dass er seine Gäste immer mindestens eine Viertelstunde auf sich warten ließ, aber vor allem, dass er großzügige Trinkgelder gab.

„Kein Problem, Monsieur Fuentes, ich war etwas früh dran und der nette Kellner hatte mich auch schon gefragt. Aber jetzt nehm ich gerne einen *Bardoueng*."

„Haben Sie die Straße gut gefunden? Ich hab Ihnen ja gesagt, nicht weit entfernt vom Konsulat von Nauru. Das ist übrigens der drittkleinste Staat der Erde ..."

„Doch, doch, ich hab alles bestens gefunden. Und bin sogar schon ein bisschen rumgelaufen. Was für ein tolles Viertel von Aix. Ich war noch nie in dieser Ecke. Eine Oase mitten im Zentrum. Wow."

„Es freut mich, wenn es Ihnen hier gefällt. Aix ist natürlich was anderes als Digne, oder wie heißt nochmal das Städtchen, wo Ihr Weingut liegt?"

„Forca ... ich dachte, Sie würden es kennen; ein pittoreskes mittelalterliches Städtchen mit viel Charme und einem regen Geschäftsleben. Der Markt ist einer der schönsten und größten in der ganzen

Provence. Montags kommen im Sommer manchmal über zehntausend Menschen ..."

„Aber gebürtig sind sie aus England? London, oder wo? Ich bin geschäftlich oft in der City, sonst kenne ich eigentlich wenig."

Fuentes hatte sich fest vorgenommen, seine englischen Karten verdeckt zu halten. Bingham sollte nicht erfahren, wie gut er auch dort im Geschäft war, und vor allem, wie viele Leute er kannte. Sein Ziel für heute hieß, Bingham finanziell auf den Zahn zu fühlen und ihm das eine oder andere über Alice zu verraten. Mehr nicht.

„Geboren bin ich in Schottland, aber ich hab den größten Teil meiner Jugend in England verbracht."

Steven sah sich als kleinen Jungen, voller Träume, aber auch voller Ängste. Die GB Football Academy in Stockport. Nicht gerade der schönste Teil von England. Der Scout, der ihn im Alter von acht entdeckt und aus der Familie gerissen hatte. Die anderen Jungs. Disziplin und Training im Überfluss. Er, auf der Suche nach Nähe, Wärme und Verständnis. Die Älteren, die ihn auslachten oder ihm zu nahe kamen; die wenigen Momente zu Hause.

Eine innere Stimme hielt ihn davon ab, mehr über sich rauszulassen. Vor allem nicht über seine Jugend. Fuentes schien gut im Aushorchen. Und Steven im Parieren.

„Und Sie, sind Sie gebürtiger Provençale? Sie haben nicht den Akzent."

„Gott behüte, nein, nein. Ich stamme aus dem Elsass, bin aber mit meinen Eltern sehr früh nach Aix gekommen. Ich bin viel mehr *Parisien* als Südfranzose. Zuerst Internat, dann Studium und die erste Kanzlei, alles in Paris. Später kamen Brüssel und Luxemburg noch dazu. Ich bin seit sechs Jahren wieder in Aix und ..."

Der Kellner hatte sich diskret ihrem Tisch genähert und Fuentes den Wein zur Probe eingeschenkt. Steven beobachtete ihn genau. Und tatsächlich, er gehörte zu den Franzosen, die daraus großes Theater machten. Nach reichlich Gurgeln von rechts nach links, von hinten nach vorne und Kussmündchen, durch den noch einmal Luft eingezogen wurde, kam das vernichtende Urteil:

„Ein Hauch von Kork, Giuseppe. Ich bin enttäuscht. Ziehen Sie eine neue auf. Pardon, Mister Bingham, wo waren wir stehen geblieben?"

„Sie erzählten von Ihrer Arbeit. Wenn ich Frau Weiß richtig verstanden habe, führen Sie eine der bestangesehenen internationalen Wirtschaftskanzleien. Beeindruckend."

Nächste Unterbrechung. Giuseppe kam mit Verstärkung. Mit viel italienischem Ambiente wurde die Vorspeise auf den Tisch zelebriert und die neue Flasche Wein von seinem Gastgeber als *parfetto* abgenickt.

Steven hatte schon lange nicht mehr so viel an Fußball gedacht wie heute. Und warum ausgerechnet an das Spiel, in dem der Schiri den Italienern auch noch den falschen Elfmeter gab?

Fuentes, der sich die Komposition aus weißen Trüffeln und Pasta auf der Zunge zergehen ließ, hatte Steven dennoch keine Minute aus den Augen gelassen. Und als könne er Gedanken lesen, sagte er: „Ob Sie es glauben oder nicht, ich war damals zufällig in London und hab Ihr letztes Spiel am Großbildschirm gesehen. In einem Ihrer schönen Pubs. Direkt an der Themse, Capt'n Kidd oder so ähnlich? Sie waren einer von vielen, der gefoult wurde, aber Sie hatte es wohl schwerer erwischt als andere. Die Quali für die WM in Südafrika, stimmts? Das letzte Gruppenspiel."

Fuentes hatte mal wieder ins Schwarze getroffen. Niemand wurde gerne mit der dunkelsten Stunde seiner Karriere konfrontiert und schon gar nicht beim Essen.

Und Fuentes ließ nicht locker: „Macht Ihnen denn die Verletzung noch viel zu schaffen? Ich sehe, Sie hinken immer noch."

* * *

Die Einladung von diesem Rechtsanwalt hatte Steven sich irgendwie anders vorgestellt. Harmloser. Er hätte auch nicht sagen können, warum er überhaupt darauf eingegangen war. Neugierde? Schon auch, aber worauf?

Alice Weiß hatte ihm erzählt, dass sie Dr. Fuentes schon seit langem kannte. Und, dass sie das Haus von ihm gekauft habe. Vielleicht war es ja auch gerade das, was Frau Weiß ihm alles nicht gesagt hatte, was ihn neugierig gemacht hatte. Aber was wollte ein Mann wie Fuentes mit dieser Bemerkung bezwecken? Bestimmt nicht, ihn zum Lachen zu bringen.

Er hatte schon so viel gelernt in den letzten Jahren, so auch, mit seiner Behinderung besser umzugehen. Und genau das wollte er jetzt: offensiv spielen, nicht nur verteidigen!

„Dann wissen Sie ja auch, dass ich mich seit 2009 aus dem aktiven Fußball-Business zurückgezogen habe. Ich arbeite als Sportjournalist. Dabei ist es egal, ob man hinkt oder nicht. Übrigens, das Spiel, das Sie gesehen haben, war eines unserer besten; ich werde es nie vergessen."

Was er Fuentes nicht sagte, war, dass für ihn damals die Welt untergegangen war, und was für einen langen Weg er hinter sich hatte. Das ging niemanden was an.

„Waren Sie nicht sogar internationaler Fußballer des Jahres und haben diesen Fairplay-Preis zum ersten Mal bekommen? Das stand sogar in den französischen Zei ..."

Aber dieses Mal ließ Steven ihn nicht ausreden. „Ah, wunderbar. Sie interessieren sich auch für Fußball! Für welchen Verein sind Sie denn? Olympique de Marseille oder Paris Saint Germain? Was halten Sie von Benzema und Ribéry?" Aber so leicht war Fuentes nicht abzuschütteln.

Etwas kleinlauter, aber nicht weniger impertinent, meinte er: „Ich kenne mich ja mit Fußball nicht so aus, aber ich finde es atemberaubend, was Profis wie Sie in diesem Geschäft verdienen können. Das sind doch immense Summen. Wird Ihnen da nicht selbst manchmal schwindlig?"

Aber Steven ging nicht weiter drauf ein. Er erklärte ihm nonchalant, dass es die zweistelligen Millionenbeträge zu seiner Zeit noch nicht gegeben hätte, und er sein Vermögen eigentlich eher im Anlagengeschäft gemacht habe, so ähnlich wie Hoeneß in Deutschland.

Zu seinem großen Erstaunen schien Dr. Fuentes plötzlich höchst zufrieden. Steven konnte nicht ahnen, dass sein Gesprächspartner ihn genau dahin geführt hatte, wo er ihn haben wollte.

„Wie Frau Weiß Ihnen vielleicht schon erzählt hat, ist meine Kanzlei sehr gut im Investment. Einige sagen sogar, wir wären die Besten! Kommen Sie doch einfach mal bei mir im Büro vorbei. Vielleicht kann ich Ihnen ja sogar noch was Neues zeigen. Aber nach dem Motto Schnaps ist Schnaps und Dienst ist Dienst, sollten wir doch jetzt wirklich den wunderbaren Nachtisch genießen."

Und damit hatte Fuentes auch noch Alice ins Spiel gebracht. Es lief alles genau wie geplant. Er war sich sicher, dass der Engländer spätestens zum Dessert sich nach seiner Nachbarin erkundigen würde. Vor allem jetzt, wo die beiden beinahe täglich miteinander konfrontiert waren.

„Sie kennen Frau Weiß schon länger?"

„Aber ja, wir kommen aus derselben Gegend."

„Ach, ich dachte Frau Weiß sei Deutsche."

„Sie ist auf der einen Seite der Grenze geboren, und ich auf der anderen. Richtig kennengelernt haben wir uns erst in Brüssel. Hat sie Ihnen denn nichts davon erzählt?"

„Nein. Nicht darüber. Wir reden viel über die Arbeit. Sie kennt sich gut mit Schafen und Pflanzen aus. Hat sie damals auch schon mit Tieren zu tun gehabt?"

Fuentes nickte lachend:

„Das könnte man so sagen. Sie war Abgeordnete im Europäischen Parlament. Sie hat es eigentlich immer mit großen Tieren zu tun gehabt. Wäre fast selbst eins geworden. In dem Jahr, als sie Vizepräsidentin werden sollte ..., aber was red ich denn da? Alles Schnee von gestern. Wie kommen Sie denn so mit der Arbeit bei ihr zurecht? Das ist schon was anderes als Fußball oder darüber zu berichten, was?"

„Ach, wissen Sie, ich bin auf einer Farm groß geworden und hab später die Erfahrung gemacht, dass es manchmal besser ist, mit Tieren zu arbeiten als mit Menschen. Und ... der Rasen ... der ist ja überall grün!"

Statt auf die Bemerkung von Steven einzugehen, holte Fuentes zum großen Finale seiner heutigen Inszenierung aus:

„Aber sie hat Ihnen doch sicherlich gesagt, dass sie auf dem Anwesen meiner Mutter wohnt ...? ... und das mit dem Steinbruch? Auch nicht? Alice hatte große Dinge geplant, bevor Sie ihr mit dem Kauf alles kaputt gemacht haben."

Kapitel 2.3

Geister der Vergangenheit

Alice hatte sofort gemerkt, dass was Schlimmes passiert sein musste. Isa rief sonst nie an. Und überhaupt. So gut war ihr Verhältnis auch wieder nicht. Sie kannten sich nur von den Sitzungen. Aber Alice war aufgefallen, dass Isa ihr immer ganz genau zugehört hatte. Deswegen auch ihre Zusage. Für einen kurzen Treff. Nicht in Aix, sondern bei ihr zu Hause.

Als es dann an der Haustüre klingelte und Alice die Tür öffnete, stand eine ganz andere Isa vor ihr. Ein verzweifeltes unsicheres Kind mit aufgequollenen roten Augen.

Alice kannte das Gefühl. Und auch, wie viel Mut es brauchte, jemanden um Hilfe zu bitten. Nicht alleine zu bleiben. Das hatte sie nie geschafft. Sie hatte sich immer zurückgezogen. In sich selbst, und niemanden an sich rangelassen.

Die beiden schauten sich nur an. Es war zu früh zum Sprechen. Keine wusste, wo anfangen. Dann löste sich die Starrheit, und Alice konnte auf Isa zugehen und sie sogar in den Arm nehmen.

„Komm rein, Kleines."

„Ich ... es ... es tut mir leid ... ich will dich nicht ... stören, aber ..."

„Du störst nicht. Komm ..."

„Danke ... Vielen, vielen Dank. Ich weiß gar nicht ..."

„Setz dich erst mal hin und mach es dir bequem. Willst du was trinken? Kaffee, Wasser?"

„Nein. Danke. Nichts ... Aber wenn es dir nichts ausmacht, vielleicht die Vorhänge zuziehen?"

„Klar, kein Problem."

„Vielen Dank ..."

Auch das kam Alice bekannt vor. Dieses Bedanken. Immer wieder bedanken. Für was? Für Selbstverständlichkeiten. Es hätte sie überhaupt nicht erstaunt, wenn Isa sich als nächstes zusammenrollen und anfangen würde, am Daumen zu lutschen.

„Was ist passiert, Isa?"

Aber da fing Isa schon wieder an zu weinen.

„Vielen ... Dank ... dass ... du dir Zeit ... nimmst."

„Isa, sagst du mir, was los ist, wenn ich mich zu dir setze? Oder ist dir das zu nah?"

Isa sagte nichts. Aber sie hörte auf zu weinen. Sie schien zu überlegen. Dann nickte sie kurz mit dem Kopf; schüttelte ihn und nickte wieder. Alice setzte sich vorsichtig neben sie. Es dauerte gar nicht lange, und Isa warf ihr die Arme um den Hals und drückte sich so fest an sie, als wolle sie sie nie wieder loslassen.

„Mein Gott, sie könnte meine Tochter sein ..."

Zum ersten Mal war Alice der Altersunterschied aufgefallen. Zu gerne hätte sie Isa gefragt, wie alt sie eigentlich sei. Aber irgendwie hatte sie das Gefühl, dass heute nicht der richtige Tag war.

„Bist du mit dem Bus gekommen?"

Die Ablenkung tat gut. Isa nickte tapfer, zog ein Taschentuch aus der Hosentasche und schnäuzte sich so laut, dass sie beide lachen mussten.

„Jetzt geht es bestimmt bald besser, Isa. Du wirst sehen. Ich hab eine Idee: Stell dir vor, deine Geschichte ist ein Knäuel Wolle. Wir suchen jetzt zusammen den Anfang. Lass dir Zeit. Sag mir Bescheid, sobald du den Faden vor dir siehst. Dann nehmen wir ihn in die Hand und rollen ihn langsam auf. Was hältst du davon? Isa? Hast du verstanden, was wir versuchen wollen?"

Isa nickte stumm und fing wieder an zu weinen.

Aber Alice wusste, dass alles eine Zeit hat. Jetzt war Zeit zum Weinen. Also wartete sie geduldig, bis Isa fertig war.

Und dann hörte sie zu: über die Pflegeeltern, die Schläge, die Demütigungen, die Entwürdigungen, die Missachtungen, das Versteckspiel und über ihre Mutter ... den Müll. Sie stellte keine Fragen. Ließ Isa Zeit, nach und nach ihre Ängste und Schmerzen rauszulassen. Dann streichelte sie ihr den Rücken.

So lange, bis Isa sich fallen ließ.

„Ich geh uns mal einen Tee machen."

Als sie zurückkam, fand sie Isa zusammengerollt in der Sofaecke. Ein geprügeltes Kind, das sie mit traurigen Augen anschaute.

„Weißt du, Isa, ich hab mich auch oft versteckt. Früher, da wo ich geboren wurde. In meinem Elternhaus. Oder in den Ferien. Da hab ich mir Häuschen gebaut aus Liegestühlen und Handtüchern. Ich war die Einzige, die aus den Sommerferien weiß wie Kreide nach Hause kam. Ich hab mich sogar vor der Sonne versteckt. Und erst recht vor Menschen. Aber mich haben sie gefunden, und das war auch nicht gut."

„Darf ich dich was fragen, Alice?"

„Was du willst, Kleines."

„Woher hast du die Verletzungen am Rücken? Haben dich deine Eltern auch verprügelt? Deine Mutter dir weh getan? Oder dein Vater?"

Alice goss den Tee so langsam und vorsichtig in die Tassen, als wäre es eine große Anstrengung. Dann ließ sie sich in einen der Sessel fallen. Das hatte sie noch keinem erzählt. Warum eigentlich nicht? Es gab doch so viel Schlimmeres in ihrem Leben als diese Brandverletzung.

„Nein, nicht mein Vater, sondern mein Mann. Mein Ex-Mann."

„Also ... nicht Willi."

„Nein, Kurt."

Sie erzählte Isa die Geschichte vom Nikolaus. Vom 5. Dezember 2006 in Brüssel: Fondue Bourguignonne unter Freunden. Ein fröhlicher Abend, der zu Ende ging. Von Gästen, die sich auf den Heimweg machten. Sie war Kurt im Flur begegnet. Später stand Aussage gegen Aussage. Angeblich sei sie ihm hysterisch in den Weg gelaufen. Aber wie kam es dann zu der Verletzung am Rücken? Die Version von Alice war eine andere. Kurt habe sie in die Küche gestoßen und zynisch lächelnd angedroht, ihr das immer noch heiße Fett überzuschütten, wenn sie sich nicht auf der Stelle ausziehen würde. Sie hatte ihn falsch eingeschätzt. Nach all den Jahren der Erniedrigung, Quälerei und sexuellen Gewalt. Sie hätte ihn besser lesen müssen. Ihre Schuld! Bestimmt auch. Als Kurt Anstalten machte, den

Kessel auszugießen, lachte sie ihm ins Gesicht. Hätte sie sich nicht in letzter Sekunde von ihm abgewandt, hätte er ihr die Brüste verbrüht; so waren es NUR die Schulterblätter. Ihr Schrei war weit über die Wohnung hinaus zu hören. Nachbarn alarmierten die Polizei.

„Ich war damals lange im Krankenhaus und fing danach auch die erste Therapie an. Es hat Jahre gedauert, bis ich kapierte, was mich zu der Frau gemacht hat, die sich einen Mann wie Kurt aussucht und jahrelang bei ihm bleibt. Aber ich hab auch gelernt, dass es nie zu spät ist, sein Leben zu ändern und selbst in die Hand zu nehmen."

Sie erzählte Isa sehr viel an diesem Abend, aber nicht, warum es überhaupt so weit kommen konnte. Und auch nicht, was Willi damit zu tun hatte.

„Ich wusste, dass du mich verstehst ... ich bin doch auch schon lange in Therapie und fühl mich ... manchmal immer noch ... wie ein Stück Scheiße und ... siehst du, ich hatte ja auch recht. Meine eigene Mutter hat sofort gemerkt, was ich bin. Sonst hätte sie mich doch nicht weggeworfen."

„Glaubst du etwa, weil sie deine Mutter war, hat sie alles richtig gemacht? Sie hat vielleicht den wichtigsten und besten Teil von sich selbst weggeworfen ... Und das vielleicht sogar irgendwann gemerkt. Aber dann war es zu spät."

Alice blickte lange in ihre Teetasse, bevor sie weitersprach.

„Ich glaube, es ist wichtig zu versuchen, ... ich sag bewusst, versuchen, weil, das ist überhaupt nicht einfach, ... das, was andere Menschen uns angetan haben ... zu akzeptieren. Weil ... ändern können wir es nicht mehr. Wir müssen versuchen, damit zu leben. Es ist doch ein Teil unseres Lebens. Das mein ich, wenn ich von akzeptieren spreche. Nicht, es den Leuten um uns rum gleich zu tun. Denen, die sagen, das ist doch schon lange vorbei; oder die anderen, die sagen, das war nicht so. Oder ... das war doch nicht so schlimm. Die können es doch gar nicht wissen ... Denen ist es ja nicht passiert."

Isa sagte immer noch nichts.

„Weißt du, was ich meine, Isa?"

Die nickte und schloss die Augen.

„Aber das heißt nicht, dass wir sie dafür lieben, oder respektieren müssen; nicht für das, was sie uns angetan haben. Auch nicht nach so langer Zeit. Vielleicht für die anderen, guten Dinge, die sie uns im besten Fall auch noch angetan haben. Verstehst du, was ich sagen will, Isa?"

„Aber du hast sie doch auch geliebt, Alice. Weißt du noch, in deinem Märchen? Da war doch alles so schön. Am Anfang. Ich weiß nicht, ob du dich noch erinnerst, damals bei Dr. Noël , deine erste Geschichte, die du uns vorgelesen hattest ...?"

Alice wusste genau, welche Geschichte Isa meinte.

„Kannst du sie mir noch mal vorlesen? Nur für mich alleine? Ich hab sie alle gespürt. All deine Geschichten. In meinem ganzen Körper. Als wären sie ein Stück von mir. Kann das sein?"

„Weißt du, Isa, ... ich glaube, das, was du und ich erlebt haben, und was viele – viele Menschen um uns rum erlebt haben und ganz bestimmt immer noch erleben ... das trägt viele Masken. Nicht nur eine oder zwei ... Missbrauch ist nur ein Wort dafür. Und sehr oft erkennt man ihn nicht auf Anhieb. Das heißt nicht, dass er nicht da ist. Er kann sich nur noch besser verstecken als wir damals. Und wer sucht ihn schon? Wer will ihn finden? Alle schauen lieber weg; so, wie deine Pflegemutter auch dich nie finden wollte."

Alice ging zu einer alten Holzschatulle, die auf dem Bücherbord stand, und nahm eine der Papierrollen raus.

„Bist du sicher, dass du sie hören willst, Isa?"

Und Alice fing an zu lesen. Heute hatte sie keine dünne Kinderstimme. Das kleine Mädchen war weder im Spiegel noch sonst im Wohnzimmer zu sehen. Heute war nur Alice da; eine starke Frau, die bereit war, sich wieder und wieder zu erinnern.

* * *

Es war einmal ein kleines Mädchen ...

Das kleine Mädchen wohnte in einem schönen großen Haus. Mit einem schönen großen Garten und vielen anderen Menschen: dem Papa und der Mama. Dem Opa und der Oma. Alles war schön im Leben des kleinen Mädchens. Viele Leute, die sie beobachten konnte. Den großen Bruder bewunderte sie ganz besonders. Der traute sich sogar zu reden – was sonst eigentlich nur der Opa tat;

der konnte so schön erzählen. Wenn Opa sprach, hörten die anderen zu, sogar sein Bruder – einer der vielen Onkel vom kleinen Mädchen. Damals wusste sie noch nicht, wer „Onkel" und wer „Großonkel" war. So, wie sie immer glaubte, drei Großväter zu haben, weil der Vater von Oma auch noch mit am Tisch saß. Viele Leute – und so viel zu erzählen. Aber sie selbst traute sich lange, lange nicht zu reden. Sie hörte viel lieber zu.

Warum das so war? Ich will es euch erzählen:

Das kleine Mädchen wusste lange Zeit nicht so genau, wo sie hingehörte. Das Haus, in dem sie auf die Welt gekommen war, war zwar groß, aber doch wieder zu klein. Das kann man nicht sofort verstehen. Das kleine Mädchen hat das auch erst viel, viel später verstanden. Sie hatte keinen Platz. So lange – keinen eigenen Platz. Aber die anderen haben ihr auf ihre Art geholfen: Als Baby legte man sie in einen wunderschönen Stubenwagen. Das war kuschelig und heimelig. Die Onkels und Tanten und Cousins und Cousinen, die drei Großväter und sogar Nachbarn, alle kamen sie nach ihr schauen.

„Was für ein schönes Baby!" Und dann wurde aus dem Baby ein kleines Mädchen, und der Stubenwagen zu klein. Wohin mit dem kleinen Mädchen, fragten sich da Mama und Papa. War denn das Mädchen so schnell gewachsen, dass es ganz plötzlich zu groß für den Stubenwagen war?

Wo sollte es nur schlafen? Heute noch fragt sich das Mädchen manchmal, warum sie nicht einfach einen Hundekorb hatte bekommen können. Das wäre doch so einfach gewesen ...

Auf jeden Fall vermisste das kleine Mädchen die große Sicherheit hinter den kleinen Vorhängchen mit Spitze und Volants.

Wie gut, dass Papa und Mama eine Idee hatten: das Stübchen! Ein Raum mit Durchgang vom Esszimmer, in dem seit sechs Jahren schon das Brüderchen vom kleinen Mädchen schlief. Es war kein Kinderzimmer; aber trotzdem schön: Da gab es eine gelbschwarz gestreifte Couch. Es gab Bücherregale und einen Musikschrank – aber es gab keinen Schrank für Kinderkleider oder Spielsachen. Trotzdem war alles wunderbar. Und alle schienen zufrieden: Mama und Papa, Oma und Opa, Brüderchen und Schwesterchen ...

Und was war das gemütlich für das kleine Mädchen. Aus der Sicherheit des Stubenwagens in die kuschelige wohlige Nähe vom Brüderchen zu kommen. Es war alles schön und warm und aufregend und ganz viel Neues zu entdecken: Das Brüderchen sah an bestimmten Stellen unter der Bettdecke ganz anders aus als das kleine Mädchen. Und er zeigte den Unterschied auch gerne und sagte dem kleinen Mädchen, es könne ihn ruhig dort anfassen und mit ihm spielen. Und weil der Arme wohl ein Problem hatte, nämlich Pipi ins Bett, hatte er von den Doktors der Uniklinik, in der er manchmal war, so einen kleinen Apparat bekommen. Da war ein Draht zwischen dem „Spielzeug", aus dem auch sein Pipi kommen konnte, und einer kleinen Batterie in seinem Schlafanzugjäckchen; und wenn er denn einen Tropfen fallen ließ, zuckte er ganz schnell zusammen, wurde wach, schrie kurz auf und musste auf Toilette gehen.

War das nicht alles toll und aufregend für das kleine Mädchen?

Aber es kam noch viel interessanter im großen schönen Haus. Als das kleine Mädchen ungefähr drei Jahre alt war, vielleicht war sie auch erst zwei, ich werde sie das nächste Mal fragen, wenn ich sie treffe; da ging sie doch auch so gerne und so oft ins Elternschlafzimmer. Sie pendelte zwischen der Schlafcouch und der Ritze im Elternbett, und bald wurde die Ritze ihr Lieblingsplatz. Mama war da meist schon nicht mehr im Bett, die musste doch Frühstück richten oder sonst was TUN. Das kleine Mädchen liebte es, zum Papa zu gehen, sich kitzeln und das Bäuchlein streicheln zu lassen.

Was war das schön – jahrzehntelang spürte sie noch die wohltuende Wärme der großen starken Männerhand. Nur, dass es beim Bäuchleinstreicheln nicht geblieben war, das hat das kleine Mädchen erst später gemerkt.

Mit dem Finger hatte es doch gar nicht so weh getan.

Das, was ihr als „Spielzeug" noch so gut gefallen hatte, tat aber plötzlich weh wie ein Messer. Und einmal blutete es sogar, als hätte sie sich geschnitten. Und dann kam die Zeit, dass sie sogar Angst bekam vor dem Spielzeug. Vor allem, wenn es plötzlich groß wurde. Und in ihren kleinen Körper passen sollte. Und es weh tat. Und sie weinte. Und keiner sie hörte. Und dann kam der Geruch.

Erst, wenn er endlich aufhörte und vor Freude schrie, war auch sie froh, dass es vorbei war. Bis zum nächsten Mal. Weil ... ein braves Mädchen macht ihm Freude. Immer wieder.

Nachdem das kleine Mädchen zu groß war für die Ritze, bekam sie tatsächlich ihr erstes eigenes Bett. Aber da war ihre Geschichte schon geschrieben. Denn die wichtigsten Grundlagen für ein Menschenleben werden in den allerersten Jahren gelegt und sogar noch davor.

* * *

Kaum hatte Alice fertig gelesen, hörte man aus der Eingangshalle das klirrende Geräusch von Schlüsseln. Dann die schweren Schritte, die immer näher kamen.

Alice wusste sofort, wer das war. Statt erst Samstagmorgen zu kommen, hatte Claude sich entschlossen, sie schon Freitag heimzusuchen. Und wie so oft, mal wieder ohne Ankündigung. Er schöpfte die Wohnrechtsklausel bis zum Anschlag aus.

Und da hörte sie auch schon seine Stimme: „Hallo, Liebes, Überraschung! Ich hab den Empfang beim Botschafter ausfallen lassen und dachte, wir machen uns einen schönen ...“

Als er die Tür zum Wohnzimmer aufmachte, verschlug es ihm die Sprache. Alice hatte nie Besuch. Was wollte DIE denn hier? Die kleine Punkie-Frisöse. Wieso kannten die sich? Er hatte es geahnt: Der Kleinen war aus irgendeinem Grund nicht mehr zu trauen.

Alice schien die einzige zu sein, die sich über die unerwartete Entwicklung freuen konnte: „Claude, ich schlaf heute mit Isa im Gästehaus. Die Arme hat grässliche Probleme und darf auf keinen Fall alleine bleiben.“

* * *

Alice und Isa hatten sich viel zu erzählen in dieser Nacht: wie man am besten mit den Ängsten umgeht und mit der Wut. Wie viel Kraft es kostete, jeden Morgen aufzustehen, als wäre nichts geschehen. Aber vor allem, nicht jedem, der einen an die Schmerzen von früher erinnerte, heimzahlen zu wollen, was ganz andere einem angetan haben.

„Jetzt weiß ich auch, warum ich deine Geschichte wieder hören wollte, Alice. Und ich danke dir dafür.“

„Wieso? Warum?“

„Du hast sie als Märchen geschrieben. Sie klingt so harmlos. Natürlich nur am Anfang und oberflächlich. Aber sie ist nicht harmlos. Im Gegenteil ... Du legst den Finger ...“

Als Isa sah, wie Alice zusammenzuckte, überlegte sie kurz.

„... entschuldige, aber es stimmt doch, du legst den Finger auf ein Verbrechen."

„Ich versteh nicht, auf was du raus willst ...?"

„Es klingt vielleicht verrückt. Aber meine Geschichte ist das Gegenteil ... für mich. Meine Geschichte klingt grässlich ... aber ... ist sie es wirklich? Eine Mutter wirft ihr Baby weg. In die Mülltonne. Einfach weg. Aber ... was, wenn sie mich nur dahin ... gelegt hat? Ganz vorsichtig. Dahin, wo andere Leute öfter am Tag hingehen. Und die Chance groß war, dass mich jemand findet ... Sie war bestimmt überfordert. Nicht bei Sinnen ... Auf jeden Fall ist meine Geschichte ganz anders als deine."

Alice sagte nichts. Isa hatte sie also noch nicht verstanden. Vielleicht war es gut so. Sie war dabei, sich ein neues Versteck zu bauen. Zu hoffen, dass ihre Mutter sie geliebt hatte. Und Alice wusste, wie lange man sich vor der Wahrheit verstecken konnte und wie viel Zeit und Hilfe es brauchte, bis man bereit war, das Versteck zu verlassen.

Aber was sie nicht wusste, war, dass Isa noch ganz andere Gedanken durch den Kopf gingen. Was, wenn ihre erste Liebesnacht mit Bruno nicht ohne Folgen bleiben würde? Was würde SIE mit einem Kind machen? Dasselbe wie ihre Mutter ... oder? Und überhaupt: War die Liebe von Bruno nicht zu schön, um wahr zu sein? Hatte so jemand wie sie ihn verdient? Es gab im Moment nur einen Weg für sie, das alles herauszufinden: ab nach Australien, wie geplant, trotz Bruno ... oder wegen ihm?

Isa war am Anfang ihres Weges.

Aber sie hatte ihn gefunden!

Kapitel 2.4

Der Weg zur Wahrheit

Felix überlegte lange, ob er die Stühle im Kreis oder wieder an die Wand stellen sollte, wie bei der ersten Sitzung. Er entschied sich für die Wand. Und er würde sie wieder überraschen. Heute würde er mit seiner Versuchsreihe anfangen.

Er hatte die Traumata jedes Gruppenmitgliedes daraufhin analysiert. Schade, dass der Migränefall abgesprungen war. Der war nicht ohne! Aber Alice würde sich noch besser eignen. Wenn Dufee es schaffen würde, den Schlüsselreiz auszulösen, durch den sie in frühester Kindheit geprägt worden war ... was für ein Durchbruch! Für so eine Desensibilisierung sollte sie ihm sogar dankbar sein. Aber dafür müsste er sie ja aufklären. Und das wollte er auf keinen Fall.

Als Alice und Isa den Raum betraten, fanden sie Dr. Janus in der Mitte des Bodens in Hockstellung. Beide Füße fest auf dem Boden, den Rücken gerade und seine Arme hinter dem Rücken verschränkt, als sei die Stellung die bequemste und natürlichste der Welt.

„Bitte setzen Sie sich, wie und wohin Sie wollen. Ich finde die Hocke angenehm für mich, also bleib ich mal so."

Als Marie ankam und ihn so sah, meinte sie nur trocken:

„Das fängt ja gut an."

Als sie aber versuchte, es ihm gleich zu tun, merkte sie mit Erstaunen, wie schwer es ihr fiel. Also ließ sie sich in einiger Entfernung von ihm einfach auf den Hintern fallen.

Auf die Minute pünktlich erschien Patrice Dufee, stutzte kurz beim Anblick von Felix und Marie auf dem Boden, nickte allen zu und setzte sich neben Alice und Isa auf zwei Stühle, die er zusammenschob. Felix merkte sofort, dass mit Isa und Patrice was nicht stimmte. Warum stierte sie ihn so an? Aber der grinste nur zurück und machte eine Handbewegung, als wollte er sich die Haare schneiden.

„Wie ich sehe, sind wir komplett für heute. Michel Voss hat sich entschuldigt. Er wird seine Therapie unterbrechen und vielleicht später wieder zu uns ...“

„Soviel ich weiß, ist Michel fertig. Gesund. Geheilt, und hört auf – für immer“, unterbrach ihn Marie.

Dazu hätte Felix gerne was gesagt. Aber das würde ihn heute vom Thema ablenken. Es erstaunte ihn immer wieder aufs Neue, wie sehr seine Klienten doch in Kategorien von *gesund* und *krank* oder *geheilt* argumentierten. Wer ist schon geheilt? Was heißt schon krank? Eine Therapie ist Selbstzweck! Auf jeden Fall in seinen Augen.

Die Stimme von Isa riss ihn aus seinen Gedanken:

„Und ich komme auch nur noch dieses Mal, bevor ich mein Sabbatsemester in Australien anfange. Das war immer so, Dr. Noël weiß das.“

Isa schaute unsicher zu Alice, und die nickte ihr aufmunternd zu.

„Dann ist es ja gut, dass ich so viele Leute mitbringe ...“, mischte sich der Neue ein und zog sich einen dritten Stuhl hinzu.

„Darf ich uns jetzt vorstellen, Dr. Janus? Die anderen wollen sich auch hinsetzen.“

Felix war zufrieden. Das klappte ja besser als erhofft.

„Einen Moment noch, Patrice. Ich werde zuerst eine kleine Geschichte erzählen. Und wenn jemand von Ihnen sich motiviert fühlt, die Hocke auszuprobieren – keine falsche Scheu. Ich habe diese Position als kleines Kind gelernt. In Afrika. Dort hat mein Vater gearbeitet. Für mich ist sie selbstverständlich und einfach. Meine Achillessehne hat sich sehr früh überdehnt und das Resultat ist ... ich kann überall bequem hocken. Sie fragen sich vielleicht, warum ich diese Geschichte erzähle ...“

Mittlerweile hatte Patrice Dufee versucht, sich neben Dr. Janus zu hocken, fiel aber nach kurzer Zeit um.

„... In den ersten Monaten und Jahren unseres Lebens übernehmen wir viel von den Erwachsenen um uns rum. Kinder sind die besten Beobachter. Aufmerksam und neugierig. Aber wir lernen nicht nur Dinge, die uns gut tun. So ist es sogar mit meiner Hocke.

Nicht jeder Chiropraktiker würde die Deformation meiner Achillessehne für unproblematisch halten. Es geht nicht um gut oder schlecht, sondern darum, was uns prägt, nachhaltig prägt."

„Dem einen seine Achillessehne, dem anderen sein ..."

„Sprechen Sie ruhig weiter, Patrice. Was haben Sie Schönes oder weniger Schönes erfahren und vielleicht mitgenommen in Ihr Leben?"

Noch bevor Patrice antworten konnte, ertönte ein schriller Quiekser, und alle schauten zu Marie, die beschämt ihre Augen senkte. Klar. Marie passte mit ihrer Geschichte genauso gut ins Programm wie Alice. Vielleicht war sie sogar noch besser zu reizen. Bei Alice könnte es durchaus sein, dass die Reaktion erst viel später rauskäme. Lange nach der Sitzung. Das wäre echt schlecht für ihn. Oder sollte er bei Alice versuchen, den Druck zu erhöhen?

„Patrice oder Marie, wer will zuerst was sagen?"

„Ja, ich möchte was sagen. Ich heiße Patrice Dufee. Ich bin ... Nein, ich fang lieber andersrum an. Mein Alter tut ja nichts zur Sache hier. Vielmehr was ich ... bisher so gemacht habe. Vor allem, was mich geprägt hat. Als Kind. Also gut: Ich hab für meine Mutter, als ich klein war, den Polizisten gespielt. Eigentlich war Papa der richtige Polizist, aber meine Mama hatte sehr oft Besuch von anderen Männern, und davon sollte Papa nichts wissen. Also hab ich Schmiere gestanden. Das hab ich gelernt. Jawohl. Und das kann ich gut."

Felix fiel aus allen Wolken. Was für eine Geschichte. Auf jeden Fall eine andere als die, die er ihm erzählt hatte. Wollte sich der Junge in Szene setzen? Wem machte er jetzt was vor? Den anderen oder auch ihm? Felix beschloss, ihm noch ein paar Minuten Redezeit zu geben und dann abzubrechen.

„Wenn Papa nach Hause kam, hat er zuerst Mama verhauen. Aber ich hab alles gesehen. Auch, was Mama mit den Männern gemacht hat. Und dann wollte Papa die Geschichten von mir hören. Wenn ich sie erzählt hab, war er lieb zu mir. Wenn nicht, hat er mich gehauen. Und wenn Mama erfahren hat, dass ich was erzählt hab – hat sie mich gehauen.

Ich finde es schöner, die Hocke zu lernen als Polizei."

Dann in anderer Tonlage: „Alles Schweinkram. Schlampen, Pimmellutscher ..."

Das war zwar nicht so, wie er die Sitzung mit Patrice vorbesprochen hatte, aber wenigstens kam er zum Punkt. Etwas derb, aber so war er halt. Egal, jetzt ging es darum, Marie ins Spiel zu bringen.

„Ich glaube, Marie wollte auch was sagen, Patrice. Vielleicht ruhen Sie sich ein wenig aus?"

„Was soll der Scheiß? Ich bezahle hier genau wie jeder andere und will jetzt sagen, was ich erlebt habe. SIE haben doch damit angefangen."

„Ich hab gelernt, niemandem zu vertrauen, vor allem nicht in der Familie."

„Wollen Sie uns etwas mehr darüber erzählen, Marie?"

„Meine Schwester. Warum hat sie mich zu Enrico geschickt? Es war doch ihr Mann, und ich noch ein kleines Kind. Wir waren sieben Kinder, und ich die Jüngste. Aber zur Essenszeit hat sie immer nur mich zu Enrico geschickt; ihn zu rufen. Immer wieder – über sechs Jahre. Ins Schlafzimmer. Sie wusste genau, wo sie mich hinschickte. Nie in den Garten oder ins Wohnzimmer. Immer war er im Schlafzimmer. Beim ersten Mal war ich fünf. Und Enrico wartete auf mich. Wieso wurde das Essen eigentlich nie kalt? Und Papa und Mama? Und die anderen? Die müssen doch mit dem Essen so lange gewartet haben ... Beim ersten Mal gab es Erdbeereis – danach!"

„Wieso gewartet? Wieso kalt geworden? Das kann doch ruckzuck gehen. Also je nachdem, wer damals bei Mama war ..."

Marie schaute Dufee voller Ekel an und ballte die Faust.

Zuerst sagte sie nichts. Sie sah sich als kleines Kind, das verzweifelt auf das Ende der Mahlzeit wartete. Alle wussten, wie gerne sie Eis aß. Aber nicht heute. Stattdessen lief sie ins Bad und sperrte sich ein. Nach dem Würgen kam das Waschen. Sie wusch sich so lange, bis die Haut wund war. Waschlappen wurden ihre liebsten Begleiter. Bis heute. Sie hatte immer welche in der Handtasche. Manchmal reichte es, einem Mann auf der Straße zu begegnen; ein Blick, eine Handbewegung, und sie musste sich waschen. Egal, wo sie gerade war. Der Einzige, der Bescheid wusste, war Michel. Wenn es ganz schlimm wurde und sie nicht rechtzeitig nach Hause kam, ließ er sie sogar bei sich duschen. Und stellte nie blöde Fragen. Sie atmete tief ein und aus. Einmal, zweimal und noch einmal. Dann schaute sie Dufee wieder an und sagte ganz ruhig: „So einer wie du hat mir gerade noch gefehlt."

„Du hast ja keine Ahnung, wer ich bin. Dr. Noël hat mir erklärt, was mit mir passiert ist. Damals, als Kind. Ich hab mich in verschiedene Seelen aufgeteilt, um besser mit all dem zurecht zu kommen. Wenn mein Vater auf mich eingedroschen hat und ich am Boden lag, hab ich oft die Besinnung verloren, und das war der Moment, als Rübezahl geboren wurde, und der …"

„Was für ein Quatsch. Der Typ verarscht uns doch hier nach Strich und Faden. Bei mir im Frisörsalon hast du doch auch 'ne Show abgezogen, oder?"

„Ich brauch mich hier nicht beleidigen zu lassen. Dr. Janus?"

Felix genoss seine Therapiesitzung. Was für ein Erfolg. Fast alle spielten mit.

„Und Ihnen, Alice, fällt Ihnen auch was zu dem heutigen Thema ein?"

„Welches meinen Sie jetzt genau: die Hocke oder die inzestuösen Verhältnisse?"

„Danke, Alice. Sie bringen da einen interessanten Punkt auf. Wie meinen Sie das?"

„Ich glaube, ich hab schon viel dazu gesagt und noch mehr geschrieben. Ich finde es schlimm, was Marie passiert ist. Und ich finde es toll, dass sie sich traut, uns davon zu erzählen …"

„Und ich, ich hab mich auch getraut, und mich loben Sie nicht. Ich hab auch Schlimmes erlebt, oder finden Sie das normal, wenn die eigene Mutter …"

„Entschuldigen Sie, Patrice, Sie haben mir gerade das Wort abgeschnitten … bevor ich meinen Punkt machen konnte. Ich geb zu, dass Ihre Multiplen mich irritieren. Ich kenne mich damit nicht aus …"

„Meine Rede; wer sagt uns denn, dass der Typ auch echt ist?"

„Und wer sagt mir, ob die da auch wirklich vergewaltigt wurde? Und du, was haben sie mit dir gemacht, dass du hier in der Gruppe bist? Bestimmt auch vergewaltigt. Alle Frauen werden doch vergewaltigt, wenn man sie hört, hä?"

Hätte Felix nicht gerade in diesem Moment nach dem Kontrolllicht seiner Kamera geschaut, hätte er Marie noch zurückhalten können. Aber vielleicht wollte er das ja auch gar nicht.

Marie hatte sich mit einem Satz auf Patrice gestürzt. Aber Alice stellte sich dazwischen, sonst wäre Marie total ausgerastet. So verpuffte der Angriff in einem Wortgefecht.

„Klar, und als nächstes wirst du damit kommen, dass Frauen selber dran schuld sind. Falsch angezogen; zu kurz der Rock, zu eng die Hose – was geilt euch Scheiß-Männer denn noch so auf? Lippenstift? Highheels? Ihr seid doch alle gleich."

Als Felix Marie beruhigend die Hand auf den Arm legen wollte, bekam auch er ihre Wut zu spüren.

„Fassen Sie mich nicht an. Eine falsche Bewegung, und ich bin weg; aber nicht, ohne dem hier eine gescheuert zu haben. Und er kann von Glück reden, dass er auf seinem Arsch sitzt, sonst hätte ich ihm ..."

„Schon gut, Marie. So weit wollen wir es nicht kommen lassen ..."

Felix wusste, dass er für heute genug Signale gestreut hatte und er nun die Gruppe ihrer eigenen Dynamik überlassen konnte. Vielleicht sollte er sie kurz beruhigen?

Ja, das würde er tun: „Sorry, dass ich Patrice Dufee mit seiner komplexen Geschichte nicht selbst eingeführt habe. Aber ich finde, ... dass das jeder für sich viel besser machen kann. Authentischer halt."

„Hört, hört. Wie wahr, wie wahr. Dadurch, dass Monsieur Dufee sich also selbst vorgestellt hat, haben wir ihn von seiner Schokoladenseite kennengelernt. Entzückend. Eine wahre Bereicherung unserer doch etwas faden Sitzungen, oder was meinst du, Alice?"

„Also, ich würde gerne meinen Gedanken von ... vor dem Zwischenfall wieder aufgreifen. Mich interessieren diese multiplen Persönlichkeiten. Aber ich weiß nicht, was das heißt ... Ich gehöre zum

Beispiel zu den Menschen, die gerne Selbstgespräche halten. Mit Personen, die ich durchaus sehe. In mir und um mich herum. Und wenn ich manchmal vor meinem Spiegel stehe, dann sehe ich eine ganz andere Alice, eine jüngere ...“

„Das ist ja mal wieder typisch Frau. Klar will jede jünger aussehen und ...“

„Jetzt halt doch mal die Waffel und lass die anderen ausreden. Sonst hol ich dich mit nach Australien und werf dich den Krokodilen vor. Erzähl weiter, Alice, mich interessiert das mit dem Spiegel.“

„Ach, ich weiß nicht ... so wichtig ist es auch wieder nicht. Auf jeden Fall rede ich manchmal mit mir selbst, und das in verschiedenen Lebensabschnitten. Meistens sehe ich Kinder: ganz jung, zwischen zwei und drei Jahren ... dann jemand als Teenie. Bis ... egal. Die gleichen mir. Die sehen alle aus, wie ich damals wohl ausgesehen haben muss.“

Gerade als Dufee, oder eine seiner Seelen, den Mund aufmachen wollte, gebot Dr. Janus ihm Einhalt.

„Die Ähnlichkeit ... erinnern Sie sich an Erlebtes oder nur an Fotos?“

Alice holte tief Luft, bevor sie antwortete.

„Ich wusste lange nicht, wie ich aussah ... Ich wusste nicht, wer ich war ... Ich hab ... keine Erinnerung an mich gehabt ... meine ersten zehn Jahre waren weg.“

Felix nickte und versuchte, den Bogen wieder zurück zu Patrice und seinen Multiplen zu spannen.

„Wenn wir Selbstgespräche halten, kommunizieren wir mit Personen, die wir alle in uns haben. Uns selbst: als Kinder, Jugendliche und Erwachsene; aber auch unsere Väter, Mütter, Geschwister, Freunde ...“

Isa fiel ihm wütend ins Wort: „Ich nicht. Ich hab und will meine Mutter nicht in mir haben. Und was meinen Vater ... und meine Pflegeeltern ...“

Da erst schien sie zu merken, dass sie was rausgelassen hatte, was sie eigentlich gar nicht wollte. Wäre sie nur schon weg. Weg von allem. Von dieser Scheiß-Therapiegruppe, von der Ungewissheit, schwanger zu sein oder nicht, von Bruno, der sie ganz bestimmt überreden würde, das Kind zu behalten, von der Angst, so zu werden wie ihre Mutter. Wäre Alice ihr nicht genau in diesem Moment mit einer Frage zur Hilfe gekommen ... sie wäre auf und davon gewesen.

„Mir fällt noch was ein zum Thema inzestuelle Verhältnisse. Man braucht doch ein Gefühl für das WER ist WER ... das ist doch wichtig, oder? Normalerweise weiß ein Kind, wer der Papa ist und wer der Opa; das ist Onkel Hermann und daneben Tante Grete. Bruder, Cousin, Neffe, Schwager. Aber im Inzest geht alles durcheinander: ist die Mutter die Schwester oder die Schwester die Mutter? Alles ist in Frage zu stellen. Das ist nicht einfach für ein Kind."

„Vielen Dank, Alice. Haben Sie uns dazu was aufgeschrieben? Eine neue Geschichte vielleicht? Einen Traum?"

Alice schüttelte zuerst nur den Kopf.

„Doch. Da ist noch was. Was ganz Wichtiges. Ich erinnere mich genau, dass wir als Kinder immer gesagt bekamen, man soll sich vor Fremden in Acht nehmen. Ich hör genau die Stimme meiner Mutter: Steig in kein fremdes Auto. Nimm keine Schoko vom fremden Onkel ..."

Alice musste wieder tief einatmen, und dann sagte sie es. Etwas, was sie schon so lange in sich trug und nie rauslassen konnte. Nicht als gesprochenes Wort, denn die eigene Stimme zu hören, war immer noch Verrat. Deswegen hatte sie bisher ja auch alles aufgeschrieben. Aber heute war sie soweit. Heute konnte sie sich hören: „Und wer warnt uns vor den eigenen Onkels, dem Bruder, dem Schwager, wie bei Marie! Und vor ..."

Alice suchte nach Worten. Aber DAS Wort konnte sie immer noch nicht aussprechen.

„... vor ... der eigenen Familie? Kann man denn so unbekümmert in die Autos von denen steigen? Und deren Schoko essen?

N E I N. D A S K A N N M A N N I C H T !!!

Nur gesagt hat es uns niemand.

Noch nicht einmal D A N A C H !!!"

Alice hatte es rausgeschrien. So laut sie konnte. Und der Raum war voll davon. Selbst Dufee starrte sie entsetzt an. Dr. Janus hatte vorgehabt, die Gruppe heute an den „Inzest" heranzuführen, und sie waren viel weiter gekommen als erhofft.

Nach dem Ausbruch von Alice fiel es ihm schwer, die passenden Worte zu finden. Aber er musste doch unbedingt noch den Text verteilen.

„Ich bedanke mich bei allen für Ihre heutigen Beiträge, Ihr Engagement und vor allem Ihren Mut. Bevor wir uns verabschieden, gebe ich Ihnen gerne noch was zum Lesen mit. Und vielleicht sagen Sie mir nächstes Mal, ob und was diese Zeilen bei Ihnen ausgelöst haben; oder, was Ihnen dazu eingefallen ist. Oder, was Sie geträumt haben. Schreiben Sie's auf. So wie Alice. Wenn es zu weh tut, dann können Sie mich gerne auch anrufen, und wir machen ein Einzelgespräch. Nicht wahr, Alice? Bis dahin wünsch ich Ihnen alles Gute und weiterhin viel Mut. Tschüss."

„Diskretion ist nicht so Ihr Ding, Dr. Janus, oder?"

Alice war zusammengezuckt, als sie ihren Namen hörte. Und die Reaktion kam ganz spontan. Das ging doch keinen anderen was an, wie oft und wann sie zu Sitzungen ging. Ein Beweis mehr ... Sie würde ihm nie vertrauen. Und sie wusste auch, warum. Trotzdem holte sie sich einen seiner Zettel.

Auf dem Blatt standen fünf Sätze:

Die Folgen eines begangenen Verbrechens werden nicht dadurch aufgehoben, dass Täter und Opfer blind und verwirrt sind.

Jedes Kind hat unabdingbare Bedürfnisse, unter anderem nach Sicherheit, Geborgenheit, Schutz, Berührung, Wahrhaftigkeit, Wärme, Zärtlichkeit.

Die Wahrheit unserer Kindheit ist in unserem Körper gespeichert, und wir können sie zwar unterdrücken, aber niemals verändern.

Es kann gelingen, unseren Intellekt zu betrügen, unsere Gefühle zu manipulieren, unsere Wahrnehmungen zu verwirren und unseren Körper mit Medikamenten zu belügen. Aber irgendwann präsentiert er uns doch seine Rechnung:

Denn unser Körper ist unbestechlich wie ein noch nicht gestörtes Kind, das sich auf keine Ausreden und Kompromisse einlässt und das erst aufhört, uns zu quälen, wenn wir der Wahrheit nicht mehr ausweichen.

(Quelle: A. Miller, Du sollst nicht merken, 1983)

Kapitel 2.5

Zu neuen Ufern

Patrice Dufee war zufrieden mit seinem Leben. Er hatte es geschafft, in die Therapiegruppe von Dr. Janus zu kommen. Der Doktor schien was für ihn übrig zu haben. Das spürte er genau. Und warum auch nicht. Wenn er ihn das nächste Mal bitten würde, zum Tangotanzen mitzugehen, würde er auch zusagen. Die beste Gelegenheit, ihm auch körperlich näher zu kommen. Er hatte schließlich schon mit ganz anderen Männern Verkehr gehabt. Unappetitlicher, perverser, gefährlicher.

Es gab wenig, was Patrice für Geld noch nicht gemacht hatte. Die ruhigen Zeiten, die von vor dem Gefängnis, als er noch in der Buchhandlung arbeitete, waren lange vorbei. Alles die Schuld von Diabolus.

Wenigstens hatte der die Anzeige in der PROVENCE gefunden, dass diese Kanzlei einen Hausmeister für ihr Gebäude Rue du Parc Nr. 8 suchte.

Er hätte nie im Leben geglaubt, den Job zu bekommen. Ausgerechnet in einer Anwaltskanzlei. Er hatte kurz daran gedacht, mit falschen Papieren aufzutauchen. Seinen *casier juridique* unter den Tisch zu kehren. Aber die hätten bestimmt über kurz oder lang alles rausbekommen. Sicher hatte das Leumundszeugnis von Dr. Janus geholfen. Egal.

Heute war sein erster Arbeitstag. Und sein Job führte ihn ausgerechnet in das Büro von dem Typen, bei dem er damals auch das Vorstellungsgespräch hatte.

„Bonjour, Monsieur Fuentes. Ich komme wegen des Fensters. Ihre Sekretärin hat mich gebeten ...“

„Ah, da sind Sie ja, Dufee. Kommen Sie rein. Wie lange wird das dauern? Ich hab in einer halben Stunde einen wichtigen Besucher.“

„Ich schau mal zuerst, woran es liegt und ...“

„Machen Sie vor allem leise und fangen Sie endlich an."

Patrice hatte sich gleich gedacht, dass mit Fuentes nicht gut Kirschen essen war. Er musste aufpassen, sonst war er den Job schneller los als er ihn bekommen hatte. Der Typ war knallhart. Aber so was gefiel Diabolus.

Da wusste man doch, wo man dran war. Nicht, wie mit diesen verständnisvollen Weicheiern, die mal lieb und dann wieder genervt und launisch waren.

So wie früher Papa.

Und dann klingelte das Telefon. Sollte er fragen, ob er den Raum verlassen sollte? Aber da war Fuentes schon am Reden, und dabei wollte er ihn auf gar keinen Fall stören. Also versuchte er, einfach nur leise zu sein und sich unauffällig zu verhalten.

„Ach du bist es, Alice. Ich hab überhaupt keine Zeit. Ist es wichtig?"

Dann hörte Patrice eine Weile nichts mehr. Aber er merkte, dass Fuentes sich nicht freute über das, was er hörte.

„Wieso musst du denn heute schon weg und für so lange? Gibt es diese Schafe nicht auch hier?"

Patrice überlegte, wie viele Frauen mit dem Namen Alice er bisher in seinem Leben kennengelernt hatte und kam nur auf eine.

„... und wieso fährst du mit dieser Isa? ... Nein, was für ein Unsinn, Schatz. Ich bin doch nicht eifersüchtig. Ich bin auch nicht böse. Ich mache mir nur Sorgen, wenn du dir zuviel zumutest. Und das klingt mir danach. Zuerst kommt sie sich bei dir ausheulen und dann lässt sie dich nicht mehr los ...

... aber natürlich, mon trésor, du entscheidest ... Ach so. Du hast schon entschieden. Ich geb dir einen Kuss. Ruf an, wenn ihr angekommen seid ... Ja, gut. Pass auf dich auf."

Eine Alice, die zusammen mit einer Isa irgendwohin fährt. Das konnte kein Zufall sein.

„Was machen Sie denn noch hier? Wissen Sie jetzt wenigstens, woran es liegt?"

„Ich wollte nicht stören, Monsieur Fuentes. Ja, ja. Alles klar, aber ich muss das Scharnier wechseln. Das könnte ein bisschen laut werden. Ich könnte es nach Büroschluss machen ...“

„Machen Sie es in der Mittagsstunde. Büroschluss ist bei mir immer spät.“

Und so kam es, dass Patrice Dufee in der Mittagsstunde das Bild von Alice auf dem Schreibtisch fand und in den Schubladen und Aktenschränken noch viel mehr.

* * *

Es gibt Momente im Leben eines Menschen, die alles Bisherige auf den Kopf stellen; später glaubt man, diese Momente an bestimmten Tagen oder Wochen aufhängen zu können; dabei vergisst man oft, dass es sich eigentlich um Prozesse handelt, die lange brauchen zu reifen und irgendwann für einen bereit sind. Aber wenn man sie dann nicht erkennt, geht man auch schon mal daran vorbei.

Alice wusste das. Aus langer leidvoller Erfahrung. Nach dem Abend, an dem sie Isa ihre Geschichte vorgelesen hatte, fühlte sie sich stark genug, ihr Leben noch einmal zu verändern. Nicht länger Angst vor dem Aufstehen zu haben; nicht länger Angst vor der Frage, was der Tag wohl für sie bereithielt. Er würde immer nur das bereithalten, was sie daraus machte. Das war ihr klar geworden in dem Gespräch mit Isa.

Sie stand wieder vor ihrem Ankleidespiegel. Rechts von ihr das kleine Mädchen mit den kurzen Haaren, links der pummelige Teenie, und beide lächelten ihr verschwörerisch entgegen.

„Alice, du bist verliebt. Weißt du das?“ Und Alice nickte den beiden glücklich zu: „Ja. Ja. Ich bin verliebt. Aber nicht in einen Mann.

Ich bin verliebt in mich. In mein Fühlen. In meine neue Kraft. Meinen neuen Mut. Wir drei Mädchen zusammen werden das schaffen. Ganz bestimmt.“

Danach ging es noch ein wenig hin und her, was Alice am besten anziehen sollte. Sie wollte schön sein.

Sie packte ein paar Kleinigkeiten ein. Was fehlte, würde sie in Arles kaufen.

Nicht nur Schafe!

* * *

Steven verstand die Welt schon lange nicht mehr. Aber warum auch? Es ging ihm gut. Und nicht nur das; er war endlich wieder voller Ideen.

Seine erste Weinernte war ein Riesenerfolg, dank der tatkräftigen Unterstützung seines Kellermeisters. Und mit der neuen Cuvée hoffte er, auf den Weinmessen in Avignon, Orange oder Paris den einen oder anderen Preis zu erobern. Dazu hatte er heute ein Attentat auf seine Nachbarin geplant. Es ging um die Frage, ob sie bereit wäre, die Patenschaft für den Jahrgang zu übernehmen: Cuvée Alice! Was für eine Melodie darin lag.

Sie waren sich in den letzten Wochen bei der Arbeit mit den Tieren immer näher gekommen. Es gab Tage, an denen sein Bein ihm zu schaffen machte. Sie schien zu merken, dass er nicht darauf angesprochen werden wollte. Aber sie hörte ihm zu, wenn er mit neuen Ideen kam. So hatte er sie gleich zu Anfang gefragt, ob er ihren Hirtenhunden ein paar Manöver auf Pfeifton beibringen dürfe. Und sie war begeistert, wie schnell ihre Border Collies verstanden, worauf es ankam. Und die Herde ihnen folgte. Sie brauchte keine weiteren Beweise, um zu sehen, wie gut er sich mit Schafen auskannte; und nach einem Monat ließ sie ihm freie Hand.

„Aber nur solange, bis ich Interessenten für die erste Safranernte gefunden habe." Und dann hing sie tagelang am Telefon.

Er würde nie vergessen, wie glücklich sie war, als die Zusage aus Marseille kam.

„Clémant und Söhne, einer der größten Bio-Gewürzhändler der Region, will mir eine Chance geben. Jetzt muss nur noch das Wetter mitspielen ... und dann verdien ich endlich wieder mein eigenes Geld."

Steven merkte sofort, dass es ihr peinlich war, die Sache mit dem Geld erwähnt zu haben und wie wichtig es ihr war, auf eigenen Beinen zu stehen. Er kannte sie ja erst seit zwei Monaten, aber wurde das Gefühl nicht los, dass die Beziehung zu Fuentes nicht ganz unkompliziert war. Auf jeden Fall nicht so harmonisch, wie der sie dargestellt hatte.

„Hat sie Ihnen nicht erzählt, dass sie auf dem Anwesen meiner Mutter wohnt?"

Was er aus den wenigen Andeutungen von Alice gehört hatte, war sie sehr wohl Besitzerin des Anwesens, und von dieser Mutter weit und breit nichts zu sehen. Und Fuentes selbst tauchte wohl immer nur an den Wochenenden auf. Aber darauf schien Alice sich nicht nur zu freuen. Verliebt in ihn wirkte sie eigentlich nicht. Aber vielleicht ging es in der Beziehung ja auch um was ganz anderes. Irgendeine Abhängigkeit war auf jeden Fall zu riechen. Mit so was kannte er sich aus.

Als er ihr vor einer Woche von den Schafen in Arles vorgeschwärmt hatte und den Vorschlag machte, selbst hinzufahren, um sich die Tiere anzuschauen ... er hätte sich nie getraut, sie zu fragen, ob sie Lust und Zeit hätte mitzufahren.

„Ich fahr natürlich mit. Was ist das für ein Züchter? Merinos oder auch ... warten Sie mal, die Tage hab ich was von schottischen Blackfaces gelesen. Kennen Sie die? Würden die unser Klima hier aushalten?"

Sie hatte sofort gemerkt, dass die Frage bei ihm was Unangenehmes berührte.

„Was ist los? Sie schauen, als hätten Sie ein Gespenst gesehen?"

„Mein Opa Henry hatte Blackfaces ... sorry, aber ... da sind nicht nur ... gute Erinnerungen."

„Das tut mir leid. So was kenn ich ... Gehts wieder?"

„Klar doch. Aber Sie wissen auch, dass Sie mir mit den Schafen ... und überhaupt ... vertrauen können. Sie müssen nicht unbedingt mitkommen. Ich kann das auch alleine ... aber wenn Sie mitkommen würden ... ich würde mich riesig freuen."

„Papperlapapp, wann fahren wir?"

Plötzlich ging die Sonne auf. Und alle Geister waren weg.

* * *

Felix hätte nie gedacht, dass Patrice tatsächlich die Einladung zum Tangoabend annehmen würde.

„Wir könnten zusammen mit meinem Auto fahren. Ich hab ein Cabrio ..."

„Nein danke, Felix. Das wäre zwar toll. Aber ich bin schon ab Freitag in Marseille. Wo sollen wir uns treffen?"

„Wir könnten mit einem Apéro am Alten Hafen anfangen. Kennst du *Le Paradou*? Das liegt zentral, direkt am Ende der *Canebière*."

„Okay, sagen wir zwischen 19.00 und 19.30 Uhr?"

Felix merkte, dass Patrice sich nicht wohl fühlte. Die Stimme veränderte sich auch prompt, aber sie wurde nicht aggressiv.

„Okay, ... Felix, aber ... da ist noch was. Ich genier mich echt ... ich red nicht gern über Geld. Aber weißt du, ich hab Probleme, die Therapie zu bezahlen. Ich hab gerade erst meinen neuen Job gekriegt ... und will bei denen nicht gleich um Vorschuss betteln."

„Das ist doch nicht der Rede wert, Patrice. Oder wer war das gerade? Rübezahl? Diabolus ganz bestimmt nicht."

„Es war Rübezahl, der ist manchmal mutiger als ich. Danke, Felix. Vielen vielen Dank."

Und Felix bekam seinen ersten Kuss. Von wem genau, war ihm nicht ganz klar – aber für heute – total egal!

* * *

Als Patrice, wie so oft in den Nächten von Freitag auf Samstag, am Bahnhof *St. Charles* in Marseille den Bürgersteig rauf und runter schlenderte, ging ihm so manches durch den Kopf:

Am liebsten dachte er an Felix. Der schien ihn tatsächlich zu mögen. Aber ob der auch noch Gefühle für ihn hätte, wenn er wüsste, dass er auf den Strich ging? Nicht aus Lust. Auch nicht aus Melancholie wegen seiner Mutter. Und auch nicht, weil er eigentlich nie was anderes so gut gelernt hatte wie die Sexspielchen mit und von seiner Mutter. Nein: einfach nur für Geld ... Und manchmal, wenn er ganz viel Glück hatte und auf den richtigen Freier traf, ... auch mal wegen der Macht. Aber meistens hatten die anderen Macht über ihn. So wie früher.

Vielleicht würde sich das ja bald alles ändern. Vielleicht bräuchte er nicht mehr auf den Strich. Wenn er es nur geschickt anstellte, konnte er diesen alten Bock von Fuentes an den Eiern kriegen. Was er bei ihm im Büro gefunden hatte, war eine Bonanza. Dass diese Generation aber auch so wichtige Sachen immer noch in Papierform aufhob. Nicht, wie jeder vernünftige Mensch, auf USB-Stick oder noch besser im worldwideweb.

Patrice merkte sehr schnell, dass er alleine die Goldmine nicht plündern konnte. Aber wen konnte er um Hilfe bitten? Diese Willi-Geschichte wäre ein Fall für Felix. Die Briefkästen auf Nauru was für die Polizei.

Ob Dr. Felix Janus ihn genug lieben würde, um ihm mit der Erpressung zu helfen? Vielleicht brauchte auch er Geld. Brauchte nicht jeder Mensch Geld? Selbst die, die schon genug hatten? Dieser Fuentes zumindest schwamm darin.

* * *

Es war einer der letzten Tage im Oktober. Und trotzdem wärmte die Sonne über Mittag fast wie an einem Sommertag. Alice und Steven waren erst gar nicht ins Zentrum von Arles gefahren, sondern direkt zum Züchter, um sich die Herden zeigen zu lassen. Es war ein großer Hof außerhalb der Stadt, direkt an der Rhône gelegen. Die Familie war nett und hilfsbereit. Sie hatten sogar ein Mittagessen für sie vorbereitet. Alles war wunderbar.

„Ich hätte nie gedacht, dass wir so schnell handelseinig würden", sagte Alice, als sie wieder neben Steven im Auto saß.

„Hoffentlich war das nicht zu voreilig, Mr. Bingham. Wir wollten doch noch die anderen Züchter in der Camargue ..."

„Da fahren wir auch noch hin. Aber erst morgen. Ich hab uns Zimmer hier in Arles besorgt. Im *Jules César.*"

„Was? Im *Jules César?* Das kann ich nicht bezahlen. Das ist doch Wahnsinn. Sie hätten mich vorher fragen müssen."

„Wieso? Das ist ein Geschenk. Das ist ja wohl das Mindeste was ich machen kann, nach allem, was ich angerichtet hab."

Es war nicht einfach für Steven, Alice zu überreden, in Arles zu bleiben. Aber er schaffte es. Sicherlich war es auch hilfreich, dass er sie nicht in so eine plumpe Falle wie „es war nur noch ein Zimmer frei" gelockt hatte. Sondern ganz brav zwei schöne Einzelzimmer reserviert hatte. Natürlich nebeneinander. Auch für die Etappe am nächsten Tag in die Camargue.

Sie diskutierten an dem Abend noch lange über die Tiere. Auch da war es schwer, Alice zu überzeugen, mehr Geld auszugeben als sie eingeplant hatte.

„Keine Widerrede. Es ist so was von klar, dass ich bezahlen werde, was ich ... zerstört habe ..."

„Aber die Blackfaces in Schottland zu besorgen, wäre doch viel billiger als in der Camargue ... und vielleicht mit Ihren Beziehungen."

Doch gerade davon wollte Steven nichts wissen.

„Die von hier halten die Hitze im Sommer besser aus. Sind die Kälte im Winter gewohnt und ganz besonders wichtig – den Mistral. Bitte – nehmen Sie das Geschenk doch einfach an."

Es dauerte lange, aber dann gab sie auf.

* * *

Alice konnte in der Nacht kein Auge zumachen. Die Fahrt hatte sie sich anders vorgestellt. Nicht, dass es nicht schön war. Im Gegenteil. Vielleicht zu schön. Allein das Hotelzimmer, in dem sie gerade lag. So einen Luxus hatte sie seit ihrer Brüssler Zeit nicht mehr gehabt. Dann das Abendessen. Candlelight. Die ganze Stimmung. Fast wie Weihnachten und Ostern zusammen. Sie hatte null Probleme, seine Hilfe zu akzeptieren; aber so viele Geschenke? Das ging weit hinaus über das, was ihr laut gütlicher Einigung zustand. Und dann das Gefühl, dass immer mehr Emotionen ins Spiel kamen. Die Art, wie er sie ansah. Sie spürte, dass da was war, aber ... konnte es denn wahr sein? Er war doch gar nicht an Frauen, sondern an Männern interessiert; das hatte Claude ihr gesagt.

„Vor dem brauchst du keine Angst zu haben. Der macht sich nichts aus Frauen. Das weiß ich aus berufenem Munde", und wie er dabei gegrinst hatte.

„Woher will Claude so was Intimes wissen? Es sei denn, er kennt ihn besser als er bei mir zugeben will."

Sie erinnerte sich gerne an die paar schwulen Freunde, die sie in Brüssel hatte. Das waren die besten; alle anderen Männer wollten doch immer nur das eine von ihr; und eine Frau merkt so was sofort. Daher kam ja auch ihr Gefühl, dass irgendetwas mit diesem Bingham nicht stimmte; vielleicht war er ja an Männern und Frauen interessiert?

Aber wie war das noch mal? Was hatte Claude gesagt?

„Einer meiner Großkunden aus London hat denselben Psy gehabt wie dieser Fußballspieler. So einer für Prominente, weißt du. Und der scheint es mit der Berufsehre nicht so gehabt zu haben. Ein richtiges Plappermäulchen. Hat sich lieber ein paar Pfund dazu verdient und die eine oder andere Vertraulichkeit bei der Regenbogenpresse platziert. So hat man's mir auf jeden Fall erzählt. Ich hab ja nie verstanden, dass es Leute gibt, die so 'nem Kurpfuscher ihr Leben anvertrauen."

Claude wusste immer alles. Und vor allem immer alles besser. Das war damals in Brüssel schon so. Aber da war es ihr noch nicht so aufgefallen. Da hatte sie zu viel mit sich und ihrem Leben zu tun gehabt. Vor allem war sie damals noch fit genug gewesen, ihr Leben in die Hand zu nehmen. Leider nicht fit genug, sich gegen Kurt zu wehren. Aber das war ja auch eine andere Geschichte. Sie hatte damals nur ihre Karriere im Kopf. Und fast hätte es ja auch geklappt. Vizepräsidentin vom Europäischen Parlament. Und weiß Gott, was danach noch alles hätte kommen können. Ihr Traum, Kommissarin oder Außenbeauftragte zu werden. Mit ihren damaligen Beziehungen wäre alles drin gewesen. Sie hatte die besten Karten gehabt – damals. Schnee von gestern. Ein anderes Leben. Nein: eine andere Frau!

Heute tat es nicht mehr weh. So weit war sie in ihrer Aufarbeitung schon gekommen. Heute machte sie sich Gedanken um die neue Schafherde; um die Safranernte und ... ihre Gefühle zu dem Engländer.

All das nahm sie mit in den Schlaf.

Zuerst tanzte sie mit Bingham über weite buntblühende Wiesen bis ans Meer. Dann liefen sie wie kleine Kinder um die Wette. Saßen auf dem Rücken von Pferden und ritten durch die Gischt. Eine Herde Schafe mit schwarzen Köpfen weidete in einem riesigen Feld blühenden Safrans. Alice lachte und klatschte in die Hände.

Plötzlich wurde sie wach. Hatte jemand nach ihr gerufen? Aber es war doch noch dunkel. Also drehte sie sich noch einmal um und schlief sofort wieder ein.

Sie war alleine in einem dunklen Raum. Sie stand vor ihrem Spiegel. Aber der Spiegel war leer und schwarz. Wie sollte sie da sehen können? Aber sie musste doch was sehen. Sie war dabei, ihre Ohrringe anzuziehen. Sie hatte ganz viele verschiedene Sorten in der Hand. Und keine passten. Sah sie die Löcher nicht? Es war ja auch viel zu dunkel. Sie versuchte, die Löcher zu fühlen. Aber sie hatte ja die Hände voll. Nur nichts auf den Boden fallen lassen. Im Dunkeln würde sie nichts wiederfinden. Und sie hing doch so an den Ohrringen. An jedem einzelnen. Also hockte sie sich hin. Sie hatte Angst umzufallen. Dann hörte sie die Stimme von Dr. Janus.

Es ist ganz leicht, wenn man es als Kind gelernt hat. Eine verlängerte Achillessehne. Alice versuchte es wieder. Ich kann das auch. Ich hab auch viel gelernt als Kind. Sie breitete ihr Nachthemdchen aus – ein Sterntaler. Sie ließ ihre Schätze einfach in den Schoß fallen. Gut ... nichts war runtergefallen. Nichts verloren. Immer noch war alles dunkel. Aber sie hatte endlich die Hände frei ... fasste sich an die Ohren und schrie auf. Ihre Ohrlöcher waren zugewachsen. Dick verknorpelt und vernarbt. Sie weinte und schämte sich. Es war ihre

Schuld. Sie hatte nicht genug aufgepasst auf ihre Löcher. Sie wollte nicht wach werden. Nie wieder. Aber da war der Lärm. Was war nur los?

Als Alice die Augen aufmachte, schien ihr die Sonne ins Gesicht. Jemand klopfte an die Tür, und sie hörte eine Männerstimme:

„Alles in Ordnung? Brauchen Sie Hilfe?"

Wo war sie? Was war passiert? Dann kam die Erinnerung: *Jules César.* Arles.

„Alles okay. Ich hab nur schlecht geträumt."

„Wollen Sie auf dem Zimmer frühstücken oder unten? Ich könnte uns auch bei mir auf der Terrasse decken lassen? Sagen wir, in einer halben Stunde?"

„Das klingt gut. Ich trinke Tee und esse ziemlich viel."

„Wunderbar. Lassen Sie sich Zeit. Ich freue mich."

Alice stand langsam auf und ging vorsichtig zum Fenster, wie zu Hause. Hier gab es keine Läden. Sie hatte wohl über Nacht das Fenster zu ihrer kleinen Terrasse offen gelassen. Und er im Zimmer daneben offensichtlich auch. Dann ging sie zum Spiegel und zog ihre Lieblingsohrringe an: die Frösche. Kein Problem. Nichts zugewachsen. Aber was hatte sie im Traum alles gesagt? Hätte er was hören können? Oder hatte sie nur geschrien, wie immer?

Sie wusste, was ihr Traum bedeutete. Den hatte sie schon öfter und in vielen Varianten gehabt. Dr. Noël hatte ihn mit ihr zusammen analysiert. Als Kind hatte sie keine Löcher im Ohr. Erst nach dem Tod ihres Vater hatte sie den Mut, sich welche stechen zu lassen. Und trotzdem war es schmerzvoll. Die Löcher hatten sich entzündet und geeitert. Daher die Panik. Da wollte sie nie wieder durch. Nie wieder den Schmerz von ganz früher, und auch nicht den von den Ohren.

Jedes Eindringen war ihr zuwider.

Schluss damit – oder?

Kapitel 2.6

Manchmal kommt es anders ...

Fuentes war überhaupt nicht erstaunt, als der neue Hausmeister abends spät noch an seine Bürotür klopfte. Er war ganz offensichtlich genauso naiv, wie er ihn eingeschätzt hatte. Trotzdem hörte er sich geduldig an, was er ihm zu sagen hatte.

„Wissen Sie, Monsieur Fuentes, ich arbeite wirklich gerne bei Ihnen. Und ich will nicht, dass Sie mich für undankbar halten und schon gar nicht Ihre kostbare Zeit verschwenden ..."

Über die neue Tonlage wunderte sich Fuentes nun doch. Er hatte nicht genau verstanden, was Isa damals meinte, von wegen, der Typ sei multipel und sicherlich auch gefährlich. Ihm hatte es gereicht, dass sie davon abgeraten hatte, ihn einzustellen.

Das also war multipel. Sehr unterhaltsam. Fuentes ließ ihn weiterreden.

„Schluss mit dem Gesülze, du Arschloch. Ich werd dir jetzt mal sagen, was Sache ist ..."

Eine warme weibliche Stimme löste den dunklen aggressiven Bass ab.

„Ich sag es mal lieber so. Das Leben ist teuer. Überall, aber vor allem hier in Aix. Und Sie bezahlen nicht gerade gut."

„Ich höre Sie kommen, Dufee oder wer da gerade spricht. Auf was wollen Sie hinaus? Eine Gehaltserhöhung nach knapp zwei Wochen Hausmeisterei?"

Ein hässliches Lachen. Und dann wieder der weiche Sopran.

„Nein, nein, Dr. Fuentes. Da sind Sie ja auf einem ganz falschen Dampfer. So billig kommen Sie mir nicht davon. Sagen wir lieber so: Ich wäre bereit, für eine bestimmte Summe meinen Mund zu halten. Eine interessante Summe. Ich weiß nämlich alles. Und damit mein ich nicht nur Ihre Geschäfte."

„Was wissen Sie denn genau, mein Lieber, oder soll ich sagen, meine Liebe?"

„Ich weiß sogar, dass Ihre Freundin schon mal im Gefängnis war. Oder ist sie Ihre Frau?"

Ein Blick auf die Uhr zeigte Fuentes, dass es langsam Zeit wurde, das Spektakel zu beenden. Er hatte noch nicht zu Abend gegessen, und der Psycho fing an, ihn zu langweilen.

„Sie glauben also, mein lieber Dufee, ich wäre so ein kleiner Winkeladvokat, der die wichtigsten Interna seiner Klienten und sogar noch von sich selbst in seinem Büro aufhebt. In einer Schublade. Mit nullachtfünfzehn Schloss. Halten Sie mich tatsächlich für so naiv?"

* * *

Dufee war sprachlos. Irgendetwas lief ganz entschieden aus dem Ruder. Diabolus hatte schon die Finger an seinem Klappmesser. Aber dieser Fuentes redete auf ihn ein, als wäre er wieder im Vorstellungsgespräch und nicht in einer Erpressung.

„Ich bin sehr froh, dass Sie die Schlösser fachgerecht geöffnet haben – das hab ich von einem guten Hausmeister erwartet – keine Schäden, keine Spuren – Profiarbeit. Was ich nicht verstanden habe: warum so viel Zeit, um Ihre Forderung endlich auf den Tisch zu legen? Schiss? Beratungsbedarf? Mussten Sie sich erst erkundigen, was Offshore-Paradiese sind?"

Jetzt wurde es spannend. Mal sehen, wie er reagierte, wenn man ihn bei der Ehre packte. Vielleicht zeigte er ja dann mehr Grips ...

„Ich weiß sogar, was Briefkastenfirmen sind, und dass das alles illegal ist."

„Sehen Sie, da täuschen Sie sich schon wieder. Nicht jede Briefkastenfirma ist illegal. So, wie Sie mich nicht damit erpressen können, dass meine Partnerin im Gefängnis war. Das weiß jeder, der Zeitung lesen kann. Für was sollte ich also bezahlen?"

Patrice wusste nicht mehr, was er sagen sollte. War er tatsächlich dem Alten in die Falle gegangen? Hatte der damit gerechnet, dass ein

Ex-Knacki bei ihm das Büro auf den Kopf stellen würde? Hatte er ihn vielleicht sogar nur deswegen eingestellt, und gar nicht, um ihm eine zweite Chance zu geben? Was für ein Schwein war DER denn?

„Wir sollten uns so langsam den wirklich wichtigen Themen zuwenden. Ihr Einbruch in meine Kanzlei und der Erpressungsversuch sind selbstverständlich aufgezeichnet worden."

Patrice schaute verzweifelt um sich, und Fuentes zeigte auf ein paar kleine Kameras in den Bücherregalen.

„Aber das sind nicht die einzigen. Ich sag das nur, damit Sie nicht auf die Idee kommen, sie auszuschalten. Ich finde, dass dieses kleine Geheimnis unter uns bleiben sollte. Und es Ihren Bewährungshelfer auch gar nichts angeht. Übrigens, die wirklich wichtigen Vorgänge aus meiner Kanzlei befinden sich natürlich in verschiedenen Bankfächern, also suchen Sie nicht weiter."

„Was ... was wollen Sie von mir? Sie wollen doch was ... oder?"

„Sehen Sie, Dufee, so gefallen Sie mir schon viel besser. Jetzt kommen wir ins Geschäft. Wollen Sie eine Zigarre? Einen Cognac?"

* * *

Fuentes war mehr als zufrieden. Er hatte schneller, als gedacht, Ersatz für die kleine Frisöse gefunden, der er nicht mehr trauen konnte. Vor allem nicht, seitdem die sich auf die Seite von Alice geschlagen hatte. Wie das passieren konnte, war ihm immer noch ein Rätsel, aber es war nicht mehr wichtig. Dieser multiple Psycho passte viel besser in sein Konzept. Leider war er nicht so gut in Informatik. Aber dafür konnte er ihn für alles Grobe und Schmutzige einsetzen. Und davon gab es mehr als genug in seinem Beruf.

Was ihm viel mehr auf der Seele lag, war Alice.

Er hätte nie gedacht, dass sie sich mit der Tatsache, den Engländer zweimal die Woche um sich zu haben, so schnell arrangieren würde. Bisher war sie immer ausgeflippt, sobald Fremde und vor allem fremde Männer sich dem Grundstück nur näherten. Die einzige Ausnahme waren ihre Biobauern. Ansonsten hatte sie nur Frauen, die ihr zur Hand gingen. Im Haushalt oder in den Gärten. Er hatte sie sogar im Verdacht, mit der einen oder anderen was am laufen zu haben. So, wie sie sich bei ihm im Bett anstellte ... musste da noch was sein. Vielleicht besorgte sie es sich auch selbst. Das würde zu ihr passen.

Na, ja. Kein Wunder. Nach dem, was Alice mit Kurt erlebt hatte, war sie natürlich nicht mehr so an Sex interessiert. Aber das hatte Claude nie davon abgehalten, seinen Spaß an ihr zu haben. Hauptsache, er kam zum Aufschlag. Jeder ist für seine eigenen Bedürfnisse verantwortlich. Um die von Alice konnte er sich ja nicht auch noch kümmern. Dafür bekam sie schließlich einen Haufen Geld ...

Und jetzt war sie sogar mit dieser Isa in die Camargue gefahren. Schafe kaufen. Was für ein Quatsch. Aber immerhin schien der Engländer weg vom Fenster. Zwei Monate waren vorbei. Also blieben ihm noch vier Wochen, zu beobachten, wie zwei Menschen, die sich überhaupt nicht leiden konnten, und das aus gutem Grund, sich gegenseitig das Leben schwer machten. Nur dafür hatte er den Deal von Digne damals eingefädelt. Und ohne dass er erfahren hatte, dass Bingham schwul sei, hätte er die beiden auch nicht aufeinander losgelassen. Aber seine Quelle war absolut zuverlässig. Er wusste genau, wie Alice tickte. Die Sache mit den toten Schafen. Die Enttäuschung wegen dem geplatzten Deal für ihr Wasserreservoir. Und den Übeltäter direkt vor der Nase zu haben: diesen arroganten perversen Engländer. Über kurz oder lang würde Alice wieder ausrasten. Und dann wäre er für sie da. Wie schon so oft in den letzten Jahren. Nur er kannte ihre Geschichte. Alles. Und bei ihm konnte sie sich gehen lassen. Und auf Verständnis hoffen. Nur bei ihm!

Damals, als sie aus dem Gefängnis gekommen war, wollte keiner mehr was mit ihr zu tun haben. Was für eine profunde Wahrheit: Wer politische Freunde hat, braucht echt keine Feinde. Alle hatten sie fallen lassen. Selbst die, die Verständnis für ihre Tat hatten. Kein Job mehr. Keine Pensionsansprüche. Sie war am Ende. Nur er war da. Und dafür würde sie ihm ewig dankbar sein. Da war er sich sicher.

Irgendwann, wenn er mal ganz viel Zeit hätte, würde er ein Buch schreiben; über sie und sich selbst; und wie verführerisch es ist, Macht über andere zu haben.

Das hatte er schon in der Schule geübt. Es fiel ihm leicht, seine Mitschüler dazu zu bringen, Dinge zu sagen – oder zu verschweigen. Eine unschätzbare Gabe, nicht nur für seinen Beruf.

* * *

Felix war mal wieder verliebt. Und er wusste, wie gefährlich das Gefühl war. Vor allem für ihn. Konnte er Patrice überhaupt vertrauen? Hatte Liebe wirklich was mit Vertrauen zu tun? Vielleicht im Traum. Aber nicht in seiner Wirklichkeit. Auf jeden Fall hatte er noch nie das Glück gehabt, dass beides zusammen passte.

Den Körper von Patrice so nah an seinem zu spüren ... Sie waren das perfekte Paar; er hätte nie gedacht, dass Patrice so gut tanzen konnte. Niemand hatte Anstoß daran genommen, dass zwei Männer ... aber dafür ging er ja auch nach Marseille zum Tanzen. Hier war alles erlaubt und nichts unmöglich. So lange der Preis stimmte.

Und dann erst die Nacht. Das kleine Hotel am Hafen. Hier war er schon oft gewesen. Aber seit seinen Gefühlen für Steven – damals – war keine Beziehung ihm mehr so unter die Haut gegangen.

Aber wo wollte Patrice ihn da reinziehen? Was hatte es auf sich, mit Alice Weiß und diesem Rechtsanwalt Claude Fuentes? Und wieso hatte Patrice ausgerechnet dort eine Geschichte von Willi gefunden? Eine, die noch nicht in den Akten von Dr. Noël war, oder hatte er etwas übersehen? Und dass Patrice sie ihm gegeben hatte, war ihm gar nicht recht. Er hatte eigentlich schon Probleme genug mit den Sitzungen.

Aber dann ... die Idee, an Geld zu kommen. Genau der richtige Zeitpunkt. Die Frage war nur, von wem? Diesen Rechtsanwalt erpressen? Der hatte einen exzellenten Ruf. Einer der besten Wirtschaftsanwälte der Region. Was für ein Zufall, dass ausgerechnet der eine seiner Patientinnen kennen sollte. Und noch mehr: deren intimstes Geheimnis. Vielleicht hatte Patrice ja doch recht. Warum nicht Alice Weiß erpressen?

Und wenn er genug Geld bekäme, könnte er seine Zelte in Aix endlich abbrechen; bräuchte nicht mehr in das kalte neblige London zurück. Startkapital für seine Praxis in New York. Und warum nicht Patrice mitnehmen?

Zuerst musste er sich einen Überblick verschaffen, wie viel Kapital überhaupt in dieser neuen Willi-Geschichte stecken könnte.

Willi und ich, das ist eine lange und sehr besondere Liebesgeschichte. Sie hat viele Teile. Ich glaube, dass sie eigentlich schon anfing, bevor wir uns das erste Mal in die Augen schauten. So wie man sagt, dass das Verhalten eines Kindes schon lange, bevor es zur Welt kommt, geprägt wird. Nicht nur in den neun Monaten im Mutterleib. Vielleicht sogar schon davor. Weil unsere Mütter und Väter ja auch schon geprägt wurden und sie uns dann weiterprägen. Hat Prägen eigentlich etwas zu tun mit „den Stempel aufdrücken" wie in einer Schafherde ein Brandzeichen, damit man weiß, wem das Tier gehört? Egal wie, ich bin geprägt worden von Willi und seinen Vorfahren und von Mama und ihren Vorfahren.

Ich bin fest davon überzeugt, dass er sich sofort in mich verliebt hatte, als ich auf die Welt kam. Nicht vorher. Zu der Generation gehörte Willi nicht. Er hat sicherlich Mama nicht über ihren schönen, immer dicker werdenden Bauch gestreichelt. Vielleicht hatte er sogar Angst, die Narbe vom Kaiserschnitt der vorherigen Geburt zu berühren und vielleicht auch Angst, dass wieder eine Eklampsie auftreten würde und Mama nicht so viel Glück hätte wie beim letzten Mal. Sie wäre doch fast gestorben.

Ich soll schon als Neugeborenes lange dunkle Haare gehabt haben. Wozu mir jemand aus der eigenen Familie später doch tatsächlich sagte: „Igitt – wenn ich mir so etwas nur vorstelle – ein Baby mit so Haaren im Bauch zu haben!" – Sie wollte ganz bestimmt ein blondes Baby – und das bekam sie auch später. Im Unterschied zu meinem Bruder hatte ich auch Augenbrauen und soll überhaupt ganz niedlich ausgesehen haben. Meine damals schon großen, bernsteinbraunen Augen mit dem kleinen Goldschimmer blickten sehr schnell sehr neugierig in diese Welt.

Willi hat mich bestimmt damals schon gerne im Arm gehalten. Ich weiß es genau. Ich fühle es in meiner Erinnerung. Später hab ich erfahren, dass Kinder „Sicherheit, Geborgenheit, Schutz, Berührung, Wahrhaftigkeit, Wärme und Zärtlichkeit brauchen". Für mich war klar – all das wirst du mir geben. Und noch mehr?

In den ersten drei Jahren merkte mein Körperchen, vor allem meinen Bauch, der auch heute so gut versteht, was mein Kopf oft nicht verstehen kann, dass ich von den gerade aufgezählten Geschenken, wie Berührung, Geborgenheit und Zärtlichkeit, von einigen mehr und von anderen weniger bekam; aber meistens – von dir!

*

Zwischen meinem dritten und neunten Lebensjahr pendelte ich zwischen der Ritze im Elternbett, in der ich mich am wohlsten fühlte, und dem Bett von Erich, meinem Bruder. Den hatte ich auch lieb, aber Willi war und blieb der erste und einzige Mann für lange Zeit, der mich überall anfassen durfte. Es war die Zeit, als ich viel Bäuchlein weh hatte, und nur Willi da war, es mir zu streicheln. Daran kann ich mich heute gut erinnern. An was ich mich nicht erinnern kann, ist, ob ich auch Willi da anfassen durfte, wo ich meinen Bruder angefasst habe. Erich sagte immer: „Lass uns Rakete spielen …", und ich fand es einfach super, was der so alles mit seinem Körper machen konnte – aber er war ja schließlich auch sechs Jahre älter als ich! Ob die Anderen das jedoch auch okay fanden, das weiß ich nicht mehr so genau. Ich glaube aber, dass die, die mal gesehen hatten, wie ich den Piepmatz vom Erich in der Hand hatte, das nicht so lustig fanden und mir ein sehr sehr schlechtes Gewissen gegeben haben. Denn ich war sage und schreibe dreißig Jahre lang fest überzeugt, dass einen Piepmatz anzufassen, etwas ganz ganz Schlimmes sein musste; und dass man so etwas auf gar keinen Fall tun dürfe.

Das war vielleicht auch die Zeit, als das Nasenbluten anfing. Das war toll für mich, denn niemand durfte mir mehr eine runterhauen, auch wenn ich es verdient hatte. Ich lief durchs Haus und plärrte vergnügt:„Ihr dürft mich nicht hauen, ihr dürft mich nicht hauen – sonst verblute ich!" Das muss auch das Jahr gewesen sein, in dem ich morgens wach wurde und mein linkes Bein gelähmt war. Alle hatten sie Mordsangst, es sei Kinderlähmung. Ich durfte ins Krankenhaus und hatte dort sogar ein eigenes Bett. Ich kann mich noch an das feine Essen erinnern; und die anderen Mädchen im Zimmer waren auch alle lieb zu mir. Ich war wohl vier Wochen dort, und mein Bein war in einer Art Gipsverband. Das war nicht so lustig.

Aber nach ein paar Monaten war alles gut, und ich konnte wieder laufen wie ein Hase. In den Jahren danach kamen jedoch andere Probleme, so zum Beispiel das mit den Füßen. Die mussten jeden Abend über Monate und Monate mit so einer heiß gemachten Salbe einbalsamiert werden. Wie ich es hasste, mit dieser Pampe umwickelt zu werden und die ganze Nacht zugebundene Füße zu haben. Noch heute hasse ich Socken und gehe am liebsten barfuß. Ich fühlte mich damals schon anders als andere. Aber das denken bestimmt viele in diesem Alter. Ich aber dachte, ich sei schlechter, dümmer, unsportlicher, unmusikalischer, unattraktiver, ungesünder als alle um mich rum. Deshalb hasste ich auch jeden ersten Schultag eines neuen Schuljahres: ich war mir sicher, niemand wolle sich neben mich setzen.

Aber Willi, der hatte mich trotz allem lieb!

*

Die Angst, anders zu sein, war auf dem Gymnasium genauso groß. Da gab es sogar einen Englischlehrer, der mich wegen meiner schlechten Handschrift einmal vor die versammelte Klasse hatte treten lassen, um allen fünfunddreißig Jungs und Mädchen zu zeigen, dass jemand, der eine so linksfallende Schrift hätte, einen schlechten Charakter habe und dass ich ab sofort meine Buchstaben nach rechts legen sollte. Ob ich damals gehofft hatte, meinen offensichtlich schlechten Charakter loszuwerden, weiß ich nicht mehr. Aber Schriftproben aus dieser schrecklichen Zeit zeigen, dass ich nach dieser Lektion fürs Leben nicht mehr genau wusste, ob ich nach links oder rechts gehörte. Überhaupt fühlte ich mich nur an einem Ort auf der Welt wohl, sicher, behütet und überhaupt gut: in der Ritze vom Elternbett, ganz nah bei Willi!

*

Dass ich keine anderen Menschen brauchte, wusste auch Willi; oft sogar noch besser als ich selbst. Meinen ersten richtigen Freund, mit dem ich alleine ins Kino ging und der während der Vorstellung plötzlich meine Hand in seine nahm, ha-

168

be ich nie vergessen; und erst recht nicht das Gefühl, als er anfing, ganz leicht die Innenfläche meiner Hand zu streicheln; das gab mir so ein schönes warmes Kribbeln an Stellen wie sonst nur – in der Ritze; aber wie das alles zusammenhing, verstand ich erst viel später.

Auf jeden Fall meinte Willi, der Junge würde überhaupt nicht zu mir passen und der ginge ja auch nicht zur Universität, so wie ich in diesem Jahr. Das fand ich zwar traurig, aber Willi hatte ganz bestimmt recht. Und so fing ein neuer Lebensabschnitt für mich an. Da ich noch keine eigene Bude hatte, zog ich in dasselbe Wohnheim wie Erich; in dasselbe Zimmer, das so klein war, dass keine zwei Betten reinpassten, aber das war ich ja gewohnt. Und ich war ja auch nicht jeden Tag an der Uni. Eigentlich nur zwischen Dienstag und Donnerstag; so wenig, dass ich heute noch manchmal träume, ich hätte meine Staatsexamina nicht geschafft, weil ich doch viel zu selten in den Vorlesungen war. Ich fand die Uni einfach schrecklich, und all die anderen Menschen auch. Aber vor allem fand ich MICH schrecklich. Und als Erich nach Südamerika ging und ich erstmal dachte, die Welt ginge unter, ja, da kam irgendwann Kurt in mein Leben. Ich glaube, dass ich damals anfing, mich auch von Willi zu trennen. Denn mittlerweile wollte ich ja auch was werden. Warum nicht groß und berühmt?

*

Zuerst fiel es mir schwer, Willi zu verlassen. Auch wenn es nur für eine Woche war. Eigentlich weniger. Ich war von Dienstag bis Donnerstag im Parlament in Brüssel oder Straßburg oder im Wahlkreis in Deutschland. Kein Unterschied zu früher – bis auf den, dass ich zehn Jahre älter und mittlerweile verheiratet war. Kurt machte wegen Willi nie Probleme. Im Gegenteil; er verstand ihn besser als mich. Einmal hatte er mir sogar gesagt, dass er seine Finger auch nicht von einer Tochter hätte lassen können. Wie gut, dass ich mir unsere Tochter immer nur in Träumen vorgestellt hatte und sie nie auf diese Welt gebracht habe.

Denn dann hätte ich bestimmt auch Kurt umbringen müssen.

* * *

Die Geschichte war eindeutig aus derselben Feder wie die andere. Derselbe Stil. Dieselbe Diktion. Derselbe Mensch, der dahinter stand. Das konnte nur seine Alice Weiß sein.

Patrice hatte absolut recht: Damit ließe sich Geld verdienen. Wie viel genau, hing für Felix mit drei Fragen zusammen.

Wen hat sie umgebracht?

Was ist aus Kurt geworden?

Und wer würde für dieses Wissen am meisten bezahlen?

Vielleicht war die Antwort schon zum Greifen nahe.

Jeden ersten Mittwoch im Monat...

Kapitel 2.7

Das Tier in uns

Die Tage zusammen mit Alice in der Camargue waren für Steven der Himmel auf Erden. Sie waren sich in vielen Dingen so ähnlich. Beide liebten sie Tiere. Keiner konnte sich satt sehen an den Millionen eleganter Flamingos, den Wildpferden, den Stier- und Schafherden. Die Gauchos, die Touristen gewohnt waren, ließen sich gerne ausfragen. Und sie machten ihm Komplimente: Nicht viele Fremde, die hierher kämen, würden so gut reiten wie er.

„Haben Sie das auch von Ihrem Großvater geerbt?"

Steven war schockiert über ihre Frage. Aber sicher hatte sie nichts Böses dabei gedacht. Der Tag war zu schön, um an schlechte Zeiten zu denken, und Steven war gut im Verscheuchen der Dämonen.

„Und Sie? Sie halten sich auch nicht wie eine Anfängerin im Sattel. Woher haben Sie's?"

„Ich, ach wissen Sie, ich habs nur gelernt. Sie scheinen es im Blut zu haben. Das haben die Gauchos auch gerade gesagt."

Sie ritten mit den Einheimischen um die Wette. Aßen mit ihnen zu Mittag. Und ließen sich die Salzfelder zeigen. Am nächsten Tag unterzeichnete Alice den Kaufvertrag, und ihre neuen Freunde versprachen, die Jungtiere in zwei Wochen selbst nach Forca zu bringen.

Er bewunderte es, wie Alice mit den Leuten umging. Einfach. Und natürlich. Wieso hatte sie ihm gesagt, den Umgang mit Menschen nicht mehr gewohnt zu sein? Ihr lag das im Blut, genauso wie ihm das Reiten. Sie hatte recht gehabt mit ihrer Bemerkung: geerbt. Auch das.

Am letzten Abend gab es noch einmal eine Fiesta. Noch bunter und lauter als an den Abenden zuvor. Und noch mehr Treiber waren gekommen. Steven war aufgefallen, dass Alice mehr bei den Frauen stand, als bei den Männern. Wenn möglich, versuchte sie, sich aus der Menge rauszuhalten; und wenn Kinder da waren, gesellte sie sich lieber zu denen. Wie die Flamingos.

„Ich danke Ihnen für die wundervollen Tage. Es war wirklich eine gute Idee, die Schafe vor Ort zu sehen und dann erst zu kaufen. Die leben hier alle noch wie in einer ... großen Familie mit ihren Tieren. Dass es so was noch gibt ... Ich bin so viel Trubel gar nicht mehr gewohnt. Ich bin total k. o.; ich zieh mich heute mal früher zurück ...“

„Was? Noch früher als sonst? Ich glaub, Sie wollen sich nur wieder vor der Fiesta drücken. Ich finde, wir sind noch nicht ganz fertig. Da ist eine wichtige Sache ... unerledigt geblieben.“

Alice sah ihn fragend an.

„Wir sollten doch wenigstens an unserem letzten Abend auf „Du“ anstoßen. Jetzt, wo wir ...“ Steven suchte nach den passenden Worten. Er hätte nie gedacht, dass in vier Tagen und drei Nächten sich so überhaupt keine Gelegenheit für einen Kuss oder ... vielleicht sogar etwas mehr ergeben würde. Nicht, dass es sein Hintergedanke gewesen wäre. Wenn, dann nur unbewusst. Aber Alice Weiß schien nicht die Frau dafür zu sein, oder?

„... wo wir was, Mr. Bingham?“

„... dabei sind, gute Freunde zu werden. So ein Abenteuer verbindet doch, oder?“

Wie auf Bestellung kamen die Gauchos: mit Getränken, Tapas und wilder Gitarrenmusik.

„Ich weiß nicht, was Sie davon halten? Mir gefällts!“

„Mir kommen die Burschen ein bisschen zu nah ... Nein, nicht so, wie Sie denken. Ich mein: an die Seele. Da ist was Wildes, was mir ZU gut gefällt. Sowas kann gefährlich werden ... Ich heiße übrigens Alice. Aber das weißt du ja schon.“

„Und ich bin Steven. Aber bitte nenn mich nie Stevie.“

Er musste selbst lachen, dass er ausgerechnet in diesem Moment an Felix denken musste. Die Sonne ging langsam unter, und der Himmel färbte sich in den kitschigsten Nuancen. Passend zur Musik, die nun anfing, romantisch zu werden.

Er fragte sich, wann auch sie weglaufen würde, wie die langbeinigen Flamingomädchen. Aber sie blieb. Und immer in seiner Nähe. Wenn einer der Gauchos sie zum Tanzen aufforderte, winkte sie lachend ab. Und als er mit ihr tanzen wollte, sagte sie ebenso lachend:

„Wie würde das aussehen? Dass ich Sie ... entschuldige, ich muss mich erst an das du gewöhnen ... dich bevorzuge? Und wenn ich Pech hätte, kämen die alle wieder und würden abklatschen ...“

„Vielleicht ist das ja weibliche Logik, davon versteh ich nichts. Aber für mich ist das jetzt ein Korb. Und ein Korb ist ein Korb. Krieg ich denn wenigstens einen Kuss?“

Sie zögerte, aber lächelte ihn weiter an. Ein verzauberndes Junges-Mädchen-Lächeln.

„Es gehört zum DU ...“, meinte er schmollend.

Statt zu antworten, schloss sie die Augen, schmiegte ihren warmen Körper ganz nah an seinen und öffnete ihre Lippen. Es war ein langer inniger Kuss. Er hörte keine Musik mehr. Nur sein eigenes Herz. Genauso hätte er stehen bleiben können für den Rest seines Lebens. Als auch er die Augen wieder aufmachte, folgte er ihrem Blick in den enzianblauen Sternenhimmel der Camargue. Und drückte sie so fest an sich, als wollte er sie nie wieder gehen lassen.

„Das war viel mehr als ein Kuss, Steven. Das war ein Wunder ... Hast du auch die Sternschnuppe gesehen?“

Er nickte und drückte seine Lippen wieder auf ihre. Aber sie wehrte ab.

„Bitte Steven, lass es uns nicht kaputt machen. Dafür war es zu schön. Ich muss jetzt gehen, ... auch wenn ich lieber bleiben würde.“

Was wollte sie denn damit sagen? So ein Kuss schmeckte doch nach mehr ... oder etwa wieder nur nach Abschied?

Steven verstand die Welt nicht mehr. Was sind das nur für Frauen hier im Süden? Zuerst das verrückte Erlebnis mit Marie. Jetzt Alice. Er war enttäuscht. Klar. Aber da war noch mehr. Etwas, was ihn an früher erinnerte. Ein Nachgeschmack. Aber nach was? An die Frauen in seiner Familie? Und wieso dazwischen immer wieder das Bild von Opa Henry? Er verscheuchte die Geister mit einem Kopfschütteln.

„Alice. Bitte lass mich nicht so stehen. Nicht nach so einem Kuss. Wir verstehen uns doch so gut. Warum musst du weg? Was ist los? Du kannst es mir sagen."

Die Tränen in ihren Augen sagten ihm jedoch, dass für heute die Stimmung nicht mehr zu retten war.

„Darf ich dich trotzdem zum Zimmer bringen? Die Gauchos haben nämlich auch ein Auge auf dich geworfen, falls du es noch nicht gemerkt hast. Und nicht nur, weil du so toll reiten kannst ..."

Alice, die seine Bemerkung wohl nicht so lustig fand, hakte sich ganz schnell bei ihm unter und ließ sich Richtung Haus bringen. „Vielen Dank, Steven, Sie sind ... pardon ... du bist ... ein echter Gentleman."

Leider, dachte sich Steven, leider. Er hätte weiß Gott was darum gegeben, sie in seine Arme zu nehmen und ... ja, in sein Zimmer zu tragen; sie auszuziehen ... ihren ganzen Körper zu sehen. Mit seinen Fingern und dann mit seinem Mund ihr Gesicht, ihre Beine, ihre Brüste ...

Und wieder riss Alice ihn in die Wirklichkeit zurück. Dass Frauen einfach kein Gefühl dafür haben, wann ..., aber schon drückte sie ihm aus Dankbarkeit, oder war es zur Belohnung, einen zweiten Kuss auf die Lippen. Er konnte sich kaum noch zurückhalten. Das musste sie doch spüren. Rein physisch. Aber wohl nicht.

„Ist es wegen Fuentes? Oder hat es was mit mir zu tun?"

Alice schaute ihn mit großen verständnislosen Augen an.

„Aber Claude hat mir doch gesagt, ..."

Weiter kam sie nicht. Also doch Fuentes. Na gut. Dann wusste er wenigstens, wo er dran war.

Und auch, woher die Erinnerung an früher kam. Sie gehörte zu den Frauen, die beschützt werden mussten. Aber genau das wollte er doch eigentlich nicht mehr. Nicht mehr daran denken und nichts mehr damit zu tun haben. Solche Frauen sind viel zu kompliziert. Sie würde ihn nie näher an sich ran lassen als heute Nacht.

So wie niemand näher an Flamingos kommt oder an Sterne im Himmel.

* * *

Alice hatte Claude noch am ersten Abend in Arles Nachricht hinterlassen. Aber der hatte nie zurückgerufen. Sie war bereit gewesen, ihm zu erklären, dass sie gar nicht mit Isa, sondern mit Bingham unterwegs war.

Aber je länger Claude auf stur schaltete, umso sicherer war sie, ihm keinerlei Rechenschaft schuldig zu sein. Sie hatte ihm nie gesagt, dass sie ihn liebte. Claude und sie waren eine Zweckgemeinschaft. Kein Paar. Und schon gar kein Liebespaar. Das wussten sie beide. Seit Brüssel. Er wollte sie haben. Und sie hatte ihn gebraucht. Das hatte nichts mit Liebe zu tun. Auf jeden Fall nicht von ihr aus. Sie kannte den Preis – von Anfang an. Und sie war bereit gewesen, ihn zu zahlen.

Claude war anders seit ihrer Rückkehr. Noch verschlossener als sonst. Obwohl ... gefehlt hatte es ihr nie, dass er sie aus seinen Geschäften raushielt. Und außer seinen Geschäften hatte Claude kein Leben. Sie hoffte immer, er würde vielleicht eine Frau finden, die besser zu ihm passte. Ihm weniger Probleme machte. Weil, einfach war sie wirklich nicht. Für niemanden.

„Wann sind eigentlich die zweihundert Stunden Strafarbeit von Bingham vorbei?"

Es war Sonntagmittag, und sie hatten sich mal wieder durch ein Wochenende gequält.

„Es kommt drauf an, wie oft er noch kommen kann. Bisher kam er zweimal die Woche. Aber dann musste er auf eine Reportage nach Mailand oder Barcelona für eines dieser Championship-Spiele. Ich versteh davon ja nichts."

„Ihr scheint aber trotzdem ganz gut miteinander auszukommen, oder?"

„Er ist nett und gebildet. Man kann sich gut mit ihm unterhalten."

„Ach, dafür bleibt euch auch noch Zeit. Bei all der Arbeit?"

„Was soll das, Claude? Du redest, als wäre da irgendwas ..."

„Und ... ist es das etwa nicht?"

„Natürlich nicht. Du hast mir doch selbst gesagt, dass er sich nichts aus Frauen macht. Und überhaupt: DU hast ihn hierher gebracht. Ich selber hab nie verstanden, warum."

Und genau das fragte sich Fuentes mittlerweile auch.

Irgendetwas war anders gelaufen, als er es sich mit seiner doch so hervorragenden Menschenkenntnis ausgerechnet hatte. Wieso war kein Unfrieden zu spüren, keine Abneigung und kein Streit? Er war sich sicher gewesen, dass Alice ihr Gleichgewicht wieder schnell verlieren würde, wenn sie den Mörder ihrer Schafe immer wieder und so nah um sich ertragen müsste. Eigentlich brauchte es nie viel, sie zu destabilisieren. Er wollte auf keinen Fall die alte selbstständige Alice von früher haben. Ihm gefiel die schwache hilfsbedürftige viel besser. Seiner Mutter hätte sie auch besser gefallen. Denn nur so konnte man helfen. Und das brauchte sie doch. Seine Stärke. Seine Männlichkeit. Und dann auch noch ein bisschen Geld.

Bei diesem Gedanken ging es Claude wieder besser. Solange Alice kein Geld hatte, brauchte sie ihn. Und Geld war hier keines in Sicht. Wer würde jemandem wie Alice noch mal einen Job geben?

„Warum lachst du?"

„Ach, ich hab gerade nur wieder an unsere schöne Zeit gedacht. Vielleicht hast du ja recht, und es war wirklich keine gute Idee, damals den Engländer ... ach, was solls. Wann kommen denn deine Schafe? Und was macht die Ernte, was war das noch mal, was du da versuchst anzubauen?"

Aber ihre Antwort interessierte ihn schon nicht mehr. Er war in seinen Gedanken längst bei Bingham. Der hatte doch damals kein einziges gutes Wort übrig für seine ... wie hatte er sich noch mal ausgedrückt ... exzentrische Nachbarin. Sollte sein Informant sich getäuscht haben? Vielleicht war an dem Engländer doch mehr dran, als er auf den ersten Blick vermutet hatte.

Morgen würde er als erstes Dufee drauf ansetzen. Wenigstens in ihm hatte er sich nicht getäuscht. Er und dieser Diabolus waren genau das, was Claude in seinem Betrieb brauchte. Männer fürs Grobe. Und darin war Dufee einsame Spitze.

* * *

Wenn Claude besser zugehört hätte, wäre er mehr als erstaunt gewesen von der Geschäftstüchtigkeit seiner Alice. Nicht nur, dass sie einen Abnehmer für den teuren Safran gefunden hatte. Sie war sich sicher, nach den heftigen Gewittern im August auch eine gute Trüffelernte einfahren zu können. Dieses Jahr lag der erwartete Kilopreis zwischen 900 und 1200 Euro.

Aber nicht nur, weil sie die Hoffnung hatte, endlich auch finanziell wieder auf eigenen Beinen zu stehen, fühlte sie sich gut. Die Freundschaft mit Steven war etwas ganz Neues. Sie spürte den Mann in ihm, aber der schreckte sie nicht ab. Im Gegenteil. Sie respektierte seine Veranlagung. Vielleicht hatte sie sich ja auch nur eingebildet, dass er damals in der Camargue ... er hätte sicherlich gerne mit ihr ... Egal. Seitdem war er ganz anders; wie ein guter Freund. Er versuchte, ihre Gedanken zu lesen. Ihr zu helfen, bevor sie noch was sagte. Er redete mit den Biobauern, half beim Melken und Käsen, bei der Ernte und sogar mit dem leidigen Papierkram. Sie sprach mit ihm über Politik und Soziales, und er mit ihr über Sport und Kultur. Er war gar nicht so, wie sie sich immer einen Profifußballer vorgestellt hatte – halt nur an Sport und Geld interessiert. Im Gegenteil.

Er erzählte viel von sich; so auch, dass er in jedem Land, wo er damals in großen Vereinen unter Vertrag war und Fußball spielte, sogar die Sprache gelernt hatte. Weil er sich mit allen Menschen unterhalten wollte; nicht nur mit dem Trainer. Ihre Art zu leben interessierte ihn. Er wusste mehr von spanischer und italienischer Kultur als sie. Kannte Asien und Afrika gut von seinen Sportreportagen. Auch die politischen und sozialen Probleme. Sie hing an seinen Lippen, als würde er Geschichten aus 1001 Nacht erzählen, nur waren es leider keine Märchen. Soviel wusste sie auch noch aus ihrem früheren Leben.

Sie hatte nur wenig von sich rausgelassen, aber er war neugierig wie ein junger Hund. Er stellte nie Fragen nach Privatem. Aber die Arbeit der Europäischen Institutionen war für ihn ein Brennpunkt.

„In welchen Ausschüssen warst du eigentlich? Ich weiß, du redest nicht gerne darüber, aber es interessiert mich aus einem ganz bestimmten Grund ..."

„Zuletzt war ich im Ausschuss für Auswärtige Angelegenheiten, Menschenrechte und Entwicklungspolitik. Davor, Beschäftigung und Soziales. Sogar im Haushalt. Heiße Themen. Und heute? Das ist alles so weit weg ... Ich leb mein Leben, und das ist kompliziert genug."

„Schade, dass du dich nicht mehr engagieren willst. Leute wie dich könnten wir gebrauchen ... Ich bin einem Kreis von Einheimischen beigetreten, die sich für Flüchtlinge in unserer Region einsetzen. Hast du gewusst, dass in Forca ... Nein ich sag nichts. Schätz mal, wie viel verschiedene Nationalitäten wir hier haben ... Komm schon. Du lebst schon länger hier und kennst Frankreich noch besser als ich. Schätz mal."

Er freute sich wie ein kleiner Junge, dass sie nicht gewusst hatte, dass es über vierzig waren.

„Ganz schön weltoffen für so eine kleine Stadt, oder?"

Sie erzählte aus einem anderen Leben, ohne die Vergangenheit zu berühren. Sie schwebte über den Themen und schenkte ihm Bilder statt Fakten. Als er wissen wollte, ob sie lieber in Belgien oder in Frankreich leben würde, sagte sie einfach nur:

„Belgien ist wie Breughel. Und wie Magritte, Jacques Brel und Johnny Halliday. Wie Maurice Béjart und sein Bolero. International und weltoffen. Nicht überall, aber in Brüssel. Die Menschen sind herzlich und werden immer versuchen, einen zu verstehen. Egal, mit welchem Akzent man redet. Frankreich ... ist anders."

„Als ich vor vielen Jahren zum ersten Mal nach Frankreich kam, das war meine Zeit bei Paris Saint Germain, haben mich die Widersprüche fasziniert: diese Leichtigkeit des Seins auf der einen Seite; ihre Traditionen auf der anderen. Ob beim Kochen oder in der Politik. Alles soll bleiben, wie es war. Eine Zwiebelsuppe macht man so und nicht anders. Was man unter Suppe versteht, ist klar definiert, und noch mehr: man isst sie nur abends, nie zu Mittag! Nichts soll sich ändern im Land der großen Revolution. Ich glaube fast, sie sind besser im Revoltieren als im Reformieren. Mich schaudert es ja immer, wenn diese Nationalhymne gesungen wird: „*Hört ihr im Land das Brüllen der grausamen Krieger? ... Bis unreines Blut unserer Äcker Furchen tränkt! ... All diese Tiger, die erbarmungslos die Brust ihrer Mutter zerfleischen!* Ich sag nur: wow ...“

Alice kannte die Stelle auch und fand sie abstoßend, schon als Kind. Aber sie erinnerte sich auch an das Feuerwerk in Straßburg zum Nationalfeiertag, das man von ihrem Elternhaus so gut sehen konnte. An diese Zeiten wollte sie nicht mehr denken. Sie erzählte ihm von der Marseillaise, und dass sie aus einem Kriegslied geboren wurde.

„Aber es ist die Hymne geblieben, seit der Revolution. Und der grausame Feind? Wo ist der jetzt? In uns? Um uns? ... Ich find sie zu grausam, zu martialisch.“

Alice nickte. Sie verstanden sich. Immer mehr. Sogar ohne Worte. Spürten Tabus und versuchten, sie zu respektieren. Sie hüpften von großen zu kleinen Themen, von schweren zu leichten, wie Schmetterlinge von einer Blüte zur anderen. Sie lachten und lästerten und wuchsen dabei immer mehr zusammen.

„Ich weiß genau, was du meinst. Die nouvelle cuisine, wo man die Speisen auf dem Teller mit der Lupe suchen muss und das einzig Große die Rechnung danach ist.“

„Absolut! Oder die Sache mit dem Akzent ... kennst du das auch ... du gehst in ein Geschäft und versuchst, mit deinem besten Französisch was zu kaufen oder zu bestellen – egal. Mir passiert das meistens in der Apotheke. Ich frage nach *Büscopän*. Und die Frau schaut mich verständnislos an. Ich versuchs noch mal. Mit einer noch feineren Aussprache. Erst, wenn ich es hinschreibe, sagt sie zu mir.

„Ach, Sie wollen *Büscopän* ... Klingt das nun wirklich so viel anders?“

Die Geschichte wurde ein Klassiker unter ihnen.

„Sags noch mal, Alice ...“

„*Büscopän*, ah bon, Sie wollen *Büscopän* ...“

* * *

Die zwei Tage in der Woche, an denen er immer schon früh morgens ankam, wurden die schönsten in ihrem Leben. Tage, an denen sie aus dem Bett sprang, sich was Hübsches anzog ... und dem Mädchen im Spiegel, das sie keck anlachte, überglücklich zurief:

„Ich hab einen Freund. Einen richtigen Freund."

Und morgen würde er zurückkommen. Nach drei Wochen Reportage für die BBC endlich wieder ... bei ihr? Egal! Morgen würde ein guter Tag.

Vielleicht sogar der Anfang einer guten Zeit.

* * *

Auch Marie fühlte sich gut. Sehr gut sogar.

Zum ersten Mal hatte sie das Gefühl, dass die Therapie ihr wirklich was brachte. Ihr gut tat und nicht nur weh. So lange hatte sie das Gefühl gehabt, ihre Probleme nie in den Griff zu bekommen; nach jeder Sitzung taten sich neue auf. Sie merkte die Veränderung zuerst in ihrem Verhalten anderen Menschen gegenüber. Sie wurde offener, toleranter. Ging auf sie zu, statt ihnen aus dem Weg.

Seit sie in der letzten Gruppensitzung an ihren ersten Waschlappen erinnert worden war, musste sie ihn viel weniger benutzen. Lag es an Dr. Janus und seinen nicht ganz orthodoxen Methoden, oder war es einfach an der Zeit gewesen? Egal. Hauptsache, es ging ihr besser. Statt ausnahmsweise von Zeit zu Zeit einsatzbereit zu sein, konnte sie wieder regelmäßig im Notariat arbeiten. Und Michel hatte ihr sogar angeboten, wieder voll einzusteigen, nicht nur als Übersetzerin. Sie würde es sich überlegen.

Zuerst musste sie aber etwas anders herausfinden.

Seit dem Katz- und Mausspiel mit dem Engländer, war er ihr nicht mehr aus dem Kopf gegangen. Zuerst mal, weil er verdammt attraktiv war. Und dann ... na ja, das war schon ziemlich schofel gewesen, was sie mit ihm angestellt hatte.

Ihr lief es immer noch kalt den Rücken runter, wenn sie an den Abend vor ein paar Monaten dachte. Sie hatte die Krallen schon ausgefahren und war bereit gewesen, ihm weh tun. Aber das war nun vorbei. Ein für allemal. Das brauchte sie nicht mehr.

Und jetzt tat es ihr leid. Nicht wegen ihm: wegen der verpassten Chance! Nicht der, ihm weh zu tun. Nein, sie war neugierig, wie es sein würde, endlich wieder Sex mit einem Mann zu haben. Und nicht mehr nur mit Frauen.

Also rief sie ihn an.

„Mr. Bingham? Ich weiß nicht, ob Sie sich noch an mich erinnern wollen? Marie Ricks?"

Das war doch mal ein Anfang. Und sie war baff. Er hatte noch nicht mal gezögert, die Einladung anzunehmen. Abendessen mit Frühstück. Wiedergutmachung. Und sie hatte ihm versprochen: dieses Mal ohne Katz und Maus.

* * *

Steven wusste selbst nicht so genau, warum er das Rendezvous mit Marie so schnell angenommen hatte. Ausgerechnet nach der Erfahrung vor drei Monaten.

Er hatte nur eine Erklärung: Entweder er entwickelte sich langsam zu einem Masochisten, oder er war sehr unter Entzug. Oder beides? Alice hatte ihn sehr verzaubert. Aber nur davon zu träumen, machte ... nicht satt. Er verstand sich blendend mit ihr. Sie konnten über alles reden. Wie zwei gute Freunde. Aber seit dem letzten Abend in der Camargue, glaubte er, dass sie ihm nie mehr geben würde als diesen wundervollen Kuss. Nein, zwei Küsse. Vielleicht war er ja auch nur zu ungeduldig? Oder ... zu realistisch. Wieder kamen die Erinnerungen an Schottland. Genau die wollte er nicht mehr, und auch die löste Alice bei ihm aus.

Marie war anders. Eine einzige sinnliche Verführung ... ihr riesiger Mund mit den vollen Lippen, die einem alles versprachen; die Brüste, für die zwei Hände ganz bestimmt nicht ausreichten, die rote Haarmähne, in die man sich genauso reinstürzen konnte wie in den Rest der Frau ... und ... sie machte keinen Hehl daraus, was sie von ihm wollte.

„Die wird nicht lange rummachen. Ein Gespräch über Politik und Kultur steht bei ihr bestimmt nicht auf dem Menu. Die will nur eins und ist genauso heiß darauf wie ich. Also ...“

Und genauso wars. Das Schwierigste war, einen Parkplatz in der Nähe der *Rue Frédéric Mistral* zu finden. Und dann das richtige Appartement. Danach ging alles sehr schnell. Sie hatte zwar einen kleinen Apéro vorbereitet, aber den ließen sie stehen, für danach. Sie fragte ihn sogar, ob es für ihn okay wäre.

„Äh, ja ... warum eigentlich nicht ... ich glaube, das Vorspiel hatten wir ja schon beim letzten Versuch, oder?“

Sie lachte etwas unsicher, aber ihr Blick verriet die Lust. Als Steven sah, wie sie sich genüsslich mit der Zunge die Lippen schleckte, wusste er, dass es heute anders sein würde. Er war bereit. Ging einen Schritt auf sie zu und wollte ihr helfen, die Bluse aufzuknöpfen.

„Nein. Bitte nicht. Jeder zieht sich selbst aus ... ist das okay?“

„Kein Problem ... Darf ich dir zuschauen?“

„Klar. Zuerst du ...?“

Steven wollte kein unnötiges Risiko eingehen. Splitternackt vor ihr zu stehen und wieder eine Abfuhr zu kriegen war mehr als ein *Déjà-vu.*

„Vielleicht zusammen?“

Sie schnurrte wie eine Katze. Aber ließ die Krallen drin. Ihre Haut war warm und weich und zuckersüß. Ihre Haare dufteten nach Meer und Sonne.

Er stürzte sich in sie, und sie war bereit.

Danach sagten sie lange nichts. Sie wussten beide, dass es gut gewesen war. Ihre Schreie musste man im ganzen Haus gehört haben.

„Das ist hier kein Problem. Die Alten sind zu taub, und die Jungen entweder noch bei der Arbeit oder ... wissen selbst, was Spaß macht.“

Marie schaute ihm fest in die Augen. Aber Steven blieb stumm.

„Heute bist du wohl die Katze, die die Maus verschluckt hat ...“

Steven war über sich selbst erschrocken. Soviel Lust hatte er noch nie in sich gespürt wie heute. Und ja, er fühlte sich satt. Wie ein zufriedenes Baby. Aber das wollte er ihr nicht sagen. Und auch nicht, was er jetzt am liebsten machen würde: sich an ihre Brust legen und ... saugen.

„Ich hoffe, ich war nicht zu grob ...“

„Du warst phantastisch ...“

„Bei mir hat sich wohl einiges aufgestaut ...“

„Kein Problem für mich. Im Gegenteil. Das können wir öfter machen. Ich fand es toll. Echt.“

„Ich auch. Total! Aber ... wie soll ich sagen? ... doch ziemlich unerwartet. Ich hatte mich ja über den Anruf gefreut, Marie, aber ...“

„Ja, ich weiß, was du meinst. Du willst wissen, was damals war. Um zu verstehen, was heute ist. So was in die Richtung?“

„Das wäre ein Anfang.“

„Ich weiß nicht, wie viel Anfang ... Sagen wir mal so: Ich will auf jeden Fall nichts Festes ... Ich brauch keine Perspektive und keine Szenen. Ich will Sex. Guten Sex. Wenn du das auch so siehst, können wir uns ab und zu treffen ... Was sonst noch? Okay, ich hab Probleme mit Männern gehabt. Genauer gesagt mit einem ... Ich ... ach, Scheiße, ... ich mag nicht drüber reden.“

„Ich glaub, das hab ich jetzt verstanden. Und auch, dass wir ganz gut ohne Worte auskommen können.“

Damit rollte sich Steven wieder auf sie, und sie ließ ihn.

„Das war heute eine Ausnahme, Steven! Beim nächsten Mal lieg ich oben, und ich zeig dir ein paar andere Stellungen.“

* * *

In den Wochen danach trafen sie sich regelmäßig. Meistens mittwochs am späten Nachmittag, und manchmal auch noch am Wochenende. Ihre Körper hatten sich so viel zu sagen, dass Worte unwichtig wurden.

Marie hatte ihm irgendwann von ihrem Schwager erzählt. Und dass sie danach nur noch mit Frauen Sex hatte. Und Steven hatte ihr von dem Ausbilder im Internat erzählt. Und dass er danach einige Zeit gebraucht hatte, um zu wissen, wo er eigentlich hingehörte. Dank eines Therapeuten in London wüsste er es jetzt.

Sie lachte.

„Das Geld hättest du dir sparen können. Das hab ich dir schon beim ersten Mal angesehen, als wir uns vor dem Notariat trafen ...“

Kapitel 2.8

Allmacht statt Ohnmacht

Dr. Janus wusste, dass die heutige Sitzung schwierig werden würde. Nicht nur wegen seiner viel zu großen Nähe zu einem seiner Patienten. Mal wieder. Aber auch, weil Michel und Isa nicht dabei waren. Sie hätten dem Projekt gedient. Auf ihre Art, wie Schalldämpfer oder Wellenbrecher. Denn die ganz harten Brocken waren Marie, Patrice und vor allem Alice. Sie hielt immer noch mit der Wahrheit zurück, und an die wollte er heute ran.

„Heute sind wir ganz unter uns. Eine kleine intime Gruppe. Jeder wird mehr Zeit haben, seine Gefühle mitzuteilen. Fangen wir an?"

Keine Reaktion.

„Okay. Wie fühlen wir uns heute?"

„Wen meinen Sie genau, wenn Sie wir sagen?" Patrice hatte ein gutes Gedächtnis. Felix fühlte sich ertappt. „Wir" war nicht gut.

„Vielleicht hilft es, wenn ich das Kissen werfe und jeder spontan sich öffnet? Wir probieren das einfach mal. Kurze Antwort, lange Antwort, ganz egal, und dann Kissen weiterwerfen, okay?"

Warum warf er ausgerechnet Patrice das Kissen hin? Das hatte er absolut nicht gewollt. Es sollte doch Marie sein. Zu spät.

Die dunkle Stimme meldete sich.

„Wir hatten Ärger mit Diabolus. Der hat gestern Abend seinem Nachbarn die Autoreifen aufgeschlitzt."

„Du dreckiger Verräter. Geh doch gleich zu den Bullen. Besser Reifen als Frauen, oder?"

„Und was haben Sie getan, Patrice? Haben Sie Diabolus in den Griff bekommen?"

Patrice warf das Kissen hoch in die Luft und fing es wieder auf.

„Ich kann es jedem meiner Seelen zuwerfen; wir haben echt viel zu bereden. Gar kein Problem, dass heute Isa und Michel fehlen."

„Patrice, du weichst aus ... Pardon, Sie weichen aus."

„Können wir uns vielleicht über was Sinnvolleres unterhalten als über die Spielereien von diesem Blödmann ...?"

Und schon hatte Marie das Kissen am Kopf.

„Dann sag du doch was Schlaues. Oder Alice, die ist ja zuständig für Intelligentes. Oder hat sie wieder was Schönes aufgeschrieben – na?"

Diabolus schaute herausfordernd zu Alice und toppte das Ganze mit einer seiner obszönen Zungenbewegungen.

„Wenn der nicht augenblicklich damit aufhört, geh ich nach Haus."

„Ich hab noch 'ne bessere Idee, Alice: Wir zeigen ihm mal, wie gut auch wir mit Messer und Schere umgehen können. Was nehmen wir uns zuerst vor, das kleine Teil weiter unten oder das da oben?"

Janus überlegte, wie er die Sitzung am besten dahin lenken könnte, wo er sie brauchte. Im selben Moment traf ihn das Kissen von Marie mit voller Wucht am Kopf. Gleichzeitig klingelte sein Telefon. Heute war echt der Wurm drin.

„Sollen wir uns vielleicht mal der Wahrheit unserer Kindheit zuwenden? Wie fanden Sie den Text von Frau Miller, den ich Ihnen letztes Mal mitgegeben habe?"

„Beschissene Labereien. Haben Sie das mit den verwirrten Opfern und Tätern wegen Diabolus reingebracht?"

Dr. Janus warf Alice das Kissen zu, und sie fing es geschickt auf. „Ich fand den Text nicht schlecht. Für mich geht es um Liebe, Wahrheit und ... ja, Abhängigkeit."

„Davon steht gar nichts drin. Vielleicht haben Sie den falschen Text gelesen, Alice. Hab ich eigentlich schon erzählt, warum ich überhaupt die Reifen aufgeschlitzt hab? Ha – da kommt keiner von euch Klugscheißern drauf. Wegen dem Ziiiiiisch. Nur wegen dem Zzzziiiiiisch. Einfach, weil es mir gut getan hat. So, das ist meine Wahrheit."

„Abhängigkeit von wem oder was, Alice? Können Sie das vielleicht erklären?"

Noch bevor Patrice den Mund aufmachen konnte, streckte Alice ihm den Arm entgegen und hob ihre Hand zur Abwehr. Dr. Janus war erstaunt über die Stärke, aber auch die Aggressivität in ihrer Bewegung. Ihre Augen funkelten.

„Abhängigkeit ... ist schwer zu erklären. Man muss es fühlen. Wie das Kissen hier. Was man damit so alles tun kann ... es ist ganz leicht. Und dann ist Schluss mit Abhängigkeit. Schluss mit falscher Liebe. Das ist meine Wahrheit. So wie ich sie erfahren hab."

Alice schaute zu Marie. Die nickte stumm. Und Alice warf ihr das Kissen zu.

„Liebe? Was heißt schon Liebe? Liebe ist ein Spiel. Der Stärkere gewinnt immer. Man ist nur dann stark, wenn man nicht abhängig ist ... Nicht wahr, Alice? Wenn man abhängig ist, fängt man an zu sterben!"

* * *

Alice fühlte sich so gut wie noch nie in einer Sitzung.

Der Multiple, wenn er denn überhaupt einer war, hatte sie in die richtige Stimmung gebracht. Seit Steven Bingham in ihr Leben getreten war, wusste sie eines ganz sicher: Sie wollte nicht wieder in ihre Geisterwelt zurück, und kein Mann sollte je wieder Macht über sie haben – nie wieder! Sie wusste endlich, was dazu nötig war. Ein letztes Kapitel Lebensgeschichte musste noch aufgearbeitet werden. Nur dann, wenn auch das endlich aus ihr raus war, konnte es abgeschlossen werden und Frieden eintreten mit allen Beteiligten. Den Lebenden und den Toten. Aber das ging die Gruppe nichts an. Das würde sie ganz alleine anpacken.

Sie hatte das Gefühl, dass heute, mehr als sonst, jeder versuchte, dem anderen was vorzumachen. Noch dazu lief was zwischen Dufee und Janus, da war sie sich sicher. Dieses ewige Versteckspiel der Gefühle. Wessen Wahrheit? Welche Wahrheit? Sie war drauf und dran, ihre zu verraten. Das Kissen war ihr gefährlich nah gekommen.

„Ich werd mir die Haare wieder wachsen lassen. Jetzt bin ich so weit."

„Gab es da eine Abhängigkeit, Alice? Wegen der Haare?"

Alice zuckte zusammen. Sie war so in Gedanken, dass sie die anderen total vergessen hatte.

Die Abhängigkeit, die sie heute noch spürte, war eine andere. Darüber würde sie nie sprechen. Und auch nicht schreiben. Aber sie spürte den Finger. Da, wo er auf keinen Fall hätte hindürfen. Willi, der sie kitzelte. Wusste er denn nicht, wann er aufhören musste? Wann kam die Befriedigung? Die Abhängigkeit von seinem Finger; das unerlaubte Verlangen nach mehr.

„Haare? Ja, natürlich ist man als Kind abhängig von dem, was die Eltern sagen; auch zu den Haaren."

Eigentlich wollte sie heute eine Geschichte vorlesen. Aber warum nicht die von den Haaren erzählen? Die passte so gut wie jede andere ...

„Ich möcht aber noch was zu Opfern und Tätern sagen", meldete sich kleinlaut Patrice zu Wort.

Aber Dr. Janus schüttelte den Kopf.

„Zuerst Alice. Wollen Sie uns was vorlesen?"

„Nicht heute. Heute will ich was erzählen. Wie ich als kleines Mädchen ... mit sehr kurzen Haaren ... auf einer Raststelle, auf dem Weg in die Ferien, auf die Toilette musste. Ich war fünf oder vielleicht schon sechs, aber noch nicht in der Schule. Ich ging zur Damentoilette und hatte die Türklinke schon in der Hand. Da zog mich eine schwere stinkende Männerhand zur danebenliegenden Tür. *„Du bist doch kein Mädchen, du gehörst doch hierher zu den Männern."*

„Ich bin kein Junge; ich bin kein Junge ..."

Aber die Männer hörten nicht auf mich. Sie zogen mich in eins der schmutzigen Klos neben den stinkenden Pissoirs. Zuerst untersuchte mich der eine und dann der andere. Als ich endlich rauskam, dachte ich, ich sei tot. Aber Tote können doch nicht gehen. Und auch nicht in die Ferien fahren. Haben Tote Eltern, die lachen und sich lustige Geschichten erzählen, während ... ich versuchte, mir den Dreck der Männer wegzuwischen? Niemand hätte sich für meine Geschichte interessiert. Und ich wusste ja auch, warum ... Warum sollte denn in den Ferien alles anders sein? Aber ab diesem Tag ging ich nicht mehr zum Frisör. Ich schrie so lange und so laut, bis sie es akzeptierten.

Ich ließ mir die Haare wachsen. Und mit langen Haaren ging ich dann auf die Damentoilette."

Alice spürte, dass Dr. Janus und Patrice sie anstarrten. Marie stand auf und streckte ihr ihre Hand entgegen.

„Willkommen im Club, Alice."

Aber Alice lächelte nur müde und sagte zu sich selbst.

„Wenn du wüsstest, Marie, ... wenn du wüsstest ..."

Sie wusste, warum sie nicht lauter geschrien hatte, damals auf der Herrentoilette. Warum sie sich nicht wehren konnte. Und vor allem, warum sie ihren Eltern nie etwas davon erzählt hatte: Sie war eingefroren. So wie früher.

Viel früher.

Und schon damals hatte niemand auf sie hören wollen.

* * *

Für Patrice Dufee stand fest, er würde die heutige Sitzung nicht verlassen, bis er diese Opfer-Täter Geschichte geklärt hätte. Er war sich sicher, dass keine der Frauen etwas von seinem besonderen Verhältnis zu Dr. Janus mitbekommen hatte. Aber was hatte sich Felix nur dabei gedacht, diesen Satz in den Raum zu stellen – für alle?

Die Folgen eines begangenen Verbrechens werden nicht dadurch aufgehoben, dass Täter und Opfer blind und verwirrt sind.

Felix hatte ihm doch versprochen, wenn ER den anderen nichts sagen wollte, müsste keiner erfahren, dass er im Gefängnis war. Und das wäre ja auch nicht das Schlimme. Jeder konnte mal im Knast landen. Aber für ihn war wichtig, dass gerade diese Tussies nichts von seinen Vorlieben erfuhren ... eigentlich waren es ja die von Diabolus, aber egal ... Vergewaltigung bleibt Vergewaltigung!

Also warum hatte Felix den Satz von dieser Miller ins Spiel gebracht, wenn nicht, um ihn zu testen?

„Hat denn von euch noch keiner ein Tier getötet? Ich mein, eins, was einen quält? Moskito? Skorpion? Wespen? Hornissen? Schlangen? Ameisen? Katzen ertränkt oder Hunde getreten?"

„Buh, was soll das denn jetzt?", fragte Marie und schaute sich nach Alice um, die nur spöttisch die Augenbrauen hob.

„Ich glaube, unser Diabolus will uns was erklären; eine versteckte Wahrheit, hab ich recht?"

„Zuerst mal soviel: Okay, ich war im Knast. Aber was geht das die anderen an, Dr. Janus?"

„Darf man mal fragen, weshalb sie dich weggesperrt haben? Mir würden ja da so ein paar Sachen einfallen ..."

„Ich glaube, das geht uns nichts an, Marie."

„Wieso, Alice? Wenn es dich kalt lässt? Mich nicht. Also rück schon raus."

„Kein Problem, schöne Frau. Weil mein alter Ego einer wie dir zu nah an die Titten kam ..."

„W a s ... sag das noch mal! Und so einen bringen Sie, Dr. Janus, ausgerechnet in unsere Gruppe. Was haben Sie sich denn davon versprochen? Soviel ich weiß, heißt unser Stelldichein hier nicht Opfer-Täter-Ringelpietz mit Anfassen, oder?"

„Sag doch auch mal was, Alice ..."

Alice sagte nichts. Aber Patrice.

„Ich will sagen, dass wir alle Opfer und Täter sind und niemand auf den anderen runtergucken muss. Ich hab das Gefühl, dass sich hier einige für was Besseres halten. Kann mir irgendeiner von euch Klugscheißern endlich mal meine Frage beantworten?"

„Welche Frage, Patrice?"

„Ganz einfach, Dr. Janus. Die, um die es hier auch geht: Wie viel Leid kann ein Mensch verkraften, bevor er selbst anfängt, andere leiden zu lassen? Menschen oder Tiere? Scheißegal! Na ... wie viel?"

Dufee genoss den Auftritt.

Alle waren sie sprachlos und starrten ihn an. Dabei hatte er noch nicht mal das Wichtigste gesagt.

Was er ihnen noch nicht sagen wollte, und vielleicht nie sagen würde, war, um was es ihm tatsächlich ging. Endlich das Gefühl von

Macht zu spüren. Es zu genießen. Etwas, wovon er seit seiner Kindheit geträumt hatte. Jeden Tag. Und jede Nacht:
Allmacht statt Ohnmacht!

* * *

Als Alice an diesem Mittwoch nach Hause kam, wusste sie genau, was zu tun war. Es führte kein Weg daran vorbei. Das letzte Kapitel Lebensgeschichte musste aus ihr raus; und wieder fing sie an zu schreiben:

Willi wurde nach und nach dementer. Er vergaß zuerst die Gegenwart und dann auch die Vergangenheit. Immer mehr, bis eigentlich gar nichts mehr da war: keine Namen, Personen, Tiere, Erlebnisse. Aber Gefühle waren noch lange da, so wie sie sicherlich schon da waren, bevor er geboren wurde.

Es war die Zeit, in der ich es endlich schaffte, Kurt zu verlassen, ohne ihm ein Haar zu krümmen! Obwohl er so viel in mir zerstört hatte; eigentlich all das, was Willi ihm noch übrig gelassen hatte.

Dann kamen für mich die Jahre mit meinen neuen Freunden: Serotonin, Noradrenalin und Ketamin. Und nach meinem Unfall die Traumatherapie; erst da merkte ich, nach und nach, wie alles zusammenpasste. Wie ein riesiges Puzzle – Teil für Teil – ergab es endlich ein Bild. Ich verstand zum ersten Mal ALLES. Andere hatten es bestimmt lange vor mir gemerkt.

Ich erst jetzt: Willi war tatsächlich mein erster Liebhaber gewesen.

Bisher hatte ich nur gewusst, dass ich ihn lieb hatte. Er war immer für mich da; hatte mir alles gegeben und noch mehr: Zärtlichkeit, Berührung, Wärme und ganz viel Nähe. Alles, was ein Kind braucht.

Was es jedoch nie gab, war Befriedigung! Vielleicht für ihn, nicht, aber für mich. Mit drei Jahren kann man das nicht verstehen, nur verdrängen; und dann prägt es sich ein wie die scharlachrote Farbe ins Fell des Lämmchens.

Aber Alice ist kein unschuldiges Lamm und auch kein unschuldiges Ritzenkind geblieben.

Ich hab Willi noch lange im Heim besucht, und als ich mit der Traumatherapie fertig zu sein glaubte, ging ich zum letzten Mal hin.

Ich hatte mir alles genau überlegt. Ich war kein bisschen nervös. Ich stand weder unter Tabletten noch unter Alkohol. Im Gegenteil: Alles war so klar wie nie zuvor. Endlich verstand ich die Zusammenhänge zwischen meinen vielen großen und kleinen Krankheiten; den Spleens und den Ängsten; den Phobien und den Zusammenbrüchen; den Abhängigkeiten und Zwängen von vierzig Jahren gelebten Lebens.

Ich hab Willi das alles erklärt – ohne Worte, nur mit meinen Augen.

Hab ihn ganz lange angeschaut. Anfassen konnte ich ihn nicht mehr. Nicht mehr streicheln und auch keinen Kuss geben. Stattdessen hab ich das Kissen genommen und so lange auf sein altes verbrauchtes Gesicht gedrückt, bis er sich nicht mehr rührte.

In den ersten Monaten im Gefängnis war ich mir nicht sicher, ob ich ihn oder mich erlöst hatte.

Heute glaube ich – uns beide.

Ich hatte viel Glück: Verständnisvolle Richter berücksichtigten die inzestuellen Verhältnisse beim Strafmaß; gute Therapeuten begleiteten mich während des Strafvollzugs; Claude Fuentes kam mich regelmäßig besuchen, und dank guter Führung konnte ich nach drei Jahren ein neues Leben anfangen.

Alice musste immer wieder an den Satz von Dufee denken, und was sie in seinen Augen erkannt hatte, als er ihn aussprach:

Wie viel Leid kann ein Mensch verkraften, bevor er selbst anfängt, andere leiden zu lassen? Menschen oder Tiere?

Rächt man sich nur an den Schuldigen oder auch an den Unschuldigen? War ihr nicht auch schon mal die Geduld gerissen mit ihren Hunden? Hatte sie nicht auch schon mal zugeschlagen? Wäre sie fähig, das bei einem unschuldigen Menschen zu tun? Bei einem, den sie liebte? Gut, dass sie keine Kinder hatte. Keinen Mann und auch sonst niemanden auf der Welt.

Vielleicht war es besser, wenn alles so blieb.

Sie wusste auch, dass nach der Erkenntnis, was Willi, Kurt und Claude tatsächlich verband, sie nicht einfach weiterleben konnte, als hätte diese nie stattgefunden.

Aber sie war nicht Dufee und auch nicht Willi. Nicht besser, aber auch nicht schlechter.

Sie war einfach nur Alice.

Die Tochter von dem Willi, der schon von seinem Vater gekitzelt und geliebt worden war.

Buch 3

Liebe

Kapitel 3.1

Nur aus Liebe zu Dir ...

Dabei wollte Steven doch nur alles hinter sich lassen. Neu anfangen. Das Gepäck aus der Jugend nicht mehr weiter mitschleppen. Aber überall, wo er glaubte, es zurückgelassen zu haben, ob in den USA, Afrika oder Asien, kam es zu ihm zurück. Wie ein verängstigtes Kind, das den Rockschoß seiner Mutter nicht loslassen will.

Es war die Arbeit bei Alice, die alles wieder aufgebrochen hatte. Er wusste schon, warum er sich ein Weingut und keine Farm mit Pferden und Schafen gekauft hatte. Scheiß Vergangenheit. Scheiß Gerichtsurteil. Warum hatte er sich nur auf diesen Deal eingelassen? Er hatte mal wieder nicht gemerkt, wann es gefährlich wurde. Ganz langsam kam sie angeschlichen, wie damals. Wie lange hatte er die Wahrheit nicht sehen wollen? Wie lange gedacht, seine Kindheit wäre okay gewesen? Und seine Familie auch?

Und die Frage nach der Schuld. Ganz einfach: seine Nachbarin. Warum musste sie ausgerechnet Schafe haben? Warum waren die nachts noch auf der Weide? Und warum ausgerechnet am Steinbruch? Sein Feuerwerk hätte keinen Schaden angerichtet, wenn ...

Da merkte Steven, wie lächerlich seine Gedankenkette mal wieder wurde. Trotz der Freundschaft zu Alice – nichts dazugelernt! Gerade hatte er noch sagen wollen ... wenn kein Mistral gewesen wäre. Vielleicht sollte er mal überlegen, was er aus der Vergangenheit endlich akzeptieren müsste, statt es weiter zu verstecken. Vor allem vor sich selbst.

Erst dann könnte er anfangen, ein neues Leben aufzubauen.

Egal, mit wem!

Was er bisher gemacht hatte, war, sich treiben zu lassen. Von der jeweiligen Stimmung. Da war er gut drin. Mal mit Marie schlafen. Mal mit Alice diskutieren. Ein paar Tage wie verrückt auf dem Weingut mitarbeiten, und sich wie der Besitzer fühlen, der er gerne gewesen wäre. Aber das hatten seine Angestellten wohl schneller gemerkt als er selbst: Wer den Betrieb tatsächlich führte, waren sein Verwalter, sein Kellermeister und die vielen treuen Seelen, die er damals mit übernommen hatte. Statt sein Weingut zu managen, hatte er sich in eine Arbeit gestürzt, die ihm jahrzehntelang zuwider gewesen war; und das nur aus Schwärmerei.

Allein der Geruch hatte ihn früher zum Kotzen gebracht. Nicht nur wegen der Schafe. Es war der Geruch von Henry.

Statt sich jedoch der Vergangenheit zu stellen, war er wieder dabei wegzulaufen. Eine Auslandsreportage nach der anderen. Auch da konnte er nicht loslassen. Statt ihm endlich den Rücken zu kehren, lief er dem Ball immer noch hinterher. Am Geld lag es nicht. Davon hatte er genug. Für sich selbst reichte es dicke! Und wenn nicht – Fuentes würde ihm liebend gerne zu mehr verhelfen. Und als hätte er nicht Beschäftigungen genug, hatte er sich jetzt noch vom Bürgermeister zu so einer Wohltätigkeitsarbeit überreden lassen. Die brauchten bestimmt einen Dummen, den man gut vorzeigen konnte. Mehr nicht. Was hatte er mit Asylanten am Hut? Die Leute taten ihm leid. Er spendete auch gerne und viel. Aber was konnte er sonst noch tun?

„Ich bin wieder dabei, mich zu verzetteln. Ich merk es doch ... und warum kann ich nichts dagegen tun? Was ist bloß los mit dir, Steven Bingham ...?"

Aber auch die Gespräche mit sich selbst brachten ihn nicht weiter. Er bekam doch immer nur dieselben Antworten!

* * *

„Weißt du was, Steven? Du solltest mehr aus deinem Anwesen machen als nur Wein keltern und verkaufen."

„Was meinst du, Marie?"

Seit ein paar Wochen trafen sie sich nicht nur in Aix in ihrer kleinen Wohnung, sondern auch auf Schloss Orléans. Marie war begeistert, als Steven sie zum ersten Mal zu sich nach Hause eingeladen hatte.

„Du hast mit Abstand das schönste, älteste und überhaupt tollste Anwesen weit und breit. Du könntest Führungen anbieten, wie Paloma Picasso in Vauvenargues. Oder Veranstaltungen lancieren mit anderen Berühmtheiten."

Marie hatte sich alles genau überlegt. Das Leben zwischen Aix und Forca gefiel ihr gut. Es brachte neuen Schwung in ihr Leben. Sie konnte die Woche über im Notariat arbeiten und sich mittwochs regelmäßig mit Steven treffen. Sie hatten Sex. Guten Sex. Genauso, wie sie es sich erträumt hatte. Alles andere ließ sie außen vor: Was er machte, wenn sie nicht zusammen waren oder, wohin das Ganze führen sollte. Erst seit sie sein Anwesen gesehen hatte, kam sie auf den Geschmack nach mehr: mehr Parties, mehr Glamour, mehr Spaß – mehr Steven.

„Wie kommst du denn auf so was, Marie? Ich dachte, du bist ein Einsiedlerkrebs und scheust dich vor zu vielen Leuten ... da sieht man mal wieder, wie man sich täuschen kann! Ich dachte, nach allem, was du erlebt hast ...."

Maries Augen blitzten gefährlich.

„Okay, ich hab's kapiert: Du bist eine echte Wundertüte – voller Überraschungen."

„Hast du echt gedacht, mich zu kennen? Nur, weil wir so toll miteinander schlafen? Vielleicht bist ja DU der Einsiedlerkrebs? Komm, stell dich nicht so an! Ein bisschen Halligalli kann nun wirklich nicht schaden ... wir könnten es doch mal ausprobieren."

Sie wusste, dass sie ihn am besten mit was Sportlichem rumkriegen würde.

Ein Fußballspiel war ihr nicht chic genug. Ein Tennisturnier zu elitär. Ein typisch provençalischer Boule-Wettkampf zu schmucklos. Sie wusste nicht genau, was sie suchte, bis sie es gefunden hatte. Genau! Das wars. Engländer lieben Cricket. Und Cricket ist mehr als Sport. Cricket ist ein gesellschaftlicher Event. Und sie könnte ihn organisieren.

„Warum tu ich mir das an? Ich wollte doch eigentlich nur mit ihm schlafen. Und jetzt? Jetzt fang ich sogar schon an, mit mir selbst zu reden ... Hallo? Wer ist denn da? Eine meiner vielen Seelen?

Quatsch. An den Mumpitz glaub ich nicht. Oder? Vielleicht steckt ja doch mehr dahinter ... könnte es sein, dass ich ihm beweisen will, noch was anderes zu können außer ... Sex?"

An dem Wochenende ging es hoch her zwischen den beiden. Ganz gegen ihre Gewohnheit diskutierten sie sogar miteinander. Aber ihm machte es keinen Spaß, und ihr keine Lust. Und so taten sie am Ende das, was sie am liebsten zusammen trieben. Dann war endlich wieder alles gut. Und nachdem sie ihn noch glücklicher gemacht hatte als die letzten Male, konnte er gar nicht mehr nein sagen.

* * *

Das Schwierigste war gewesen, Männer zu finden, die einigermaßen Cricket-tauglich waren; aber dabei half ihr Steven gerne. Dann kam ihre Idee, doch noch ein paar Kumpels von früher einzuladen. Und nach ein paar Wochen hatte Marie das Unmögliche geschafft. Alles, was Rang und Namen hatte, war gekommen: aus Politik, Kultur und Sport. Das Happening wurde ein so großer Erfolg, dass die Honoratioren nach dem Spiel Steven vorschlugen, an jedem ersten Sonntag im Oktober Cricket auf Orléans fest in das Kulturangebot der Region aufzunehmen.

Marie war begeistert. Von allem, aber vor allem von sich selbst. So sehr, dass sie nicht merkte, was in Steven vorging.

Und der versteckte sich gut.

Zwischen Sportreportagen und Schafschur, zwischen Weinlese und -messen, zwischen Marie und Alice.

Marie organisierte ein Spektakel nach dem anderen. Von Benefizkonzerten mit handverlesenen Gästen zu Weinproben mit anschließendem Verkauf. Und mit allem brachte sie ihn in die Schlagzeilen.

„Hast du den Bericht gesehen? Wir sind wieder in den Regionalnachrichten. Jetzt bist du berühmt ... ich meine ... auch hier."

Steven nickte müde. Ja, berühmt. Wieder berühmt.

* * *

Für Alice war das Jahr nicht so zu Ende gegangen wie erhofft. Ein Hagelsturm hatte sie mitten in der Safranernte überrascht.

„Machen Sie sich keine Sorgen, Madame. Wir werden alle da sein und Ihnen helfen."

Das hatte sie ihnen geglaubt. Aber die Woche vor dem Sturm, als sie wie geplant mit der Ernte anfangen wollte, hatte plötzlich niemand Zeit.

„Nächste Woche, Madame. Noch ein paar Tage mehr, und er wird noch besser, glauben Sie uns."

Gut, dass sie weder geglaubt noch gewartet hatte. Sie arbeitete bis zum Umfallen. Pausenlos. Ohne ihre eigenen paar Leute hätte sie gar nichts retten können. Von den anderen kam niemand. Alle kümmerten sich zuerst um die eigenen Felder und dann erst um ihre.

An diesem Abend rief Steven sie an. Er war auf Reportage. Die BBC hatte ihn gefragt, ob er einen Auftrag in den Emiraten übernehmen könnte. Wer hätte da nicht zugesagt?

„Es tut mir so schrecklich leid, Alice ... ich hätte bleiben sollen."

„Den Hagel konnte doch keiner vorhersagen. Die Leute waren ja eingeplant. Ich hatte alles prima im Griff ..."

Ihre Stimme zitterte. Es war nicht nur Erschöpfung, es war auch Enttäuschung. Aber nichts davon war für seine Ohren bestimmt. Erst in der Krise hatte sie gemerkt, wie schnell sie doch bereit gewesen war, ihre frisch aufkeimende Unabhängigkeit wieder zu verlieren. Sich an Stevens Hilfe zu gewöhnen. Nicht nur zweimal die Woche. Nein, seine Präsenz in ihrem Leben. Seine Freundschaft. Die Möglichkeit, mit ihm zu reden – über alles.

„Bist du noch dran, Alice? Ich hör dich nicht mehr ... In einer Woche bin ich zurück. Vielleicht fällt mir bis dahin was ein ... soll ich früher kommen? Das kann ich machen. Ich besorg mir eine Vertretung ... Alice?"

Eine Stimme in ihr jauchzte vor Freude.

„Ja, ja, ja. Bitte komm. Komm so schnell du kannst. Nimm mich in deine Arme und lass mich nie wieder los."

Aber die Worte, die Steven zu hören bekam, klangen ganz anders.

„Nein. Auf keinen Fall. Du hast deine Arbeit, und ich meine. Wir reden über alles, wenn du zurück bist. Ich bin einfach nur total geschafft. Die letzten Tage waren ... zu nah an meine Grenzen gegangen. Körperlich. Das wird schon wieder."

Sie konnte sich selbst nicht glauben. Nicht heute Abend. Alle hatten sie im Stich gelassen. So ist das Leben. Aber es war doch nicht das erste Mal, dass sie das zu spüren bekam. Genau wie damals. Da war auch nur Claude. Ohne ihn hätte sie es nicht geschafft. Kein zweites Leben aufbauen können.

Aber hatte der sich je dafür interessiert, was SIE in ihrem neuen Leben ... versuchte, ... auf die Beine zu stellen?

Doch DIE Frage wollte sie nicht beantworten. Nicht heute. Wo kamen sie überhaupt her ... all die schwarzen Gedanken? Bestimmt aus der Müdigkeit.

Und trotzdem brodelte es weiter in ihr.

Claude hatte ihr geholfen. Nur er.

Immer wieder.

Und was, wenn sie auf eigenen Beinen stehen könnte?

Würde er sich darüber freuen?

Freuen, dass sie wieder ihr eigenes Geld verdienen konnte ... könnte?

Unabhängig zu sein! Von wem? Für was?

Neue Freundschaften zu knüpfen.

Und warum hatte sie ihm dann noch nichts von ihrer Freundschaft zu Steven Bingham erzählt? Einer ganz harmlosen Freundschaft ...

Aus Angst vor seiner Reaktion? Dabei war doch gar nichts passiert.

Mit Dr. Noël könnte sie darüber sprechen. Ihn fragen, ob es immer noch was mit Willi und Kurt zu tun hätte, und ob das Gefühl, brav sein zu müssen und das zu tun, was man von ihr erwartete, denn nie aufhören würde.

Diese ewige Abhängigkeit.

Von Claude?

Von Männern?

Und jetzt auch noch von Steven?

* * *

Steven lag noch lange wach nach dem Telefonat mit Alice. Schade, ... wenn sie mich gefragt hätte. Ich hätte alles stehen und liegen lassen ...
Und dann rief er Marie an.
„Wie gehts?"
„Wunderbar."
„Vermisst du mich?"
„Klar. Vor allem Mittwochnachmittag ..."
„Ich hab' das Gefühl, wir müssen reden ..."
„Das ist ja ganz was Neues. Ist was passiert? Bist du krank?"
„Ich bin okay, aber ich komm' früher nach Hause. Bitte keine Überraschungsparty. Ich brauch endlich wieder Ruhe. Können wir uns am Wochenende sehen?"
„Das klingt doch wieder nach meinem alten Steven. Mir läuft das Wasser schon ..."
„Bei dir oder bei mir?"
„Bei dir ist schöner ... bist du sicher, dass mit dir alles stimmt? Sonst hast du doch auch nichts gegen ein wenig, ... wie soll ich sagen ... Geplänkel am Telefon ..."
Aber Steven war schon bei seinem nächsten Telefonat. Er hatte sich alles genau überlegt. Es musste sein. Also rief er Felix an.
„Du hast es gut. Während unsereins in Aix Geld verdienen muss und sich die Zeit mit anstrengenden Typen um die Ohren haut, kannst du dich von den Scheichs verwöhnen lassen."
„Felix, mir ist grad gar nicht nach Witzen zumute. Ich brauch dich ..."
„Erstens war das kein Witz, und zweitens hab ich seit ... lass mich kurz nachrechnen ... ja, genau, seit vier Jahren von DEM Satz geträumt. Sag es doch bitte noch mal ..."
„Was soll ich noch mal sagen?"
„Dass du mich brauchst, du Idiot. Sag es! Wenn du es sagst, komm ich sofort. Ich kann alle Termine absagen."

Steven hörte, wie Felix lachte. Und auch, dass er nicht alleine war.

„Du nimmst mich immer noch nicht ernst. Aber ich will nicht länger stören. Gib mir einfach einen Termin. Ich brauch deine Hilfe als Therapeut. Ich kann nicht mehr weiter. Es ist schlimmer als damals. Bitte, Felix, hilf mir. Oder nenn mir einen guten Kollegen, zu dem ich gehen kann."

Die Leitung war tot. Oder hatte Felix aufgelegt?

„Felix, bist du noch dran ...?"

„Steven Bingham. Du bist doch immer wieder für eine Überraschung gut. Ich dachte, du willst mich auf die nächste Party einladen. Aber einen Termin zur Therapie ... Du weißt schon, dass das nicht ganz ohne ist. Wir kennen uns viel zu gut. Aber um der alten Zeiten willen mach ich mal 'ne Ausnahme. Wann kommst du zurück?"

Noch bevor Steven in Marseille gelandet war, stand sein Entschluss fest.

* * *

Als sie am Samstagvormittag das Geräusch von Autoreifen auf Kies hörte, zuckte Alice zusammen. Claude hatte ihr doch gesagt, er sei das ganze Wochenende geschäftlich in Paris. War das wieder eines seiner Psychospielchen, und er wollte sie überraschen – und kontrollieren? Die Sache mit Isa damals hatte er ihr nie verziehen. Er war überhaupt komisch in den letzten Wochen. Kein Wunder, dass sie sich bisher nicht getraut hatte, ihm von Bingham und dem Ausflug in die Camargue zu erzählen.

Das Läuten der Türglocke riss sie aus ihren Gedanken. Wer konnte das nur sein? Claude hatte einen Schlüssel, aber bei ihm schlugen die Hunde immer an. Claude konnte nicht mit Tieren, und Max und Moritz nicht mit Claude. Die beiden standen schwanzwedelnd neben Alice und blickten immer wieder von ihr zur Tür, als wollten sie sagen: „Warum machst du nicht auf, Frauchen?"

Dann erst erkannte sie das Auto. Aber das konnte doch gar nicht sein ...

„Steven, ... was für eine Überraschung."

Wären die Hunde nicht voller Begeisterung auf ihn zugestürzt ... sie hätte sich auch nicht zurückhalten können.

„Sorry, dass ich dich so überfalle. Aber ich dachte, wenn ich anrufe, ... dann würdest du vielleicht ..."

Sie ließ ihn nicht ausreden. Das Strahlen in ihren Augen musste ihm verraten haben, wie gut es gewesen war, zuerst bei Alice vorbeizufahren.

„Komm rein. Ich dachte, du hast noch eine Woche ..."

Aber warum so viel reden? Warum konnte sie sich nicht auch einfach mal gehen lassen wie Max und Moritz? Und noch bevor er eintreten konnte, schlang sie ihm ihre Arme um den Hals und drückte ihren Körper in seinen. Er sagte nichts. Zog sie an sich. Und vergrub sein Gesicht in ihren dunklen Locken.

„Ich hab vergessen, wie gut du riechst ..."

„Und ich – wie stark du bist ..."

„Hab ich dir wehgetan? Ich hab mich so auf dich gefreut."

„Du hast mir so gefehlt."

Alice blickte ihm tief in die Augen und freute sich, dass auch er seine Gefühle nicht versteckte. Sie redeten viel. Wie immer. Aber so einiges war anders als vor seiner Abfahrt. Sie saßen eng nebeneinander. Ließen sich keinen Moment aus den Augen. Alice vergaß auch ihre angeborene Höflichkeit als Gastgeberin. Sie wollte keinen Kaffee kochen und keinen Tee anbieten. Sie hing an seinen Lippen und dachte, wenn sie sich bewege und aus dem Raum ginge, würde er sich in Luft auflösen wie ihre Traumfiguren. Und er hörte nur auf zu erzählen, um sie mit Fragen zu überhäufen.

„Und der Rest der Ernte? Der, den du retten konntest?"

„Die Clémants aus Marseille haben mir für den traurigen Rest eine exzellente Qualität bestätigt. Und nächstes Jahr wollen sie mehr. Mal sehen. Aber sie haben sofort bezahlt."

„Und die Olivenernte? Komm ich da auch zu spät?"

Alice nickte und schüttelte gleichzeitig den Kopf.

„Kein Problem ..."

„Trotzdem ... es tut mir so leid, nicht geholfen zu haben."

Aber daran wollte Alice nicht mehr denken.

„Schätz mal? Wie viel Liter?"

„Keine Ahnung. Wie viel Bäume hast du auf dem Anwesen? Ich hab nie drauf geachtet."

„Hundertfünfzig, davon vierzig ganz alte. Top-Qualität. Na, wie viel – sag eine Zahl."

Sie freute sich wie ein kleines Kind. Und Steven spielte mit.

„Die alten tragen bestimmt mehr ... ich schätz mal 80 kg und die jüngeren vielleicht 50?

„Die Großen haben dieses Jahr 140 kg pro Baum getragen. Die mittleren zwischen 70 und 90 kg. Für einen Liter Öl, je nach Olivensorte, brauch ich zwischen 5 und 10 kg ... na? Ich sags dir: Ich hab 1440 Liter beste Pressung!"

„Das ist ja Wahnsinn! Das müssen über 20.000 Euro gewesen sein, oder?"

„Wegen der guten Qualität sogar noch ein bisschen mehr. Als ich den Scheck in der Hand hielt, hab ich mich besser gefühlt als nach meiner ersten Rede im Europäischen Parlament. Obwohl ich damals ziemlich viel Applaus bekam. Fraktionsübergreifend."

Alice war so stolz auf sich. Sie hatte es geschafft. Und gerade, weil es so schwierig war, und sie darum hatte kämpfen müssen, fühlte sie sich so gut.

„Aber das beste kommt am Schluss, Steven. Und wenn du willst, kannst du mir gerne dabei helfen. Mir und Max und Moritz und Rosalinde ..."

„Wer ist Rosalinde? Hast du jemand eingestellt?"

„Rosalinde ist die Trüffelsau von der Biocoop. Die teilen wir uns in der Saison. Die Hunde sind gut, aber Rosalinde ist die Beste."

„Deine Begeisterung ist ... unwiderstehlich, Alice. Klar bin ich dabei."

„Dann nimm dir mal für Ende Januar nichts anderes vor. Das ist Knochenarbeit. Du wirst schon sehen ..."

Alice schaute ihn fragend an. Denn statt zu antworten, stand Steven auf und ging zum Fenster.

„Weißt du, Alice, ich bin ja eigentlich aus einem ganz anderen Grund gekommen."

* * *

Als er sah, wie sie zusammenzuckte, kam er zurück, setzte sich wieder neben sie und versuchte, ihre Hand zu berühren. Aber die zog sie sofort zurück.

„Alice, was ist los?"

Aber das Feuer in ihren Augen war erloschen. Was er sah, war Misstrauen. Nicht Angst, so wie damals in der Camargue.

„Soll ich uns mal einen Kaffee machen? Oder trinkst du lieber Tee?"

„Vielleicht solltest du dir zuerst meinen Vorschlag anhören, und dann könnten wir was anderes trinken ..."

Aber Alice schien festgefroren und starrte ihn nur an.

„... na gut, ich mach's kurz. Schon seit einigen Monaten hab ich ein Geschenk für dich. Aber es hatte sich nie die richtige Gelegenheit ergeben. Und seit unserem Telefonat ... Du weißt schon ... ich hab viel nachgedacht, wie ich dir helfen könnte ... also, die Sache ist die: Ich würde dir gerne das Grundstück am Steinbruch schenken ... So, jetzt ist es raus."

Alice war sprachlos.

Woher wusste er von dem Grundstück am Steinbruch und von ihrem Interesse daran? Sie hatte von Anfang an das Gefühl, dass Fuentes und Bingham sich kennen müssten. Woher sonst hätte Claude gewusst, dass ...

„Seit wann kennt ihr euch? Was hat er dir noch erzählt?"

„Von was redest du? Ich dachte, du freust dich. Ich finde die Idee mit dem Wasserreservoir ganz toll. Dann brauchst du nicht mehr so viel Geld an *Eaux de Marseille* zu zahlen."

Alice blickte ihn ungläubig an. Wieso war Steven so begeistert? Was spielten die beiden für ein Spiel mit ihr?

„Ich brauch keine teuren Geschenke mehr. Von Niemandem."

Kapitel 3.2

Gut gemeint ist nicht immer ...

Der Overkill kam zu Weihnachten. Marie hatte es wieder einmal geschafft, Steven zu einem Happening zu überreden. Dieses Mal wollte sie alle Rekorde schlagen. Schloss Orléans empfing seine Gäste wie eine Postkarte aus dem Werbeprospekt: Seit Mitte Dezember hatte es fast jeden Tag geschneit, und rechtzeitig zu den Festtagen kam die Sonne mit angenehmen 20°C gegen Mittag.

Der Blick auf die schneebedeckten Zweitausender der provençalischen Alpen im Hintergrund und die bizarre Winterlandschaft mit tropfenden Eiszapfen von den Zinnen und zugefrorenen Seen im Park, verschlug der internationalen Schickeria den Atem. Marie hatte beschlossen, den Mittagsempfang draußen zu geben, und der Traiteur aus Aix hatte ein Wintermärchen-Buffet kreiert. Als Lifeband, und eine der Überraschungen für Steven, hatte sie die *Sportfreunde Stiller* engagiert. Er hatte ihr irgendwann einmal erzählt, dass er sie kannte; seit damals, als sie mit *So wie einst Real Madrid* Furore machten und er bei Bayern München spielte.

Am Anfang war Steven noch gut drauf. Mit soviel Freunden und Bekannten aus der Vergangenheit hatte er nicht gerechnet. Irgendwie kam ihm alles vor wie ein großes Klassentreffen. Weihnachten war nicht sein Ding. Aber Marie liebte den Kitsch und die Traditionen ihrer Heimat. Vor allem, weil sie damals zu Hause nichts davon haben konnte. Also machte Steven ihr die Freude und spielte mit.

„Wer hat Lust auf eine Schneeballschlacht?"

Damit eröffnete Steven die Feindseligkeiten und platzierte seine erste Schneekugel seit ... er rechnete kurz nach ... ja, es mussten 30 Jahre her sein. Und da er direkt die breite Brust des Bürgermeisters traf, fühlten sich der gesamte Stadtrat und der Präfekt herausgefordert. Alle schienen begeistert. Sogar die Journalisten, die die *Haute volée* mal aus einer ganz anderen Perspektive vor die Linse bekamen.

Marie wollte sich jedoch ihr minutiös geplantes Programm nicht so einfach trivialisieren lassen. Entschlossen ging sie Richtung Mikro.

„Lieber Steven, liebe Gäste von nah und fern. Als Organisatorin dieses Spektakels möchte auch ICH Sie herzlich willkommen heißen. Bevor wir uns gleich an den Kaminfeuern im Schloss wärmen und trocknen können, lade ich Sie gerne zu einem Feuerwerk der ganz besonderen Art ein; wie einige unter Ihnen vielleicht schon wissen, hat der Hausherr einen Ruf zu verteidigen als *enfant terrible* des Luberon in Sachen Ruhestörung. Aber keine Angst, Mister Bingham, verehrte Gäste – Sie werden gleich selbst sehen, warum dieses Feuerwerk typisch provençalisch ist, nur bei Tag und nicht bei Nacht funktioniert und keinesfalls die Ruhe stört. Ich eröffne hiermit die Festlichkeiten auf Schloss Orléans mit den Worten *Feuer frei*.“

Steven wäre am liebsten in Ohnmacht gefallen. Oder weggelaufen. Aber schon hörte er den Applaus und das Klicken der Fotoapparate. Was war nur in diese Frau gefahren? Aus einer überdimensionierten Weihnachtsfeier war der Supergau geworden. Alptraumhaft. Vielleicht nur für ihn?

„Das sind nicht meine Gäste ... das sind Maries Gäste. Oder?“

Auch dieses Selbstgespräch führte mal wieder zu nichts.

Und da kamen sie schon und klopften ihm anerkennend auf die Schultern.

„Super Vorstellung, alter Sportsfreund. Auf was für Ideen du so kommst. Das Leben in der Provence und deine neue Freundin scheinen dir ja echt gut zu tun.“

Die Musik ließ die Spannung steigen und auf dem Höhepunkt – zusammen mit einem dezenten Knall – schleuderten die alten Kanonen vom Schlosshof Millionen kleiner Lavendelsamen hoch in die Luft. Unter Oh und Ah Rufen klopften und schüttelten die mittlerweile über zweihundert Gäste sich die Körner aus Haaren und Kleidern.

„Achtung: Da, wo Sie die Samen liegen lassen“, rief Marie freudestrahlend ins Mikro, „wachsen überall im Frühjahr neue Lavendelstöcke, wenn wir Glück haben.“

Steven hatte sich das angekündigte Feuerwerk noch schlimmer vorgestellt. Aber was sollte dieser Bullshit von wegen Samen und aufgehen? Egal. Jetzt war nur noch eines wichtig: Marie musste vom Mikro weg, bevor sie noch mehr Unfug anstellte. Am besten würde er sie ganz aus dem Verkehr ziehen.

„Bist du besoffen oder einfach nur von allen guten Geistern verlassen? Ich hab dir vertraut, als du gesagt hast, du machst ein tolles Weihnachtsfest. Und jetzt so was? Was ist nur in dich gefahren?"

„ICH find es super! Und alle anderen auch. Schau dich doch mal um. Da ... einer der Journalisten vom Regionalfernsehen will ein Interview mit uns. Komm ..."

Steven wusste, dass es nur einen Schuldigen an diesem ganzen Fiasko gab. Und das war er selbst. Viel zu lange hatte er Marie machen lassen ... Sex alleine reichte offensichtlich nicht ... Nicht, wenn man so unterschiedlich war wie sie beide. Und wenig Lust hatte, miteinander zu reden. Er hatte ihr vertraut. Aber was hatte Vertrauen damit zu tun? Vertrauen in was? In ihre Vernunft? In ihren Augen war das bestimmt alles vernünftig. Er hätte nicht im Traum daran gedacht, dass Marie so pressegeil war ... am Ende gar für ihn?

Er konnte unmöglich alle nach Hause schicken. Da musste er jetzt durch. Sonst wäre er bis auf die Knochen blamiert. Noch schlimmer als damals nach dem ersten Feuerwerk.

„Oh, Alice. Warum bist du heute nicht da? Du hättest mir so was nie angetan. Du nicht!"

„Was hast du gesagt, Schatz? Lach doch mal in die Kamera – da, links von dir."

„Sie können gerne noch ein paar Aufnahmen vom Weingut machen. Aber wir müssen uns nun um unsere Gäste kümmern, nicht wahr, meine Liebe."

Damit zog er Marie aus dem Fokus. „Was hast du denn noch alles geplant? Ich möchte jetzt alles wissen. Keine Überraschungen mehr! Wir ziehen das jetzt noch gemeinsam durch. Betonung auf durch. Und morgen reden wir drüber. Okay?"

Ohne den geringsten Funken Unrechtsbewusstsein erklärte sie ihm die Abfolge vom *Eggnogg* zum Apéro, bis hin zum Buffet und den traditionellen dreizehn Desserts zur Bescherung.

„Aber nach der Bescherung ist dann definitiv Schluss. Dann schicken wir sie alle nach Hause, ... ist das klar?"

„Das können wir nicht, Stevie, ich hab einigen versprochen, dass sie hier schlafen können. Die Hotels in der Gegend waren alle ausgebucht ..."

„Du hast WAS?"

„Reg dich doch nicht so auf. Die Leute gucken schon. Horch doch mal – ich hab sogar dein Lieblingsweihnachtslied einstudieren lassen. Ist das nicht schön?"

In diesem Moment hörte man die Anfangsakkorde aus Händels Messias. Die Gäste strömten Richtung Eingangshalle. Und wie von Zauberhand dirigiert, griff ein Ton in den anderen, und immer mehr Frauen und Männer stimmten ein: Die aus dem vierten Stock kamen zuerst an die Galerie und sangen weiter, während sie langsam die Treppen hinunterschritten; andere blieben stehen oder setzten sich einfach auf die Stufen; einige kamen singend aus den Salons; die auf der dritten Ebene blieben am Geländer stehen und warfen ihre Stimmen von dort in die Eingangshalle. Insgesamt mussten es über sechzig gewesen sein, die den Chor von *For unto us a child is born* eingeübt hatten.

Steven war entsetzt, was er ihr alles im Bett von sich erzählt hatte. Und wünschte sich nur eines: Ein schnelles Ende – dieser unheiligen Nacht!

* * *

Felix hatte ihm einen Termin für die erste Woche nach Neujahr angeboten. Davor war er noch im Winterurlaub. St. Moritz oder Klosters. Steven hatte es sich nicht behalten. Warum auch? Er hatte ja ganz andere Sorgen.

Seit dem Debakel an Weihnachten hatte er wieder Alpträume. Immer dieselben. Von Naturkatastrophen. Mal Erdbeben, mal Tsunamis, die sein Haus zerstörten. Meistens war er der einzig Überlebende; alle anderen lagen um ihn herum – tot: Männer, Frauen,

211

Kinder. Und er konnte nichts tun. Vielleicht hatte es ja was mit dem letzten großen Fest zu tun? Es wurde auf jeden Fall Zeit, dass er mit jemandem darüber reden konnte. Er hatte versucht, mit Marie zu sprechen. Am nächsten Tag schon. Sie verstand noch nicht mal seine Aufregung. Alle Leute seien doch sooo zufrieden gewesen. Und dann erst die Pressemeldungen ... Im neuen Jahr würden bestimmt noch mehr Touristen kommen: das Anwesen besichtigen, Eintritt bezahlen und Wein kaufen. Er solle ihr dankbar sein, statt zu mosern.

Und er – was tat er? Er schaffte es noch nicht mal, Marie zu sagen, was er von ihren Einmischungen in sein Leben hielt. Wenn er wenigstens wütend geworden wäre. Sie angeschrien hätte. Vielleicht hätte sie dann gemerkt, dass ihm all das, was sie für ihn organisierte, zuviel wurde. Und nicht nur das: zuwider war. Er wollte doch gar nicht wieder und weiter berühmt sein. Er wollte ein ruhiges und beschauliches Leben führen. Sich ein wenig engagieren, da, wo und wie er es wollte. Aber diese Fremdbestimmung ... Ja, genau das war es. Daher vielleicht auch die Träume. Er würde mit Felix darüber sprechen. Heute Nachmittag.

„Ich weiß gar nicht, wo ich anfangen soll. Ich bin durcheinander. Kann kaum noch schlafen, und wenn ich einschlafe, dann träum ich so schlecht, dass ich schweißgebadet wach werde und Angst hab, wieder einzuschlafen ...“

„Okay, Steven. Wir packen das zusammen an. Nach und nach. Du weißt ja, wie es geht. Sag mir, was dir in den Sinn kommt. Kannst du dich an Träume erinnern?“

Steven erzählte, und je mehr er redete, desto mehr Erinnerungen kamen.

„Es gibt zwei Arten von Träumen. Die, in der was ... Schreckliches passiert ... und ich der einzig Überlebende bin ... alle anderen sind tot. Die liegen da ... und ich erkenne sie ... manchmal. Und dann die Träume mit ganz vielen Menschen um mich rum. Ganz nah. Viel zu nah. Ich hab Angst zu ersticken. Es sind Frauen. Ganz verschiedene Frauen. Sehr junge und auch alte.“

Steven hielt inne. Wieso dachte er jetzt an Alice? Und Marie? Von denen hatte er noch nie geträumt ... Er hörte die Stimme von Felix, ohne ihn zu verstehen.

„Ich konnte mich eigentlich nie so richtig wehren ...“

„Wehren ... gegen wen oder was?“

„Ich weiß nicht. Frauen? Meine Mutter ... meine Schwester?“

„Woran denkst du, wenn du sagst, wehren? Fällt dir noch was dazu ein?“

„*Aushalten* fällt mir ein. Das ist was anderes als *wehren*, oder? Ich hatte immer das Gefühl ... die wollten was ... aber ich nicht. Ich hab mich nie getraut, *nein* zu sagen. Ich hab sie doch so lieb gehabt. Beide. Und da gab es auch noch meine Großmutter, Emma. Oder war Emma damals schon tot, und sie haben mir nur von ihr erzählt? Meine Mutter hat Tagebuch geführt. Vielleicht sollte ich mal ...“

„Hast du das Tagebuch noch?“

„Ja, das ist das einzige, was ich noch hab von früher. Alles andere ist damals verbrannt ...“

„Wenn du willst, kannst du es das nächste Mal mitbringen, und wir schauen es uns gemeinsam an. Was hältst du davon?“

„Lieber nicht. Das ist vorbei. Schnee von gestern ...“

„Steven? Du weißt doch noch von früher, wie wichtig es ist, gerade dahin zu schauen, wo es einem am meisten weh tut, oder? Wir machen das zusammen.“

„Danke, Felix. Ich hab es versucht. Alleine. Aber das geht einfach nicht ... Kann es sein, dass es eine Verbindung gibt?

Die Frauen von früher und die Frauen von jetzt ...?“

„In Träumen können die Frauen auch Männer sein oder umgekehrt, auch Kinder oder wir selbst – weißt du noch? An wen denkst du spontan?“

Steven war es peinlich, darüber zu reden. Aber wenn er Hilfe haben wollte, musste er alle Karten auf den Tisch legen. Nur blöde, dass Felix kein normaler Therapeut war. Sondern viel zu nah. Durch ihre Freundschaft ... durch die Umarmung von damals. Aber egal, jetzt hatte er bei ihm angefangen und würde so weiter machen.

„Ich glaub, ich hab mich da in eine schwierige – aussichtslose Situation gebracht. Davon träum ich bestimmt auch ... Weißt du noch, als wir in London manchmal Snooker gespielt haben? Ich fühl mich wie eine der Kugeln. Irgendjemand hat mich gesnookert. So gemein, dass ich keinen weiteren Stoß machen kann. Und das Schlimme ist ... derjenige, der das gemacht hat, ... bin ich selbst."

Er erzählte Felix von den zwei Frauen in seinem Leben. Eine, mit der er sich angefreundet hatte. Notgedrungen.

„Was willst du damit sagen, Steven – notgedrungen? Weil niemand anderes da war? Oder wolltest du was anderes?"

Steven offenbarte ihm alles. Von Anfang an. Das Feuerwerk. Die Herde. Der Steinbruch. Das Gerichtsurteil. Der Autounfall. Die Arbeit im Naturschutzgebiet. Und bei ihr.

Die Fahrt in die Camargue. Seine Enttäuschung, abgewiesen zu werden. Der Versuch, seine Verliebtheit in Freundschaft zu verwandeln. Sein Frust darüber, ihr körperlich nicht näher kommen zu können. Und dann sprach er von Marie. Über alles. Seine Gier. Und seine Befriedigung.

„Sie gibt einem ... wovon ein Mann träumt."

„Ach ja, Steven? Da bist du dir mittlerweile ganz sicher?"

Das war kein gutes Thema für Felix. Aber sicherlich der Moment, ihm ein für allemal zu sagen, dass er mit seinen Scheiß-Doppeldeutigkeiten aufhören solle. Ein für allemal.

Aber stattdessen erzählte er von Alice. Wie gut er sich mit Alice verstand. Was sie alles gemeinsam hätten. Die Einstellung zum Leben. Die Suche nach Ruhe und Geborgenheit. Alice war die Frau, mit der er eigentlich schlafen wollte.

So – jetzt war es raus.

„Wir haben doch in London schon viele Stunden drüber gesprochen, Felix. Die Sache im Internat war nicht freiwillig passiert. Ich war zu jung und hatte Angst. Angst, mich zu wehren. Angst, anders zu sein als ER. Ich wusste nicht, wo ich hingehörte. Als du ... damals ... du weißt schon ... du hast mich gequält mit deinen Fragen. Aber da war nichts. Du hast mich geküsst, und da war nichts. Ich weiß sehr gut, wo ich hingehöre und was mich befriedigt. So wie mein Verhältnis mit Marie."

Steven hatte genug für heute. Vielleicht war es doch ein Fehler gewesen, zu Felix zu gehen?

* * *

„Wir haben noch eine Viertelstunde, Steven. Was verbindet denn die Frauen der Vergangenheit mit denen von jetzt? Fällt dir dazu was ein? Ganz spontan."

„Hilfe fällt mir ein. Sie brauchen Hilfe. Aber die will ich ihnen nicht geben. Nicht mehr! Oder doch? Ich muss ... aber ich will nicht."

„Warum musst du etwas tun, was du nicht willst?"

Felix merkte sofort, dass er mit seiner Frage ins Schwarze getroffen hatte. Steven war leichenblass. Er hatte seine Antwort gefunden. Vielleicht auch erst ein Bruchstück davon. Tief in sich selbst. Jetzt mussten sie es nur noch gemeinsam und mit viel Geduld und Mut an die Oberfläche ziehen.

Aber Steven blieb stumm.

„Belassen wir es für heute dabei. Komm nächste Woche um dieselbe Zeit, und was dir bis dahin einfällt – schreibst du auf. Und wenn es schlimm wird, ruf an, dann sehen wir uns vorher. Okay?"

Kaum war Steven zur Tür hinaus, ließ Felix sein Aufnahmegerät zurückspulen. Nein, er hatte sich nicht verhört. Die eine Frau hieß Alice, und die andere Marie.

Alice und Marie. Was für ein kurioser Zufall. Aber genauso wichtig waren die Frauen aus der Vergangenheit: die Mutter, die Schwester, die Großmutter. Was war da passiert? Steven Bingham war offensichtlich kurz davor, sein Geheimnis mit ihm zu teilen.

Er vertraute ihm wohl genauso wie früher. Hätte er sich sonst nicht einen anderen Therapeuten gesucht? Er war nicht der einzig englischsprachige in Aix. Aber es ging nicht um die Sprache. Felix kannte Steven so gut. Er war anhänglich. Und immer noch der gutgläubige kleine Junge. Nicht so wie Patrice.

Felix dachte kurz an die Tage in der Schweiz zurück. Zu schnell vorbei. Das Chalet, der Schnee, die Sonne, die Einsamkeit tagsüber und die Parties in der Nacht ...

Patrice hatte ihm noch mehr von sich erzählt, auch, dass er am liebsten mit ihm in dieser Hütte bleiben würde. Für immer. Sie sprachen darüber, was sie geprägt und zu dem gemacht hatte, was sie heute waren. Über ihre Kindheit und ihre Eltern. Über ihre Jugend und ihr Leben. Alles. Er vertraute Patrice, und sie hatten angefangen, gemeinsame Pläne zu schmieden.

Aber ob für die Schweiz oder egal wo: Sie brauchten mehr Geld.

Am Abend nach Stevens erster Therapiestunde war es dann so weit. Er musste sich entscheiden: Ein unorthodoxer Therapeut zu bleiben oder seine Versuche abzubrechen und den schmalen Grat zwischen Gut und Böse ein für allemal zu überschreiten.

* * *

„Noch mal den alten Fuentes zu erpressen, hat keinen Sinn. Der ist mit allen Wassern gewaschen. Es sei denn, ich könnte ihm was in die Hände spielen. Etwas, das mehr Geld wert ist als der Auftrag, den er mir gegeben hat. Aber bisher hab ich einfach nichts über diesen Bingham rauskriegen können, was nicht schon im Netz steht. Deine Connections in England waren okay, Schatz. Die waren gesprächig; fast alle. Aber es gab nichts Neues und vor allem nichts Heikles oder Illegales: taffer Fußballer; Auszeichnungen bis zum Abwinken; Sportjournalist; Charity-King; erfolgreich an der Börse; Multimillionär. Die üblichen Frauengeschichten, ein paar Berichte der Regenbogenpresse aus der Fußballerzeit, ob er nicht doch schwul wäre. Alles kein Taug und vor allem Schnee von gestern. Es fällt nur auf, dass nichts über seine Familie zu finden ist, ... wo er herkommt und wer dazugehört. Sind wohl alle tot."

„Wenn ich dir sage, wer heute mein letzter Klient war, Patrice, wirst du dich ganz schön wundern. Und wenn ich dir erst verrate, was ich erfahren hab ... ja, was wäre dir das wohl wert?"

Diabolus lauschte aufmerksam. Aber es war Patrice, der sich bedankte und Felix seine Zunge tief in den Mund presste.

* * *

Alice schaute selten fern. Aber heute musste sie sich ablenken. Lesen ging nicht. Also ließ sie sich zuerst ein Bad ein. Und danach stand *Stolz und Vorurteil* auf dem Programm, warum nicht? Irgendwie passte der Film ganz gut in ihre Stimmung. Gerade hatte sie ihr Telefon aus der Hand gelegt. Nach seinem letzten Besuch bei ihr hatte Steven alle paar Tage angerufen. Er hatte ja recht. Sicherlich gab es Missverständnisse, und sicherlich wäre es gut, sich mal auszusprechen. Über Claude. Über ... ja, über was noch? Vorurteile waren sicher auch dabei. Und viele Gefühle – aber welche?

Ihr Nachbar hatte sie schon so oft zu sich eingeladen. Und sie hatte genauso oft abgesagt: kein Cricket, kein Erntedank, keine Weinmesse und kein Weihnachten. Sie hatte ihm sogar erklärt, warum. Zu viel Leute. Zu viel Smalltalk. Diesmal konnte sie nicht absagen: nur sie beide. Und Steven würde sogar selbst kochen. Die Vorspeise schottisch und das Hauptgericht provençalisch. Das klang so bizarr, dass sie vorhin am Telefon nicht ernst bleiben konnte. Und ja, sie freute sich. Ihn wiederzusehen. Vielleicht, endlich sich trauen, ihn zu fragen, wie es mit ihrer Freundschaft weitergehen sollte. Oder kann man so was nicht fragen? Vielleicht fiel ihr bis morgen eine bessere Formulierung ein.

Sie könnte sich ja von den Hauptdarstellern im Film was abschneiden. Die hatten es auch nicht gerade einfach, ihre Eigenheiten und Spleens abzulegen. Aber Alice hatte kein Glück an diesem Abend. Die vorherige Sendung war noch nicht vorbei: ein regionaler Beitrag über Schloss Orléans.

„Wow, was für Räume ... die Bibliothek ist ja umwerfend. Das ganze Gebäude ... Wahnsinn. Na ja, ich werd es ja bald von Nahem sehen."

Und dann kam Marie. Zuerst hörte sie nur ihre Stimme. Der schrille hohe Tonfall. Danach sah man sie groß im Bild. Ein phantastisches Kleid mit grünen Pailletten und tiefem Ausschnitt, der ihren schönen Busen noch mehr zur Geltung brachte. Die rote Haarmähne hatte sie kunstvoll hochgesteckt. Marie, die als Gastgeberin die Leute verabschiedete und wie selbstverständlich neben Steven stand.

Das musste wohl die Weihnachtsfeier gewesen sein ...

Alice überlegte nicht lange. Schade um *Stolz und Vorurteil*. Vielleicht hätte sie echt was lernen können, aber danach war ihr jetzt nicht mehr zumute.

Sie griff zum Telefon.

Und wählte die Nummer von Marie.

Kapitel 3.3

Haggis und Trüffel

Claude kam sich seit Wochen wie ein Jongleur im Zirkus vor. Bisher hatte er dank geschickter Transaktionen und der Mithilfe von Dufee seine Geschäftspartner noch gut im Griff. Aber es waren unruhige Zeiten. Mehr als in den letzten Jahren, musste er persönlich seine Kontakte pflegen. Skype reichte nicht, wenn es um Vertrauen ging. Sogar Dufee musste Auslandsaufträge übernehmen. Nicht nur zur Einschüchterung. Dieser Diabolus war Gold wert! Keine Skrupel. Keine Mätzchen. Keine Moral.

„Wie war's in Schottland? Nicht gerade die beste Jahreszeit. Aber Sie waren ja auch nicht als Tourist unterwegs ...“

„Ich hab endlich eine Spur gefunden. In einem Altersheim in Edinburgh. Nicht sehr verlässlich. Ziemlich dement. Aber die erinnern sich ja manchmal besser an die Vergangenheit als an die Gegenwart ...“

„Machen Sie's nicht so spannend, Dufee. Er hat also noch Familie. Seine Mutter?“

„Nein. Bisher nichts. Aber der Typ, mit dem ich gesprochen hab, kann sich an den Urgroßvater von Steven erinnern. Henry. Sie waren Nachbarn. Aber dieser Henry wollte nie, dass andere Leute auf seinen Hof kamen. Keine Kinder, aber auch keine Erwachsenen. Seine Frau war früh gestorben, und er zog die Kids alleine auf. Drei Mädchen und einen Jungen. Der Junge ist im Krieg gefallen. Eines der Mädchen hat sich erhängt. Und Emma, die jüngste, wurde von einem deutschen Kriegsgefangenen vergewaltigt. So was soll vorgekommen sein.

Es gab Gerüchte, dass Henry den Kerl an seine Schweine verfüttert hatte, bevor die Polizei was tun konnte. Emma hat dann irgendwann das Saufen angefangen. Ist selbst dement geworden und in den späten Neunzigern gestorben. Aber sie hatte eine Tochter.

Stevens Mutter, Lizbeth. Sein Vater war Ire und ist wohl früh gestorben. Autounfall.

Aber als guter Katholik hat er seiner Frau vorher noch ein paar Kids angesetzt. Außer Steven hat nur eine Schwester überlebt. Auffallend viel Tote in der Familie, wenn Sie mich fragen. Aber das Einzige, was die Polizei damals wohl überprüft hat, war das spurlose Verschwinden vom alten Henry, 1991. Seine Farm war abgebrannt. Aber es wurde nie eine Leiche gefunden. Es gab Gerüchte, wonach er was mit seiner Tochter gehabt haben sollte. Die Bobbies hat der Teil der Geschichte nie interessiert. So was gab's wohl öfter ...“

Fuentes nickte zufrieden.

„Gute Arbeit Dufee. Sie sind Ihr Geld wert.“

„Ich glaube, ich bin sogar noch mehr wert ...“

„Was soll das jetzt? Ich dachte, Sie hätten Diabolus das Nachkarten abgewöhnt.“

„Darum geht's nicht. Ich bin bei meinen Recherchen für Sie auf was gestoßen, das Ihnen noch mehr wert sein sollte. Und ich ... wie soll ich sagen, ich hab Zukunftspläne. Eine Hütte in der Schweiz, oder ...“

„Ich versteh, ich versteh. Ersparen Sie mir die Details. Was ist es ...?“

„Vielleicht sollten wir uns zuerst über den Preis einigen ...“

„Ich kauf keine Katze im Sack. Das wissen Sie, Dufee. Ich ertränk sie drin!“

„Wie viel wäre es Ihnen wert, wenn ich Ihnen den Liebhaber Ihrer Frau auf dem silbernen Tablett ...“

Statt zu antworten, drehte Fuentes ihm den Rücken zu, ging langsam zur Bar und goss sich einen Cognac ein.

„Wollen Sie auch einen – Diabolus?“

„Gerne – ich glaube, ... wir kommen ins Geschäft.“

* * *

220

Dieses Jahr fiel der Valentinstag auf einen Mittwoch. Die Mandelbäume blühten schon seit Wochen. Die Temperaturen waren viel zu hoch für Februar. Aber niemand störte das, außer den Trüffelbauern. Überall saßen die Leute auf den Terrassen und genossen das frühe Frühjahr. Steven saß im *Chez Bruno* und schaute missmutig auf sein Pils.

„Alles okay, Steven? Oder willst du lieber was anderes trinken?"

„Nein, Bruno."

„Nein, was?"

„Findest du nicht auch, dass Frauen unheimlich kompliziert sind?"

„Hat nicht kürzlich jemand darüber ein Buch geschrieben?"

„Hahaha. Wie lustig! Sag mal ... hast DU eine Valentinskarte gekriegt?"

„Wenn ich ehrlich sein soll ... ach, was soll's? Ich setz mich mal kurz zu dir. Serge, übernimm die Terrasse mal für zehn Minuten ... ich mach 'ne kurze Pause. Und bring mir 'nen doppelten Espresso ... Nein, ich hab keine bekommen. Aber ich mach mir auch nichts aus dem Schmu. Hast du denn eine geschrieben?"

„Ja ... schon. Sogar zwei."

„Vielleicht eine zu viel?"

„Wieso? Wenn ich beide liebe?"

„Du Glückskind!"

„Eigentlich nicht. Ich bin in einer blöden Situation. Und weiß nicht recht, wie ich da rauskommen soll ..."

„Ich bin ganz Ohr. Vielleicht kann ich dir ja 'nen Tipp geben. So von Junggeselle zu Junggeselle ..."

Steven erzählte ihm von zwei Frauen. Aber diesmal ohne Namen. Und Bruno von einer Frau, in die er so verliebt sei – am anderen Ende der Welt.

„Im Vergleich zu mir kann ich dich nur beglückwünschen. Was soll ICH denn sagen? Ich hatte gehofft, Isa würde nicht mehr nach Australien fahren ... Nicht nach DER Nacht. Und jetzt sitz ich hier und blas Trübsal. Endlich gefunden, und schon wieder verloren. Ich hab ja noch nicht mal ein Foto von ihr, nur das in meinem Kopf. Ich kapier's einfach nicht ...

Und du? Du hast gleich zwei, und beide sogar noch vor der Haustür."

„Aber ich muss mich doch entscheiden ..."

„Musst du das? Oder willst du das?"

Damit klopfte Bruno ihm herzlich auf die Schulter und ließ ihn wieder alleine.

* * *

Marie brauchte nicht lange klingeln zu lassen. Steven ging direkt dran.

„Hallo Liebling, *merci beaucoup* für die schöne Valentinskarte ... Wie geht's dir?"

„Mir geht's gut. Ich bin schon in Aix und freu mich auf nachher ..."

„Genau deswegen ruf ich an. Heute geht's bei mir nicht. Schade, dass du extra runtergekommen bist. Oder hast du noch andere Besorgungen in Aix ...?"

Sie versuchte, so cool wie möglich am Telefon zu sein. Sie hörte seinen Atem. Und sah ihn vor sich. Was für ein Mann. An ihm war alles echt. Keine Mogelpackung. Und trotzdem ... sie konnte einen leisen Seufzer nicht unterdrücken.

„Du bist doch nicht etwa krank, Liebling?"

„Nein, Steven. Im Gegenteil. Mir ging es noch nie so gut wie heute."

„Und trotzdem können wir uns nicht sehen ...?"

„Und gerade deswegen können wir uns nicht sehen."

„Ich versteh kein Wort ..."

„Ich komm am Wochenende nach Orléans, wenn es dir recht ist. Dann erklär ich dir alles. Mach's gut."

Das sollte reichen für heute. Mehr wollte sie nicht rauslassen. Es war noch zu früh, ihm von ihrer Freundschaft mit Alice zu berichten.

Geschweige denn, dass Alice zu den Frauen gehörte, die Marie früher schon mal angebaggert hatte.

Sie dachte damals, dass jede Frau, die mit Männern so schlechte Erfahrungen gemacht hatte wie Alice, irgendwann nur noch mit Frauen schlafen würde. Marie hatte Alice ein paar Mal zum Essen eingeladen und ins Konzert. Aber die hatte überhaupt nichts kapiert. Sie fiel damals aus allen Wolken, als Marie ihr ihre Wohnung und zuletzt das Schlafzimmer gezeigt hatte. Sie hatte sich sogar geschämt, als sie NEIN sagte. Rot geworden war sie, bis unter die Haarwurzeln.

Aber so was verbindet. Marie wusste seit diesem Abend, dass sie sich immer auf Alice verlassen konnte, und umgekehrt auch. So wie gestern Abend.

Nur eine Sache blieb für sie ein Rätsel: Warum hatte Alice sich gefreut zu hören, wie gut Steven im Bett war?

* * *

Alice wusste genau, was sie anziehen würde für das Abendessen auf Orléans. Die weinrote Samthose und dazu den „Sternenhimmel": eine alte Escada-Jacke aus schwarzem und weinrotem Samt mit winzigen Glasperlen, die im Kerzenlicht funkeln würden wie der Nachthimmel der Camargue.

Für Alice war es ein gutes Zeichen, sich für die Jacke aus längst vergangenen Zeiten entschieden zu haben. Vielleicht sogar deswegen: die Erinnerung an tausende von Abendessen und Empfängen, zu denen sie eigentlich gar nicht gehen wollte. Aber musste. Ob zu den Wirtschafts- oder Wohlfahrtsverbänden. Zu den Lobbyisten oder Regierungsvertretern. Sie musste sich damals blicken lassen. Dafür hatten die Leute sie schließlich gewählt. Deren Interessen zu vertreten. Auf höchstem politischen Niveau. Und das hatte sie auch gemacht. Gut und gerne.

Steven hatte lange nicht verstanden, warum sie seine Einladungen, eine nach der anderen, ablehnte. Dabei hatte sie es ihm erklärt. Immer wieder.

„Empfänge zu jeder Tages- und Nachtzeit gehörten zu meinem Leben. Aber ich war eine andere Frau. Ich kann dir auch sagen, was mich am meisten dabei stört. Damals und heute. Es sind die Fragen. Immer dieselben Fragen ...

Und wie lange sind Sie schon hier? Wo sagten Sie, kommen sie gebürtig her? Ah, das Europäische Parlament ... Meiner Meinung nach ...

Und weißt du, Steven, genau DIE interessiert mich nicht mehr. Damals dachte ich, die Meinung anderer sei lebenswichtig. Für mich. Für die Politik, für die Menschen, die ich vertrat ...“

Und dann gingen die Diskussionen los. Über soziales Engagement. Über Politik im Allgemeinen und in Frankreich ganz besonders. So wie Freunde diskutieren. Hart, aber fair. Sie wusste genau, dass auch er diesen Schlagabtausch liebte.

Aber der heutige Abend würde anders verlaufen. Heute würde etwas Großes zu Ende gehen. Und wenn alles gut ging, ... etwas Neues beginnen.

Sie hatte sich vorgenommen, ihn in ein harmloses Gespräch über die letzte noch anstehende Trüffelernte zu verwickeln. Auch das erinnerte sie an früher. Sie war eine gute Diplomatin gewesen. Vielleicht war es wie Fahrradfahren. Das verlernt man angeblich ja auch nie.

* * *

Steven war anders als sonst. Nachdenklicher. Am Anfang schien er sich zwingen zu müssen. Zu allem. Zu guter Laune. Zur Besichtigung des Anwesens. Sogar zum Kochen.

„Kann ich vielleicht helfen?“

Er drückte Alice einen dicken Trüffel in die Hand.

„Ich bin mit der Zeit durcheinander gekommen. Ich weiß, dass man den am besten schon vorher in die Eier legt. Kannst du das vielleicht übernehmen?“

„Klar. Was solls denn werden? Eine *Brouillade*?“

Er nickte nur kurz.

„Hast du vielleicht Lust, morgen zur Trüffeljagd zu kommen? Zuerst mit den Hunden und dann mit Rosalinde. Die besten bekommen einen Preis. Ohne dich würde ich nicht gerne hingehen. Du weißt ja, was ich von Großveranstaltungen halte."

Aber mehr als ein gedankenverlorenes „Mal sehen" war nicht aus ihm rauszulocken.

„Ich bin ja mal sehr gespannt, wie es nach dem Trüffel weitergeht. Du hast gesagt, es gibt was Schottisches?"

Ab da wurde alles besser. Steven hatte Alice die Wahl überlassen, ob sie lieber in einem der Salons oder in der Küche essen würde. Während er die Kerzenleuchter in die Küche brachte, hatte sie schon den Tisch gedeckt.

„Und was wird zum Haggis getrunken?"

„Whisky ... aber erst muss ich ihn töten und ein Gedicht aufsagen."

Alice hatte schon ein ungutes Gefühl gehabt, als sie hörte, dass es Haggis geben würde. Daran konnte sie sich noch aus ihrer Schulzeit erinnern. Die schlimmste Geschichte war, dass die Schotten ihn tagelang in ein Erdloch legen würden. Aber dass er danach auch noch getötet werden musste? Die volle Flasche Single Malt auf dem Tisch beruhigte sie. Gut zum Desinfizieren.

Sie hatte vergessen, wie gut Steven sie bereits kannte.

„Du müsstest mal dein Gesicht sehen. Nicht alle Geschichten über Haggis sind wahr. Glaub mir, liebste Alice."

Es war das erste Mal seit langem, dass er sie so nannte. Und ihr Herz machte einen Sprung vor Freude.

Steven erzählte ihr von einem schottischen Schriftsteller, dessen Geburtstag Ende Januar sogar traditionsgemäß mit Haggis gefeiert würde.

Aber sie hörte kaum zu. Sie sah nur seine Begeisterung. Die Liebe zu seiner Heimat. Zur Kultur und den Menschen. Seine Augen strahlten. Sein Mund war einladend wie nie zuvor. Er erzählte und erzählte, und sie verliebte sich mehr und mehr. Nicht zum ersten Mal. Aber heute ließ sie es geschehen.

„Eigentlich müsste ich noch meinen Dudelsack holen und zu Ehren des Haggis spielen. Aber das lassen wir heute mal weg, wenn du einverstanden bist. Ich sag jetzt das Gedicht und bei der Zeile mit dem Messer brauchst du nicht zu erschrecken. Das ist der Moment, in dem ich den Haggis töten muss. Dann gießen wir Whisky drüber und zünden ihn an. Das ist Familientradition."

Der ganze Mann leuchtete vor Vergnügen. Er war wieder ein kleiner Junge. Und sie das kleine Mädchen. Und zusammen erlebten sie ein Abenteuer: ihre erste gemeinsame Nacht.

* * *

„Hast du eigentlich gute Erinnerungen an deine Familie? Eure Feste?"

Steven hatte zwar gehofft, dass Alice nicht gleich nach dem Essen aufbrechen würde, aber auf so eine Frage war er nicht gefasst. Am besten cool bleiben und ablenken auf was anderes. Darin war er doch immer gut gewesen.

„Ich hab uns ein schönes Feuer in der Bibliothek vorbereitet; was hältst du von einem gemütlichen Absacker vorm Kamin?"

„Wenn ich dich nicht besser kennen würde ..."

„Was wäre dann?"

„Na ja. Vorgerückte Stunde. Charmanter, mitfühlender, hilfsbereiter Junggeselle bittet sensible introvertierte reife Frau zum Stelldichein ... Für mich klingt das nach romantischer Verführung."

„So siehst du mich also? Okay damit kann ich für den Anfang leben. Aber dich – dich seh ich ganz anders ..."

„Ach ja. Und wie? Nein, bitte sag es nicht. Ich glaube, ich will es nicht hören ... der Abend ist zu schön."

„Genau das meine ich. Du bist scheu wie ein schönes, verletzbares, junges Reh und ..."

„... ab jetzt ist Schluss mit Romantik, junger Mann! ... Ich bin nämlich älter als du. Und leider kein junges Reh mehr. Aber ich bleib trotzdem noch auf den Absacker. Ich will dich nämlich schon so lange was fragen."

„Schieß los. Ich bin einundvierzig, wenn es das ist."

„Nein das ist es nicht. Aber wenn das so ist, dann ... bin ich wirklich ein paar Jährchen älter. Wenn dich das nicht stört. Mir ist es egal. Aber ... ich wollte es dir trotzdem sagen. Nicht, dass du enttäuscht wärst. Irgendwann ... mein ich."

Steven hätte ihr am liebsten einen Kuss gegeben. Sie war beim Rumstottern rot geworden wie ein Schulmädchen. Aber er bemühte sich, so sachlich wie möglich zu bleiben – in einer Haggisnacht.

„Alter ist im Kopf. Ich kenn soviel junge Leute, die älter sind als ihre eigenen Großeltern."

„Guter Vergleich. Wir haben eben so viel gemeinsam, weißt du. Ich will dich seit Stunden was fragen und weiß nicht recht, wie ich anfangen soll. Und du gibst mir ganz einfach das Stichwort. Als wüsstest du ..."

„Klar ähneln wir uns in so vielem. Ich könnte dir locker ... warte mal ... sechs, sieben, acht ... Gemeinsamkeiten aufzählen. Auf was willst du raus?"

Alice freute sich über seine Neugierde und lachte.

„Wow, auf Anhieb kommst du auf so viele. Toll. Keine Angst, ich frag dich jetzt nicht, welche du meinst ... Nein ohne Spaß. Mir ist aufgefallen, dass wir beide nicht gerne über Familie reden. Oder?"

„Autsch, Alice. Bisher war der Abend doch so schön ..."

Steven war sich selbst nicht sicher, wie ernst er das gemeint hatte. Aber der Satz war raus und der Gedanke frei.

„Du hast in den letzten Monaten ab und zu deinen Opa Henry erwähnt. Und was du alles von ihm gelernt hast. Ich bin auch in einem Dreigenerationen-Haushalt aufgewachsen. Ich hatte einen Großvater, der alles konnte. Aber ich hab nichts von ihm gelernt. War Henry der Vater deiner Mutter oder deines Vaters?"

Steven hatte gewusst, dass dieser Moment irgenwann kommen würde. Jetzt, wo er sich seiner Gefühle für Alice immer sicherer wurde, durfte er nicht weiter seine Vergangenheit wegsperren. So, als sei alles normal. Normal war da wenig. Aber wo sollte er anfangen?

„Das ist gar nicht so einfach zu erklären, Alice. Dafür brauch ich noch einen Single malt und dann ... vielleicht noch einen ... und dann ..."

Viel Mut, wollte er sagen.

Schade um den schönen Abend, wollte er sagen.

Was hätte sich nicht alles ergeben können, wenn er mutiger gewesen wäre und Alice endlich nach ihrem Verhältnis zu Fuentes gefragt hätte.

Vielleicht sogar mutig genug, von Marie zu erzählen.

Aber Alice war ihm zuvorgekommen.

Hatte den Finger auf ein Kapitel seiner Geschichte gelegt, das er jahrzehntelang erfolgreich verdrängt hatte. Und jetzt mit Hilfe von Felix dabei war, auszugraben.

Sein Entschluss stand fest.

Sich nicht weiter zu verstecken.

Nicht vor der Vergangenheit und nicht vor Alice.

* * *

Alice blieb die ganz Nacht.

Aber nicht so, wie sie es sich erträumt hatte.

Und auch nicht so, wie Steven es sich erträumt hatte.

Sie schliefen zusammen ein, ohne miteinander zu schlafen.

Jeder in einem Sessel vor dem Kamin. Voll guten Whiskies und schrecklicher Geschichten. Vor ihnen auf dem Boden lagen alte Fotoalben. Und die letzte Glut ließ die Gesichter von Männern, Frauen und Kindern aus längst vergangenen Tagen noch einmal aufleuchten.

Alice hatte das Tagebuch von Lizbeth, seiner Mutter, bis zum Ende gelesen. Als sie aufschaute, um die Augen von Steven zu suchen, war er schon fest am Schlafen. Sie holte zwei Plaids vom Sofa und deckte ihn liebevoll zu.

„Wir haben wirklich viel gemeinsam, Steven. Noch mehr als du glaubst."

Diese Nacht gehörte Steven und seinen Geistern.

Aber irgendwann würde auch Alice ihm ihre Geschichten erzählen müssen: von Willi und von Erich, von Kurt und von Claude.

Und sich hoffentlich ...

oder noch besser ...
endlich ...
nicht mehr dafür schämen!

Kapitel 3.4

Lizbeths Tagebuch

Mai 1945

Alle sagen, dass heute ein ganz besonderer Tag ist.
Und deswegen fange ich heute mein Tagebuch an. Ma hat gesagt, dass ich darin alles aufschreiben kann. Alles Schöne und alles nicht so Schöne. Sogar das, über was ich nicht reden will. Ma macht das auch. Aber sie kann bestimmt viel besser schreiben als ich. Ich bin gerade erst sieben Jahre alt geworden. Aber Frau Lehrerin meint, ich schreibe schön. Also schreibe ich, was mir in den Sinn kommt.
Alle sagen, dass ich ab heute keine Angst mehr vor dem Blitz haben muss. Er kam nie bis zu uns, aber ich hatte trotzdem Angst vor ihm. Wenn Tante Audrey, Ma's Schwester, aus London zu Besuch kam, hat sie ganz schlimme Geschichten erzählt: Häuser, die in Flammen aufgingen und zusammenstürzten. Frauen, Kinder und Hunde unter sich verschütteten. Männer gab es keine mehr. Die waren alle im Krieg. So wie Pa. Die wurden da verschüttet oder verbrannt, so wie Pa. Pa ist immer noch im Lazarett. In Frankreich. Hoffentlich kommt er bald nach Hause.
Ich war heute in der Stadt.
Opa Henry und Ma haben mich mitgenommen. Alle feiern das Ende vom Krieg. Die Leute sind so froh, dass sie singend und lachend durch die Straßen rennen. Sie trinken ganz viel und singen und lachen dann noch mehr. Einige tun Dinge, die ich nicht sehen soll. Ma hat mir sogar die Augen zugehalten. Aber als wir an denen vorbei waren, hab ich mich schnell umgedreht und wieder hingeguckt.
Ein Mann und eine Frau, die sich an eine Hauswand drückten. Es sah komisch aus. Der Mann hat der Frau einen Kuss gegeben. Dabei hatte er die Hose halb runterhängen, als würde er Pipi machen.
Das Lachen der Frau schallte noch lange hinter uns her.

Ich bin mir gar nicht sicher, ob es wirklich lustig war. Schade, dass ich Ma nicht fragen kann. Aber sie hatte mir ja verboten hinzuschauen ...

September 1945

Bis heute hatte ich keine Lust zum Schreiben.

Die Sommerferien waren toll. Opa Henry hat mir einen kleinen Hund geschenkt. Pa ist immer noch nicht zurück aus Frankreich. Er ist wohl sehr krank. Ma hilft Opa in der Brennerei, und ich helfe ihm mit den Schafen.

Ma ist oft traurig. Aber wenn sie Whisky trinkt, geht es ihr gleich besser.

Januar 1946

Der Weihnachtsmann hat mir nicht meinen Pa zurückgebracht. Dabei hatte er es doch versprochen. Opa Henry hat mir ein wunderschönes Kleid geschenkt, und Ma eine selbstgemachte Puppe. Tante Audrey war auch da mit ihren Jungs. Aber sie sind nicht lange geblieben.

Ich bin auch traurig, so wie Ma.

Morgen fängt die Schule wieder an.

März 1946

Heute hab ich es endlich gefunden. Das Tagebuch von Ma. Mir fällt doch nichts ein zum Schreiben. Und da Ma viel besser und mehr schreibt als ich, hat sie bestimmt nichts dagegen, dass ich ein wenig von ihr abschreibe. Über Pa. Warum nicht? Mein Pa heißt in ihrem Tagebuch Saul.

Und Ma schreibt:

„Ich war vierzehn, als es zum ersten Mal passierte.

Wenn Henry nicht zu mir kam, ging er zu Audrey.

Mrs. Smith sorgte dafür, dass keiner was merkte.

Aber kurz bevor ich siebzehn wurde, war es zu spät.

Mrs. Smith sagte, ich hätte früher kommen müssen.

Audrey war wütend.

Ich weiß nicht genau, auf wen.“

Das verstehe ich alles nicht. Aber da mein Pa im selben Abschnitt noch vorkommt, hab ich den halt ganz abgeschrieben. Ich finde abschreiben viel lustiger als selbst schreiben. Jetzt kommt die Stelle mit Pa:

„Saul war unser Nachbar.

Er war fast so alt wie Henry.
Und Henry kannte ihn gut.
Er versprach ihm die Hälfte der Brennerei und eine schnelle Hochzeit.
Ohne viel Tamtam.
Saul war einverstanden, wie immer, wenn Henry was sagte.
Saul liebte den Whisky noch mehr als mich.
Was gut war.
Sonst wäre er noch öfter zu mir gekommen.
Egal. Er hat nie gemerkt, dass unser Engelchen früher kam.
Er ist kein schlechter Mann. "

Das Engelchen bin ich, Lizbeth. So hat er mich immer genannt. Ich finde die
Geschichte so schön. Ma kann wirklich viel besser schreiben als ich. Trotzdem
lass ich die Stelle, wo mein Bruder auf die Welt kam, jetzt aus. Er hat eh nicht
lange gelebt. Ma war damals sehr traurig. Aber wenn Pa wiederkommt, wird er
sich bestimmt freuen. Wir haben nämlich eine große Überraschung für ihn: Ma
hat wieder einen dicken Bauch und vielleicht ein neues Brüderchen drin. Ich darf
nichts verraten. Also schreib ich es hier auf.

Mai 1946

Pa ist endlich wieder da. Es geht ihm immer noch nicht gut. Keiner freut sich
außer mir. Hoffentlich wird es bald lustiger. Aber ich bin ja nicht alleine. Ich
hab meinen Bobby; den hol ich abends heimlich ins Bett, wenn die anderen schla-
fen. Ich darf mich nicht erwischen lassen. Pa meint, Hunde gehören nicht ins
Bett. Ma sagt nichts dazu.
„Es war Henry, der die Geschichte mit dem deutschen Kriegsgefangenen und
der Vergewaltigung erfunden hatte. Sonst hätte Saul was gemerkt.
Er war schließlich nie auf Heimaturlaub.
Wie sollte ich von Saul schwanger geworden sein?
Und falls Saul fragen würde, was wir mit dem Deutschen gemacht hätten,
sollte ich sagen: die Schweine.
Das würde ihm gefallen.
Und genauso haben wir es gemacht. "
Ma hat sich fürchterlich aufgeregt und mich verhauen. Sie hat mich heute
beim Abschreiben erwischt. Dabei hab ich die Stelle gar nicht so gut verstanden.

Aber sie wollte mir nicht sagen, was „schwanger" heißt und was „Vergewaltigung". Ich fand die Stelle schön, weil die Schweine vorkamen. Und da stand auch, dass Pa das mit den Schweinen gefallen würde. Aber davon wollte Ma nichts hören.

Sie sagte, ein Tagebuch sei was ganz Besonderes. Ein Geheimnis. Das man mit niemandem teilt. Nur mit sich selbst. Dafür habe sie mir ein eigenes Tagebuch geschenkt. Und ich musste ihr hoch und heilig versprechen, nie wieder an ihres zu gehen.

Ich habs versprochen.

Aber ich hab überhaupt keine Lust weiterzuschreiben.

Ich hab doch keine Geschichten und erst recht keine Geheimnisse.

August 1950

Heute haben wir Pa beerdigt. Alle sagen, dass es die Krauts waren, die ihn jetzt doch noch erwischt haben. Ich glaube, es hat nichts mit Kraut zu tun. Ich glaube, mein Pa hat sich einfach nicht mehr von seinen schweren Verletzungen aus dem Krieg in Frankreich erholt. Er war so oft traurig. Und manchmal auch böse. Aber nie mit mir. Ich war sein Engelchen. Und er mein Pa. Ich vermisse ihn so sehr.

Januar 1951

Heute war mein Geburtstag. Ich bin jetzt dreizehn Jahre alt.

Endlich hab ich auch ein Geheimnis.

Und das darf ich mit niemandem teilen.

Das hat nicht Ma gesagt, sondern Opa Henry.

Er kommt jetzt öfter zu mir ins Zimmer.

Seit Pa tot ist, müsse er sich besser um mich kümmern.

Er fasst mich auch an. Auch an Stellen, die weh tun.

Aber er sagt, das wäre gar nicht schlimm; sogar als es angefangen hatte zu bluten. Ich sei doch jetzt ein großes Mädchen. In einer Familie sei das ganz normal. Alles. Und er fragt mich immer, ob ich ihn lieb habe. Und dann gibt er mir einen Kuss. Danach.

Juli 1952

Ich hasse Opa Henry mehr als alles auf der Welt. Er hat heute meinen Bobby erschossen. Nur, weil er ihn ein paar Mal bei mir im Bett erwischt und Bobby ihn angeknurrt hat. Ich hab beschlossen, die Farm zu verlassen. Ich weiß noch nicht, wie.

Weihnachten 1960

Ich kann doch Ma nicht alleine mit Henry lassen. Zusammen schaffen wir das. Und Audrey kommt ja auch noch ab und zu. So wie heute. An Weihnachten ist es immer am traurigsten bei uns. Ich kümmere mich viel um die Schafe. Gut, dass ich die Tiere hab. Tiere sind besser als Menschen.

Januar 1961

Jetzt sind es schon mehr als ein paar Monate, dass die Blutung ausblieb. Soll ich mit Ma oder mit Audrey sprechen? Ich hab Angst, ein Kind zu bekommen. Das darf nicht sein.

März 1962

Ich wollte eigentlich nie heiraten. Nie Kinder bekommen.
Ich wollte immer nur weg von der Farm. Weg von Henry.
Und jetzt bin ich schon ein halbes Jahr mit Seamus verheiratet. Ich hab ihn damals beim Dorffest kennengelernt.
Er ist Ire und sehr katholisch. Er hat so wunderbar auf der Fiedel gespielt. Hat so schöne eisblaue Augen. Ist groß und stark wie ein Bär. Ich dachte, er kann mich beschützen und mir helfen wegzugehen. Vielleicht sogar nach Irland. Auf seine schöne grüne Insel.
Wenn ich ihm von Henry erzählt hätte ...
Wäre dann alles anders gekommen ...? Vielleicht.

Mai 1962

Ich hab das Kind verloren, für das ich meine Freiheit aufgegeben hab.
Aber ... war ich je frei?
Wir wohnen jetzt in einem Cottage nicht weit von der Farm. Und wir haben vier Hunde. Seamus will eine große Familie; ich eher nicht. Aber ich bin schon wieder schwanger; vielleicht klappt es ja dieses Mal. Seamus möchte seinem Jungen Fußball und Cricket beibringen. Und was er sonst noch alles kann.
Ich würde mich mehr über ein Mädchen freuen.
Aber ich hab auch Angst davor.
Mädchen können sich nicht wehren.

Januar 1971

Seamus freut sich so sehr. Ich eigentlich auch. Es hat so lange gedauert, dass wir dachten, es würde nie passieren.

Vor einer Woche ist unsere Cathy geboren.

Ein schönes gesundes Baby.

Sie ist stark genug und wird am Leben bleiben. Das spür ich.

Morgen ist Taufe. Alle werden kommen.

Auch Ma und Tante Audrey.

Was wird passieren, wenn Henry kommt?

Ich hab Angst vor mir selbst.

Januar 1975

Vor einer Woche bin ich siebenunddreißig Jahre alt geworden.

Aber wir haben nicht gefeiert.

Ich war im Krankenhaus.

Seamus sagt, es sei ein Wunder, dass der Herrgott uns nach so vielen Jahren noch ein Kind schenkt: endlich einen Jungen.

Wir werden ihn Steven nennen. Und er wird von seinem Vater Fußball und Rugby und Handball und Cricket lernen.

Und von mir, wie er sich im Leben am besten wehren kann.

Cathy ist jetzt vier, und ich passe gut auf sie auf.

Meine Mutter hat sich sehr gefreut, aber sie konnte nicht zur Taufe kommen. Sie trinkt immer mehr und ist oft krank.

Ich weiß, wie ich ihr helfen könnte, aber ich trau mich nicht.

Immer noch nicht.

Wenn ich mit Tante Audrey spreche, will sie nichts davon hören.

Henry lebt immer noch: er ist jetzt vierundsiebzig – erst!

Herbst 1984

Das Leben ist grausam. Ma lebt nun schon seit zwei Jahren in einem Heim. Ob es der Alkohol war, der zu ihrer Demenz geführt hat? Die Ärzte wissen es nicht oder wollen es nicht sagen.

Sie erkennt keinen mehr von uns.

Außer Henry.

Wenn sie ihn sieht, fängt sie an zu schreien und hört erst auf, wenn er das Zimmer verlässt. Deswegen geht er nicht mehr hin.

Winter 1984

Im Januar ist Seamus tödlich verunglückt. Er hatte das Motorrad erst ein halbes Jahr. Es konnte ihm nie schnell genug fahren.

„Das ist, als ob ich fliegen könnte, Liz. Das verstehst du nicht. Fliegen wie ein Vogel."

Und ob ich das verstanden hatte.

Wie gerne wäre ich mit ihm fortgeflogen.

Wenn ich mich nur getraut hätte: zu sprechen ... und dann zu fliegen.

Gut, dass er Steven an diesem Tag nicht dabei hatte. Beide zu verlieren, hätte ich nicht überlebt!

Februar 1985

Gestern haben die Kinder ihren Geburtstag zusammen nachgefeiert. Im Januar waren wir alle zu traurig gewesen.

Seamus fehlt uns so sehr.

Ich hab Cathy zu ihrem vierzehnten ein Tagebuch geschenkt.

Irgendwann wird sie meines und das von Ma noch dazu bekommen. Aber sie ist noch zu jung dafür.

Ich hab ihr das erste Wort geschrieben und sogar noch unterstrichen. Zu mehr hatte ich mal wieder keinen Mut.

Trauschauwem

Gestern Nachmittag hab ich Henry aus ihrem Zimmer kommen gesehen. Er hat mich angegrinst; wie seit vierzig Jahren.

„Ich hab der Kleinen nur mein Geschenk gebracht ... ein Kleid."

Ich hörte erst auf zu schreien, als er das Cottage verlassen hatte.

Ich mach es jetzt so wie Ma.

Cathy konnte mir nicht in die Augen schauen, und ich – ich konnte ihr nicht helfen.

Ich konnte einfach nicht. Immer noch nicht.

Ich hasse mich dafür.

Ich träume nachts davon, ihn umzubringen.

Warum hast du uns im Stich gelassen, Seamus?

Warum wolltest du wegfliegen? Warum alleine?

März 1985

Steven ist schon zehn. Ich bin mir nicht sicher, ob er was merkt.
Er will immer helfen, aber weiß nicht, wobei.
Mein Entschluss steht fest. Wir werden Schottland verlassen. Für immer.
Und nach Manchester ziehen. Steven hat ein Sportstipendium. An der Football
Academy in Stockport.
Sein Vater wäre so stolz auf ihn.
Aber bestimmt nicht auf mich.
Wir MÜSSEN weg.
Sonst bring ich Henry um.

Mai 1985

Heute hat Steven mich wieder gefragt, ob Henry sein Opa oder meiner sei.
Wenn er wüsste!
Henry ist ALLES. Er ist mein Großvater und mein Vater.
Ma hat alles aufgeschrieben. Aber ich werde es nicht abschreiben. Das hab
ich ihr versprochen.
Warum schäme ICH mich? ER müsste sich schämen.
Und Ma auch, oder? Und Tante Audrey!
Ich weiß nichts mehr; nur, dass ich mich schäme – immer mehr.

Juli 1985

Wir wohnen jetzt in Manchester. Ich hab eine gute Arbeit. Bei einem Tier-
arzt. Manchmal kann ich die Vergangenheit vergessen. Für ein paar Stun-
den. Ich helfe gerne mit den Tieren. Aber dann, wenn ich wieder zu Hause
bin, kommt alles hoch. Wenn die Angst zu groß wird, nehm ich was dage-
gen. Wenn ich nicht schlafen kann, auch. Ich fühl mich schuldig. An allem.
Warum hab ich es nur so weit kommen lassen?
Es ist so schlimm, dass ich mich nicht traue, es niederzuschreiben. Aber ich
bin jetzt in Behandlung. Seamus hätte gesagt: bei einem Seelenklempner. Der
sagt, ich soll darüber reden, und wenn ich das nicht kann, soll ich es aufschrei-
ben.
Warum gibt er mir nicht einfach die Tabletten?

Warum quält er mich so?

Alle quälen mich. Ich will nicht reden.

Und ich will auch nicht mehr das schöne weiße Papier mit meinen dreckigen Geschichten besudeln.

Seamus hätte mich umgebracht, wenn er es gewusst hätte.

Und danach Henry!

Aber als guter Katholik ist er noch nicht mal auf die Idee gekommen, dass es so was Schreckliches geben kann – wie unsere Familie.

Nie auf die Idee gekommen, dass Henry auch der Vater von Cathy ist!

Ich war dreiunddreißig, als Seamus am Blinddarm operiert wurde.

Es war das letzte Mal gewesen.

Ich hatte versucht, mich zu wehren. Hatte versucht, ihn niederzuschlagen. Aber Henry war stärker. Er hat mich ausgelacht – wie immer.

Ich werde Cathy das Tagebuch doch nicht geben. Sie würde wahnsinnig. Bin ich auch schon wahnsinnig? So wie Ma?

Sommer 1991

Cathy hat ihr Jurastudium mit summa cum laude abgeschlossen. Und Steven sein erstes Jugend-Pokalspiel gewonnen.

Wir machen ein großes Fest.

Alle werden kommen.

Ein letztes Mal. Das weiß ich.

Dann muss es zu Ende sein. Ein für alle Mal.

Keine nächste Generation, die leiden muss!

Neujahr 1992

Früher waren wir immer zusammen an Neujahr. Im Guten wie im Schlechten. Heute bin ich alleine mit Cathy in London.

Wir haben Silvester mit Audrey gefeiert. Ma liegt immer noch im Krankenhaus und ist, seit dem, was im Sommer passiert ist, nicht mehr aufgewacht. Die Ärzte geben uns wenig Hoffnung.

Am Schlimmsten jedoch ist, dass Steven seither nichts mehr mit uns zu tun haben will.

Ich frag mich so oft, wie es so weit kommen konnte.

Dabei   müsste   ICH   es   doch   am   besten   wissen!

Kapitel 3.5

Hoffnung auf Liebe

„Ich weiß dein Vertrauen zu schätzen, Steven. Und ... du wirst sehen, jetzt, wo du das Familiengeheimnis nicht weiter verstecken musst, wird es dir besser gehen ... jeden Tag ein bisschen besser. Eine Last, die du nicht mehr tragen musst. Nicht mehr alleine! Was ist denn mit den letzten Seiten? Die sind rausgerissen."

Aber Steven starrte weiter vor sich hin. Schon seit einer halben Stunde. Seit Felix am Lesen war.

„Weißt du, ob deine Mutter weitergeschrieben hat?"

„Ich wollte mich nicht erinnern. Es war in einem anderen Leben, Felix. Ich hab mir so lange eingeredet, dass es ein Alptraum war, bis ich es selbst geglaubt hab ..."

„Und jetzt?"

„Jetzt glaube ich, dass ich an die Wahrheit ran muss. Ich will ein neues Leben anfangen. Mit Alice ..."

Steven griff in seine Jackentasche und zog zwei engbeschriebene Seiten heraus. Felix hätte sie ihm am liebsten aus der Hand gerissen. Aber nein. Nur nicht zeigen, wie gierig er darauf war. Er versuchte, sich zu beruhigen und lenkte vom Tagebuch ab.

„Letzte Woche warst du dir noch nicht so sicher. Wie hieß noch mal die andere?"

„Marie. Die andere Frau heißt Marie. Aber das ist jetzt egal. Bitte lies den Rest vom Tagebuch. Du musst ... Ich schaff das nicht alleine. Ich träum immer wieder davon. Von früher. Du musst mir helfen, davon loszukommen."

„Was ist mit deiner Mutter? Hast du Kontakt zu ihr?"

„Nein. So weit bin ich noch nicht. Ich fühl mich ... ach, ich weiß nicht wie. Auf jeden Fall nicht bereit, sie zu sehen.

Noch nicht."

„Und deine Schwester? Ihr könntet euch vielleicht gegenseitig helfen?"

„Ich will nicht mehr helfen. Das ist es ja ... Ich weiß, das klingt blöd. Ich war doch gar nicht betroffen. Nicht direkt. Und trotzdem fühl ich mich missbraucht. Nicht von Henry. Aber von den anderen. Warum haben sie mich in so eine Situation gebracht? Warum haben sie sich nicht selbst gewehrt? Ich war doch damals noch ein Kind."

Felix konnte sich nicht länger zurückhalten.

Er MUSSTE den Schluss der Geschichte von Lizbeth wissen. Bevor Steven es sich anders überlegen würde. Vielleicht sogar die Seiten vernichtete. Er zwang sich, langsam zum Fenster zu gehen; schaute ab und zu auf die Uhr, als wäre die Zeit bald vorbei. Und als er wie zufällig an Steven vorbeischlenderte, gelang ihm auch noch ein überzeugendes Gähnen. Als würde ihn das alles nichts angehen ...

„Sorry, Steven, ich bin echt müde. Aber wir zwei wissen ja, dass unsere Gespräche keine Therapie im herkömmlichen Sinne sind. Dafür stehen wir uns viel zu nah ... Aber es hat auch Vorteile, wenn man sich so gut kennt. Mir ist da nämlich noch was eingefallen ... zu unserer letzten Sitzung. Und bevor wir für heute Schluss machen ... Hörst du mir eigentlich noch zu? Vergiss doch mal das Tagebuch ..."

Felix setzte seine Pause ganz bewusst. Das war gut. Nein, das war perfekt. Wenn es ihm gelingen würde, Steven weiter abzulenken, könnte er es heute schaffen. Er spürte, dass Steven heute verletzlich war.

„Als Freund und Therapeut bitte ich dich, dein Verhältnis mit dieser Alice Weiß noch mal zu überdenken. Nicht, dass du mich falsch verstehst ... Ich gönne dir die Erfüllung deiner Sehnsüchte und die Befriedigung deiner Lust von ganzem Herzen, das weißt du hoffentlich ..."

Steven sagte nichts.

„Ich hab lange überlegt, ob ich es dir sagen soll. Ich kenne nämlich diese Alice. Sie ist eine Patientin von mir. Sie zieht dich deswegen so an, weil sie dich an die Frauen aus deiner Familie erinnert ...

Sie ist auch eine von denen, die sich nicht wehren konnten ...

Zuerst den Männern in ihrer Familie ausgeliefert war, und später auch anderen, und ... dann ganz auf die schiefe Bahn kam.

Sie hat einen Menschen getötet. Weißt du das?

Sie hat IHREN EIGENEN Vater umgebracht, und um ein Haar auch noch ihren Ehemann.

Danach war sie in Sicherheitsgewahrsam. Ein paar Jahre. Hat sie dir echt nichts davon erzählt?"

Sein Plan ging auf.

Steven schaute entgeistert zu ihm auf und ließ die Seiten fallen. Gerade so, als hätte er nie etwas in den Händen gehabt. Felix hob sie wie beiläufig auf und redete einfach weiter.

„Mein Vorgänger hat in ihrer Akte folgendes stehen:

Schizo-affektive Psychose – Heilungschance gleich null.

Willst du's selbst lesen? Ohne einen Haufen Medikamente würde die Frau nicht funktionieren."

Er wusste, dass Steven so eine schreckliche Geschichte nicht gleich überprüfen würde. Und wenn doch ... dann würde ihm schon was einfallen.

Ganz gelogen war es ja schließlich nicht. Zu schade, dass er kein Foto machen konnte ... von Stevens entsetztem Gesicht. Vor allem für Alice. Aber auch für Patrice.

Und natürlich für sich selbst!

* * *

„Liebt er dich eigentlich immer noch, oder wieso vertraut er dir so sehr?" Patrice, der sonst eigentlich immer ein gutes Gefühl dafür hatte, wer von seinen Multiplen gerade die Oberhand hatte, war heute selbst durcheinander geraten.

Felix ließ sich nicht stören und las weiter.

„Ich glaube fast, du gönnst ihm die Liebe zu dieser Alice nicht. Du bist nach all den Jahren immer noch eifersüchtig. Du hast ihm nie verziehen, dass du dich damals ...“

„Was für ein Quatsch, Patrice. Oder soll ich lieber Diabolus sagen? Oder good old Rübezahl? Willst du dich jetzt als Amateurpsychologe profilieren? Hör lieber mal zu, was hier steht – und dann sollten wir gemeinsam überlegen, was wir daraus machen."

Dufee wusste genau, dass er ins Schwarze getroffen hatte. Felix war auf Rache aus. Aber er würde sich nicht vor diesen Karren spannen lassen. Er würde sich nicht mehr manipulieren lassen, so wie die anderen. Trotzdem hörte er ihm noch einmal aufmerksam zu:

Ostern 2000

Vielleicht hatte Seamus ja doch recht, und man muss nur fest genug an Wunder glauben und nie die Hoffnung verlieren: dann kann doch noch alles gut werden. Das hat er immer gesagt, aber ich hab ihm nie geglaubt. Am Karfreitag ist Ma aus dem Koma wachgeworden und hat uns erkannt. Ihre Krankheit hatte wohl doch viel mit dem Alkohol zu tun gehabt. Und der Schock über den Tod von Henry muss so Einiges in ihr aufgewühlt haben. Zum Besseren. Vielleicht können wir sie in ein paar Wochen sogar wieder zu uns nach Hause nehmen.

Sie ist doch erst neunundsiebzig. Und ich zweiundsechzig. Ich wohne jetzt auch in London. In einer kleinen Wohnung nicht weit von Tante Audrey. Meine kleine Cathy wohnt ganz weit weg in einer sehr schicken Gegend. Die wäre zu teuer für mich, und ich würde mich da auch nicht wohl fühlen. Wir sehen uns so oft wie möglich. Aber Cathy hat viel zu tun. Sie ist eine gute Strafverteidigerin geworden und verdient viel Geld. Sie weiß jetzt alles. Sie hat die Tagebücher gelesen und ist nicht wahnsinnig geworden.

Nur zu früh erwachsen!

Steven fehlt mir so sehr. Damals – im Sommer – als wir alle ein letztes Mal zusammen waren, hatte niemand auf ihn geachtet. Er war doch noch so jung. Und hatte immer nur Fußball im Kopf.

Wir fragen uns heute noch, wie viel er in seinen sechzehn Jahren von all dem Dreck um sich rum mitbekommen hatte. ER war wirklich Seamus' Sohn. In allem. Und sicherlich der Einzige, der nichts mit Henry am Hut hatte. Bestimmt hatte er immer schon viel mehr beobachtet und mitgefühlt als wir dachten. Er hatte sich nicht kaufen lassen. Weder durch Gefühle, noch mit Geschenken und schon gar nicht durch Angst.

Als er an dem Nachmittag des elften Juli 1991 Henry aus dem Schlafzimmer seiner Schwester hatte kommen sehen, muss er gewusst haben, was los war.

Cathy weinte. Und Henry grinste.

Cathy hat es mir wieder und immer wieder erzählt.

Wie Steven ihn gepackt und gegen die Wand gedrückt hatte. Keiner von beiden sagte ein Wort. Sie waren gleich groß. Der eine sechzehn, der andere Ende achtzig. Henry hatte keine Chance. Sein Kopf schlug auf wie eine reife Melone. Aber er schüttelte sich nur und lachte. Immer lauter.

Als Cathy die zwei trennen wollte, sagte er: „Das traust du dich nie, Stevie!"

Und dann schlug Steven zu. Mit dem ersten, was ihm in die Hand kam: dem kleinen Silberpokal. Seinem ersten. Immer und immer wieder.

Wir haben Henry dann zusammen weggeschafft. Schade, dass es keine Schweine mehr gab. Wir mussten ihn vergraben.

Danach ist Steven weggefahren. Und nie wieder zurückgekommen.

Wir verfolgen sein Leben in den Zeitungen und am Fernseher. Cathy meint, wir müssen seine Entscheidung respektieren ... Er will nichts mehr mit uns zu tun haben.

Da ich es nicht sagen kann, schreib ich es ein letztes Mal auf: Ich hab euch alle lieb gehabt. Aber manchmal ist Liebe nicht nur gut.

Man muss sich wehren.

Manchmal sogar gegen die Liebe.

Hätte ich das früher verstanden, hätte ich auch Ma helfen können. Und danach Cathy und mir.

Ich weiß immer noch nicht, ob ich Henry nun gehasst habe oder auch geliebt. Ich glaube immer mehr, das war dasselbe.

Heute höre ich auf mit Tagebuchschreiben. Ich hab es nie gemocht.

Aber das Tagebuch war auch ein guter Freund in schweren Tagen. Meistens der einzige!

Ich habe Cathy gebeten, es Steven zu schicken. Er soll damit machen, was er will. Vielleicht ein schönes Feuer im Kamin?

* * *

Felix hatte eine Idee.

Dufee eine andere.

Seit sie zusammen waren, hatten sie sich noch nie so in die Haare gekriegt. Es ging um viel. Nicht nur um viel Geld. Es ging um die Zukunft. Ihre Zukunft!

„Ich muss in die Praxis. Sehen wir uns heute Abend?"

„Meinst du, so Leute wie ich haben keine Arbeit? Ich brauch mal Abstand. Ich fahr nach Marseille ..."

„Pat, was ist plötzlich los mit dir? ... Wir haben doch schon so oft darüber geredet."

„DU redest – Du BEVORMUNDEST ..."

„Was soll das denn jetzt? Was wir jetzt wissen, ist Gold wert ..."

„Du machst immer nur, was du im Kopf hast; du nimmst mich doch schon lange nicht mehr ernst. Ich hab dir gesagt, was ich vorhabe. Und du? Du denkst nur an deine kleine miserablige Rache gegen Bingham. Manipulier deine Patienten, aber lass die Finger von mir ..."

„Moment mal! Wir waren uns einig, dass DU Fuentes anzapfst. Er kriegt, was er wollte. Und zahlt dafür. Dann kommt Steven dran. Du sagst ihm, dass du an die Presse gehst, wenn er nicht zahlt. Ich kann auch mit ihm reden; wenn das dein Problem ist ... Auf jeden Fall kriegen wir die zwei mit den dicksten Bankkonten am Sack. Wo ist das Problem?"

„Du hast doch selbst vorhin gesagt, du willst auch noch mit Alice sprechen. Nach der Sitzung. Warum? Worüber? Das ist es, was ich meine. Deine Obsession, die beiden auseinanderzubringen. Nur, weil er dich damals hat im Regen stehen lassen?"

Felix grinste ihn an.

„Lass mir doch den Spaß. Frag mal Diabolus, der versteht mich besser als du, Schatz."

„Darum geht es doch gar nicht. Warum sollen wir uns verzetteln? Davon war nie die Rede. Du hast noch kein Gefängnis von innen gesehen. Ich schon. Je gieriger du bist, desto mehr Spuren hinterlässt du. Da lass ich mich nicht von dir reinziehen. Ich möchte nicht ein paar Leute ein bisschen ausnehmen. Sondern den Richtigen ganz viel."

„Okay, okay, okay, du hast deinen Punkt gemacht. Lass uns heute Abend in Ruhe überlegen, wer dieser Richtige ist. Wir sind Glücksies. Wir haben die Auswahl!"

„Stimmt. Man hat immer eine Wahl. Und deswegen fahr ich jetzt nach Marseille. Übrigens: Nichts für ungut, aber ich hab da noch 'ne kleine Message von Diabolus an dich persönlich ...
Steck dir deine Scheiß-Gruppensitzung sonst wo hin ...
ICH komm nicht mehr!"

* * *

Das Schicksal meinte es gut mit Dr. Janus. An diesem Mittwoch kam gar keine Gruppe zustande: Patrice und seine Multiplen brauchten Zeit für sich; Marie hatte sich krank gemeldet; Isa wollte erst nächsten Monat wieder zurück sein, und Michel ging es wohl immer noch gut genug. Nur Alice war da.

Sie sah bezaubernd aus. Ihre Haare waren in den letzten neun Monaten gut gewachsen. Die dunklen Locken umspielten ihr sonnengebräuntes Gesicht. Sie wirkte weniger streng als sonst. Ihr Kleid sah aus wie aus einem Regenbogen geschnitten: bunt und leicht, und wie immer passte alles zusammen: die Schuhe, der Lippenstift, der Nagellack. Seit ihrer Geschichte über die Ohrlöcher hatte er sich angewöhnt, auf die Ohrringe zu achten. Die verrieten meist mehr über ihre Stimmung als sie selbst. Heute trug sie Schmetterlinge. Wenn das, was glitzerte, tatsächlich Brillies waren, mussten sie ein kleines Vermögen wert sein. Vielleicht ein Souvenir aus längst vergangenen Tagen?

„Schöne Ohrringe, Alice ..."

„Nicht echt. Wie so vieles im Leben. Wo sind die anderen?"

„Ich habs leider selbst gerade erst erfahren. Marie ist krank, und Patrice musste dringend nach Marseille. Wir sind ganz alleine, Alice ..."

„Bin ich also umsonst gekommen?"

„Ich kann Ihnen ein Gespräch anbieten, wenn Sie sich danach fühlen. Eine Dreiviertelstunde?"

Alice merkte sofort, dass sie ihren Schwung verloren hatte. Flaute. Also musste sie rudern.

„Haben Sie eigentlich Neuigkeiten von Dr. Noël? Bald wird es ein Jahr her sein, dass Sie seine Vertretung übernommen haben."

Das war ein guter Anfang. Sie hoffte, dass er ihr nicht ansah, mit welchem Hintergedanken sie heute in die Sitzung gekommen war: es sollte ihre letzte werden. Bei ihm.

„Es geht ihm viel besser. Wir sehen uns ja regelmäßig. Er fragt nach all seinen Patienten. Aber nach Ihnen ganz besonders."

Alice glaubte ihm kein Wort. Seit der Nacht auf Schloss Orléans wusste sie so einiges über Dr. Felix Janus. Steven Bingham hatte ihr viel erzählt. Sogar von seiner ersten Therapie in London. Und seiner Freundschaft zu Felix. Vor allem von der lockeren Art, die Sitzungen abzuhalten und seiner speziellen Auffassung von Diskretion. Damals schon.

„Wann wird er wieder anfangen?"

„In drei Monaten. Warum – gefällt es Ihnen nicht mehr bei mir?"

Alice war lange genug im diplomatischen Dienst gewesen, um zu wissen, wie man Zeit gewinnen kann. Vor allem mit den Waffen einer Frau. Sie wusste von Steven, dass ihr verführerisches Lächeln bei Felix an der falschen Adresse war. Also machte sie auf hilfsbedürftig.

„Ich weiß nicht, ob ich jetzt eine Therapiestunde machen soll. Ich fühl mich eigentlich gut, nur immer noch nicht stabil genug."

„Was fällt Ihnen denn spontan ein? Worüber würden Sie gerne mit mir sprechen?"

Am liebsten hätte sie gesagt, über Steven Bingham. Aber stattdessen sagte sie: „Über Liebe."

„Liebe – wie interessant, Alice. Und was fällt Ihnen dazu ein?"

„Es gibt so viele Arten von Liebe ...

Ja, was fällt mir da auf Anhieb ein? Mutterliebe, vielleicht?

Im Gegensatz zu Vaterliebe! Vaterliebe ist für mich ... was anderes."

„Das erklärt sich aus Ihrer Geschichte. Was noch?"

„... Nächstenliebe ... Oder wie heißt es so schön: Liebe deinen Nächsten wie dich selbst."

„Sie sind gläubige Christin?"

„Mein Problem ist ein anderes. Wie konnte ich meinen Nächsten lieben und mich selbst nicht?"

„Das ist eine interessante Frage. Sie benutzen die Vergangenheitsform. Hat sich da was geändert?"

„Oh, ja. Alles hat sich geändert. Ich bin dabei, die Liebe zu entdecken. Wirkliche, wahrhaftige Liebe. Nicht Geschwisterliebe ... Oder Sandkastenliebe ... Oder Affenliebe ... gibt es so was überhaupt?"

„Ja, selbstverständlich. Das ist ein alter Ausdruck ..."

„Finden Sie nicht auch, dass man Liebe viel zu oft verwechselt mit anderen ähnlichen Begriffen? Sex, fällt mir da als erstes ein. Obwohl Sex doch eigentlich gar nichts mit Liebe zu tun hat, oder? Besitz hat auch mit Liebe zu tun. Sie glauben mir nicht? Oh doch: im Sinne von Eigentum! Macht. Nähe. Einfluss."

„Sie sehen das sehr negativ, Alice; warum?"

„Liebe kann das Schönste und gleichzeitig das Schlimmste sein, was einem passiert."

„Warum? Was fällt Ihnen spontan ein? Warum das Schlimmste?"

„Weil man sich darin verlieren kann. Für immer. Und das ist nicht gut. Man sollte sich nicht verlieren, ... auch nicht in sich selbst."

„Sie glauben also nicht, dass Liebe per se gut ist?"

„Auf keinen Fall. Nur, wenn sie nicht besitzergreifend ist ... Nur, wenn sie einen nicht erdrückt. Dann hat sie eine Chance, gut zu werden."

„Sie sprechen von LIEBE wie von einem lebendigen Wesen. Das sich entwickelt."

„Wie jeder Mensch kann auch die LIEBE missbraucht werden, finden Sie nicht auch, Dr. Janus?"

„Ich glaube, wir sollten es für heute dabei belassen. Die Zeit ist um."

„Nach meiner Uhr haben wir noch zehn Minuten. Ich hab Ihnen nämlich was mitgebracht. Einen Text. Von Ihrer Lieblingsautorin. Frau Miller. Und den wollte ich Ihnen kurz vorlesen:

Was bleibt nun von der Liebe übrig, wenn wir ihre einzelnen Bestandteile be-
trachten ...? Die Dankbarkeit, das Mitleid, die Illusion, die Verleugnung der
Wahrheit, die Schuldgefühle, die Verstellung – das sind alles Bestandteile einer
Bindung, die uns häufig krank macht. Diese krankhafte Bindung wird weltweit
als Liebe verstanden ...

Kennen Sie die Stelle? Es ist aus *Die Revolte des Körpers*. Hochinteressant. Und wissen Sie auch, von welcher Liebe sie spricht? Kinder
und Eltern! Eltern und Kinder. Nicht alle, aber vielleicht solche wie
meine. Und Ihre Liebe? Zu Vater? Mutter? Steven Bingham? Lieben
Sie ihn eigentlich immer noch?"

Alice war stolz auf sich. Sie hatte ihn da hingeführt, wo sie ihn
haben wollte. In die Verwirrungen seiner eigenen Gefühle. Und darauf war er nicht gefasst.

Aber – er war hart im Nehmen. Es dauerte nicht lange, und er
schlug zurück.

„Sie kennen ihn nicht so gut wie ich, Alice. Auch wenn er Ihnen
offensichtlich schon Einiges erzählt hat."

„Lassen Sie uns in Ruhe ein neues Leben aufbauen. Und die Vergangenheit da belassen, wo sie hingehört. In die Therapiestunde,
aber nicht in die Gegenwart."

„Sie kennen also das Tagebuch? Da haben sich ja zwei Seelen gefunden. Eigentlich nicht weiter erstaunlich, wenn man bedenkt, wie
viel inzestuelle Verhältnisse es um uns rum gibt ...

Hauptsache, ihr beiden versteht euch. Ich wünsche es Steven von
Herzen.

Hat er Ihnen auch die rausgerissenen Seiten gezeigt?
Wenn nicht, gibt es noch eine Gemeinsamkeit zu feiern ...

Wie viel wäre es Ihnen eigentlich wert, dass Ihre gemeinsame
Vergangenheit nicht an die Öffentlichkeit käme?"

„Ich versteh Sie nicht ganz. Wir haben keine gemeinsame Vergangenheit. Nur eine gemeinsame Zukunft."

„Wollen Sie mich nicht verstehen oder wissen Sie es wirklich
nicht? Steven hat Henry umgebracht. Niemand sonst hatte sich ge-

traut. Er hat ihn eiskalt und mit Vorsatz erschlagen. Nicht dezent mit einem Kissen, wie Sie ihren Willi."

Alice fühlte sich, als würde der Boden unter ihren Füßen weggezogen.

„Bevor Sie mir hier noch ohnmächtig werden, liebste Alice, überlegen Sie sich genau, wie viel es Ihnen wert wäre, dass von dieser unschönen Vergangenheit nichts in der Gegenwart bekannt würde. Weder in England noch in Frankreich. Immerhin hat Steven seine Tat noch nicht gebüßt, im Gegensatz zu Ihnen.

Kein schöner Start in ein gemeinsames Leben. Wie viel Jahre müssten Sie auf ihn warten? Wie heißt es so schön: Mord verjährt nicht. Was nutzen ihm da seine Millionen?

Höchstens für einen guten Rechtsanwalt.

Für mich jedoch wäre eine Million genug. Ich bin ja nicht gierig."

Alice kannte die Erregung, die nun langsam in ihr hochstieg, nur zu gut. Sie hatte sie damals in der ersten Therapiestunde schon gespürt. Als Dr. Janus sie anfasste, und sie ihm am liebsten die Augen ausgekratzt hätte.

Aber heute war es viel schlimmer: zuerst zitterten nur ihre Hände. Dann füllten sich ihre Augen mit Tränen aus Wut und Verzweiflung. Alles ging ganz schnell. Und wenn sie gesprochen hätte, wäre ihre Stimme genauso schrill gewesen, wie die von Marie. Aber sie sagte nichts. Warum auch?

Sie wusste doch genau, was zu tun war ..., denn Dr. Janus gehörte nicht zu den Menschen, die sich mit einer Million zufrieden geben würden.

Nie   und   nimmer!

Kapitel 3.6

Am Abgrund

Es war Stevens Vorschlag gewesen, sich am Steinbruch zu treffen. Und sie hatte nicht lange gezögert.

Die Hitze war dieses Jahr schon früh gekommen, obwohl es erst Juni war. Alice hatte sich wieder angewöhnt, beim Frühstück einen Blick in die Zeitung zu werfen. Aber nur noch auf den Wetterbericht. Sie amüsierte sich seit Wochen über den Einfallsreichtum der PROVENCE, die sich die größte Mühe gab, etwas Abwechslung in die Vorhersage zu bringen: trocken-heiß, erdrückende Hitze, keine Wetteränderung, steigende Temperaturen, auf der Suche nach Schatten, brennende Sonne, die Hitze hört nicht auf, Höchsttemperaturen – die aber doch immer wieder überschritten wurden. Der schönste Ausdruck war Kakao Hitze – was immer das heißen sollte!

Sie sah ihn schon von weitem. Er stand an der steilsten Stelle. Da, wo ihre Schafe damals keinen Halt mehr gefunden hatten und auf den trügerischen, leicht überhängenden Grasschollen in den Abgrund gerutscht waren. Trotz des blauen Himmels und der Hitze lag Bedrohliches in der Luft.

„Ich hab dich schon gespürt, bevor ich dich hören konnte. So, wie ich dich schon geliebt hab, bevor ich dich zum ersten Mal gesehen hab ...“

Alice blieb vor Schreck stehen. Was wollte er damit sagen? Sie musste ihn davon abhalten ... aber wie?

Dann drehte er sich zu ihr um. Ganz langsam, und viel zu nah am Abgrund.

„Was hast du vor? Warum? Wir wollten doch über alles sprechen; einen Ausweg suchen ... gemeinsam. Hast du mich etwa dafür hierher bestellt? ... Um zuzuschauen?“

Steven lachte laut auf. Dann breitete er seine Arme aus, als wollte er fliegen und kam auf sie zugerannt.

„Alice! Du hast es also auch gespürt. Ja, ich wollte springen. Kopfüber sogar ...“

Als er ihr entsetztes Gesicht sah, nahm er sie in die Arme und drückte sie fest an sich. Aber sie befreite sich. Ihr war nicht nach Kuscheln. Sie schämte sich für ihre Angst um ihn. Zu viel Gefühl!

„Ich hab schon so oft an derselben Stelle gestanden. Zuletzt vor ein paar Tagen. Ich komm nämlich gerne her und schau in den Abgrund.“

Musste man sich in einer guten Beziehung eigentlich alles erzählen? Sie fragte sich, ob es anderen Frauen auch so ginge wie ihr ... Woher weiß man eigentlich, ob und wann man seine Seele dem anderen öffnen soll? Und wie viel Einblick wichtig ... und wie viel gut ist. Vielleicht ging es Männern ja ähnlich wie Frauen. Obwohl ... eher nicht. Männer ließen niemanden in ihre Seele blicken. Auf jeden Fall nicht die Männer, die sie bisher kennengelernt hatte. Steven war sicherlich anders. Aber wie viel anders? Okay, er hatte Lizbeths Tagebuch und damit seine Geschichte viel früher mit ihr geteilt als umgekehrt. Sie hatte vielleicht zu lange gewartet, ihm von Willi zu erzählen. Wenn Dr. Janus sie nicht getriggert hätte ... weiß Gott, wie lange sie noch gewartet hätte.

Sie erpressen zu wollen. Beide!

Lebensgeschichten nicht nur zu verraten, sondern auch noch zu verfälschen. Dieses miserable Schwein.

„Hier oben hab ich beschlossen, dir endlich von Willi und den anderen Männern zu erzählen. Ich hab es nicht früher geschafft. Selbst in der Therapie konnte ich nicht darüber reden. Ich hatte es aufgeschrieben. Zuerst für mich. Dann für Dr. Noël und ... bestimmt auch für dich. Vielleicht hab ich ja schon immer auf dich gewartet ...“

Steven kam wieder ganz nah. Dieses Mal vorsichtiger. Behutsam. Spürte er, dass der Steilhang sie von Anfang an fasziniert hatte? Seit Claude ihr das Haus überlassen hatte ... Aber was würde sie ihm antworten, wenn er wissen wollte, warum? Ihm auch noch erzählen, mit welchen Gedanken sie sich früher – lange vor seiner Zeit – hier am Abgrund abgequält hatte. Nein, man muss nicht alles voneinander wissen. Und diese schlimmen Zeiten waren ja auch vorbei. Ein für allemal.

„Jetzt, wo wir alle Geschichten kennen, könnten wir sie doch verbrennen ...“

„Ich weiß nicht, Alice ... wenn ich an meine und die von Lizbeth denke ... vor allem die letzten Seiten ... ich finde, wir sollten sie aufheben. Wenn wir sie ... vernichten ... ist es, als hätten sie nie gelebt. Als wäre alles umsonst gewesen ...“

„Ich will nicht, dass jemand anderes sie liest ... meine Geschichten. Ich hab mich immer dafür geschämt ...“

„Ich auch. Ich schäm mich dauernd: für mich, für die anderen und für das, was ich getan hab.“

„Bei mir ist es anders. Ich hab mich ewig dafür geschämt, was ich ... nicht tun konnte ... nämlich, ... mich zu wehren. Gegen ihn und später gegen die anderen ... Ich hab mich nie dafür geschämt, ihm das Kissen aufs Gesicht gedrückt zu haben. Und als Dr. Janus mir dann deine Geschichte erzählte, ... da wusste ich, dass es Zeit war zu reden. Ich bin froh, dass es raus ist, dass wir ... alles voneinander wissen.“

„Man weiß nie alles. Und das ist auch gut so. Wer weiß schon, wie es in dem anderen aussieht? Egal, wie lange man sich schon kennt, egal, wie sehr man sich liebt. Hattest du vorhin etwa geglaubt ... nachdem, was Felix dir und mir gesagt hatte ... ich würde am Abgrund stehen ... weil ich keinen anderen Ausweg ...?“

Steven schüttelte den Kopf.

„Willst du wirklich wissen, an was ich gedacht hab? Es ist banal. Ich steh schon eine Stunde hier oben und mach mir Gedanken über die Stützmauern. Und ich meine jetzt nicht unsere seelischen. Sondern die vom neuen Becken; und wenn das ganze Areal erst voll Wasser ist, dann kann man von hier oben reinspringen. Wie in einen Baggersee ...“

Alice sah ihn ungläubig an.

„Ich hab auch die Tage hier oben gestanden. Als ich von der letzten Therapie mit Janus zurückkam. Ich hab an was ganz anderes gedacht ... Zuerst daran, dass der Steinbruch ein Spiegel unserer Seelen ist. Abgründe ... voller Gefahren, Tod und Angst. Deine Geschichte. Meine Geschichte. Und dann hab ich daran gedacht ... es ist so schrecklich, Steven ... Aber ich hab wirklich daran gedacht ..."

„Woran, Alice?"

„Ihn umzubringen. Janus umzubringen. Ich hab sie immer noch in mir ... die Wut. Die Gewalt."

„Aber du hast nicht daran gedacht, dich selbst zu töten. Das ist wichtig! Alice, schau mich an. Die Wut hat jeder Mensch in sich. Da bin ich mir sicher. Nicht jeder hat erlebt, was wir erlebt haben. Aber viele. Wir mussten so lange so viel unterdrücken.

Was hat der Multiple in eurer Gruppe noch mal gesagt?

Von wegen Leid, und wie viel ein Mensch aushalten kann ... bevor er selbst ..."

„Ich versteh, was du meinst ... aber trotzdem ist es keine Rechtfertigung. Nur eine Erklärung. Ich hab manchmal Angst vor meinen eigenen Gefühlen ..."

Sie blickten noch lange in den Abgrund. Eng umschlungen. Keiner sagte ein Wort. Erst als ein Donnergrollen zu hören war, schaute Alice wieder zu ihm auf.

„Steven? Hab ich dir schon gesagt, wie sehr ich dich liebe?"

„In den letzten Wochen ... lass mich mal nachrechnen ... ich glaube, ich komm erst auf sechsmal. Das erste Mal in der Nacht, kurz bevor ich am Kamin eingeschlafen bin. Dann ..."

Alice drückte ihm einen leidenschaftlichen Kuss auf die Lippen und legte ihren Kopf an seine Schulter.

„Und ich ... ich hab es dir zum ersten Mal unterm Sternenhimmel in der Camargue gesagt. Aber das konntest du nicht hören. Ich hatte es ganz leise ... geflüstert."

„Genau wie ich vor ein paar Wochen, als du mir vorgeschlagen hast, den Steinbruch nicht geschenkt, sondern zu einem Freundschaftspreis zu bekommen. Da hab ICH sie geflüstert. Die drei magischen Worte. Ich war so froh, dass du mich verstehst. Und so stolz, mit meinem selbstverdienten Geld bezahlen zu können."

Sie merkten nicht, wie es immer dunkler um sie wurde. Sie spürten nicht die ersten Windböen, die an den Baumkronen rissen. Sie waren nicht in dieser Welt. Sie blickten tiefer als in ihre Augen und ließen die Masken fallen. Ganz langsam. Eine nach der anderen.

„Ich hätte dir viel früher von meinem Leben erzählen sollen. Aber ich dachte doch ... zuerst dachte ich, du interessierst dich nur für Männer. Ich meine jetzt sexuell ... warum lachst du? Lachst du mich aus?"

„Auf keinen Fall. Du solltest dich nur sehen. Du bist wunderschön, so ehrlich wie ein Kind und so rot wie eine Tomate ... und ich weiß auch, warum."

„Nein, das weißt du nicht."

„Und ob ich das weiß – wetten?"

Aber schon lagen sie beide auf der Erde.

Steven rollte sie weg vom Abhang. Richtung Eichenwäldchen. Da, wo das Gras saftig und hoch stand.

Sie fing an, sein Hemd aufzuknöpfen. Und er ihre Bluse. Schaute weiter in ihre Augen. Zog am Reißverschluss ihres Rocks. Streifte ihn mit einem Schwung ab, dass ihr Körper sich ihm entgegenbog – in einer einzigen großen Einladung.

Er hatte Zeit.

Wollte jede Minute genießen.

Nicht über sie herfallen wie bei Marie. Nicht den Traum zerstören.

Er wusste auch so, dass es nun endlich geschehen würde.

Sie fasste nach seinem Gürtel.

Drückte ihren halbnackten Oberkörper fest an seine Brust.

Dann warf sie ihn wieder zurück.

Ihm war nach Lachen. Vor Freude auf das, was jetzt kommen würde. Alles war anders mit ihr. Vorsichtiger und trotzdem stark. Er fühlte nicht nur sich selbst. Da war der Blick des Rehs. Der schnelle Atem. Gehörte der zu ihr oder zu ihm? Er spürte die so gut versteckte Angst, als wäre sie ein Teil von ihm.

Seine Seele war schon längst in ihr und hielt sie fest umschlungen.

Sie fühlte die Kraft. Und den Mut. Er gab ihr Zeit. Und das war neu für sie. Er fiel nicht über sie her wie die anderen. Aber an die wollte sie nicht denken. Alles war anders mit Steven. Sie ließ die

Fingerspitzen über sein Gesicht gleiten. Von den Augenbrauen zu den Schläfen. Genau hier, an dieser Stelle, spürte sie sein Leben. Sein Herzschlag raste. Sie drückte ihre Lippen auf seine.

Sie legte ihr Gesicht in seinen Schoß. Er strich sanft über ihren Rücken. Sah die Narben der Verbrennungen und küsste sie.

Er empfing ihre Brüste in seinen Händen. Und sie nickte ihm zu, als er sie fragend anschaute.

Dann lachte sie. Ein tiefes gurgelndes Lachen voller Begierde und Lust. Endlich sich gehen lassen. Endlich das tun, was SIE wollte.

Genießen.

Nicht nur genossen werden.

IHN ausziehen, anfassen und schmecken. Überall.

Sie legte sich auf ihn. Und nahm ihn. Wieder und wieder.

Sie umschlang seinen Körper mit ihren langen Beinen, bis auch er aufschrie.

„Du bist ...“

„Bleib bei mir, Steven. Für immer. Ganz tief ... in mir drin.“

Sie hatte nicht gewusst, dass sie so laut schreien konnte.

Der Schrei war da.

Seit ihrer Kindheit war er da.

Hatte sich versteckt in der hintersten und dunkelsten Ecke ihrer Seele. Hatte gewartet auf diesen einen Moment. Unter freiem Himmel.

Rauszukommen und sie zu befreien.

Endlich frei!

* * *

Sie hatten das Unwetter nicht kommen sehen. Die Windböen nicht gespürt. Erst, als dicke warme Regentropfen auf ihre nackte Haut prasselten, öffneten sie die Augen, und alles war anders: Es war finster um sie geworden. Die Äste der alten Eiche kreischten, als täte es ihr weh, wie der Sturm an ihren Blättern riss; sie wie nassen Konfetti durch die Luft schleuderte. Ein blauweißer Blitz erhellte den Steinbruch, schlängelte sich durch die Wiese und verschwand ganz in ihrer Nähe. Dann krachte ein ohrenbetäubender Donner.

„Wir müssen hier weg, Alice. Wir dürfen nicht unter den Eichen bleiben."

„Es hat eingeschlagen. Ganz in unserer Nähe. Ich kann es fühlen, Steven, in meinem Körper. Mein Arm tut weh ..."

Aber schon war sie auf und nahm seine ausgestreckte Hand.

„Nach Orléans ist es näher als zu dir ..."

Sie nickte stumm.

Er kannte den Weg. Sie lief neben ihm. Im Dunkeln stolperten sie über Äste und Steine. Hielten sich aneinander fest. Nur, als die grellen Blitze die unheimliche Szene erhellten, hätten sie für Sekunden den Weg erkennen können. Aber sie hatten nur Augen für sich. Einmal blieb Alice sogar stehen und lachte. Breitete die Arme aus und drehte sich im Kreis.

„Ich werde nie wieder Angst haben. Nicht nach heute!"

„Wir brauchen nie wieder Angst zu haben. Wir sind nie wieder alleine."

„Ich liebe dich, Steven, auch wenn ich glaube, dass die Welt am Untergehen ist ..."

„War sie das nicht schon so oft?

Wir bauen sie wieder auf!

Zusammen, ja?"

Er stand vor ihr wie ein Baum. Schaute sie mit seinen eisblauen Augen an.

Hell und leuchtend wie ein neuer Tag.

* * *

Steven fühlte sich wie in einem Märchen. Seinem Märchen.

Er musste immer wieder daran denken, wie sie ihn berührt hatte. Vorsichtig und gierig zugleich. Anders als Marie. Nie hätte er gedacht, dass ... nach Marie ... eine andere Frau ... ihm noch mehr geben könnte.

Beim ersten Mal unter der Eiche hatte sie geführt. Zu Hause auf Orléans ließ sie ihn machen. Alice lag halb auf ihm und hatte ihren Kopf auf seiner Brust. Er sog den Duft ihrer Haare ein. Sie lagen auf der Couch in der Bibliothek. Bis zu den Schlafzimmern im ersten Stock war ihnen der Weg zu weit gewesen. Sobald sie ein Dach über dem Kopf gehabt hatten, war nur eines wichtig. Sich wieder so nah wie möglich zu kommen. Er war wilder als beim ersten Mal. Sie lachte.

„Du bist ausgehungert ...“

„Ich will dir nie weh tun. Sag mir, was du gerne hast ...“

Und das flüsterte sie ihm ins Ohr.

Marie und er waren wilde Tiere. Sie hatte es gerne so – und er auch. Alice aber war wilder. Das hätte er nie gedacht!

Irgendwann fingen sie an zu reden. Über vieles. Vor allem über Sex. Sie erzählte von Kurt. Wie er sie damals fasziniert hatte.

„Alle Frauen waren hinter ihm her.“

„Sah er gut aus?“

„Kennst du Bilder von Robespierre?“

„Der sah grässlich aus ...“

„Genau! Trotzdem waren die Frauen verrückt nach ihm. Was zieht einen an? Das andere? Das Tier? Die Brutalität? Auf jeden Fall nicht immer nur das Schöne und Gute. Ich glaube, es ist so, wie am Steinbruch zu stehen und in den Abgrund zu schauen. Vor allem, wenn du schwindlig bist. Der Abgrund zieht dich an ...“

„War er so schlimm – Kurt?“

„Das Schlimmste war, dass ich es erst merkte, als alles zu spät war.“

„Du meinst, nach dem Unfall?“

„Nein, das hat nur körperlich weh getan. Es war zu spät für mich in dem Moment, als ich nicht mehr von ihm loskam. Andere Frauen haben schnell gemerkt, was er für ein Sadist war. Er hatte sie alle im Bett. An der Uni schon. Ich war ...“

„Sollen wir lieber nicht drüber sprechen?“

„Doch. Es ist Zeit, dass auch das rauskommt. Aus mir raus. Es ist nur so schwer ... die Worte zu finden. Es ist wie ein Film, den man im Kopf hat. Du weißt, dass alles zusammenhängt. Alle Geschichten. So wie Willi und Erich. So wie Kurt und ...“

„... Claude?“

„Ja! Es hat lange gebraucht, bis ich auch das verstanden hab. Aber verstehen heißt noch lange nicht, dass man es glauben kann. Geschweige denn ändern."

Er zögerte, sie anzufassen.

Nicht in diesem Moment alte Erinnerungen zu wecken, wie in einem schlafenden Tier. Aber sie legte ihren Kopf auf seine Brust und küsste ihn. Überall.

Da wusste er, dass Alice ihre Geister besiegt hatte.

Sie standen nicht mehr zwischen ihm und ihr.

„Du bist selbst mit Gefahr und Angst um dich herum aufgewachsen, Steven. Ohne dass dir bewusst war, wo genau sie lauerten. Ich war zwei Jahre, als es anfing. Und es wurde normal. Nicht schön. Aber es gehörte zu meinem Leben. Der einzige, der verstand, was geschah und merkte, dass es nicht gut für mich war ... war mein eigener Körper. Der revoltierte. Nasenbluten, Atemnot, Lähmungen. Keiner hatte es gemerkt. Niemand hat geholfen ..."

„Ich hatte immer das Gefühl, helfen zu müssen. Aber ich wusste nicht, wem. Nicht wie ..."

„Ach, Steven. Wir waren doch Kinder. Und die Erwachsenen um uns rum ... die hatten es ja noch nicht mal geschafft, sich selbst zu helfen."

„Und als ich es getan hab, ... es war so schrecklich, Alice. Ich seh immer noch sein Grinsen. Und Cathy, ... zerbrechlich wie ... eine von diesen wunderschönen Porzellan-Puppen. Und er ... er hatte sie kaputtgemacht."

Steven spürte ihren Kuss auf seinen Lippen. Als wollte sie ihm die Last der Erinnerung für immer abnehmen.

„Kennst du das Gefühl einzufrieren? Dich nicht mehr bewegen zu können. Wie in einem Alptraum. Du willst weglaufen. Dich wehren. Aber du bist festgefroren. So ging es mir mit Kurt. Und genau das hatte ihm gefallen. Ich war bei ihm das brave Kind wie bei Willi. Und ..."

„... bei Claude."

„Ja. Auch bei Claude. Bei ihm hab ich auch wieder so lange gebraucht zu verstehen, was er mit mir machte. Machtspielchen. Manipulationen. Kleine und große. Aber die kleinen sind die gefährlichsten, weil man sie nicht merkt."

„Vielleicht konnten sie sich deswegen auch nicht gegen Henry wehren: Ma und Emma ... Audrey und ... meine Schwester. Festgefroren, sagst du?"

„Ja, genau. Deswegen kam dir Cathy auch wie eine Puppe vor. Eine Puppe, die sich selbst nicht bewegen kann."

Und Alice dachte an Willi, aber auch an die Männer im Herrenklo ... wenn sie damals nur hätte weglaufen, vielleicht sogar sich wehren können.

Steven riss sie aus ihren Erinnerungen:

„Festgefroren. Wie in dem Märchen von der Schneekönigin ...""

Aber Alice war schon weiter: „Würdest du es wieder tun, Steven?"

„Meinst du jetzt Henry ... oder Felix?"

∗ ∗ ∗

„Du hast selbst gesagt, man müsste ihm die Zulassung entziehen. Was er dir über mich gesagt hat, war gelogen. Trotzdem ... Ich weiß, dass ich immer verletzlich bleiben werde. Vielleicht mehr als andere Frauen. Und mit diesem Restrisiko muss ich leben ... und du ..."

„... und du mit mir. Du hast mir die Augen geöffnet ... Ich versteh immer noch nicht, wieso du Felix so viel besser lesen konntest als ich. Ich hab ihn nie geliebt. Aber ihm vertraut. Bis zuletzt. Ich hab doch erst gemerkt, was für ein Mensch er ist, als er anfing, aus der fingierten Krankenakte von Dr. Noël zu zitieren."

„So jemand darf nicht weiter sein Unwesen treiben. Wie viel Menschen der wohl schon auf dem Gewissen hat."

„Ich wüsste, wie ich ihn zum Schweigen bringen kann."

„Aber denk dran, ... so jemand wie er wird immer wieder angekrochen kommen."

„Wir bringen es zu Ende. Ich verspreche es dir. Aber wir müssen reden. Das hab ich gelernt, Alice. In den letzten Monaten. Wenn wir früher miteinander geredet hätten, offen und ehrlich, dann hätten die anderen uns nicht manipulieren können. Wenn ALLE früher miteinander geredet hätten, wäre es nicht so weit gekommen. Auch damals nicht."

„Wie willst du mit einem Sadisten reden? Oder einem Pädophilen? Oder einem ...“

Alice suchte verzweifelt nach einer Kategorie für Claude und fand keine.

„Lass mich mit ihnen reden. Ich will es versuchen. Den Zwang der Wiederholung brechen. Verstehst du denn nicht?“

„Nein. Nicht mit Menschen wie Janus und Claude. Die haben mit uns gemacht, was sie wollten; nicht nur manipuliert, sondern missbraucht; ja ... missbraucht. Genau wie die früher!“

„Dann lass uns zur Polizei gehen. Wir zeigen Felix an. Amtsmissbrauch, oder wie man das nennt, und Erpressung ...“

„Das können wir nicht, Steven. Sie würden dich verhaften. Und das werd ich nicht zulassen. Ich spreche mit Claude.“

„Was hat der damit zu tun? Ich hab doch Geld genug. Wir brauchen nicht seine Hilfe. Ich gebe Felix das, was er am meisten will ...“

„Auf keinen Fall. Das bist nämlich DU. Er will immer noch dich.“

Steven wollte ihre Angst weglachen. Aber Alice ließ nicht locker.

„Ich hab es schon mal gesagt: Die alten Geschichten müssen verschwinden – lass uns das Tagebuch verbrennen.“

„Ich hätte die letzten Seiten nicht rausreißen sollen. Geschweige denn, Felix geben. Aber ich dachte, er kann mir helfen ... Helfen, mich von der Vergangenheit zu befreien ... helfen, die Wahrheit zu akzeptieren. Und dann ein neues Leben anzufangen. Mit dir.“

„Wer weiß noch davon?“

„Felix ist ein Plappermaul. Er hat eine neue Beziehung. Ich weiß nicht, mit wem. Aber er hat gerne mal was mit Patienten angefangen. Dieses Spekulieren bringt doch nichts, Alice. Wenn er es jemandem gesagt hat, ist es eh zu spät. Ich geh zu ihm – morgen.“

„Und ich spreche mit Claude. Er muss endlich wissen, dass Schluss ist ... Ich nie wieder was mit ihm zu tun haben will. Das hätte ich schon viel früher tun sollen."

„Da ist noch was, Alice ... was Du wissen musst ... Es fällt mir schwer, darüber zu reden. Aber ich ... wie soll ich sagen? Es ist passiert ... und ich steh dazu. Ich hatte ein Verhältnis. Mit einer anderen Frau. Seit wir aus der Camargue zurück sind. Du hattest mich abgewiesen. Ich dachte ... du und Fuentes."

Aber Alice hörte schon lange nicht mehr zu.

Sie sah die Lösung vor sich.

Wie einen langen gefährlichen Weg in einer tobenden Sturmnacht.

Kapitel 3.7

Kurz vor Sonnenuntergang

Patrice liebte es, am *Alten Hafen* in Marseille zu sitzen.

Kurz vor Sonnenuntergang. Am liebsten in einem der kleinen Bistros ganz am Ende der Bucht. Bis hierher verirrte sich selten ein Tourist. Als sie sich damals kennengelernt hatten, wusste er nicht, dass er Journalist war. Er war ein Kunde, wie viele andere. Zahlte. Ging. Und kam wieder. Er redete nie von der Arbeit. Patrice hatte sein Foto in der Zeitung erkannt. Unter einem Artikel über illegale Finanzgeschäfte. Da stand sein richtiger Name, und darunter: *Leiter der Wirtschaftsredaktion.*

Das war vor seinem Streit mit Felix.

Wer hatte eigentlich gestritten? Sein Rübezahl? Oder sein Diabolus? Da war er sich nicht immer so sicher. Nur, dass ER es immer ausbaden musste: Patrice Dufee.

Seitdem war kein Tag vergangen, an dem er nicht daran denken musste. Wieso war plötzlich alles so anders? Als er damals Dr. Janus kennenlernte, war der ihm zuerst nicht ganz geheuer. Schon am Telefon nicht. Es war Diabolus, der auf das Spiel einging, um mal zu sehen, was es bringen könnte. Als Patrice aber merkte, dass Felix sich wirklich für ihn interessierte, er ihn verstand und ernst nahm, fing auch er an, ihn gern zu haben. Und im Bett war er okay. Lieb und respektvoll. Trotzdem hatte Rübezahl ihm von Anfang an zur Vorsicht geraten. Sich nicht mehr manipulieren zu lassen. Nur darum ging's!

„Er hat uns doch geholfen, die Informationen über den Engländer überhaupt erst zu kriegen, du Schwachkopf."

„Halt dich zurück, Diabolus..."

„Du hast Schiss bekommen. DU bist das Problem.

Nicht Felix.

Seit er den Plan für die Erpressungen auf den Tisch gelegt hat, bist du eingeknickt. Weichei ..."

„Jetzt hast du's! Hab ich dir nicht immer gesagt, wir müssen Diabolus loswerden? Dafür sind wir schließlich in diese Gruppensitzungen gegangen. Aber du ... du musstest ja über Weißgottwas reden, nur nicht über den Kern des Problems."

„Was weißt du denn schon, worum es mir in der Therapie geht? Nur, weil du Rübezahl bist, weißt du noch lange nicht alles. Ich werd mit Diabolus fertig. Und wenn es soweit ist, werd ich ihn auch los."

„Mich loswerden Ich sitz euch beiden direkt unter der Haut. Habt ihr das immer noch nicht kapiert? Die einzige Möglichkeit wäre ... Nein! Ich glaub's nicht! Ihr denkt doch nicht im Ernst dran, mich umzubringen? Das wäre echt blöd. Das wäre Selbstmord! Und warum ausgerechnet dann, wenn man die meisten Trümpfe in der Hand hält? Ich sag euch jetzt, was wir tun: ein kleines Stelldichein mit diesem Zeitungsfritzen. Ein bisschen Spaß muss ja wohl drin sein. Danach legen wir die Konditionen fest. Und dann, auf nach ... Wo wollten wir alle hin? New York?"

„Lass mich in Ruhe, Diabolus – ich muss nachdenken ..."

„Und was meinst du, was ich gerade für dich mache? Hör doch einfach mal zu! Du musst den Journalisten fragen, wie viel er bereit wäre zu zahlen. Aber ich sag dir – an DAS Material zu kommen, an das du denkst, ist nicht einfach. Fuentes ist am schwersten zu knacken.

Aber wenn du unbedingt an sein Geld willst, und nicht an das von Bingham, dann versuch es doch mit was anderem. Mit GEFÜHLEN:

Seine Tussi betrügt ihn mit dem Engländer. Der Engländer hat seinen Opa, oder weiß Gott wer dieser Henry war, umgebracht. Jeder hat es mit jedem getrieben. Das ist doch Stoff, aus dem man Geld machen kann. Richtig schöner Dreck. Warum willst du unbedingt noch hinter die Finanzgeschäfte?"

„LASS MICH IN RUHE!!!!!"

Ein paar Einheimische, die ihren Feierabend begossen und schon eine zeitlang die Ohren gespitzt hatten, dachten, er sei betrunken oder zugekifft.

„Komm, setz dich doch zu uns. Kannst auch gern deine Kumpels mitbringen. Vielleicht fällt uns ja zusammen was ein ..."

Ihr spöttisches Gelächter hörte auch nicht auf, als ein neuer Gast auftauchte.

„Hast du schon lange auf mich gewartet, Patrice?"

„Du kommst genau richtig. Lass uns *Zu Georges* gehen, da können wir auch einen Happen essen. Und ich erklär dir, um was es geht."

Das Gespräch war viel einfacher als Patrice gedacht hatte. Sie redeten auf Augenhöhe. Bis in die frühen Morgenstunden. Ohne Sex. Nur Business. Der Mann respektierte ihn. Genauso wie er war. Als einen Stricher, aber mit Prinzipien. Einen Menschen, der sich seit Monaten bemühte, seine Vergangenheit in den Griff zu kriegen. In einer Therapie, die nicht ganz ohne war. In der der Chef versuchte, alle zu manipulieren, nur weil es ihm und seiner Forschungsarbeit ins Zeug passte. Das hätte alles ganz schön schief gehen können. Was wäre gewesen, wenn Diabolus sich eine der Frauen gekrallt hätte? Wenn bei ihm die Sicherungen durchgebrannt wären? Hatte nicht Felix genau darauf gewartet?

Und plötzlich wusste er, was er tun würde.

Er würde Dr. Noël einen Besuch abstatten.

∗ ∗ ∗

Sobald die Sonne untergegangen war, wurde es kühl. Trotzdem blieben sie lieber auf der Terrasse stehen. Der Mistral hatte etwas Reinigendes, obwohl er heftiger als sonst um diese Jahreszeit an den alten Olivenbäumen und an ihren Nerven zerrte. Dazu die Geräusche des Feierabendverkehrs, das Hupen und Kreischen der Autos und Motorräder, die wie aus einem riesigen Blasebalg in die Höhe stiegen. Die perfekte Kulisse für ein letztes Treffen. In zwei Stunden wäre alles vorbei. Die Stadt wieder zur Ruhe gekommen. Und sie?

„Ich versteh es einfach nicht, Alice. Warum? Ich hab dir doch ALLES gegeben ... du hättest sogar noch mehr haben können ... Warum reicht dir das nicht?"

„Es geht nicht um Geld, Claude. Deswegen verstehst du's auch nicht. Es geht um mehr. Um Gefühle. Emotionen ..."

„Ach ja, jetzt plötzlich geht es nicht mehr um Geld. Aber damals, als du keines hattest und weder in Deutschland noch in Belgien bleiben wolltest ..."

„Ich war dir immer dankbar, das weißt du. Aber wir verstehen uns nicht mehr. Wie zwei Fremde, die nicht dieselbe Sprache sprechen. Wir haben uns verloren, ... lange, bevor Steven Bingham auftauchte."

Claude wischte die letzte Bemerkung von Alice mit einem höhnischen Lächeln beiseite.

„Als ob ich nicht wüsste, was Emotionen sind. Ich hab dich geliebt, Alice ..."

„Ich mein' was anderes. Für mich sind Emotionen etwas, was von ganz tief unten kommt. Was man nicht lenken ... nicht beeinflussen kann ... Wie ... wie die Angst vor einem Gewitter oder Wut über ..."

„... über die Tatsache, betrogen zu werden. Ganz genau. Dann verstehen wir uns wenigstens in dem Punkt."

„Ich spreche nicht von Moral! Die schreibt uns doch nur vor, was wir tun sollten und was wir nicht tun dürfen. Aber doch nicht, was wir fühlen müssten ..."

„Du sprichst wie *maman*. Ihr wärt blendend miteinander ausgekommen."

„Das glaub ich immer weniger, Claude. Ich hab sie nie kennengelernt, nur deine Abhängigkeit von ihr."

„Lass deine Wut nicht an meiner Mutter aus, Alice. Und hör auf, dich als Laienpsychologin aufzuführen. Was weißt du schon von meiner Jugend?"

„Ich weiß, dass man echte Gefühle nicht erzeugen kann wie irgendein Produkt. Aber auch nicht töten, höchstens abspalten oder verdrängen. Wir können andere Menschen und sogar uns selbst belügen und täuschen. Und das haben wir beide gemacht. Du hast in mir eine Frau gesehen, die ich nie war. Ich konnte dir nie die Liebe geben, die du schon als Kind gesucht hast ... Das Verhältnis zu deiner Mutter ..."

„Du wirst niveaulos. Ich werde mir diesen Psychokram nicht weiter anhören. Wie soll es nun weitergehen? Wie stellst du dir das vor? Wirst du ihn heiraten? Nein, bestimmt nicht. Also nur mit ihm schlafen, so wie mit mir. Ich hab 'ne Idee: Warum nicht eine *ménage à trois*? Ich hab nicht immer Zeit für dich gehabt ... Ja, ich sollte vielleicht mit Steven sprechen ... wir könnten uns dich teilen?"

Alice fühlte nichts. Es tat noch nicht einmal weh, ihn so reden zu hören. Keine Wut. Keine Enttäuschung. Kein Ekel – so wie früher bei Kurt. Einfach nur Leere.

Warum war sie noch mal gekommen? Sie wollte ihm doch was sagen ...

Ach, ja: Dass es ihr in den letzten Monaten immer besser geworden sei ... Unabhängig von ihrer Freundschaft mit Steven. Dass sie ihr Leben wieder in den Griff bekommen hatte! Sogar selbst wieder Geld verdiente! Wollte sie ihm nicht sogar voller Stolz sagen, wie viel?

Aber wer war er denn für sie, dass sie immer noch dachte, sich erklären zu müssen?

Ein Übervater? Die Autorität, von der sie den Segen für ihr zukünftiges Leben erhoffte?

Absolution für ein Verhältnis, das es erst seit drei Wochen gab? Das sie sich aber schon seit Monaten gewünscht und erträumt hatte?

Alice stand immer noch an der Brüstung und schaute auf die Straße, tief unter ihr. Nach und nach gingen die Lichter an. Orangegelb. Wie der Abendhimmel im Westen.

Sie erinnerte sich an den Tag, als sie auf der Bank am Teich saß, und das kleine Kind zu seiner Mutter gesagt hatte: „Guck mal, Mutti, wie lustig: Die Frau redet mit sich selbst und erzählt sich schöne Geschichten, über die sie lachen kann."

Das war vor einer Ewigkeit. Damals hatte sie angefangen, ihr Leben zu verändern. Und das kleine Mädchen war ihr Zeuge.

Als sie sich zu Claude umdrehen wollte, stand er schon hinter ihr. So nah, dass sie sich fast berührten. Wieso hatte sie ihn nicht kommen gespürt? Nicht gerochen? Wurde sie langsam immun gegen ihn?

Das Gefühl war toll. Sie hatte tatsächlich keine Angst mehr vor ihm. Und plötzlich war alles klar: „Ich bin gekommen, dir zu sagen, dass ich dich verlassen habe, Claude."

Sie hatte mit allem gerechnet: Dass er schreien, toben, vielleicht sogar handgreiflich werden würde. Aber nicht damit, dass er sich kopfnickend und mit einem versöhnlichen Lächeln an sie drückte.

„Dann lass mich dich ein letztes Mal in die Arme nehmen. Bitte. Ein letztes Mal die Wärme deines Körpers fühlen ..."

Alice überlegte kurz und nickte. Irgendetwas war anders als früher. Sie war nicht festgefroren. Sie war bereit, Verantwortung zu übernehmen. Für sich und ihren Körper.

Selbst zu entscheiden, wie weit sie ihn ranlassen würde.

Eine Umarmung.

Zum letzten Mal den Geruch seiner Zigarren, seines teuren Eau de Toilette und seiner Männlichkeit.

Seine Lippen, die sich auf ihre drückten.

Seine Hand, die er von ihrem Rücken auf den Po gleiten ließ ...

„Das reicht, Claude! Wir wollen doch Freunde bleiben, oder?"

* * *

Es waren die Stimme und ihre Entschlossenheit, die ihn zusammenzucken ließen: Darauf war er nicht gefasst.

Genau so hatte er sie doch immer rumgekriegt?

Stattdessen sah er, dass sie ihr Knie schon zur Abwehr angehoben hatte. Sie schien noch nicht mal Angst zu haben, ihr Gleichgewicht zu verlieren. Über die Brüstung zu fallen. Sie fürchtete sich nicht mehr vor ihm ...

Und Alice hatte es auch gemerkt: Zum ersten Mal in ihrem Leben war sie bereit gewesen, sich sofort zu wehren und nicht erst ein halbes Leben zu spät. So wie damals bei Willi!

„Wenn du mich jetzt verlässt, Alice, dann ..."

„Was dann, Claude?"

„... dann bring ich mich um!"

* * *

Steven hatte lange überlegt, wo er sich mit Felix treffen sollte. Bei ihm zu Hause oder auf Orléans? Irgendwo dazwischen, wo niemand sie kannte? Sicherlich nicht in einem Café oder Restaurant. Dazu waren das Thema zu gefährlich, und ihre Reaktionen unvorhersehbar. Er glaubte, sich besser im Griff zu haben als Alice ... obwohl ... was er damals mit Henry gemacht hatte, war auch nicht geplant gewesen ... Eigentlich wusste man doch nie, wie man sich in einer existenziellen Situation verhält. Aber was ist schon existenziell?

Dann war ihm die Praxis eingefallen.

Alles hatte in einer Praxis in London angefangen. Nein, nicht alles. Aber sein kompliziertes Verhältnis zu Felix ganz bestimmt.

Immer wieder diese Abhängigkeiten.

Gefühle, die einen gefangen halten wie die Fangarme einer Riesenkrake. Ob früher in der Familie oder später mit Felix. Immer wieder suggestive Fragen, Psychospielchen, Manipulationen. Er hatte selbst nicht mehr gewusst, wer er war und was er wollte – DAMALS!

Heute war es anders.

Seit dem Tag am Steinbruch hatte für ihn ein neues Leben angefangen. Und dafür würde er jetzt kämpfen. Alice hatte recht.

Es war eine zweite Chance für sie beide. Und die durften sie nicht vertrauensvoll in die Hände von Felix legen.

Vertrauen war gestern!

Felix ließ ihn lange warten. Er hatte schon dreimal geklopft. Keine Antwort. Es war schon 17.20 Uhr. Sicherlich wieder eines seiner Spielchen. Er klopfte wieder.

„Sorry, dass du warten musstest. Ein Notfall – ich war am Telefon."

Und warum grinste er dann so blöd?

„Komm rein. Ich freue mich, dass wir uns in Ruhe über alles unterhalten können."

Überall waren die Vorhänge zugezogen. Schöne Räume mit hohen Stuckdecken, Parkettböden, gelbgestrichenen Wänden.

„Stimmt. Du warst ja noch nie in den Gruppenzimmern ...“

Steven hatte sich vorgenommen, Felix kommen zu lassen. Er schaute sich in Ruhe um. Keine Sekretärin. Keine Patienten. Keine Zuhörer. Sie waren alleine.

„Sollen wir ins Büro gehen oder in den Raum mit den Sonnenblumenvorhängen? Ich glaube, der gefällt Alice immer am besten. Der beruhigt sie. Aber nur, wenn sie zugezogen sind."

Felix wusste so gut, Banales in Anzügliches zu verwandeln. Intimes offen zu legen. Einen da zu berühren, wo er eigentlich nicht durfte.

Steven war schließlich nicht zur Therapie gekommen.

„Das ist mir egal, Felix. Da, wo wir ungestört reden können. Nur dafür bin ich gekommen."

„Wie ich sehe, kommst du mit leeren Händen. Schade. Ich dachte, wir könnten die Sache auf die feine englische Art erledigen."

„Das werden wir auch, Felix. Auf die englische Art. Ob fein oder nicht fein, werden wir dann sehen ...“

Wenigstens hatte Steven schon mal das affige Grinsen aus seinem Gesicht radiert. Felix wurde von Minute zu Minute unsicherer. Dabei bemühte er sich SO sehr, SO cool zu sein.

Der gute alte Felix.

„Was hast du vor, Steven?"

„Reden, was sonst? Darin bist du doch so gut. Das macht man doch in so einer Praxis, wenn ich mich recht erinnere ...“

„Du klingst anders, Steven ...“

„Klar. Wir tun ja auch andere Dinge als sonst, oder?"

Felix ließ sich in seinen Stuhl fallen.

Gar nicht mehr so attraktiv wie sonst. Ziemlich blass. Kleinste Schweißperlen standen auf seiner Stirn, und seine sonst so luftige Strähne klebte ihm über den Augen.

„Du siehst nicht gut aus, Felix. Wasser?"

Steven hielt ihm eine Karaffe hin, die auf dem Schreibtisch stand.

„Warum machst du das, Steven. Wir sind doch Freunde ..."

Steven lachte zynisch und setzte sich lässig in einen der Sessel.

„Freunde? Das wolltest du eigentlich nie. Liebhaber, ja. Aber Freund? Eine Million Dollar ist auch nicht gerade ein Freundschaftspreis, oder?"

Felix schien es besser zu werden. War es das Wasser oder die Tatsache, dass endlich über Geld gesprochen wurde? Er fuhr sich mit beiden Händen übers Gesicht und durch die Haare. Und ein anderer Janus blickte Steven erwartungsvoll an.

„Für einen kurzen Moment ... du hast mir einen richtigen Schreck eingejagt ... ich dachte schon ..."

„Was dachtest du? Dass ich dich umbringe? So wie Henry damals? Erschlagen? Erschießen? Erstechen? Vielleicht hab ich es ja deswegen noch nicht gemacht: Weil ich mir noch nicht sicher bin, wie ich es am besten anstelle?"

* * *

Felix spürte Gefahr. Kannte er Steven wirklich so gut? Würde er mit Vorsatz töten, und nicht nur im Affekt? Er musste sich konzentrieren. Die Fassung bewahren. Schließlich standen jetzt nicht mehr nur seine Zukunft, sondern sein Leben auf dem Spiel. Er hatte Steven unterschätzt. Vor allem den Einfluss, den seine Liebe zu Alice und die Hoffnung auf ein neues Leben hatten.

„Wollen wir es nicht noch einmal versuchen, Steven?"

„Was meinst du?"

„Das Problem ohne Gewalt zu lösen."

„Dann musst du versprechen, aus Aix zu verschwinden, Felix. Für immer!"

Felix schaute ihn verängstigt an.

„Alice und ich könnten dich auch anzeigen. Du würdest deine Zulassung verlieren ..."

„Mach dich nicht lächerlich, Steven. So schnell geht das nicht. Und überhaupt. Ihr würdet nie zur Polizei gehen. Und wenn, die französische Polizei würde dich ausliefern. Ganz einfach."

Aber Felix spürte, dass er Steven nicht in die Enge treiben durfte.

„Okay – Ich bin bereit, das Geld zu nehmen. Ich geh nach New York. Ich fang auch ein neues Leben an."

Er hätte Steven so gerne noch gesagt, was der ihm alles kaputt gemacht hatte, damals in London. Und auch hier in Aix: die Trennung von Patrice ... sogar das Forschungsprojekt! Und was, wenn das Ganze doch eine Falle war? Von Stevie?

„Hast du denn überhaupt keine Angst, dass ... ich wiederkomme ... irgendwann ... und mehr will?"

„Nein, Felix.. Du wirst nie wieder zurückkommen!"

Felix riss die Augen auf und schaute voll Grauen zu Steven, der sich langsam vom Stuhl erhob und hinter den Schreibtisch kam.

Schneller als Felix zum Brieföffner greifen konnte, hatte Steven eine Hand in der Brusttasche und die andere mit eisernem Griff auf den Unterarm von Felix gelegt.

„Du wirst keinen Grund mehr haben wiederzukommen ..."

Mit diesen Worten legte er ihm einen Scheck über eine Million Dollar auf den Schreibtisch und streckte ihm die Hand entgegen.

„Ich will dich nie im Leben wieder sehen, Felix ... Ich stelle mich den französischen Behörden. Und werde das tun, was ich schon längst hätte tun sollen. Der Wahrheit ins Gesicht schauen – meiner Wahrheit."

Felix starrte ihn ungläubig an. Für den Bruchteil einer Sekunde dachte er noch an sein Projekt: Zum Teufel damit! Er grapschte gierig nach dem Scheck, steckte ihn ein und strich sich die Schweißperlen und die Angst aus dem Gesicht.

„Die feine englische Art wäre, wenn du den Scheck nicht gleich sperren ließest ...“

„Du kannst ihn gleich hier einlösen oder wenn du in New York bist. Das garantiere ich dir. Hier ist das Flugticket. One way!“

„Wow, ich bin tief beeindruckt. Steven der Gutmensch. Die Idee kommt bestimmt nicht von Alice. Weiß sie überhaupt davon?“

„Nein, Felix, Alice hatte ganz andere Pläne ... Und ich geb zu ... die gefallen mir von Minute zu Minute besser.“

* * *

Kapitel 3.8

Ritzenkinder

Alice hatte einen Brief von Dr. Noël bekommen. Drei Zeilen:

Liebe Alice,
hiermit möchte ich Sie zu einer nächsten Gruppensitzung am Mittwoch, dem
4. September, um 16 Uhr in die Rue du Temple einladen. Ich würde mich freu-
en, Sie wiederzusehen.
Auf bald,
Ihr Emile Noël

Sie war sprachlos. Nach einem Jahr tauchte er wieder auf. Die Hoff-
nung, ihn je wiederzusehen, hatte sie schon lange aufgegeben.
   Eines war für sie sicher: Die Therapie mit Dr. Janus war zu Ende.
Ein für allemal. Und der Mann da, wo er hingehörte.
   Keine Abhängigkeit mehr.
   NIE WIEDER!

* * *

Es war ein heißer Tag. Steven hatte ihr vorgeschlagen, sie nach Aix
zu begleiten, aber sie wollte alleine fahren. Die Fahrt war Teil der
Therapie. Gelegenheit, in sich reinzuhören. Zu reflektieren, wie der
Tag angefangen hatte. Sie war viel spontaner geworden. Musste
nicht mehr überlegen, ob sie ihn als gut oder schlecht einstufen
würde.
   DIE Tage waren vorbei.
   Sie wusste jetzt, dass ein Tag nie gut oder schlecht ist. Dass ein
Tag wie ein ganzes Leben sein kann. Eine Mischung aus allem. Und
dass es viel mehr darauf ankam, wie SIE damit umging.
   Mit weniger guten, leichten oder schweren Hindernissen.
   Drüber wegspringen?

Umgehen oder ignorieren?

Das waren die Fragen, mit denen sie sich derzeit beschäftigte.

Heute früh strahlte sie ein glückliches kleines Mädchen aus dem Spiegel an und hielt ihr eine große Tüte mit Süßigkeiten hin: grüne, rote und gelbe Gummibärchen, schwarz-weiße Lakritze und vieles mehr.

So sah sie den Tag heute. Von allem etwas. Sie konnte es sich aussuchen. Und was ihr nicht schmeckte, ließ sie liegen. Für heute oder für immer. Das wusste sie noch nicht. Dafür ging sie ja auch noch zu Dr. Noël. Ganz fertig war sie immer noch nicht.

„Versprich mir, gut auf dich aufzupassen. Die Bergstraße ...“

„... bin ich schon tausend Mal gefahren. Ich kenne jede Kurve wie im Schlaf.“

„Warum nimmst du nicht die Autobahn, wie sonst?“

„Weil ich die ersten Herbstfarben sehen will. Weil ich Lust auf den *Luberon* hab.“

„Ich liebe dich, Alice. Und ich brauche dich.“

„Ich dich auch, Steven.“

Tag und Nacht zusammen zu sein, war nicht immer einfach. Keiner von beiden war das gewohnt. Jeder hatte seine Ecken und Eigenheiten. Nicht nur die aus der Vergangenheit. So schön es war, sich eng aneinanderzuschmiegen, sich zu lieben und anzufassen, so wichtig war es ihr, nicht aneinander zu kleben. So wie früher. Mit Willi und Erich. Damit hatte alles angefangen: Selbstliebe ... Selbstgefühl ... Selbstachtung ... Selbstbewusstsein ... Jahrzehntelang nichts als leere Worthüllen für Alice. Fremdwörter, die sie erst in mühseliger Kleinarbeit mit Leben erfüllen musste. Ihrem Leben.

Sie würde aufpassen, dass ihr so etwas nie wieder passierte. Die Versuchung ist immer groß, wenn man sich zu sehr liebt ... Kann man sich zu sehr lieben? Sie glaubt schon! Aber wann ist es zu viel? Wenn man den Boden unter den Füßen verliert? Sich einfach fallen lässt? In den anderen rein. So sehr und so tief, bis man sich in ihm verliert. Keine Luft mehr bekommt, weil da doch nur Luft für einen ist ... Dann ist es zu viel Liebe.

Sie hatte sich verloren. Nicht nur einmal. Und nicht freiwillig. Bis sie dachte zu ersticken. Das alles wusste sie ... jetzt, nach so vielen Jahren.

Sobald Alice ein Zuviel an Nähe spürte, setzte seit Neuestem ein Reflex ein. Sie hatte diesen Momenten sogar einen Namen gegeben. Es waren ihre *Lassmichs:*

Von *lass michs alleine machen* bis auch schon mal: *Lass mich in Ruhe.* Sie brauchte den *lass mich zufrieden* und sogar mal den *lass mich alleine.*

Für Steven war das nicht immer einfach. Woher sollte er wissen, wann sie Nähe und wann Distanz brauchte? Aber er lernte sie jeden Tag besser kennen. Und sie merkte, dass auch er seine Ruhe brauchte und Zeit für sich. Seit er mit Felix gesprochen hatte, war er anders. Nicht weniger aufmerksam oder warmherzig. Im Gegenteil. Er umsorgte sie und regelte Dinge, für die sie geglaubt hatte, ein ganzes Leben Zeit zu haben. Nichts wurde auf die lange Bank geschoben. *Just do it,* sagte er oft am Tag. Und lachte dabei. Alles wird gut, aber warum konnte sie ihm das nicht glauben? Was verheimlichte er? Was hatte er vor?

„Was macht eigentlich deine Initiative in Forca mit den Flüchtlingen? Du hattest doch so viele Ideen?"

„Das muss ich alles zurückstellen."

„Ich versteh nicht. Was ist los?"

„Können wir heute Abend sprechen? Wenn du zurückkommst?"

„Das klingt ernst ..."

„Wenn du es jetzt schon wissen willst: Ja. Sehr ernst! Hast du dir schon mal überlegt, wieder zu heiraten?"

„Du bist verrückt!"

„Lass mich mitfahren ..."

„Nein."

* * *

Während der Fahrt musste sie andauernd an das Gedicht von Turrini denken. Sie schob es weg, aber es kam zurück. Ausgerechnet zu ihr, die sonst kein einziges Gedicht auswendig konnte. Jede Zeile tat weh.

Warum musste Steven ihr das jetzt antun?

Im Namen der Liebe
verschenken wir das Herz.
Ich verblute.
Im Namen der Liebe
rauben wir uns den Atem.
Ich ersticke.
Im Namen der Liebe
schreiben wir einen anderen Namen
anstelle des eigenen.

* * *

Alice kam fast zu spät an diesem Nachmittag.

Alle anderen waren schon da. Alle, außer Dr. Janus. Aber das wusste sie ja schon. Niemand schien ihn zu vermissen.

„Schön, dass Sie es noch geschafft haben, Alice."

Sogar die Stimme von Dr. Noël hatte sich verändert. Es hörte sich an, als würde sie die Worte hinter sich herschleppen. Langsam und beschwerlich. Wie den Rest seines Körpers. Er saß im Rollstuhl. Ein alter grauer Mann. Bis auf die Augen. Die lebten genau wie früher.

„Wie ich gelesen habe, sind alle ein Stück weiter gekommen. Michel ... hatte eine Pause eingelegt, und Isa ist noch immer unterwegs. Patrice hier hat ..., wie soll ich sagen, ... Bewegung in die Gruppe gebracht. Hab ich was Wichtiges vergessen?"

„Wir haben Sie vermisst ...", sagte Patrice und hoffte, dass Dr. Noël nicht verraten würde, dass er ihn schon ein paar Mal im Krankenhaus besucht hatte.

„Das tut mir leid ...", sagte der und lachte sie aufmunternd an. Alle schienen zu wissen, auf wen und was er anspielte. Dr. Janus war aus dem Nichts gekommen und war von einem Tag auf den anderen spurlos verschwunden.

„Ein Jahr Abstand wie in unserem Falle ist eine Erfahrung, die man durchaus mit Erlebnissen in unserer Kindheit vergleichen kann ..."

„Aber es gab keine Gewalt ... so wie früher ... Er hat uns nicht gehauen."

„Wer sagt das jetzt gerade? Diabolus? Rübezahl oder Patrice?"

„Patrice. Ich bin's, Patrice.

Und ich will Sie was fragen ... über ... Gewalt. Ich komm jetzt viel besser mit den anderen aus. Ich lass mich von Diabolus nicht mehr auf die Seite schubsen ... ich mein', nicht mehr so leicht wie früher. Ich weiß, dass Gewalt viele verschiedene Gesichter haben kann. Die Schläge von meinem Papa hab ich direkt gespürt, und die haben schlimm weh getan. Die Sachen, die Mama mit mir gemacht hat, hab ich zuerst gar nicht gespürt. Ich mein, natürlich hab ich es gespürt, aber es hat nicht immer weh getan. Erst viel später ..."

„Ich weiß, was du meinst, Patrice. Bei mir hat es zuerst auch nicht weh getan. Das heißt aber nicht, dass unser Körper nicht gemerkt hat, dass da was ..."

Alice suchte nach einem guten Ausdruck, und ausgerechnet Patrice kam ihr zur Hilfe.

„... total falsch gelaufen ist. Oberfaul war ... es gibt keinen guten Ausdruck für diese Scheiße, Alice, die uns passiert ist. Es ist auch nicht einfach passiert. So wie es anfängt zu regnen. Jemand hat es gemacht. Jemand hat uns weh getan. Sehr weh getan!"

Die beiden schauten sich an, als würden sie sich jetzt erst richtig kennenlernen.

„Patrice? Ihre Frage?"

„Ach ja ... meine Frage. Die geht mir seit ein paar Tagen durch den Kopf und lässt mich nicht mehr los. Kann ich Gewalt, die jemand anderer ausübt oder ausgeübt hat ... gut finden? Sogar bewundern? Kann es mir soviel Genugtuung ... nein, es ist was anderes ... es ist ... ich ... es ist Befriedigung. Kann es mir Befriedigung geben, obwohl ich diese Gewalt gar nicht selbst ausübe?"

„Fällt Ihnen ein, was Sie da bewundern, Patrice?"

„Dass ich es selbst nicht tun muss. Nein, das ist nur die Konsequenz. Bewundern tue ich den Mut. Vielleicht, weil ich mich nie getraut hab'... zuzuschlagen. Ich mein, zu Hause. Früher. Nicht jetzt, beruflich; das ist was anderes. Es macht mir überhaupt nichts aus, jemanden ... aber das gehört ja nicht hierher. Ich bin auch gar nicht mehr so ... so wie früher ... aber ich find es gut, sich zu wehren."

„Es ist doch ein Unterschied, etwas zu tun oder es sich nur auszudenken oder zu träumen. Das machen wir doch alle, oder?"

„An was denken Sie, Michel?"

„Ich weiß nicht genau. Ich hab keinen Missbrauch erlebt. Aber wie ich gehört hab, haben sich bei Patrice ja sehr früh andere Seelen abgespalten, weil ..."

„Was weißt du denn schon genau? Und überhaupt. Von wem ...?"

„Das hat er von mir." Marie schaute hilfesuchend zu Michel und dann zu Dr. Noël.

„Es ist zwar lange her, aber wir haben ja schon vor meinem Schlaganfall darüber gesprochen. Was heißt Missbrauch für Sie? Welche Rolle spielt Gewalt?"

„Aber Dr. Noël ! Haben Sie nicht gehört? Die Schnepfe hat einfach so mal meine intimsten Geschichten ausgeplaudert."

„Hat Marie Sie damit missbraucht?"

„Mein Vertrauen, klar. Auf jeden Fall."

„Hat sie Gewalt benutzt?"

„Nein, aber ... aber es tut doch trotzdem weh. So was macht man nicht. Ethisch, mein' ich ... oder wie man das nennt. Moralisch. Egal. Das ist respektlos."

„Aber ich wollte dir nicht weh tun. Im Gegenteil. Ich hab Michel, der übrigens ein sehr sehr guter Freund ist, und nicht irgendwer, erzählt, was du Schreckliches erlebt hast. Was dein Vater ... und deine Mutter ..."

„Ich brauch dein Mitleid nicht, Marie."

„Dr. Noël?"

„Ja, Alice?"

„Ich glaube nicht, dass mein Vater mir weh tun wollte ... und trotzdem hat es weh getan. So weh, dass es mein ganzes Leben verändert hat. Was wie ein Spiel in der Bettritze angefangen hat ..."

Zum ersten Mal, seit sie in Therapie ging, war sie bereit, darüber zu sprechen. Frei. Ohne ihre Zettel. Ohne Seil und doppelten Boden.

Sogar Patrice schaute sie erwartungsvoll an.

„Vielleicht ist das Problem gar nicht die Bettritze, sondern zu viel Nähe: physisch und psychisch ..."

Jetzt war es Alice, die sich hilfesuchend umschaute. Das konnte nur eine andere Frau verstehen. Wie Marie.

„Für mich wäre die Ritze zu nah, Alice! Wir beide wissen doch, wo die Gefahr liegt, und was daraus entstehen kann. Ein Durcheinander an Gefühlen, mit denen man als Kind total überfordert ist. Alles, was in dem Alter passiert, ist zuerst mal normal. Weil man es nicht anders kennt ... Und dann wächst man damit auf. Wird älter. Und ...

Aber da fiel Patrice Marie schon ins Wort:

„Ich könnt mir folgende Szene vorstellen: Mädchen schläft in der Ritze zwischen Mama und Papa. Alle sind ganz brav in Nachtzeug gekleidet. Papa hat 'ne Morgenlatte – bekanntes Phänomen – wir sind ja alle erwachsen hier; und die purzelt ihm aus dem Schlitz seiner Hose – im Schlaf! Das Nachthemdchen der Kleinen ist im Schlaf hochgerutscht und die beiden kommen – wohlgemerkt – im Schlaf beim Löffelchen-Liegen nah aneinander. Mama braucht noch nicht mal was zu merken. Und das Natürlichste auf der Welt passiert. Und niemand hat was gemerkt. Aber deswegen ist es doch passiert."

Alle schauten zu Alice, aber die schüttelte nur den Kopf.

„So war das nicht!"

„Das mein ich ja auch nicht. Nicht bei dir. Aber so könnte es sein. Wenn man zu nah ..."

„Danke, Patrice. Was für ein anschauliches Beispiel. Wem fällt noch was dazu ein? Ja, Michel?"

„Wenn ICH ein Kind hätte ..."

Michel machte eine Pause, holte tief Luft und schaute zu Marie.

„... und würde es mal zu uns ins Bett holen, ... weil es vielleicht Angst vor einem Gewitter hat oder einfach nur Bauchweh ...“

Alice spürte den brennenden Schmerz im Unterleib.

„Genauso hat es bei mir angefangen. Ich hatte so oft Bauchweh. Und immer mehr. Und er hat mich gestreichelt. Am Anfang nur den Bauch und dann immer tiefer und tiefer und tiefer.“

Sie hatte sich getraut, es zu sagen. Ohne die Fassung zu verlieren. Und ihr Körper hatte die Wahrheit bestätigt. Ihre eigene Wahrheit. Genauso hatte es angefangen.

„Alice? Alles in Ordnung?“

Trotz ihrer Schmerzen nickte sie.

„Dein Punkt interessiert mich, Michel ... Auf was willst du raus?“

„Ich ... ich wollte nur sagen, dass nicht jede Ritze gefährlich sein muss. Und die Tatsache, dein Kind mal zu dir ins Bett zu nehmen, ... auch über Nacht, ... zu trösten nach einem schlechten Traum, ist doch per se kein Anfang von Inzest.“

Die Diskussion wurde immer hitziger. Ein Quiekser von Marie, und dann: „Wenn du das tun würdest, Michel, ... dann würde ich dich ... sofort verlassen.“

Jetzt war es raus: Michel und Marie ein Paar! Aber Alice war die einzige, die den Lapsus gemerkt hatte. Und sie war auch die einzige, die es schon lange wusste.

„Ich weiß, was Michel sagen wollte, Marie. Und da ist ja auch was dran. Nicht alle Erwachsenen tun das, was sie tun, mit böser Absicht. Aber es geht doch gar nicht um gut oder schlecht, sondern um den Knacks, den dunklen Punkt, den du als Kind mitkriegst und dein Leben lang mit dir mitschleppen musst. Es sei denn, du bringst dich schon vorher um.“

„Genau, Alice! Meine Rede. Wir können mit Kindern spielen, klar; aber nicht an Orten, die schwer zu kontrollieren sind. Und mit Kontrolle meine ich unsere eigenen Gefühle. Die der Erwachsenen. Enrico, das Schwein, hat auf jeden Fall ...“

Alle kannten das Quieken von Marie. Sie konnte nicht weiterreden. Aber Patrice kam ihr zur Hilfe.

„Ich finde, Marie hat Recht. Das ist nämlich gerade im Schlafzimmer nicht einfach. Da kenn ich mich aus. Was ich mit meiner Mutter und ihren Freiern erlebt hab ... ganz zu schweigen von meinen eigenen ...“

Patrice versuchte zwar, mit einer albernen Grimasse seinen Punkt ins Lustige zu ziehen, aber alle spürten, dass es ihm sehr ernst war.

„Ja, was guckt ihr so? Ich hab's so gelernt. Was ist schon dabei? Wir reden hier schließlich von den natürlichsten Sachen der Welt: Vom Sex. Und von Gewalt. Aber sexuelle Gewalt? Da komm ich nicht mit, sorry. Das kapier ich nicht. Ich hab ja keine Ahnung, aber ich könnte Kindern nie was antun. Erwachsenen schon. Hab ich auch schon, wie jeder weiß!“

„Ich weiß ja nicht, wo Patrice heute seine zwei Kumpels Rübezahl und Diabolus gelassen hat, aber ich bin schon sehr erstaunt ...“

„Ich kann dir sagen, was mit denen passiert ist, Marie. Sie sind immer noch da. Aber ich hab sie besser im Griff. Und da war Alice nicht ganz unbeteiligt dran.“

„Ich? Entschuldige mal ...“

„Deine Geschichten. Dein Leben. Mehr will ich dazu nicht sagen. Aber ich hab' durch dich viel gelernt. Ich bin mir sicher, dass meine Eltern, und deren Eltern davor, es schon nicht geschafft haben, den Schrott aus ihrer Vergangenheit zu bewältigen. Sie haben dazu Kindheitstraumata gesagt, Dr. Noël , wenn mich nicht alles täuscht; ich nenn es einfach nur Schrott. Egal. Mein Punkt ist ein anderer. Was die mit oder wegen ihrem Schrott gemacht haben ... daran kann ich nichts ändern. Ich kann nur MEIN Leben und MEINE Einstellung verändern. Und genau an dem Punkt bin ich angelangt. So. Das wollte ich schon lange loswerden.“

„Ich bin beeindruckt, Patrice. Ich hatte so gehofft, dass Ihnen die Gruppe gut tun würde ... und wer weiß ... vielleicht sogar umgekehrt.“

„Ich kann mich vielleicht nicht so gut ausdrücken wie andere hier, aber ich hab mich immer getraut, den ganzen Scheiß beim Namen zu nennen. Und das hilft enorm. Ich weiß nicht, wie es den anderen hier geht, aber ich hab das Gefühl, dass in unseren Gesprächen noch was fehlt. Was, worüber keiner gerne spricht. Ich auf jeden Fall nicht. Aber es quält mich. Ich muss wissen, ob es euch auch so geht. Es geht immer wieder um das, was wir erlebt haben. Als Kinder ... Wie kann ich verhindern, dass ich das, was ich doch für normal gehalten hab ... weitermache?"

Fragende Blicke; nur Dr. Noël nickte ihm aufmunternd zu.

„Ich kann es schlecht erklären. Es ist ein Gefühl ... Mir macht es Angst ... Mein Verhalten, ... Menschen gegenüber. Ich merk es vor allem beim Sex. Es gibt Freier, denen würd ich am liebsten ... aber ich mach's nicht. Vielleicht ... noch nicht? *Maman* hat's mit mir gemacht ... Aber ich würd es nie tun, vor allem nicht mit Kindern. Ich krieg ja Gott sei Dank auch keine. Aber was wäre, wenn? Ich will niemandem hier auf die Füße steigen, aber ... Marie? Alice? Würdet ihr gute Mütter abgeben? Ich hab keine Ahnung, aber ich ... hätte ganz schön Schiss ..."

Es war der Moment, zu dem man gerne sagt, ein Engel geht durchs Zimmer. Noch nicht mal ein Quiekser war zu hören.

Sie schauten zu dem alten Mann im Rollstuhl. Nicht zu Patrice. Der hatte nur den Finger auf die Wunde gelegt.

„Das Einzige, das uns vor Wiederholung schützt, ist das Zulassen UNSERER Wahrheit, der ganzen Wahrheit, mit all ihren Schattierungen. Das ist nicht einfach. Wir haben es zusammen geübt. Und sind weit gekommen. Ihr kennt jetzt den Unterschied zwischen Erinnerung und echter Erinnerung. Man fühlt die Wahrheit. Ganz tief in sich drin. Und die kennt niemand besser als ihr selbst! Nicht ich als Therapeut. Kein noch so guter Freund. Kein angeblicher Zeuge. Euer Körper war dabei. Er ist euer wissender Zeuge! Und sich dieser echten Erinnerung zu stellen, tut oft weh. Sie zu akzeptieren, ist ein langer Weg. Aber nur so können wir uns entwickeln und nicht nur nachmachen, was VORBILDER uns VORGEMACHT haben."

Michel nickte.

„Das ist nicht einfach zu verstehen. Genauso, wie ich lange nicht verstanden hab, warum Sie ausgerechnet mich damals in eine Gruppe von Missbrauchsopfern gesteckt haben, Dr. Noël. Ich hab meine Frau so geliebt ... aber nicht immer so behandelt ... wie ich sie geliebt habe. Oder – ich hab sie so behandelt, weil ich sie so geliebt hab ... ich weiß auch nicht. Das ist alles so kompliziert."

„Missbrauch ist sehr komplex, Michel. Opfer und Täter wissen sehr oft, was passiert ist, aber sie können es nicht glauben.

Vielleicht hilft es, wenn wir uns noch einmal die Begriffe anschauen, mit denen wir umgehen: Sexueller Missbrauch oder sexuelle Gewalt. Ob an Erwachsenen oder Kindern. Patrice hat vorhin von Sex und Gewalt gesprochen, aber nicht von sexueller Gewalt, denn er weiß genau, dass Gewalt auf unterschiedliche Weise ausgeübt werden kann: als körperliche, psychische oder als sexualisierte Gewalt. Das ist der Begriff, der das Problem viel besser beim Namen nennt. Nicht sexueller Missbrauch. Allein die Vorsilbe „Miss-" gaukelt uns doch vor, dass es sogar einen guten Gebrauch geben könnte. Das mag vielleicht beim Alkohol zutreffen. Aber Kinder können nicht auf eine ‚gute' Art sexuell gebraucht werden und in einer ‚schlechten' Weise missbraucht. Oder was meinen Sie, Alice, Marie, Patrice?"

Keiner sagte ein Wort. Und Noël schien am Ende seiner Kräfte. Trotzdem raffte er sich noch einmal auf.

„Ich arbeite seit vierzig Jahren mit Opfern sexualisierter, psychischer und körperlicher Gewalt. Neuankömmlinge sagten oft, sie wären zwar hier und da geschlagen, missachtet oder anders erniedrigt worden, aber sie hätten nie in dem Maße leiden müssen wie andere Teilnehmer.

Wir sind gewohnt, mit dem Wort Misshandlung das Bild eines am ganzen Körper versehrten Menschen – Kind, Frau oder Mann – zu verbinden, dessen Wunden eindeutig auf erlittene Verletzungen hinweisen."

Er hielt inne. Senkte den Kopf und schloss die Augen, als würden die Bilder ihn erdrücken. Alle warteten. Sie kannten Dr. Noël. Da musste noch was kommen.

Fünf Minuten vergingen.

„Misshandlungen sind Verletzungen der seelischen Integrität eines Menschen, die oft unsichtbar bleiben. Erst nach Jahrzehnten registriert und nicht oft genug in Zusammenhang mit der Kindheit gebracht werden. Sowohl die Betroffenen als auch die Gesellschaft, manchmal sogar Therapeuten, wollen von den URSACHEN der späteren Störungen oft nichts wissen. Ja, Alice?"

„Mir geht es wie Michel, Dr. Noël. Ich hab Probleme, das, was Sie gerade gesagt haben, zu verstehen. Es fängt schon an mit den Begriffen. Darf ich jetzt nicht mehr von Missbrauch sprechen, wenn ich an das denke, was mir oder anderen passiert ist? Wo ist die Verbindung zu dem, was Patrice angesprochen hat: dem Wiederholungszwang? Ich versteh und weiß genau, dass Vieles mit unseren Erlebnissen in der Kindheit zu tun hat. Aber warum lernen nicht gerade wir, die wir am eigenen Leib erfahren haben, was es heißt, zu leiden, misshandelt und missbraucht zu werden ... so was nie zu tun? Wir müssten uns doch ekeln davor. Revoltieren? Schämen, aber doch nicht in Versuchung kommen, es an Kindern ..."

„Weil wir nicht gelernt haben, uns zu wehren, Alice. Es sind die ... Erziehungsmuster, die, von denen Patrice vorhin gesprochen hat, die weiter praktiziert werden ... mit Partnern, mit den eigenen Kindern, am Arbeitsplatz. Überall."

Patrice sprang auf und setzte sich neben Alice:

„Ich hab letzte Nacht wieder denselben Traum gehabt: Mein Vater hat mich halbtot geschlagen. Überall war Blut. Er hat auf den Kopf eingeprügelt. Immer und immer wieder. Mich mit Füßen getreten, bis ich ohnmächtig wurde ... Hängt der Traum damit zusammen, dass ich mich immer noch nicht traue, mich zu wehren? Nicht gegen meinen Vater, nur gegen Ersatzpersonen. Kommt er deswegen jetzt? Oder ist es umgekehrt? Weil ich die Gewalt von denen bewundere, die sich wehren gegen ihre Peiniger, wie du ... kommen deswegen wieder die Träume? Geht es dir nicht auch so, Alice?"

Sie nickte heftig: „Ja, genau! Ich kann auch nicht vergessen, wie ich als Fünfjährige von meinem Vater, der ja sonst lieber andere Spielchen mit mir gespielt hat, so was von verprügelt wurde. Ich hatte lange Zeit geglaubt, das Bild gehöre zu einem meiner Alpträume:

Er hielt mich an den Füßen kopfüber und schlug zu. Mir fielen Bonbons und Spielsachen aus den Hosentaschen ... das war gar kein

Traum. Und auch keine Einbildung. Das war ein Stück echter Erinnerung, von ganz tief unten."

„Ganz bestimmt, Alice. Und alles gehört zusammen, Patrice. Wie so oft. Aber nicht nur die Schläge sind grausam; diese sinnlosen, perversen Strafen. Grausam ist schon die Ausbeutung der bedingungslosen Liebe. Wie zwischen Ihnen und Ihrer Mutter. Die emotionale Erpressung. Das Zerstören des Selbstwertgefühls. Der Mangel an freundlicher Zuwendung bis ja ... bis zur Verweigerung des Rechts auf Würde und Respekt. Und was das Schlimmste ist: Kinder lernen, all dies als ganz normales Verhalten zu sehen, weil sie nichts anderes kennen. Jedes Kind liebt seine Eltern bedingungslos ... was auch immer sie mit ihm machen."

Alice war nicht die einzige, die ihren Tränen freien Lauf ließ. Sie schaute sich um und nickte den anderen zu. Alle saßen sie da: erwachsene Menschen. Frauen und Männer. Doch Alice hatte Phantasie genug, noch mehr zu sehen: Jeder hatte ein Kind auf dem Schoß sitzen. Eine kleine Ausgabe von sich selbst.

Sogar Michel.

Sogar Dr. Noël.

Jeder kümmerte sich um sein Kind. Der eine weinte, die andere lächelte, der eine strich seinem über die Haare und Alice ... Alice sagte als erste: „Komm, lass uns nach Hause gehen."

* * *

Aus dem ursprünglichen Plan, die Rückkehr von Dr. Noël bei Bruno zu feiern, wurde nichts an diesem Tag. Er wäre bestimmt auch nicht mitgekommen.

Aber nach DER Sitzung hatte keiner mehr Lust auf lustig.

Als Alice an diesem Abend von Aix zurückkam, wollte sie eigentlich nur noch ein heißes Bad und sofort ins Bett. Alleine.

Aber Steven hatte eine Überraschung vorbereitet.

Überall brannten Kerzen. Der süße Geruch von gebratener Ente, Orangen, frischen Kräutern, Pilzen und Unmengen von Blumen empfing sie schon im Flur.

„Ich hab dir schon mal dein Lieblingsbad einlaufen lassen ... Lavendelessenz mit Mandelöl, ... ist das okay, oder hättest du lieber was anderes?"

Sie hätte nie gedacht, dass sie sich ausgerechnet heute so darüber freuen könnte, von ihm verwöhnt zu werden.

„Du bist wunderbar. Danke. Ich bin total geschafft. Ich sag es dir lieber gleich. Ich hatte eine sehr anstrengende Therapie. Aber sie war gut. Wirklich gut. Gib mir eine halbe Stunde, dann bin ich wie neu."

Sie gab ihm einen Kuss und öffnete die Tür zum Bad. Auch da Blumen. Kerzen und ein Kübel mit Champagner.

„Ich dachte, dass du vielleicht schon ein Gläschen im Bad trinken wolltest ..."

„Du kennst mich schon viel zu gut, Steven. Was wird das erst in ein paar Jahren?"

„Das ist gar keine schlechte Frage, Liebling. Und ich werd sie dir auch heute noch beantworten. Genieß zuerst mal die Ruhe und dein Bad. Ich freu mich auf dich und unseren Abend."

Die Müdigkeit war wie weggeblasen. Adrenalin pur. Vielleicht auch die zwei Gläser Champus. Was zieh ich bloß an? Das weiße Seidenkleid? Den bunten Kimono? Eine Hose mit Bluse? Der hat doch was vor ...

Als sie in ihre Küche kam, musste sie laut lachen. Der Tisch war gedeckt. Er wusste sogar, dass sie am liebsten hier aß und nicht im großen Esszimmer. Obwohl es noch gar nicht so kalt war, hatte er Feuer im Kamin gelegt.

„Wie lange kniest du denn schon da?"

„Eigentlich seit heute morgen. Aber ich bin zwischendurch ein paar Mal aufgestanden, um die Besorgungen zu machen. Die Ente zu schießen, die Sonnenblumen zu schneiden ... und ... das hier zu kaufen."

Er hielt ihr ein kleines dunkelblaues Päckchen entgegen mit einer großen Schleife.

„Ich hab es seit heute früh geübt ... warte."

Er räusperte sich kurz, schlug ein schnelles Kreuz, blickte zuerst gegen Himmel und dann auf Alice.

„Liebste Alice! Willst du meine Frau werden? Willst du mich heiraten? Könntest du dir vorstellen, den Rest deines Lebens mit mir zu verbringen? Alice ...“

„Du bist verrückt, Steven Bingham.“

„Wieso? Du hast das Päckchen ja noch gar nicht ausgepackt ...“

„Das mein ich doch nicht. Ich lieb dich ... so sehr. Mit dir zusammenzuleben: Ja! Ich kann mir nichts Schöneres vorstellen. Aber heiraten? Wieso jetzt? Wieso hast du es so eilig? Wir haben doch alle Zeit der Welt.“

„Ich bin mir da nicht immer so sicher, Alice. Ich bin so glücklich mit dir, dass ich manchmal Angst habe, dass ...“

„Dass was, Steven?“

„Wir haben beide so viel Schlimmes erlebt. Die letzten Wochen ... so viel Dreck aus der Vergangenheit. Ja, ich fühl mich manchmal wie in einem Traum und manchmal wie in einem Alptraum.“

„Du weißt, wie sehr ich dich liebe ...“

„Das hört sich an, als würde es kompliziert und länger. Kann ich aufstehen?“

Alice ging lachend auf ihn zu und half ihm auf.

„Ich will doch gar nicht NEIN sagen. Ich will nur JA, ABER sagen.“

„Gut. Dann pack zuerst das Päckchen aus.“

Sie wollte *nein* sagen. *Nicht jetzt.* Sie wusste nicht, was sie tun sollte, wenn sie einen hochkarätigen Diamantring sehen würde. Viel zu teuer. Viel zu wertvoll für sie.

„Wir könnten doch zuerst essen, oder?“

„Ich könnte dir auch helfen auszupacken?“

„Ich mag keinen Druck. Das weißt du doch. Wie wär's, wenn ich das Päckchen zuerst mal anschaue? Es ist so schön verpackt. Und dann schau ich mir später ganz in Ruhe an, was drin ist. Vielleicht mitten in der Nacht? Oder morgen früh?“

„Okay, ich versteh deinen Punkt ...“

„Verstehst du ihn wirklich? Es ist nicht einfach, mit mir zu leben. Glaub mir. Ich muss es wissen. Ich versuch, es noch mal zu erklären. Ich lieb dich so sehr. Aber ich vertrag nicht zu viel Nähe. Mal werd ich dich suchen und mich ganz eng an dich drücken. Mal werd ich mich zurückziehen; wie weit weg, kann ich nicht sagen. Ich brauch Platz in unserer Beziehung. Nicht für Abenteuer. Sondern für mich. Für den Teil unseres Lebens, der nur mir gehört. Verstehst du, was ich meine?"

„Ich glaube, ja ... und das, was ich vielleicht noch nicht ganz verstehe, kann ich noch lernen."

Alice packte das Päckchen tatsächlich erst in der Nacht aus.

Steven lag neben ihr und schlief. Das Rascheln des Papiers weckte ihn nicht. Aber das leise Schluchzen von Alice. Er küsste zuerst ihre Haare, ihren Hals, ihre Arme, und dann ihren Mund.

„Du bist ..."

„Ich bin der Mann, der dir nie weh tun wird, Alice. Und als Zeichen dafür hab ich dir Ohrringe gekauft und keinen Ring. Wenn du sie trägst, denk daran, dass ich immer für dich da sein werde, auch wenn ich mal nicht in deiner Nähe bin."

Sie verbrachten eine wundervolle Nacht. Der Vollmond warf sein fahles Licht mitten aufs Bett und wieder zurück. Auf ihre nackten Körper. Spiegelte sich in den Augen von Alice, die mit ihren glitzernden Diamantohrringen um die Wette leuchteten.

„Die werde ich nie wieder ausziehen; die sind jetzt wie DU ... ein Stück von mir."

* * *

Am nächsten Tag jedoch war Steven wie ausgewechselt; und die Leichtigkeit der Liebesnacht verflogen.

„Vielleicht sollte ich auch mal wieder in Therapie gehen, Alice. Ich hab mir viel vorgenommen. Und ohne Begleitung ... ich weiß nicht ... ist alles noch schwerer."

Sie hatte sich so vors Fenster gestellt, dass die ersten Sonnenstrahlen auf ihre Ohrringe fielen und ihm entgegenblitzten.

„Wir haben doch uns. Zusammen können wir alles schaffen. Was hast du dir denn noch alles vorgenommen, außer mich zu heiraten?"

Steven nickte und versuchte ein tapferes Lächeln. Und da wusste sie es.

„Du hast eine Entscheidung getroffen. Ohne mich ..."

„Ja, Liebes. Ohne dich, aber für uns ..."

„Das ist nicht fair ..."

„Willst du einem Engländer erklären, was fair ist?"

„Du gibst uns keine Chance. Du lässt mich alleine ..."

„Ich tue es nur für uns. Für unsere Zukunft."

Alice sagte nichts.

„Aber vorher werden wir heiraten. Dann bist du versorgt!"

Alice sagte immer noch nichts.

„Ich kann mir gute Anwälte leisten. Die besten. Ich war sehr jung damals, und das Umfeld ... Vielleicht krieg ich einen verständnisvollen Richter. Aber die Frage, die mich umtreibt, ist eine ganz andere ..."

„Ich liebe dich. Das weißt du doch."

„Ich dich auch, Alice. So sehr ... Mehr als mich selbst!"

„Ich werde alt sein, wenn du rauskommst ..."

„Nein, Alice, wir werden beide älter sein. Nicht alt. Alt werden wir danach.

Zusammen."

Kapitel 3.9

Mord verjährt nicht

Patrice hatte sich alles genau überlegt, bevor er bei Fuentes an die Tür klopfte.

„Da sind Sie ja endlich."

„Haben Sie das Geld?"

„Haben Sie den Job erledigt?"

„Selbstverständlich ..."

„Wann? ... Ich hab nichts in den Nachrichten gehört."

„Vielleicht wurde die Leiche noch nicht gefunden ..."

„Und die Frau?"

„Das wollten Sie selbst übernehmen – erinnern Sie sich nicht mehr?"

„Kleiner Test. Ich wollte nur Diabolus ein bisschen kitzeln ..."

„Diabolus ist weg."

„Gut für Sie, dann brauchen Sie das Geld ja nicht zu teilen ... Hahaha."

Das Lachen wird dir noch vergehen, dachte Patrice und schaute Fuentes fest in die Augen.

„Geld, Ticket, Auto?"

Er hatte Fuentes richtig eingeschätzt. Nach all den dreckigen Aufträgen, die Diabolus, ohne mit der Wimper zu zucken, in den letzten zwölf Monaten für ihn erledigt hatte, musste sogar jemand wie Fuentes nicht erst die Leiche von Bingham sehen, um ihm zu glauben.

Und zu bezahlen. Warum sollte er ausgerechnet bei diesem Auftrag versagt haben? Und woher sollte Fuentes wissen, dass es sein letzter sein würde?

„Wir könnten in Verbindung bleiben. New York ist ja nicht aus der Welt. Und wie Sie ja bereits wissen, sitzen ein paar meiner besten Kunden dort."

Und ob Patrice das wusste. Er wusste sogar noch viel mehr. Fuentes hatte ihn zwar von Anfang an richtig eingeschätzt. Oder, besser gesagt, seinen Diabolus. Aber er hatte Dufee gewaltig unterschätzt. Patrice musste kurz an den guten alten Noël denken und seinen Grundsatz: „Niemand kann in einen reinschauen."

„Was ist daran so lustig?"

„Nichts. Ich freue mich einfach, dass alles so gut gelaufen ist. Klar bleiben wir in Verbindung. Irgendwann sind die 250 000 aufgebraucht und ich ... muss wieder arbeiten."

„So gefallen Sie mir, Dufee. Das ist der Spirit."

Patrice lehnte einen letzten Cognac ab.

Fuentes überreichte ihm den kleinen Koffer. Wie schon so oft vorher.

Dufee machte auf und zählte nach. Wie immer.

„Sie werden wohl nie jemandem vertrauen ..."

„So was lernt man früh ... oder konnten Sie etwa ihren Eltern vertrauen?" Das war das Letzte, was Patrice ihm noch sagen wollte.

Er hatte viel gelernt in einem Jahr. Von Noël und von Janus. Aber auch von Alice Weiß und Steven Bingham. Hätte Fuentes ihn nur ein einziges Mal nach einem der vielen schmutzigen Aufträge, die er für ihn erledigt hatte, mit einem Funken Respekt behandelt – wer weiß?

Vielleicht hätte er sich dann anders entschieden.

* * *

Als Claude Fuentes einige Tage später, morgens im Büro, seine Zeitungen aufschlug, meldete sein Vorzimmer zeitgleich die Staatsanwaltschaft. Mit Durchsuchungsbefehl für alle Geschäfts- und Privaträume im Haus.

Er hatte gerade noch Zeit gehabt, die Titelblätter zu überfliegen.

„Hurrican über Nauru und Aix-en-Provence" war eine der Headlines. Sogar in LE MONDE. Und darunter:

„Hunderte von Briefkästen in Nauru aufgeflogen. Die renommierte Kanzlei Fuentes im Auge des Hurricans. Wie eine zuverlässige Quelle unserer Redaktion mitteilte, benutzte die Kanzlei Fuentes die räumliche Nähe zum Konsulat des drittkleinsten Staates der Welt, um für Hunderte von Firmen Offshore-Konten zu führen ...“

„Allein die Tatsache, dass sogenannte Briefkastenfirmen dort von den niedrigen Steuern profitieren, ist natürlich kein Straftatbestand ... Aber wenn die Vermutung nahe liegt, dass zahlreiche Kunden der Kanzlei Fuentes auf diesem Weg Milliarden Dollar Geld waschen, interessiert das die Staatsanwaltschaft ...“

„Seit heute früh werden die Geschäftsräume einer der renommiertesten Kanzleien Frankreichs durchsucht ...“

„Der Whistleblower ist französischer Staatsangehöriger. Es handelt sich um einen engen Mitarbeiter von Dr. Fuentes, der seit kurzem in New York wohnt. Er hat sich als Kronzeuge angeboten und arbeitet mit der Staatsanwaltschaft zusammen ...“

Fuentes lebte seinen schlimmsten Alptraum. Das konnte doch alles nicht wahr sein. Seit ein paar Wochen schien die Welt um ihn herum zusammenzubrechen. Alles, was er sich in Jahrzehnten mühseliger Arbeit aufgebaut hatte. Sogar sein Privatleben. Alles kaputt?

Nein, nicht alles!

Wie jeder gute Spieler hatte auch er einen Joker aufgehoben. Bis zuletzt. Und heute war „zuletzt“.

„Dr. Fuentes, wir bitten Sie, die Stadt bis auf weiteres nicht zu verlassen.“

„Selbstverständlich, *Monsieur le Procureur*. Das hatte ich auch nicht vor.“

Aber sobald der Staatsanwalt aus der Tür war, verlor Fuentes seine berühmte Contenance.

Dass ausgerechnet dieser Fuzzi von Dufee ihn so aufs Kreuz legen würde! Er hätte ihm nicht glauben dürfen. Nicht, ohne die Leiche von Bingham selbst gesehen zu haben. Der Engländer lebte noch, das war nicht schwer rauszukriegen gewesen. Ein Telefonat hatte genügt. Wie konnte er sich nur so in einem Menschen getäuscht haben? Aber New York war nicht aus der Welt, und er würde schon dafür sorgen, dass Dufee keinen Spaß an seinem ergaunerten Geld haben würde. So ein kleiner Unfall ließ sich schnell arrangieren, das war nicht das Problem. Die Frage, die ihn quälte, war, wie es soweit kommen konnte?

Er hatte den kleinen Wichser doch immer unter Kontrolle gehabt ... Je mehr er nachdachte, umso sicherer wurde er. Den Zusammenbruch seines Imperiums konnte Dufee unmöglich alleine verursacht haben. Die Codes für alle Schließfächer ... sogar seine privatesten? Genau. So musste es gewesen sein ... da steckte noch jemand ganz anderes dahinter: eine Frau! Nur eine Frau konnte zu so etwas fähig sein. Und es gab in seinem Leben nur zwei Frauen, die ihm so nah gekommen waren, dass sie seine intimsten Geheimnisse hätten erfahren können. Die eine war bereits tot. Das war seine Mutter.

Und die andere, ... die andere war Alice. Obwohl, ... ins Vertrauen gezogen hatte er sie eigentlich nie, oder? Was hatte er nicht alles für sie getan, damals, als sie nach der Gefängnisstrafe mit leeren Händen da stand ... niemand mehr was mit ihr zu tun haben wollte ... Er hatte ihr ein neues Leben aufgebaut ... ein Dach über dem Kopf geschenkt ... sie mit Luxus und Geld überschüttet. Sogar mit Liebe! Und das war jetzt der Dank? Sie hatte ihn nicht umsonst immer schon an seine Mutter erinnert. *Maman* und Alice. Die zwei unglücklichen Lieben seines Lebens!

„Warum habt ihr mich nicht auch geliebt? Warum? Ich hab euch alles gegeben. Alles für euch gemacht, und ihr?"

Fuentes war es, als könnte er seine Mutter lachen hören. Immer lauter. Er hielt sich verzweifelt die Ohren zu, bis das Lachen endlich aufhörte.

Nach dem dritten Cognac wusste er, was er tun würde.

„Oh, Alice, ... liebste Alice, ... das wirst du mir büßen!"

* * *

Steven wusste, dass es eigentlich noch zu früh war, bei Alice anzurufen. Sie stand selten vor neun Uhr auf. Außer im Sommer. Er war am Vorabend erst sehr spät von einer Reportage für die BBC zurückgekommen und direkt zu sich nach Schloss Orléans gefahren. Und da hatte er den Brief von Marie gefunden. Endlich ein Lebenszeichen von ihr. Sie hatte ihn seit Valentinstag hingehalten. Kein Treffen. Keine Erklärung. Eigentlich hatte ER ja mit ihr Schluss machen wollen. Aber irgendwie war sie ihm zuvorgekommen.

Wieso jetzt ein Brief, nach so vielen Monaten?

„Lieber Steven,

keine Angst! Ich hab nicht so viele Monate gewartet, um dir einen Brief darüber zu schreiben, wofür jede Frau meistens neun Monate braucht. Nein, so eine bin ich nicht. Unsere Zeit war schön. Schön und wild. Wir haben uns beide ausgetobt. Miteinander. Ineinander. Das ist nun vorbei. Die Zeit mit dir war aufregend. Toll. Und heilsam!

Du warst der Mann, der mich das DAMALS vergessen gelehrt hat. Mich als Frau respektiert und geliebt hat wie nie jemand zuvor. Mit dir konnte ich Katz und Maus zugleich sein. Und es war nie nur ein Spiel. Wenn – dann ein Spiel unserer Körper, aber nie ein Spiel mit Gefühlen. Ich hab dich geliebt. Auf meine Art. Und vielleicht du mich auch? Ein wenig?

Aber wir sind zu verschieden. Das haben wir beide gemerkt. Rechtzeitig. Bevor wir uns ineinander verirrt haben.

Ich hatte nie den Mut, mit dir darüber zu sprechen. Ich bin nicht so beherzt wie Alice. Ich bin dir lieber aus dem Weg gegangen. Aber seit dem Weihnachtsfest bei dir, das ist jetzt fast ein Jahr her, weiß ich, was ich wirklich brauche und wen ich so liebe, dass ich mein ganzes Leben mit ihm verbringen will. Außer mit mir selbst!

Wir haben uns bei der Arbeit kennengelernt. Eigentlich kenne ich ihn schon sehr lange. Er hat mir meinen ersten Lehrauftrag an der Faculté besorgt. Mich später sogar in seine Kanzlei geholt. Da hatte seine Frau noch gelebt. Du kennst ihn auch. Es ist der Notar mit dem lustigen Akzent. Er glaubt nicht mehr, dass früher alles besser war.

Wir glauben jetzt, dass jeder neue Tag zusammen der beste ist.

Er liebt mich. Und ich liebe ihn. Vielleicht werden wir sogar Kinder bekommen. Er wünscht es sich so sehr. Ich hab noch Angst davor. Aber vielleicht ändert auch das sich mit der Zeit.

Er ist zwanzig Jahre älter als ich. Auch das wird mir gut tun. Ich glaube,
du warst einfach viel zu jung – für mich!
Ich wünsche dir und Alice alles Glück dieser Erde. Und dass wir Vier uns
nicht aus den Augen verlieren.
In Liebe,
deine Marie

* * *

Vielleicht wäre es besser, zu ihr zu fahren, statt anzurufen? Aber
dann würde er es nicht schaffen, rechtzeitig um zehn zurück zu sein.
Fuentes hatte ihn in London angerufen; weiß Gott, wie er die
Nummer rausgefunden hatte, ganz bestimmt nicht von Alice. Es war
ein eigenartiges Gespräch gewesen. Zuerst wollte er wissen, ob Steven wohlauf sei. Faselte von irgendeinem Unfall. Steven war sich
sicher, dass Fuentes einen im Tee hatte. Als der aber fragte, ob sie
sich nicht heute früh treffen könnten, klang er wieder ganz nüchtern.
Es war eine Bitte um Hilfe. Steven wollte nicht nein sagen; nach
dem, was er auf dem Rückflug in den Zeitungen gelesen hatte,
brauchte Fuentes jetzt gute Anwälte. Vielleicht war es ja das, wonach
er ihn fragen wollte. Egal. Er würde das Gespräch so kurz wie möglich halten und dann endlich zu Alice aufbrechen. Sie hatten viel zu
bereden.

Er ließ das Telefon lange läuten. Aber dann hörte er ihre ver-
schlafene Stimme. „Bist du es, Steven?"

„Ja, Liebes. Der Flug hatte mal wieder Verspätung, und ich bin
erst nach Mitternacht in Marseille gelandet."

„Wie geht es dir? Wie ist es gelaufen?"

„Gut, alles gut. Unser Rechtsanwalt meint, dass es zu einem Pro-
zess kommen wird, der viel Schmutz aufwirbelt. Wenn wir das in
Kauf nähmen, würde einiges für mich sprechen: vor allem die Um-
stände zu Hause. Es war kein kaltblütiger Mord. Sondern Totschlag
im Affekt. Und der wäre verjährt ..."

Steven holte tief Luft. Was er ihr noch nicht sagen wollte, war, dass in England Jugendliche schon ab zehn strafmündig sind. Und er war damals sechzehn!

„Was ist?"

„Das Schwerste außer dem Presserummel wird sein, wieder mit Mutter und Cathy zu sprechen. Ich brauch sie als Zeugen. Davor hab ich Angst. Ich hab sie eine Ewigkeit nicht mehr gesehen. Was ist, wenn sie eine andere Sicht der Wahrheit haben? Sich weiter verstecken wollen? Sie leben in England. Wir sind weit weg ..."

„Ach, Steven. Wir haben so oft über alles gesprochen. Es ist wichtig, dass du an dich denkst. Zuerst an dich und deine ... ja, Katharsis. Das ist es doch. Wenn sie dich lieben, dann werden sie verstehen, wie wichtig das für dich ist und wie sehr du in den Jahren seit dem ... Tod von Henry gelitten hast. Wie sehr es dich belastet hat. Wenn sie es nicht verstehen, dann ... denken sie nur an sich. Und ... das ist dann ihr Problem. Ihre Lüge. Nicht deine Wahrheit. ... Steven, bist du noch dran?"

„Ja. Ja, klar. Wir ziehen das durch. Zusammen – zusammen sind wir stark ... Wie heißt es so schön in dem Lied? *Hinterm Horizont geht's weiter. Ein neuer Tag ...* "

Und Alice stimmte ein: „*Hinterm Horizont immer weiter ... zusammen sind wir stark ... Denn zwei wie wir, die dürfen sich nie verliern.*

Komm schnell nach Hause. Ich will dich festhalten. Wieso rufst du eigentlich an, statt zu kommen?"

„Ich hab noch einen Termin um zehn hier auf Orléans und ... ich wollte dich vorher was fragen. Was ganz anderes ... ich hab da einen Brief von Marie bekommen. Hast du davon gewusst?"

„Was meinst du?"

„Das mit ihr und Michel ..."

Alice ließ ihr schönstes Perlenlachen klingen.

„Selbstverständlich."

„Und seit wann?"

„Seit dem Abend, als ich euch beide zusammen im Fernsehn gesehen hab. Nach dem Weihnachtsfest auf Orléans. Das muss im Januar gewesen sein. Da hab ich sie angerufen."

„Aber wieso hast du nie mit mir darüber gesprochen?"

„Das brauchte ich doch nicht mehr. Ich hab es dich doch fühlen lassen."

„Ja. Ich weiß, was du meinst. Ich lieb dich auch. Sogar damals schon. Seit dem Unfall in Aix. Aber da warst DU noch nicht frei."

„Da bin ich mir nicht so sicher. Ich glaube, ich war eigentlich immer frei. Aber ich hab es nicht gemerkt ..."

Alice überlegte, ob sie es ihm sagen sollte.

„Alice? Bist du noch dran?"

„Weißt du, was das Wichtigste war, ... was Marie mir an diesem Abend sagte?"

„Dass sie mich nicht liebt?"

„Nein, das hat sie auch nie gesagt. Sie liebt dich ganz bestimmt. Auf ihre Art. Und Michel liebt sie auch und wird ihn deswegen auch heiraten. Nein, ... was für mich viel wichtiger war, ... dass du nicht schwul bist, ... dass du mich als Frau lieben kannst."

„Wie bist du denn auf DIE Idee gekommen?"

„Claude hatte es mir gesagt. Und selbst auch geglaubt. Er sagte, er wisse es aus sicherer Quelle; von einem Psy in London. Sonst hätte er doch nie den Deal bei Gericht eingefädelt und uns zusammengebracht. Das wird er sich nie verzeihen ..."

Steven stand am Fenster der Bibliothek mit Blick auf die Zypressenallee, die vom Tor zum Vorplatz führte. Von hier würde er ihn kommen sehen.

Aber schon klopfte es an die Tür.

„Ihr Besuch, Monsieur Bingham. Soll ich Kaffee oder Tee servieren?"

Da hatte sich Fuentes schon in den Raum gedrängt.

„Ich glaube, ich könnte was Stärkeres gebrauchen nach dem kleinen Fußmarsch ... und du sicher auch, mein Bester."

„Zwei Minuten. Ich beende mein Telefonat, dann steh ich Ihnen zur Verfügung."

„Das ist Claude. Ich erkenn seine Stimme. Was machst du, Steven? Was hast du vor? Bist du lebensmüde? Der Mann ist krank. Der ist zu allem fähig!"

„Nein, dieses Jahr wird es kein Wohltätigkeitskonzert auf Schloss Orléans geben. Selbstverständlich steh ich Ihnen für ein Interview über unsere Hilfsorganisation für Flüchtlinge zur Verfügung. Morgen um zehn ist okay ... Au revoir."

„Steven ... leg nicht auf! Steven ... lass ihn nicht aus den Augen ... Pass auf dich auf ... Soll ich rüberkommen ... Steven?"

Aber Steven konnte sie nicht mehr hören.

* * *

„Dann also Whisky, Dr. Fuentes?"

„Waren wir nicht schon mal beim Du ...?"

„Das kann schon sein, aber wir haben es sicherlich zu wenig gepflegt."

Steven reichte ihm ein großzügig gefülltes Glas und verfolgte Claude mit seinen Blicken, wie er die alten Ölgemälde eins nach dem anderen inspizierte, dann sich den Hunderten von Bücherrücken widmete, als würde er ein ganz bestimmtes Buch suchen. Ohne abzuwarten, bis auch Steven sich eingeschenkt hatte, leerte er sein Glas auf einen Zug.

„Schön haben Sie's hier. Ich bin das erste Mal auf Orléans. Sie haben mich ja nie zu Ihren Happenings eingeladen. Wirklich schön."

„Was kann ich denn noch für Sie tun, Claude, außer einem guten Whisky?"

„Tun? Für mich? Nicht doch. Ich bin nicht für mich gekommen.

Ich bin gekommen, um zu gratulieren! Ihnen und Alice. Ist sie denn nicht da?"

Steven schüttelte den Kopf. Auf was wollte Fuentes nur raus? Aber er war sicher, er würde es ganz schnell erfahren: abwarten ... und Whisky trinken.

„Noch einen Schluck?"

„Gerne. Wir fangen ja gerade erst an, uns besser kennenzulernen. Schade, dass wir uns nach dem guten Start damals aus den Augen verloren haben. Aber Sie hatten ja auch verdammt viel zu tun: Ihr

Weingut, Ihre Sportreportagen, Ihre Strafarbeiten im Regionalpark und bei Alice. Ich weiß gar nicht, wie Sie es da noch schaffen konnten, ihr den Hof zu machen. So was kostet doch auch Zeit ..."

„Hören Sie, Claude, wenn das hier eine Eifersuchts..."

„Aber nicht doch. Für wen halten Sie mich, Steven? Alice ist eine erwachsene Frau. Nicht ganz einfach, aber das haben Sie ja sicherlich auch schon gemerkt. Sie hat sich entschieden. Zwischen zwei Männern. Und das nicht zum ersten Mal.

Nein, wirklich: Ihr zwei gebt ein anrührendes Paar ab. Was für eine schreckliche Vergangenheit – alle beide ... ich meine, was man so hört ..."

„Sie haben offensichtlich auch schwere Zeiten – was man so in den Zeitungen liest."

„Ja, ja. Die Zeiten waren schon mal besser. Aber man muss das Leben nehmen, wie es kommt. Nicht wahr?"

„Das ist sicher eine große Weisheit. Sind Sie gekommen, um mit mir zu philosophieren?"

„Wenn Sie mir noch einen von ihrem exzellenten ... wie ich sehe, 72er Glenfarclas ausgeben, dann verrat ich Ihnen ALLES. Wunderbar."

Mit einem anerkennenden Blick schenkte er sich selbst ein und stellte die Flasche zurück.

„Weißt du, Steven – ich wollte nur sichergehen, dass deinem Glück mit Alice auch wirklich nichts im Wege steht. Für Menschen wie euch beide bedeutet Vertrauen doch sehr viel. Bestimmt mehr als für andere. Das muss man sich mal vorstellen: Dem eigenen Vater nicht trauen zu können. Oder Großvater. Egal. Bei mir ist das was ganz anderes. Ich hab schon immer gewusst, dass man sich auf niemanden verlassen kann. Aber sprechen wir lieber über Alice. Sie hat dir also alles aus ihrem Leben erzählt? All die dunklen Seiten ..."

Steven überhörte das plumpvertrauliche Du und die Bemerkung über seinen Großvater – woher zum Teufel wusste der von Opa Henry ...?

„Sie hat mir das Wichtigste erzählt, Claude. Das sollte reichen für den Anfang. Jeder hat seine Geheimnisse, und so soll es auch bleiben."

„Das klingt doch traumhaft. Was für eine Beziehung! Voller gegenseitigem Respekt. Integrität ... Alle Achtung, was ihr beiden da geschafft habt."

„Nichts für ungut, aber ich hab eine kurze Nacht gehabt und noch ein paar andere Termine ..."

„... sicherlich auch mit Alice. Klar. Ich will dich auch gar nicht länger aufhalten. Sie hat dir also von Kurt erzählt?"

„Natürlich."

„Ja, ja ... was für eine tragische Verbindung. Dabei war es die große Liebe. Mal wieder. Wie so oft in ihrem Leben."

„Ich kenn die Geschichten ... auch die von dem angeblichen Unfall in Brüssel."

„Na wunderbar! Dann weisst du ja auch ..."

Claude griff zu seinem leeren Glas und schaute Steven herausfordernd an, bis der ihm widerwillig nachschenkte. Er war ein Meister der Rhetorik, liess seine so harmlos wirkende Bermerkung durch den Raum gleiten wie einen Papierflieger und wartete seelenruhig auf dessen Landung.

„Claude, ich hab keine Zeit für deine Spielchen, und meine Geduld ..."

Aber da unterbrach ihn Claude mit schallendem Gelächter. Alles lief wie geplant. Er hatte Steven mal wieder da, wo er ihn am liebsten sah: im Strafraum – mutterseelenallein!

„Bravo, mein Bester. Genau darum geht es doch. Ihr jungen Leute habt einfach keine Geduld mehr. Was ich sagen wollte, ist doch nur, dass du ja schon ziemlich viel von Alice weisst ... . Hoffentlich habt ihr mehr Geduld beim Sex. Wir waren ja immer sehr vorsichtig, seit wir wussten, wie krank der arme Kurt tatsächlich war und dass er Alice angesteckt hatte. Mit HIV ist ja nicht zu spassen ..."

Jetzt griff auch Steven zu seinem Glas und leerte es in einem Zug.

* * *

Alice wusste, zu was Claude fähig war – sie hatte es immer gespürt, und heute war sie sich sicher. Ein flüchtiger Blick auf die
Schlagzeilen der Tageszeitung hatten Alice gereicht, um zu wissen,
dass Claude Amok lief. Sie musste so schnell wie möglich nach
Schloss Orléans. Sie durfte nicht zulassen, dass Claude ihr Leben
zerstörte. Und genau das war sein Plan. Steven war in Lebensgefahr,
ohne es zu wissen.

Nicht nachdenken – nur laufen. Der Fussweg am alten Steinbruch entlang war allemal kürzer, als die kurvige Strecke mit dem
Auto zu fahren. Ein Gedanke löste den anderen aus. Sie sah sich mit
Steven in der Gewitternacht nach Orléans flüchten. Sie hörte das
hysterische Lachen von Claude, der ihnen nachschrie, er würde sie
beide erschlagen – oder waren es die Krähen, die über sie hinweg-
flogen?

Dann stolperte sie, raffte sich auf, wischte ihre Tränen weg. Sie
musste sich zusammenreissen. Vielleicht war sie doch nicht ganz
alleine? Vielleicht sollte sie einfach das kleine Mädchen mitlaufen
lassen – Hand in Hand. Zusammen würden sie es schaffen. Es ging
ja um ein neues Leben. Ihr neues Leben mit Steven.

Sie sah schon die Türme von Schloss Orléans. Endlich war sie
aus dem Wäldchen raus. Schneller! Sie musste schneller laufen. Das
Kleid blieb im Stachelginster hängen, und sie riss sich los. Das rote
Kleid hatte Claude nie gefallen. Sie musste lachen, dass sie ausgerechnet DAS Kleid angezogen hatte. Egal. Sie war da.

Noch ein paar Schritte an den Ställen vorbei, und sie war am
Haupthaus – aber da hörte sie schon das Aufheulen des Jaguars und
die quietschenden Reifen. Zu spät!

* * *

Genauso hatte Claude es sich vorgestellt. Die K.o. Tropfen waren perfekt dosiert. Steven konnte ihn ziemlich benebelt, aber noch auf seinen eigenen Beinen, bis zum Wagen begleiten. Den hatte er vorsorglich schon hinter den Ställen geparkt. Kaum hatte er für Steven die Beifahrertür geöffnet, klappte der auch schon zusammen.

Wenn Alice gewusst hätte, was er sich für eine Geschichte ausgedacht hatte, Steven nach Marseille zu locken – sie hätte ihn auf der Stelle umgebracht. Therapie hin oder her.

Als er mit dem Wagen die Zypressenallee Richtung Haupttor fuhr, sah er im Rückspiegel das grässliche rote Kleid von Alice. Was für ein Schicksalsschlag für die Arme! Sie winkte ihm sogar noch zu. Oder winkte sie ihn weg? Das hatte er sich schon immer gefragt!

Wenn sie wüsste ...

Kapitel 3.10

... doch am größten ist die Hoffnung!

Die nächsten Wochen verbrachte Alice wie in einer Kette von Alpträumen, aus denen sie nicht wach werden konnte. So surreal, dass es gar nicht mehr weh tat. Nur abstumpfte.

Noch in der Nacht rief die Gendarmerie bei ihr an und fragte, ob sie Herrn Dr. Claude Fuentes kennen würde. Was sie bejahte.

„In welchem Verhältnis stehen Sie zu ihm?"

„Darf ich fragen, um was es geht?"

„Würden Sie bitte unsere Frage beantworten."

„Wir sind befreundet ...“

Eigentlich wollte sie sagen, ... *gewesen* ... Aber ihr siebter Sinn hielt sie davon ab, die Vergangenheitsform zu wählen.

„Wissen Sie, ob Dr. Fuentes Familie hat?"

„Nein, keine Familie mehr. Seine Mutter ist vor fünf Jahren gestorben. Und sonst war da niemand."

„Dann müssen wir Sie bitten, morgen im Laufe des Vormittags nach Marseille zu kommen. *Police Judiciaire*, in der *Rue Antoine Becker*, nicht weit vom Hafen. Fragen Sie nach Kommissar Leloup. Sagen wir zehn Uhr?"

Die Regionalnachrichten meldeten einen tödlichen Unfall auf der Küstenstraße. Zeugen berichteten von einer schwarzen Limousine, die viel zu schnell fuhr und von einer Polizeikontrolle gestoppt wurde. Daraufhin kurz anhielt und, sobald die Flics von ihren Motorrädern runter waren, mit Vollgas wieder losfuhr.

Einer meinte, zwei Leute in dem Wagen gesehen zu haben. Ein anderer sogar drei. Entweder habe der Fahrer nicht gewusst, dass die Straße direkt auf die Klippen zuführte oder ... er wollte sich und die anderen umbringen.

Ein Psychologe war dabei, der Nachrichtensprecherin zu erklären, was man sich unter einer erweiterten Selbsttötung vorzustellen habe. Aber da hörte Alice schon nicht mehr zu.

Zuerst rief sie auf Schloss Orléans an: „Monsieur Barrot? Haben Sie Neuigkeiten von Mister Bingham?"

„Nein, leider nicht, Madame. Haben Sie es auch in den Nachrichten gesehen? Es ist dasselbe Auto. Ich hab es erkannt."

„Ja, ich weiß. Bitte rufen Sie mich an, falls Sie was hören. Egal, um welche Zeit."

„Selbstverständlich, Madame. Wenn ich irgendetwas für Sie tun kann ..."

„Beten Sie ..."

Dann rief sie Marie an.

„Sie haben gerade einen Touristen interviewt, der einen Beifahrer gesehen hat, auf den die Beschreibung von Steven passen könnte. Vor allem die Augen. Er sei auffallend blass gewesen, aber nicht besoffen wie der andere. Sie hätten ihn nach dem kürzesten Weg zu den *Goudes* gefragt. Dem Restaurant am Ende der Bucht. Dort wollten sie eine Bouillabaisse essen und sogar übernachten ..."

„Marie, bitte hör auf. Ich möcht nichts mehr hören. Die Polizei hat mich vorhin angerufen. Ich muss morgen früh nach Marseille. Ich soll Claude identifizieren. Kannst du oder Michel mich begleiten?"

„Wir kommen am besten sofort. Dann brauchst du nicht selbst zu fahren. Und ich mach die Leitung frei, falls Steven versucht anzurufen."

Marie war so gut darin, einem Mut zu machen.

Alice nickte und ließ zum ersten Mal seit den schrecklichen Meldungen ihren Tränen freien Lauf.

Aber Steven rief nicht an!

Nicht in dieser Nacht, und auch nicht in den folgenden.

* * *

„Geht ihr mit rein? Ich kann das nicht alleine ..."

Alice war sich sicher, dass Steven noch lebte. Die ganze Fahrt über sah sie seine lachenden Augen. Fühlte ihn direkt neben sich. Seine Wärme. Seinen Atem. Fühlte sein Leben ganz tief in ihrem Körper. Weder Michel noch Marie brachen ihr Schweigen. Bestimmt merkten auch sie, dass Steven lebte ... leben musste!

Als aber Kommissar Leloup ihnen bestätigte, dass doch zwei Leichen geborgen wurden, brach sie zusammen.

„Der Wagen hat sich mehrfach überschlagen, aber die Airbags haben den Aufprall so aufgefangen, dass die Personen noch zu erkennen sind. Trotz ihrer Verletzungen. Sind Sie bereit, Madame Weiß?"

Marie und Michel stützten sie so gut es ging.

Beim Anblick von Claude Fuentes sackte sie kurz in die Knie, nickte und atmete tief durch.

„Ja, das ist Claude. Claude Fuentes."

Alice konnte ihren Blick nicht abwenden. „Wie kann das sein? Er sieht aus, als würde er lachen. Wieso lacht er?"

„Madame Weiß, kommen Sie bitte hierher. Ich möchte, dass Sie sich noch den zweiten Toten anschauen ... Vielleicht kennen Sie den ja auch."

Alice stand neben dem toten Claude. Angewurzelt. Wollte die Zeit anhalten. Nur nicht bewegen. So wie früher, wenn sie eingefroren war. Wenn sie sich jetzt nicht bewegte, würde auch nichts passieren. Claude lachte doch. Also war alles gut.

Die eindringliche Stimme von Leloup riss sie aus ihren Gedanken.

„Madame Weiß, kommen Sie bitte ..."

Marie und Michel mussten sie wegziehen.

„Alice ... wir sind da. Komm. Er ist es ganz bestimmt nicht ... Du wirst sehen ..."

Als das grüne Tuch, das den lang ausgestreckten Körper bedeckte, weggezogen wurde und den Blick auf die zweite Leiche freigab, schrie Alice gellend auf und verlor die Besinnung.

* * *

Kommissar Leloup war verständnisvoll und vertagte das Gespräch mit Alice auf den Nachmittag. Er kam sogar im Hotel vorbei – und hatte bis dahin noch einiges mehr erfahren.

So hatte Barrot mittlerweile ausgesagt, dass Monsieur Fuentes am Vortag nach Schloss Orléans gekommen sei. Er habe sich gewundert, warum der nicht mit seinem Auto vorgefahren war, sondern bei den Ställen parkte. Von einem Streit habe er nichts mitbekommen, aber laute Stimmen. Keine drei Personen. Ganz sicher. Nur zwei. Zwei Männer.

Normalerweise wäre er um diese Zeit ja gar nicht auf dem Gut gewesen. Es war sein freier Tag. Er habe die beiden zum Auto gehen sehen. Mister Bingham wäre etwas getorkelt. Was ihn sogar erstaunt hätte. Um diese Zeit, und überhaupt. Sein Chef sei eigentlich kein Trinker. Das sei ihm alles sehr eigenartig vorgekommen. Und deswegen habe er sofort Frau Weiß angerufen. Die sei auch ganz schnell dagewesen.

Gut, dass Barrot gebetet hatte. Und noch besser, dass er Leloup nicht verraten hatte, dass Alice schon auf dem Anwesen war, als er sie telefonisch erreichte.

„Wir wissen von einer Krankenschwester im Hospiz Misericorde, dass am selben Nachmittag Herr Fuentes seinen Freund Kurt Weiß im Heim besucht hatte, wie jeden ersten Montag im Monat. Er habe ihn sogar zu einem Spaziergang mit in den Garten genommen. Trotz der Kälte. Niemand habe ihn jedoch wieder zurückkommen gesehen ...

Wann haben Sie denn Ihren Mann zum letzten Mal gesehen, Madame Weiß?"

„Ex-Mann. Kurt hatte damals meinen Namen angenommen. Ich hab' doch noch nicht mal gewusst, dass er in Frankreich lebt, geschweige denn in Marseille. Wir haben uns zuletzt in Brüssel gesehen ..."

„Haben Sie denn nicht gewusst, wie krank er war?"

„Nein. Wieso auch? Wir hatten keinen Grund, Kontakt zu halten ..."

„Er hatte Aids im Endstadium. Seit wann, sagten Sie, haben Sie ihn nicht mehr gesehen?"

„Ich weiß nicht, auf was Sie rauswollen. Ich bin kerngesund. Er hat mich nicht angesteckt. Das muss er sich nach unserer Scheidung zugezogen haben. Sonst müsste ich ja auch ..."

„Nicht unbedingt. Aber gut für Sie!"

„Ich möchte jetzt nach Hause ..."

„So einfach ist das nicht. Sie müssen sich so lange zu unserer Verfügung halten, bis Fremdverschulden am Tod von Dr. Fuentes ausgeschlossen werden kann.

Ich halte nur fest: Ihr Ex-Mann ist tot, und Ihr Freund ebenfalls. Und Ihr zukünftiger Mann wird vermisst. Sie sind vorbestraft ..."

„Ich kann Ihnen nur immer wieder dasselbe sagen. Die Leiche meines Ex-Manns heute früh vor Augen gehabt zu haben, war für mich ein Riesenschock ... Ich will auch gar nicht verheimlichen, dass ich keine guten Erinnerungen an ihn habe ..."

„Ich glaube, Frau Weiß, Sie sollten jetzt nicht weitersprechen und sich für die nächsten Treffen mit uns einen Anwalt besorgen. Sie können jetzt gerne nach Hause fahren. Wir haben ja Ihre Adresse."

„Dass Claude und Kurt weiterhin Kontakt hatten, hab ich nicht gewusst ..."

„Komm, Alice, Kommissar Leloup hat recht. Lass uns nach Hause fahren. Und dann besorgen wir uns einen Anwalt."

* * *

Die nächsten drei Monate waren die Hölle für Alice. Alles kam wieder hoch. Der brutale Angriff von Kurt damals in Brüssel, der von ihm als Unfall zu Protokoll gegeben wurde. Die nicht enden wollenden Erniedrigungen und Quälereien; auch die kleinen Gemeinheiten von Claude.

Und von Steven keine Spur.

Das war das Schlimmste.

Aufgrund verschiedener Zeugenaussagen, wonach doch drei Personen im Wagen gesessen hätten, wurde anfangs noch eine dritte

Leiche gesucht. Da aber an der Unfallstelle die Strömung landab-
wärts verlief, wurde auch diese Aktion bald eingestellt.

Am 1. März 2016 schloss Kommissar Leloup das Verfahren offi-
ziell ab:

Erweiterter Selbstmord. Nachdem die Staatsanwaltschaft immer
mehr Details über die illegalen Transaktionen von Dr. Fuentes auf
Nauru ermittelt hatte und eine Verhaftung kurz bevorstand, habe
dieser wohl keinen anderen Ausweg gesehen als den Freitod.

Hochalkoholisiert habe er dann Kurt Weiß einen letzten Freund-
schaftsdienst erweisen wollen: das Ende seiner Qualen. Dass dieser
bereits mehrere Suizidversuche hinter sich hatte, war schon akten-
kundig.

Davon, dass Claude vor Jahren Kurt von einem Privatdetektiv
hatte suchen lassen, hatte Alice nichts gewusst. Geschweige denn,
dass er ihm dieses teure Heim bezahlt hatte.

„Andere Leute bezahlen Versicherungsfritzen einen Haufen
Geld, Alice. Er hatte sich halt lieber so versichern wollen. Kurt war
sein letzter Trumpf im Ärmel gewesen; sein Joker, falls du ihn irgendwann einmal fallen lassen würdest," erklärte ihr Patrice bei seinem letzten Anruf.

∗ ∗ ∗

Patrice Dufee kam in ein Zeugenschutzprogramm. Hinter den
Briefkästen auf Nauru, über die er detailliert Auskunft geben konnte,
verbargen sich Namen von bekannten Mafiagrößen, korrupten Poli-
tikern, Waffen- und Menschenhändlern.

Was die Staatsanwaltschaft nicht interessierte, war, warum Patrice
Dufee sich irgendwann entschieden hatte, nicht mehr für Claude
Fuentes zu arbeiten. Eine Entscheidung, die Diabolus ihm nie ver-
ziehen hatte.

Nur Dr. Noël wusste, warum.

Als Dufee die wahre Geschichte von Steven Bingham und Alice Weiß
erfahren hatte, was und wer sie zu dem gemacht hatte, was sie heute

waren, hatte er endlich gewusst, auf welche Seite er gehörte. Die beiden hatten seinen Traum gelebt. Sie hatten sich gewehrt. Etwas, was er nie geschafft hatte. Sich gegen die Perversionen seiner Mutter zu wehren. Und auch gegen die Brutalität seines Vaters. Er hatte die Rücksichtslosigkeit von beiden Eltern übernommen. War genauso gewaltbereit wie sein Vater geworden und hatte diese in den Dienst von Claude Fuentes gestellt. Kein Auftrag war ihm zu schmutzig gewesen. Kein *regulamento di conti* zu brutal.

Fuentes hatte sie alle missbraucht. Hatte mit ihren Schwächen gespielt. Und damit sollte ein für allemal Schluss sein. Er hatte sich Alice anvertraut. Direkt nach der Sitzung mit Dr. Noël. Und Alice hatte ihm gesagt, wo er suchen sollte.

Was für eine Ironie des Schicksals, dass sogar Menschen wie Fuentes, die glaubten, alles und jeden kontrollieren zu können, sich in den intimsten Momenten des Lebens verplappern.

Aber er hatte sie ja auch geliebt. Auf seine Weise.

* * *

Aus Wochen wurden Monate. Aber Alice war sich sicher: Steven lebte. Sie spürte es. Ganz tief in sich drin.

Sie wusste, dass Steven sie nicht alleine lassen würde. Und irgendwann im Frühjahr fing es an, ihr besser zugehen. Viel besser. Es gab Tage, an denen sie das Lied nicht nur singen, sondern daran glauben konnte. Ja, warum sollte es nicht hinterm Horizont weitergehen? Warum kein neuer Tag entstehn?

Wenn sie eins gelernt hatte in ihrem neuen Leben, war es, an Liebe und Hoffnung zu glauben. Aber Hoffnung war für sie jetzt das Größte.

Wer hätte geglaubt, dass sie sich noch einmal so verlieben würde? Je wieder einem Mann vertrauen könnte? Und dann einen Menschen wie Steven zu treffen. Und nicht nur das: Wer hätte geglaubt, dass sie in ihrem Alter schwanger werden könnte? Sie dachte, lange über die Zeit zu sein. Ein Kind hatte ihr nie gefehlt. Im Gegenteil. Sie wollte nie Kinder haben, aus Angst, dieselben Fehler zu machen wie ihre Eltern.

Aber jetzt freute sie sich so sehr darauf, dass sie ihm schon einen Namen gegeben hatte. So lange es noch in ihrem Körper wohnte, würde sie es *Baby* nennen.

* * *

Es gab Tage, an denen sie fast vergaß, dass er nicht auf Reportage war. Sie verbrachte jeden Vormittag auf Orléans. Dort setzte sie sich mit dem alten Barrot zusammen und besprach, was anstand: Bis April mussten alle Rebstöcke geschnitten sein. Die Weinmesse in Paris würden sie dieses Jahr ausfallen lassen, dafür aber würde Barrot zum ersten Mal das Weingut nach außen auf den Foires in Lyon, Orange und Nîmes vertreten.

„Klar schaffen Sie das. Sie fahren zusammen mit Ihrem Kellermeister und kommen mit einem Haufen Medaillen zurück."

„Aber, Madame. Könnten Sie nicht ..."

„Nein, Barrot. Wir machen es genau so: Sie kümmern sich um den Wein, und ich um *Baby*."

„Wann ist es denn soweit?"

„Im Sommer."

„Hoffentlich ..."

„Ja, hoffentlich! Wissen Sie, wie man in Deutschland sagt, wenn eine Frau ein Kind erwartet?"

„Keine Ahnung."

„Sie ist guter Hoffnung. Ist das nicht schön?"

Sie lächelte tapfer, aber in ihren Augen schwammen Tränen. Vor Barrot brauchte sie sich nicht zu schämen. Sie brauchte sich überhaupt nicht mehr und vor niemandem zu schämen!

Hinterm Horizont geht's weiter ... Zusammen sind wir stark.

Sie war nicht mehr alleine.

Sobald *Baby* das Licht der Welt erblicken würde, hatte sie sich vorgenommen, es Steven oder Stefanie zu nennen. Und sie wusste genau: Irgendwann würde er kommen und seinen Sohn oder seine

Tochter in den Arm nehmen. Vielleicht sogar erklären, wo er so lange war.

Aber das war nicht wichtig.

Wichtig war zu wissen, dass sie auf ihn wartete.

Und wenn es sein musste – bis ans Ende ihrer Tage!

Leseprobe aus „Das letzte Geheimnis, Teil 2"

Alice hätte nie gedacht, dass ihr das Kind soviel Kraft geben würde. Statt müde, hoffnungslos und verzweifelt zu sein, schaffte sie es, jeden Tag mit neuen Ideen und frischem Schwung anzugehen. Sie war im siebten Monat, sah blendend aus und war stolz darauf, dass jetzt jeder sehen konnte, was mit ihr los war. Bisher hatte auch noch niemand eine blöde Bemerkung gemacht. Über ihr Alter. Oder über die Tatsache, nicht verheiratet zu sein. Immerhin lebte sie auf dem Land, und noch dazu in den Voralpen. Aber in Wahrheit waren die Leute hier offener als ihr Ruf. In Forca wussten die meisten, dass sie und Steven ein Paar waren. Man war diskret. Manchmal zu sehr. Aber in diesem Fall war es Alice nur recht. Der Arzt in Aix war der Einzige, der zuerst dumm geguckt hatte, als Alice angegeben hatte, Single zu sein. Es machte ihr nichts aus. Nach den Untersuchungen ging sie shoppen und kaufte sich lustige bunte Umstandskleider.

Sie war nie alleine. Baby war doch da, und Steven irgendwie auch. Meistens fühlte sie sich gut. Das mussten die Hormone sein.

In den ersten Monaten nach seinem Verschwinden hatte sie sich eingebildet, er sei auf Geschäftsreise. Eine seiner Sportreportagen. Irgendwo in der Welt. Sie war sich immer noch sicher, dass er lebte. Aber mittlerweile glaubte auch sie, dass etwas Schlimmes passiert sein musste. Ein Unfall? Ein Verbrechen? Sie hatten die Krankenhäuser in der Gegend bis nach Aix abtelefoniert. Ohne Ergebnis.

Aber dann, vor einer Woche, fanden Michel und Marie endlich eine Spur in Marseille. Und genau am selben Tag bekam Alice den Brief von Isa, der ihr Leben verändern sollte.

Liebe Alice,
für mich ist es mehr als ein halbes Leben her, dass ich bei dir war. Und trotzdem hab ich nie vergessen, wie sehr du mir geholfen hast.

Wie geht es dir? Bist du noch mit Claude Fuentes zusammen, oder hast du ihn endlich in die Wüste geschickt? Obwohl ... Wüste hat für mich jetzt eine ganz andere Bedeutung.

Ich weiß, dass Dr. Janus nicht mehr die Gruppensitzung leitet. Es sei denn, er würde seit neuestem zwischen Libyen und der Provence hin und her pendeln. Zuzutrauen wär es ihm. So groß ist die Entfernung ja nicht. Wusstest du, dass die Hafenstadt Sirte gerade mal vierhundert Kilometer südlich von Sizilien liegt? Egal. Ich hab Janus aus einem dieser halboffiziellen Gebäude in Tripolis kommen sehen und ein paar Wochen später in einem - wenn es mehr Ärzte und Medikamente gäbe - könnte man sicherlich Krankenhaus dazu sagen. In Sirte.

Aber vielleicht sollte ich meine Geschichte von vorne anfangen. Sonst verlier ich dich, bevor ich dich gewinnen kann!

Auf dem Heimflug von Australien hab ich letztes Jahr eine Frau kennengelernt, die bei Ärzte ohne Grenzen arbeitet. Sybil Vanbeuten. Sie ist Belgierin. Eine engagierte Frau mit viel Erfahrung und wenig Illusionen. Sie hat mir von den Machenschaften der Flüchtlingsmafia im Mittelmeerraum erzählt.

Von unglaublichen Grausamkeiten, die direkt vor unserer Haustüre passieren. Nicht nur an den Tagen, an denen das Fernsehen darüber berichtet. Nein. Jeden Tag! Was wir hören und sehen, ist doch nur die Spitze des Eisbergs.

Ich mach es kurz:
Sie war dabei, eine neue Organisation aufzubauen und suchte Spezialisten aus den verschiedensten Bereichen. Ich bin seit vier Monaten ihre IT-Expertin. Wir haben Ingenieure, Juristen, Ärzte, Pfleger, Priester, Krankenschwestern, Maurer, Bäcker, Anstreicher, Mechaniker, Übersetzer und Elektriker im Team.

Und seit kurzem auch Bruno! Mit ihm war ich immer in Kontakt geblieben, aber seit meiner Arbeit bei Pro-Vita hat er so viel Angst um mich bekommen, dass er mich nicht mehr alleine lassen wollte. Er hat alles in Aix aufgegeben. Ich hab ihm gesagt, er sei verrückt, und dass er es nicht tun solle. Er hat geantwortet, ich sei noch verückter als er und hat es getan.

Hier in Libyen ist es besonders schlimm. Vor allem für Flüchtlinge. Und ganz besonders für Frauen und Kinder. Du hast sicherlich von den Plänen der EU für Auffanglager gehört. Hier heißen sie Migrantengefängnisse und sind nicht nur geplant, sondern schon längst gebaut!

Ich schreibe dir mit einem ganz besonderen Anliegen. Unser Team weiß, dass wir nicht allen helfen, geschweige denn die Welt retten können. Aber vielleicht können wir dazu beitragen, sie ein wenig erträglicher zu machen. Ich hab Angst um die Kinder in den Lagern. Es passieren Sachen, von denen die Welt erfahren muss. Diesseits und jenseits des Mittelmeers!

Ein paar von uns werden morgen nach Lampedusa aufbrechen und sich dort mit den Italienern um die Erstversorgung der Boot-Kinder kümmern. Bruno und ich werden sechs Monate dort bleiben. Ich würde dich so gerne treffen.

Du könntest uns erklären, was mit Europa los ist, und wir erklären dir, wieso die Flüchtlingsmafia so gut funktioniert. Würde dich das interessieren, oder zu sehr die alten Wunden aufreißen?

Du hast mir damals gesagt: Die Hoffnung stirbt zuletzt … Glaubst du das immer noch?

In diesem Sinne, alles Liebe und à bientôt
deine Isa, Kämpferin gegen Wind- und Wassermühlen aller Art!

P.S. Ich hab letztes Jahr unser Baby verloren. Deswegen kam ich nicht zurück. Hat euch Bruno nie was erzählt? Wir hatten eine schwere Zeit, aber jetzt geht es uns wieder gut. Wir haben endlich ein gemeinsames Ziel!

Nachwort

Diejenigen, die die Vergangenheit ignorieren, sind verurteilt, sie zu wiederholen!

Dieser Roman bietet dem Leser eine lebendige Illustration dessen, was sich hinter den Kulissen von Menschen abspielen kann. Die Autorin zeigt, was geschehen ist, als Liebe missbraucht wurde.

Wir begegnen dem kleinen Mädchen, das gehorchen, sich anpassen und brav sein muss, um von den Erwachsenen geliebt zu werden. Denselben Erwachsenen, die schamlos Grenzen überschreiten und respektlos sie und ihr Vertrauen missbrauchen.

Mit viel Feingefühl und einer Prise Humor zeigt uns die Autorin die Tiefen ihrer Charaktere, und wie einige von ihnen sich auf den langen und schweren Weg begeben, die Folgen der erlebten Demütigungen zu überwinden und sich endlich selbst zu finden.

Denn wie wir heute wissen, wiederholen sich inzestuelle Beziehungen oft durch mehrere Generationen.

Nur durch die „Aufblätterung" einer persönlichen Geschichte kann endlich der Wiederholung eine Grenze gesetzt werden.

Sowohl Alice, die Hauptprotagonistin, als auch die Autorin selbst brauchen am Ende des Buches keine idealen Vorstellungen mehr von ihrer Umwelt.

Sie haben sich befreit von den unsichtbaren Ketten, die durch die Verleugnung des Missbrauchs in der Familie geschmiedet worden sind.

Dieser Roman ist wie eine Offenbarung, die dem einen oder anderen vielleicht sogar helfen kann, die Ursprünge seines Leidens zu erkennen und die Folgen der Unterwerfung und seine quälenden Schuldgefühle abzuschütteln.

Ich danke Frau Jankowski ganz besonders, dass ich sie auf diesem schweren Weg begleiten durfte; aber vor allen Dingen auch für ihr Vertrauen, welches mir die Möglichkeit gegeben hat, mich

auch wirklich in dieser „Zusammenarbeit" vollkommen einzuset-
zen.

Renate Magnier, Psychologin und Psychoanalytikerin

Aix-en-Provence, Februar 2017

Personenverzeichnis

Personen in der Gegenwart:

Alice Weiß:

> Eine Frau mit Vergangenheit auf der Suche nach dem Sinn ihres Lebens.

Steven Bingham:

> Ex-Fußballprofi, Sportreporter und neuer Besitzer des Weingutes *Château Orléans*.

Dr. Felix Janus:

> Doktor der Psychologie, vertritt den kranken Dr. Noël als Leiter der Therapiegruppe.

Dr. Claude Fuentes:

> Zwielichtiger Rechtsanwalt in Aix-en-Provence und Liebhaber von Alice.

Bruno Batista: Besitzer des Cafés *Chez Bruno*.

Die Mitglieder der Therapiegruppe:

Alice Weiß: s.o.

Marie Ricks:

> Übersetzerin mit juristischer Ausbildung und Stimmungsschwankungen aus heiterem Himmel.

Isa Lagarde:

> IT-Expertin, arbeitet als Frisösin, macht für Geld fast alles und fühlt sich meistens wie Scheiße.

Michel Voss:

Überarbeiteter Notar, dem es eigentlich sehr gut geht, bis auf die Tatsache, dass er am liebsten in der Vergangenheit leben würde.

Patrice Dufee mit seinen multiplen Seelen:

Frau Holle, Rübezahl und Diabolus.

Kurzauftritte von Personen aus der Vergangenheit, die keine Rolle mehr in der Gegenwart spielen, außer im Unterbewusstsein von Alice und Steven:

Familie Weiß:

Willi Weiß: Vater von Alice

Tante Friedchen, Rainer und Max: Geschwister von Willi

Tanten Anna und Hermine: Schwestern von Willis Mutter

Erich Weiß: Bruder von Alice

Kurt: Ex-Ehemann von Alice

Familie Bingham:

Henry Bingham: Vater von Emma und Audrey Bingham

Saul: Ehemann von Emma

Lizbeth: Mutter von Steven Bingham und Tochter von Emma

Seamus: Ehemann von Lizbeth

Cathy: Schwester von Steven

Weitere Literatur zum Thema Missbrauch

Geholfen bei diesem Roman haben mir auch Bücher zahlreicher Autoren, die ich gelesen habe. Allen voran die Werke von

Alice Miller:

Die Revolte des Körpers, Suhrkamp, Frankfurt 2004

Du sollst nicht merken, Suhrkamp, Frankfurt 1983

Dein gerettetes Leben, Suhrkamp, Frankfurt 2007

Virginia Woolf und ihr Klassiker: A Room of One's Own,
Penguin Edition 2004

Und als Einblick in die schwierige Arbeitswelt der Therapeuten vor allem *Irvin D. Yalom* und seine Werke:

Und Nietzsche weinte, btb 1996

Die Liebe und ihr Henker, btb 2013

Was Hemingway von Freud hätte lernen können, btb 2003

Dank einiger Literaturhinweise meines Lektorats habe ich neue Autoren kennengelernt, die sich auch dem Thema Missbrauch gewidmet haben.

Matt Ruff mit seinem Werk „Ich und die anderen", das mir die komplexe Welt einer multiplen Persönlichkeit näher gebracht hat, dtv 2014.

Erik Axl Sund, der mich mit seiner Psychotrilogie „Krähenmädchen" an die dunkelsten Seiten des Missbrauchs und Wiederholungszwangs erinnert hat, Goldmann 2014.

Elisabeth F. Loftus/Katherine Ketcham: Die therapierte Erinnerung

Bastei-Lübbe, 1997

Weyne Kritzberg: Die unsichtbare Wunde – Sexueller Missbrauch in der Kindheit, Das Trauma erkennen und überwinden
Bastei-Lübbe, 2000

Ulrike M. Dierkes: Schwestermutter – Ich bin ein Inzestkind
Bastei-Lübbe, 2004

Christine Birkhoff: Ein falscher Traum von Liebe, Bastei-Lübbe 2009

Nathalie Schweighoffer: Ich war zwölf ... und konnte mich nicht wehren, mit einem Nachwort von *Alice Miller*, Bastei-Lübbe, 2011

Karin Bohr-Jankowski

wurde Ende der 50er Jahre in Mettlach/Saar geboren. Nach ihrem Studium war sie bei der EU tätig, dann selbstständige Beraterin in Brüssel und Lehrbeauftragte in einem European Masters an der Universität Aix-Marseille.

Mehr als 20 Jahre lebte sie zusammen mit ihrem Mann und ihren drei Retrievern in ihrer neuen Wahlheimat, Forcalquier in den Alpes-de-Haute-Provence, und einem kleinen Ort in Unterfranken bei Würzburg.

Seit 2019 teilen sie sich ihr Leben zwischen Kaltennordheim in der thüringischen Rhön und einem kleinen Ort in Burgund.